The Lying Game

撒谎游戏

[英]露丝·韦尔 著
王金 译

天地出版社 | TIANDI PRESS

图书在版编目（CIP）数据

撒谎游戏 /（英）露丝·韦尔著; 王金译. —成都：天地出版社, 2020.8（2021年6月重印）
书名原文: The Lying Game
ISBN 978-7-5455-5673-5

Ⅰ.①撒… Ⅱ.①露… ②王… Ⅲ.①长篇小说－英国－现代 Ⅳ.①I561.45

中国版本图书馆CIP数据核字（2020）第075482号

Copyright © Ruth Ware, 2017
First published as The Lying Game by Harvill Secker, an imprint of Vintage. Vintage is part of the Penguin Random House group of companies.
Ruth Ware has asserted her right to be identified as the author of this Work in accordance of the copyright, Designs and Patents Act 1988

著作权登记号　图字：21-2018-551

SAHUANG YOUXI

撒谎游戏

出 品 人	杨　政
作　　者	[英]露丝·韦尔
译　　者	王　金
责任编辑	陈文龙　王　鑫
封面设计	陆　璐
内文排版	挺有文化
责任印制	王学锋

出版发行	天地出版社
	（成都市槐树街2号 邮政编码：610014）
	（北京市方庄芳群园3区3号 邮政编码：100078）
网　　址	http://www.tiandiph.com
电子邮箱	tianditg@163.com
经　　销	新华文轩出版传媒股份有限公司

印　　刷	北京文昌阁彩色印刷有限责任公司
版　　次	2020年8月第1版
印　　次	2021年6月第6次印刷
开　　本	880mm×1230mm 1/32
印　　张	13
字　　数	300千字
定　　价	48.00元
书　　号	ISBN 978-7-5455-5673-5

版权所有◆违者必究

咨询电话：(028) 87734639（总编室）
购书热线：(010) 67693207（营销中心）

如有印装错误，请与本社联系调换

献给亲爱的赫尔,

爱你

目录 Contents

游戏规则一
学会撒谎 / 003

游戏规则二
守口如瓶 / 077

游戏规则三
谨防泄密 / 127

游戏规则四
坦诚相待 / 249

游戏规则五
悬崖勒马 / 397

序章

黎明的曙光揭去了夜幕的轻纱,东方泛起了鱼肚白,云朵丝丝缕缕地飘浮在空中,在微光的映衬下,呈现出淡淡的粉色。河水静静地流向浅海,水面开阔,水流缓慢。清晨的微风掠过水面,几乎没有掀起半点涟漪。在这样一个宁静的早晨,一声狗吠听上去似乎格外刺耳。在它的带动下,周围的狗全都叫了起来,此起彼伏的狗吠声打破了清晨的静谧。

噪声的始作俑者却对周围的闹声充耳不闻,它正迈着欢快的步伐,蹦蹦跳跳地沿着河床向下跑去,一路上惊起了一滩鸻和燕鸥。河水渗透了岸边的泥土,这只狗从小草堆里跑到了湿乎乎的河岸边上。

远方,潮水磨坊沐浴在晨曦中,显得越发破旧暗沉。这是附近唯一的建筑,此刻看上去仿佛正缓缓地向大海挪动。

"鲍勃!"狗吠声中突然冒出了一个女人的声音,"鲍勃,你这个小坏蛋!快放下!放下!你到底找到了什么?"她气喘吁吁地跑着,试图追上那只狗。

她终于追了上来。鲍勃正在奋力扒着土里的物体，想把它弄出来。

"鲍勃！看你把自己弄得有多脏。你到底在扒什么？天哪，不会又是一只死羊吧，快停下来！"

女人的怒斥终于起了作用，鲍勃摇摇晃晃地从岸边跑了回来，得意扬扬地把嘴里叼着的东西放到了主人的面前，好像在邀功一样。

看到了脚下的东西，女人惊得目瞪口呆。鲍勃匍匐在她的脚下，喘着粗气，慢慢地安静了下来。

— 游戏规则 —

学会撒谎

"哔哔哔",微弱的短信提示音打破了深夜的寂静。我看了眼欧文,他睡得正香,丝毫没有被打扰的迹象。要是在平常,我肯定也不会被这么一条短信的声音给吵醒。不过这会儿我早就醒了,睁着眼睛躺在床上。房间里漆黑一片,所有的东西似乎都笼罩在阴影之中。怀里的孩子正含着我的乳头,没怎么吸奶,但也没有想松嘴的意思。

会是谁呢?我想着这奇怪的短信,一时还不想起身。这么晚了,谁还会发短信过来?朋友们这会儿也应该都在睡觉吧。会是米丽吗?难道她已经生了?不不不,不可能!我已经答应了米丽,如果她那远在德文郡的父母没法每天及时赶来的话,我可以替她照看诺亚。不过,话虽这么说,其实我还真没想过要……

我无法一伸手就够着手机,于是我用手指撑开弗雷娅的小嘴,将她和我的乳房分开,一边哄着她,一边小心翼翼地把她放到了床上。小家伙喝饱了奶,十分满足,她的眼珠上翻,露出了一圈眼白,看上去就像是被石化了一般。我凝视着小家伙,轻轻地把手放在她结实的小身体上,感受着她强有力的心跳。等她完全睡着后,我才转过身去拿手机。不知怎的,我的心跳突然漏了一拍,和我女儿有时打个小哆嗦的那种感觉一模一样。

拿到手机,输入密码。屏幕上的光有些刺眼,我眯起了眼睛。别傻了,我在心里安慰着自己,离米丽的预产期还有四周呢。很大可能,这只是条垃圾短信,类似"我们可以为您办理退税退款业务"这种。

手机解锁之后,短信的界面弹了出来。不,不是米丽。短信上只有短短的四个字。

我需要你。

现在是凌晨三点,我却睡意全无,在厨房里来回踱步。厨房里老旧的地板已不堪重负,似乎随时都可能被我踩坏,一股寒意也从地板上蔓延到了我的身体里。天哪,好想抽烟!我咬着自己的手指,拼命压抑着这个疯狂的念头。虽然戒烟已有十年,但是一旦面对压力或者恐惧无助时,我对烟的渴望又会卷土重来。

我需要你。

我甚至都不用去想这几个字背后的含义,因为它的意义我早已烂熟于心。我也不用去猜测是谁发了这条短信。虽然短信来自陌生号码,但是我知道,是她。

凯特。

凯特·阿塔贡。

她的名字如同魔咒一般打开了我记忆的大门。她身上的肥皂味,脸颊两侧颜色不一的雀斑……有关她的一切如同潮水一般涌来。凯特……还有法蒂玛、西娅和我。

我闭上眼睛，想着她们此时的情况。口袋里的手机微微发烫，似乎正在等待下一条短信的到来。

法蒂玛这时应该在阿里的怀里熟睡。她会在早上六点左右回短信。因为，早上六点的时候，她会起床给纳迪亚和萨米尔做早餐，为他们上学做准备。

西娅。西娅就有些不好说了。如果她上夜班，这时应该待在赌场。赌场里禁止员工携带手机，所有员工的手机都被锁在柜子里，直到工作结束换班后才能取出来。早上八点是西娅换班的时间，不过我也不是很确定。下班之后她会和同事们一起去小酌几杯，然后回复这条短信。她这一晚上应该过得十分充实，不仅要和歇斯底里的赌徒周旋，收拾筹码，还要打起精神来回巡视，监视骗子和职业赌徒，她回短信的时候应该还处于十分亢奋的状态。

至于凯特，凯特这会儿肯定是醒着的，毕竟是她发的短信。她应该坐在她父亲的工作台前——现在应该已经是她的工作台了。透过窗户，她凝视着下面的瑞奇河。凌晨时分的瑞奇河是灰绿色的，水面倒映出云朵和潮水磨坊黑色的轮廓。凯特抽着烟（她的烟瘾一直都很大），注视着流动的潮水。表面平静，看似波澜不惊的潮水，实际上却暗流涌动，瞬息万变，这不正是凯特本人的真实写照吗？

凯特一定会将她长长的头发捋到后面，露出她那好看的侧脸。三十二年了，风吹日晒的海上生活却只在她的眼角留下了些许痕迹。她的手指沾满了油漆，有些甚至已经渗入到指甲下的皮肤里。她注视着前方，眼睛泛起幽蓝色的光芒，就如同一潭深不可测的潭水。她在等待着我们的回复，不过她早已知道我们的答案。不论何时，不论何地，只要收到这条短信，我们都会给出一样的答复。

撒 谎 游 戏

　　我来了。
　　我来了。
　　我来了。

"来了!"我冲着楼梯口喊了一句。欧文又催了一遍,让我快点上去。弗雷娅醒了,正咿咿呀呀地闹个不停,他一个人可搞不定。

我爬上楼梯,回到房间。欧文已经起床,正抱着弗雷娅来回踱步。他的脸红扑扑的,还带着枕头压出的印子。

"这事还得你出马。"他打了个哈欠,"你看,我都哄了她半天了,没用!看样子是饿了。"

我爬上床,把枕头立起来盖在床屏上,然后靠了上去。欧文把弗雷娅递给我,小家伙气得满脸通红,先是抬起头用恼怒的眼神看了我一眼,然后一头扎进我的怀里,大口吮吸起来,时不时还发出满足的哼哼声。

一切又恢复了平静。屋里只听得到弗雷娅贪婪的吮吸声。欧文又打了个哈欠。他挠了挠头看了下时间,然后就开始穿衣服。

"这就起床了?"我有些吃惊。欧文点点头。

"嗯,不睡了。反正七点也得起,该死的周一。"

我看了下表，已经六点了。没想到我居然在厨房里徘徊了那么长时间。

"昨晚你怎么起来了？垃圾车又把你吵醒了？"欧文问道。

我摇了摇头。

"没，就是有点睡不着。"

谎言！我几乎都快忘了撒谎的感觉了，但这个谎言居然就这样自然而然地蹦了出来，让我略微有些不舒服。我摸着睡衣口袋里那个热乎乎的硬块，等着它的再次震动。

"嗯。"欧文压抑住了再打一个哈欠的冲动，他扣好了衬衫的纽扣，转身对我说道，"要喝咖啡吧？我去弄。"

"好的。"欧文正要出门的时候，我唤了他句，"欧文……"

不过他已经走出了房间，没有听到我的呼唤。

十分钟之后，欧文拿着咖啡回来了。在他离开的这段时间内，我已经在内心里演练好了要说的话。我尽量摆出一副随意的样子，但还是紧张地咽了下口水，舔了舔干燥的嘴唇。

"欧文，昨天凯特给我发了条短信。"

"你单位的那个凯特？"他把杯子放到桌子上，却没拿稳，杯子里的咖啡洒出了一点，溅到了书上和桌子上。

我连忙用睡衣的袖子擦掉了书上的污渍，边擦边想着怎么回答。

"不，凯特·阿塔贡。我的高中同学，你知道她的。"

"哦，那个凯特。就是那个上次把狗带到人家婚礼上的凯特？"

"对啊，影子。"

影子的形象瞬间浮现在我的脑海里。影子是一只白色的德国牧羊犬。它有着黑黑的鼻头，身上点缀着灰色的花纹。我还记得那次影子在婚礼上出尽了风头,它冲着陌生人大吼大叫,不过对于它喜欢的人,则会露出雪白的肚皮冲人家撒娇。

"然后?"欧文的话打断了我的回忆。我这才意识到自己已经很长时间没说话了。

"嗯嗯,凯特邀请我去她家小住几日,我准备去。"

"好啊,你什么时候去?"

"嗯,她叫我现在就过去。"

"那弗雷娅怎么办?"

"我会带上她。"

我硬生生地把涌到嘴边的那句"那还用说吗?"给咽了回去。欧文和我都试过无数次了,弗雷娅就是不肯喝瓶子里的奶。一天晚上,我和朋友们出去玩了会儿,弗雷娅从七点半一直哭到十二点。欧文怎么哄都没用,他抱着她走来走去,胳膊都僵了,小家伙还在哭闹不休,直到最后我冲了进来,一把把她抱过来开始喂奶。

欧文没有说话。弗雷娅也停止了吮吸,她扬起脑袋看着我,皱了皱眉头,打了个饱嗝,然后又开始吃奶。欧文的纠结清清楚楚地写在他的脸上。一方面,我和弗雷娅都走了,他会想我们,但同时这也意味着,他就可以独占一张大床了……

"好的。那我就用这段时间继续装修婴儿房吧。"最终他这样说道。我点了点头。这是我们长期讨论之后的结果。弗雷娅自出生后就一直跟着我们睡,欧文一直想"夺回"自己的卧室,和我过上二人世界。所以他觉得,弗雷娅已经六个月了,是时候去婴儿房睡了。不过我却不这么想。这也是我一直"找不到时间"收拾客房,给墙刷上适合婴儿的颜色的原因之一。

"好。"我一口答应。

"好吧,好好玩。"欧文说完就转过身开始整理领带。"你要开车吗?"他一边照着镜子一边说道。

"不用了。我坐火车去。凯特会在车站接我。"

"你确定?弗雷娅的东西那么多,难道你要拖着大包小包赶火车?帮我看下,正了吗?"

"什么?"我一时没反应过来,然后我才意识到他说的是领带,"哦,正了。没关系,坐火车对我来说反而更方便。弗雷娅醒了,我随时可以给她喂奶。她的东西可以放到婴儿车上。"欧文没有回应。我知道他已经开始在脑海中盘算着未来了,没有了闹人的小婴儿,美好的单身汉生活即将开始……几个月前,我不也正是这样憧憬着未来的生活,那些场景还历历在目,但现在看起来就像是一场梦。"对了,我今天就走,你没意见吧?"

"今天就走?"欧文一边说着,一边从抽屉里抓了些零钱,放到钱包里。他转过身来,亲了下我的额头向我告别,"你怎么这么着急啊?"

"我不着急。"谎言。我的脸颊开始发烫,我讨厌说谎。我也曾喜欢过说谎,直到后来说谎变成了一件不得不去做的事情。那段记忆早已被我封存起来,从未被想起。但是它并不会消失,就像一颗总是隐隐作痛的牙齿一样,总有一天会爆发难以忍受的疼痛。

我最不想做的就是向欧文撒谎。我努力让他置身事外,但现在他还是被卷了进来。凯特的短信还在我的手机里,它就像毒液一样,正一滴一滴地从手机里流出来,即将毁灭我的一切。

"只是凯特现在正好有空。她刚忙完一个大项目,休息休息又得忙下一个。我也正好在休产假,所以现在比较合适……"

"好吧。"欧文的脸上露出了困惑的神色,不过并没有任何怀疑,"这么说的话,那我要给你个正式的告别之吻了。"

他深情地亲吻了我。这充满爱意的一吻让我回忆起我们相恋的甜蜜时光。我讨厌欺骗他!然后他又亲了亲弗雷娅。弗雷娅扭过头来怀疑地看了他一眼,然后又专心致志地吮吸起来。奶水就是她的全部世界。我就喜欢她对于奶水的这股执着劲。

"我也爱你呀,小闹人精。"欧文的话语中满是爱意,然后他又转向我,"要多久才能到?"

"大概四个小时吧。这得看中途停靠的情况了。"

"好吧,玩得开心点。到了给我发条短信。对了,你准备待多久?"

"几天吧。"我心虚地说道,"周末之前就能回来。"又一个谎言。我也不知道到底要多长时间,但只要凯特需要我,我一定会陪在她身边,不论多久。

"等我到了再和你说吧。"

"好的,我爱你。"他又说了一遍。

"我也爱你。"我终于说了句真话。一句发自肺腑的话。

撒谎游戏

直到现在,我还清楚地记得和凯特相遇的那天,每一分每一秒我都记得清清楚楚。九月的一天,我起了个大早赶火车,想在中午之前赶到萨尔腾,在学校吃午饭。

"你好,请问……"我的内心充满了紧张,生怕错过这趟车。排在我前面的女孩转过头来,她身材高挑,面容姣好,长长的脸上带着些许傲色,就好像莫迪利亚尼[1]的画中走出的人物。黑色的长发垂在她的腰间,能看出她曾经将发尖染成了黄色,但现在已经完全褪色。她大腿部位的牛仔裤上有几道裂缝。

"怎么了?"

"请问,这是去萨尔腾的火车吗?"

她上下打量着我,眼神扫过我萨尔腾的校服,海蓝色的裙子——因为簇新而显得太过笔挺,簇新的夹克——今早刚从衣架上取下来的。

---

[1] 阿梅代奥·莫迪利亚尼(Amedeo Modigliani,1884—1920),意大利绘画大师,擅长用瘦削、灵活的线条去描绘人物形象。——本书脚注均为译者注

"不知道。"她说完,然后转向了她身后的女孩,"凯特,这是去萨尔腾的车吗?"

"好啦,别逗人家了,西娅。"

后面那个女孩留着一头浅棕色的短发,看上去不过十五六岁的样子,声音特别沙哑,听上去和她的年龄很是不符。她笑起来的时候鼻子上肉桂色的雀斑都挤到了一起:"是的。这趟车开往萨尔腾,不过小心别走错车厢,这趟车在汉普顿李就开始分车厢了。"

说完两人就一起走了。我看着她们走上站台,走到半途我才突然想起来还没有问她们到底应该坐哪节车厢。

我抬头看公告栏。

"前七节车厢开往萨尔腾。"公告栏上这样写道。但到底是离检票口最近的前几节车厢,还是列车行驶方向的前方呢?

附近也没有列车员可问,车眼看就要开了,已经没有任何犹豫的时间了!我咬咬牙,最终还是去了距离较远的那个"前"车厢,也就是刚才那两个女孩前往的方向。我拖着沉重的箱子走进了车厢。

这节车厢只有六个座位,每个座位都没有人。我刚把车厢的门关上,列车员的哨声就响了起来,车要开了!虽然踩着点赶上了火车,我的心中却突然涌起了一阵恐慌:万一我坐错了车厢怎么办?怀着惴惴不安的心情,我找了个座位坐了下来,座椅上套的粗糙羊毛椅布时不时蹭着我的腿。

伴随着金属碰撞的响声,列车驶出了黑黢黢的站台。突然涌入车厢的阳光刺得我几乎无法睁开双眼,于是我靠在椅背上闭上了眼睛。火车逐渐加速,我的脑海中已经浮现出自己走错车厢后会发生的场景了。萨尔腾的宿管阿姨正等着我的到来,我却跑到了坎特伯雷或是布莱顿或是其他完全陌生的地方。又或者,我坐在了分节的那节车厢,我也随着车厢的分离变成了两半。两半边过着不同的生活。

"嘿!"一个声音打断了我的胡思乱想,我猛地睁开眼。"看来你赶上这趟车了。"说话的人继续说道。

出现在我面前的是刚才站台上那个被称为西娅的高个子女生。她站在过道上,靠着木头门框,手上转动着一支没有点燃的香烟。

"是的。"我的语气里带着一丝厌恶,这两人也没解释清楚就匆匆离开了,"至少我觉得是这样的。这是去萨尔腾的车厢?我没走错吧?"

"是的。"简短的回答。她继续打量着我,用手里的香烟轻轻敲打着门框,"嘿,听着,我没你想的那么坏。只是好心提醒,上车时别穿校服。"

"什么?"

"到了汉普顿李我们才会换上校服。怎么说呢?这应该算是某种共识吧。我本来想告诉你的。只有新来的才会一直穿着校服。你这样穿太引人注目了。"

"所以,你也是萨尔腾的学生?"

"嗐,别提了。"

"西娅曾经被开除。"高个子女生的后面又传来一个声音。我看到另外那个短发女生也站在过道里。她小心翼翼地端着两杯茶,努力维持平衡不让茶水洒出来。"三个学校都把她踢了出来。萨尔腾是她最后的归宿。其他学校都不接收她。"

"至少我还付得起学费。" 西娅回应道。

从这两人互损的说话方式来看,她们的关系应该很好。"凯特的爸爸是个艺术大师。"西娅告诉我,"他只想给自己女儿找个不用花钱的学校。"

"西娅可没资格申请免费入学。"

"富二代!"西娅没发出声,冲着我做了个嘴型,还眨了眨眼。我强忍着笑意,看这两人斗嘴。

凯特和西娅交换了个眼神。两人虽然都没说话,但她们之间似乎达成了某种默契,然后西娅开口了。

"你叫什么?"

"艾莎。"

"嗯,艾莎,要不要过来和我们一起坐?"她扬起了眉毛,"我们的车厢就在过道边上。"

我深吸了一口气,感觉自己好像要从高高的跳水板上一跃而下。我点了点头,带上了自己的行李箱,跟在西娅身后。当时我完全没有想到,我这个小小的举动会改变自己的一生。

撒谎游戏

　　重返维多利亚,一切都已经不一样了。开往萨尔腾的火车变了,开放式的车厢配上了自动门,十分便捷。当年我们坐车来上学的时候还要自己把门拉上,经常会把门摔得砰砰响。不过站台倒是几乎没怎么变。我这才发觉,这十七年来,我一直在有意识地回避这个地方,回避和那件事有关的一切。

　　我用一只手小心地护着手里的咖啡,另一只手推着弗雷娅的婴儿车上了车,然后又到了最有挑战性的环节:解开弗雷娅婴儿车上的扣带。扣带的绳子和钩子缠在一起,解开它们真是项浩大的工程。幸好这节车厢里人很少,我的前后左右均没人,我得以专心地对付扣带,终于在发车哨声响起的时候解开了扣带。列车缓缓动了起来,发出一声叹息,驶出了车站。我把弗雷娅抱出来,放到了我放咖啡的桌子的对面。

　　我拿起咖啡,转身收拾起了行李,脑海里情不自禁地浮现出了列车剧烈震动,热咖啡浇在了弗雷娅身上的可怕画面。虽然心里很清楚这只是幻觉,弗雷娅明明就安然无恙地在桌子的那边,但我就是控制不了自己。自从有了她之后,我所有的被害妄想症,例如车厢割裂了我的身体,电梯门夹住了我,陌生的出租车司机带走了我,等等,都转移到了弗雷娅的身上。

终于,我把弗雷娅和自己都安顿好了。我喝着咖啡看着书,弗雷娅则在她的襁褓里睡着了。六月明媚的阳光洒在她的脸上,衬托得她那精致的小脸越发纯净无瑕。我的心头瞬间涌上了对她的无限爱意,刚才那杯咖啡没有泼在她身上,反而泼在了我的心上,暖洋洋的。此刻我抛去了一切杂念,坐在这里的我只是她的母亲。全世界似乎只剩下我们俩,沐浴在这片阳光和爱意中。

然后,我的手机就响了。

法蒂玛·乔杜里。手机屏幕上的名字让我的心跳漏了一拍。

我点开短信,我的手指一直都在颤抖。

"我随后就到!"短信这样写道,"等晚上孩子们都睡了,我就开车赶过来。九十点到。"

好吧,一切已经开始,虽然还没有收到西娅的信息,但也只不过是时间的问题。刚才的幻觉破灭了,我不是和弗雷娅来海边度假的。我想起了自己此行的目的,想起了我们之间所做过的事情。

"我坐了12:05这趟车从维多利亚出发。"我给其他人回短信,"凯特,能来萨尔腾接我吗?"

虽然没收到回复,但我知道她一定会来的。

我闭上了眼睛,把手放到弗雷娅的身上,感受着她的存在,不一会儿就沉沉地睡着了。

列车换轨的动静让我猛然惊醒。我的第一反应就是伸手去找弗雷娅。刚醒的瞬间我还有点蒙,不知道发生了什么,然后我意识到,到汉普顿李了。弗雷娅在襁褓里不安地扭动着,看样子被吵醒了她也很不高兴。本来她还能继续睡下去,只可惜列车又动了一下,动静比上次还要剧烈。这会儿她终于被惊醒了,睁开眼怒气冲冲地看着我,哇的一声哭了出来,声音里充满了恼怒和饥饿。

"嘘嘘……"我赶忙小声哄她,把她抱了起来。弗雷娅的棉襁褓里还放着一些玩具,她在玩具堆里挣扎着。"嘘嘘……没事的,小宝贝,乖。"我抱着热乎乎的弗雷娅,继续哄她。

我赶紧解开衬衫上的扣子。在此期间,弗雷娅则瞪着眼睛,气呼呼地用她的小脸撞着我的胸。奶水涌了出来,虽然我早已习惯了这个流程,但每次奶水流出来的感觉总让我觉得很不真实。

在弗雷娅喝奶的这番工夫,车上又是一声巨响和震动,伴随着汽笛声,列车开始缓缓地驶出车站,两旁的风景由站台变成了铁路、房屋,最后变成了一望无际的田野和电线杆。

惊人地相似。伦敦,我住了那么多年的地方,一直都在变化,弗雷娅也是一样,一天一个样。伦敦的街头有时会突然多了一个商店,少了个酒吧,各种大厦拔地而起,原本是荒地的一块地方突然就变成了夏德超市,更别说如雨后春笋一样冒出来的住房小区。

但是,在这些纷繁的变化中,这条路线,这趟旅程却一点都没有改变。

那棵烧焦的榆树,那个二战留下来的破堡垒,还有这座摇摇晃晃的桥,每次列车通过时总会产生轰隆隆的回响。

我闭上眼睛,眼前又浮现出了当时和凯特、西娅在一起的场景。车厢里,两人大笑着,在牛仔裤的外面直接就套上了校服裙,然后在背心外穿上校服衬衫，系好领带。西娅开始穿她的长筒袜，只见她将袜子顺着她修长的美腿一节一节提上去，从裙子下伸出手去系吊带。她的裙子被掀了起来，露出了洁白无瑕的大腿。我居然脸红了，于是就扭过头看向窗外秋日的麦田，心脏怦怦直跳。看到我这一本正经的模样，西娅大笑起来。

"你最好快点。"凯特懒洋洋地对西娅说道。她已经穿好了，而且也已经把牛仔裤和靴子都塞进了行李箱。"马上就到韦斯特里奇了，那边是海滩景点，人来人往，别把人家的心脏病给勾出来了。"

西娅吐了吐舌头，冲凯特做了个鬼脸。不过她还是系好了吊带，老老实实地把裙子抹平了。这时，列车刚好到达韦斯特里奇。

就像凯特提醒的一样，站台上已有不少旅客在等待。列车靠站停下，西娅咕哝了一声。我们的车厢里来了三个沙滩游客：一对夫妇和他们的孩子。小男孩大约六岁，一只手拿着小桶和铲子，另一只手拿着一根正在融化的巧克力冰棒。

"还能坐下三个人吗？"父亲兴高采烈地打开了门，他们一家人踩着台阶进到了车厢里。小小的车厢瞬间就显得有些拥挤。

"欢迎欢迎，但是很抱歉，我的这位朋友，"西娅示意了我一下，"今天刚被放出来，她保释的条件之一就是不得和未成年人接触。法庭还特别强调了这一点。"她的语气听上去充满了歉意。

男人眨了眨眼，他的妻子则紧张地笑了笑。男孩则忙着捡身上的巧克力碎渣，根本没在听。

"所以我们担心您的孩子。另外，也请体谅下阿丽雅德妮，毕竟她不想再回少管所了。"

"旁边就有个空车厢。"凯特"好心"地提醒他们，她一直在绷着脸努力不让自己笑出来。她拉开了走道上的门,"很抱歉,给你们造成了不便,但这样对我们每个人都好。"

男人向我们投来了怀疑的一瞥,然后就带着自己的妻子和孩子走了出去。

他们刚一走,车厢门还没关上,西娅就疯狂地大笑起来,但凯特却在一直摇头。

"这次不算。"她的脸因为强忍着笑意而变得有些扭曲,"他们根本就不相信你。"

西娅从口袋中掏出一根香烟点燃,尽管窗户上贴着"禁止吸烟"的标志,但她还是猛抽了一口。

"他们不是走了吗?"

"他们只是觉得你是个怪胎罢了,这次不算。"

"这,这是某种游戏吗?"我迟疑地问道。

没有回答。长久的沉默。

西娅和凯特互相看着对方,两人之间似乎心有灵犀,我似乎可以感受到她们之间无声的交流,讨论该如何回答我的问题。然后凯特的脸上露出一个近乎神秘的微笑。她向我的方向探过身来,我几乎能看到她灰蓝色眼睛里的黑色条纹。

"这不是某种游戏,而是这种游戏。撒谎游戏。"

撒谎游戏。

记忆如潮水一般涌入大脑,如此鲜活生动,就好像我现在闻到的海腥味、听到的海鸥叫声一样真实。真是难以想象,我几乎曾将这段记忆完全抹去,忘记了凯特曾经在床上挂着的那张计分表,那张表上画着各种神秘的符号，难懂的积分规则：新增一个受骗者的得分，完全被骗的得分。如果内容详细或者完成了一个不太可能的谎言，就会有额外得分。我已经很久没有想起撒谎游戏了，但从某种程度上来说，这个游戏其实一直还在进行。

我叹了口气，低下头看了看弗雷娅平静的脸庞。此时此刻，她已经完全沉浸在了吃奶的乐趣中。我不知道自己能否像她一样专注，我也不知道我是否能回到过去。

到底发生了什么事情？紧迫到凯特要在大半夜把我们召集回去？

只可能是那件事了。那件我甚至都不敢去想的事情。

列车即将抵达萨尔腾，就在这时我的手机又响了。估计是凯特问我到哪里了。我拿出手机，却发现发来短信的不是凯特，而是西娅。

我来了！

萨尔腾站的站台上没什么人。火车开走后，乡村的宁静感扑面而来。蟋蟀的叫声，鸟儿的鸣叫以及远处联合收割机的声音让我立刻感受到了萨尔腾的夏天。以前站台这里总会有萨尔腾学院的面包车等候在此，我还记得那个穿着蓝色制服的乘务员。但是今天停车的地方空荡荡的，一个人也没有，甚至凯特也不在。

我挎着一个大包，推着弗雷娅走下站台向出口走去。怎么办？给凯特打电话吗？真应该和她确认好时间的。我就默认她收到短信了，但如果恰好她手机没电了呢？潮水磨坊那里也没有固定电话，所以我也没有别的电话可打。

我把弗雷娅的婴儿车停稳当，掏出手机查看短信，顺便看了下时间。正在输入开机密码时，凹陷的路面上传来了引擎的声音，我本以为是凯特开着她那辆破路虎来了——七年前,凯特正是开着这辆车参加了法蒂玛的婚礼。我还记得她车上长长的座位,还有影子把头从窗户里伸出来,呼呼喘气的场景——但来者并非路虎,而是一辆出租车。我一时还不能确定是不是凯特来接我了,然后我就看到凯特从乘客侧的后车门下了车。我的心怦怦地跳动了起来,这一刻我不再是国家部门的律师,也不再是一个母亲,而只是一个从站台上奔向朋友的小女孩。

"凯特!"

她一点儿都没变。还是那么的苗条,瘦骨嶙峋的手腕,栗色的头发,棕色的脸庞。她的鼻子还是和以前一样翘翘的,上面洒着几颗雀斑。她的头发变长了,被她拿橡皮筋绑到了后面。岁月只在她的嘴角和眼眶下留下了几道痕迹,她的皮肤还是那么细腻,她还是我记忆中的那个凯特,我的凯特。我们拥抱的时候,我深吸了一口气,还是熟悉的味道,烟草味、松脂和肥皂混合的味道。我抓着她的胳膊,情不自禁地笑了起来,虽然有点傻,但我也顾不得许多了。

"凯特!"我傻傻地又重复了一遍。凯特又将我拥入怀中,她的脸埋进了我的头发中。

然后我听到了一声啼哭,这才想起自己的身份,以及和凯特分开后所发生的一切。

"凯特。"她的名字又一次从我的嘴里蹦了出来,感觉真好。

"快来看看我的女儿。"我打开婴儿车上的遮阳篷,解开襁褓上的扣子,把弗雷娅抱了出来。

凯特接过她,看上去似乎受到了惊吓,然后她瘦削的面庞上露出了一丝笑容。

"真是个小美人。"她对着弗雷娅说道。她的声音柔软而又沙哑,和我记忆中的一模一样,"长得真像你妈妈。你妈妈艾莎就很美。"

"是吗?"我疑惑地看着凯特,我俩蓝色的眼睛对视着。她伸出一只手想去抚摸弗雷娅的头发,但是突然停了下来,她似乎对弗雷娅眼睛的颜色感到困惑。"她的眼睛像欧文。"我解释道。有点遗憾,我一直希望能有个蓝眼睛的孩子。

"走吧。"最后凯特对着弗雷娅说道。她抓着弗雷娅的小手,戳了戳她柔软的身体和胖乎乎的小手指,"回去吧。"

"你的车呢?"我好奇地问道。我们向出租车走去,凯特抱着弗雷娅,我推着婴儿车,车上放着行李包。

"又坏了。我会找人去修的,但是你懂的,没钱。"

"你啊!"

我本来想说的是,你为什么不去找一份正当的工作呢?什么时候你才能卖掉潮水磨坊,找一份稳定的工作,而不是就靠着萨尔腾那日益减少的游客呢?现在还有人会来度假吗?虽然我心里知道,凯特是绝不会卖掉潮水磨坊,也绝不会离开萨尔腾的。

"女士们,潮水磨坊?"出租车司机从车里探出头来问道。凯特冲着他点了点头。

"谢了,里克。"

"我帮你把婴儿车放到后备厢里吧。"司机下车来帮忙,"这车是能折叠的吧?"

"是的。"又得和婴儿车的扣子做斗争了,然后我突然想到我忘了带婴儿座椅,"我只带了婴儿车,想着能让弗雷娅睡在里面。"

"路上有警察。"里克轻松地说道,他把折叠好的婴儿车塞进后备厢,"玛丽家的小伙子。不过,多一个乘客又怎样?他总不能把我们的小可爱抓起来吧?"

我其实并没有担心警察,但是司机提到的名字一下吸引了我的注意力。

"玛丽家的小伙子?"我看着凯特说道,"是马克·雷恩吗?"

"没错。"凯特的嘴角边挤出一个生硬的微笑,"现在已经是雷恩队长了。"

"他都长这么大了啊!"

"是啊,他也就比我们小几岁。"凯特解释道。她没说错,雷恩已经三十岁了,是该担任个一官半职了。但我真的没法想象他三十岁的样子,在我的脑海中,他一直都是一个十四岁的小男孩,脸上长着青春痘,嘴唇上有一层毛茸茸的胡子。身高一米八的他总喜欢弯着腰,让自己显得没那么高。他还会记得我们吗?他还会记得那个游戏吗?

我们坐上车,扣好安全带。"有点挤,把她放到你的腿上吧。"凯特的语气中带着歉意。

"我尽量慢点。"里克一边说着一边发动了汽车,汽车从坑坑洼洼的停车场驶上了坑坑洼洼的马路,"再说,又不远。"

"少走点泥坑。"凯特叮嘱司机。她紧紧抓住了我的手。我知道她一定是想起了我和她曾经一起上学的时光。我们小心翼翼地避开泥坑,来往于学校和潮水磨坊之间。"车上还有婴儿车,不方便。"

"这六月天也太热了吧。"汽车转弯的时候,里克轻松地和我们唠起了家常。刺眼的阳光透过树叶，洒落在我的脸上。我眨了眨眼，后悔自己把墨镜落在了家里。

"是很热。"我回答道，"伦敦还没这么热。"

"所以是哪阵风把你吹回来了？"里克从后视镜里看着我，我们的眼神相会了，"你和凯特是同学，对吧？"

"是的。"回答后我就陷入了沉默。是啊，我为什么要回来呢？是因为那个短信？四个字？我看向凯特，她的眼神告诉我，现在还不是谈论这个话题的时候，至少不能当着里克的面说。

"艾莎是回来参加同学聚会的。"凯特突然插了一句。

我眨了眨眼。凯特捏了下我的手以示警告。汽车行驶到了铁道路口，过铁轨的时候，车上有些颠簸。我连忙抽出手，用两只手抱紧弗雷娅。

"啊，我听说了。据说萨尔腾学院的晚宴排场很大啊。"里克似乎无所不知，"我的小儿子就在里面当服务员，挣点零花钱。有华盖、香槟、烟花等等。"

"我还真没去过呢。"凯特说道，"但今年是我们毕业十五周年，所以还是值得一去的。"

十五年？有那么一瞬间我以为是凯特算错了年份，后来我转念一想，距离离开学校虽然已经过去了十七年，但是如果我们一直读到六年级，其实就要减去两年。对于我们班上的其他人来说，今年就是毕业十五周年。

我们在街角左右穿梭。我紧紧地抱住弗雷娅，心悬到了嗓子眼。这一刻我有点后悔，自己怎么那么傻，就没想到带上儿童座椅呢？

"你经常回来吗？"里克从镜子里对着我说道。

"不。我有很长一段时间都没回来了。"我勉强在座位上换了个姿势,我知道自己把弗雷娅抱得太紧了,但是我就是没法放松,"你懂的,工作太忙,抽不开身。"

"这里多好啊。我就从来没想过要去别的地方。不过如果你不是生在这儿,可能就没这种感觉。对了,你父母是哪里人?"里克接着询问道。

"他们现在,曾经……"我不知道该如何回答。不过凯特就坐在我的身边,她的存在似乎给了我说下去的力量。于是我深吸一口气说道,"我爸爸现在住在苏格兰,不过我是在伦敦长大的。"

汽车从一个栅栏上轧了过去,驶出了树丛,来到了海湾。

突然之间,眼前的景色就变了。这是我魂牵梦绕的地方,也是让我心碎神伤的地方,曾经试图忘记的一切就这样出现在了眼前。宽宽的河流,里面长满了水草,微风吹过河流,泛起涟漪,水面上反射出云朵的倒影。一切如此明媚而清晰,我几乎有些哽咽了。

凯特看着我,脸上露出了微笑。

"你忘记了吗?"她轻声问道。我摇了摇头。

"不可能。"我说谎了。我确实曾经将海湾完全忘记,将这一切抛之脑后。但世界上没有任何一个地方能和这里相比。我也看过很多河流,但没有一个能与之相媲美。这里水天相交,海洋陆地河流构成了完美的统一体。

汽车继续前行,宽阔的马路逐渐变成了小道,再变成长满野草的石子路。

然后我看到了水面上那团巨大的轮廓:潮水磨坊。它甚至比我记忆中的模样还要衰败破旧,看上去不像是一个建筑,而像一堆被风吹在一起的木头,随时随地都有可能散架。我的心沉了下去,那些曾经被湮埋在脑海深处的记忆,现在全都插上了翅膀,盘旋在我的脑海中。

我想起了西娅在黄昏中裸泳的场景。她的皮肤在夕阳下闪着金光。岸边的小矮树在水面上投下了细长的影子,将被晚霞染红的水面切割开来,海湾看上去像是一块毛色鲜艳的虎皮。

我想起了在冬日的早晨,凯特趴在窗户上的场景。潮水磨坊的窗户上结了一层厚厚的霜,透过窗户只能看到水草和芦苇模糊的身影。凯特探出身去,张开双臂,呼出了一团白色的气体。

我想起了法蒂玛穿着泳衣躺在码头上的场景。夏日的阳光将她的皮肤晒成了褐色,她躺在那里,戴着一副巨大的墨镜,享受着日光浴。粼粼的波光反射在她的墨镜上。

还有卢……卢……我的心猛地一紧,回忆就此中断。

穿过石子路,我们被一个栅栏门挡住了去路。

"就停这儿吧。"凯特对里克说道,"昨晚涨大潮了,前面的地面很湿。"

"是吗?"里克转过头来,"我可以试试,看能不能开过去。"

"不用了,我们走过去就行。"凯特抓住门把手,拿了一张十元的纸币递给里克,但里克挥挥手拒绝了。

"孩子,这钱你就留着吧。"

"但是,里克……"凯特还想说点什么。

"没有什么但是。你爸爸是个好人,我才不管别人怎么说,你呢,也熬过了那些闲言碎语,一直坚守在这里。"

凯特沉默了,我知道她努力想说点什么但却说不出口,于是就替她说道:"谢谢你,里克。让我来吧。"

我掏出十英镑递给他。

里克有些犹豫。我把钱直接放到了烟灰缸里,然后抱着弗雷娅下了车。凯特则把我的婴儿车和行李从后备厢里拿了出来。我们把弗雷娅放进婴儿车里,扣上安全带。这时里克点了点头。

"好吧,不过如果你们需要用车的话,一定要联系我。任何时间,任何地点。那个地方……"他冲着潮水磨坊扬了扬头,"再过一段时间肯定要散架。如果你们需要去别的地方,不管有没有十英镑,都要联系我,明白吗?"

"好的。"我点了点头。

他的话让我安心不少。

里克离开后,我们俩看着对方,面面相觑。毒辣的阳光照射着我们的头顶,一时间我们竟无话可说。我想问问凯特短信的事,但是不知为何又问不出口。

当我终于下定决心要问个清楚的时候,凯特已经转身打开了大门。等我们都进来后,她锁上了门。我向着连接潮水磨坊和海岸的那条短短的木制浮桥走去。

潮水磨坊位于水里的一处沙堆上。这块沙堆就比潮水磨坊大了那么一点儿,据我猜测,它曾经和海岸是连在一起的。在建造潮水磨坊的时候,一条狭窄的水道形成了,将潮水磨坊和陆地分离开来。本来这条水道上还有一个水轮,但现在这个水轮也只剩下一堆露在水面上的烂木头,显示着它曾经存在的痕迹。原本是水轮的地方被现在的这条长约三米的木制浮桥取代。通过这条通道,潮水磨坊才和岸边连在了一起。我记得我们曾经在木制浮桥上跑来跑去,有时还是四个人一起跑的。现在想想,真是有些不可思议,这条浮桥居然能承载我们四个人的重量。

和记忆中相比,眼前的浮桥变窄了,木板也被海水泡得有些发白,有些地方已经腐烂。但是我并没有看到凯特在上面加上新护栏。凯特拿着我的包走上了浮桥,她看上去一点也不害怕。我深吸了一口气,试图把脑海中那些可怕的场景——木板塌了,婴儿车掉到海水里——甩掉,然后跟在凯特后面走上了浮桥。我推着婴儿车小心翼翼地跨过桥上的那些空隙,心一直悬着,直到我们到达了相对安全的彼岸,我才松了口气。

大门没锁。潮水磨坊一贯的作风,过去如此,现在也如此。凯特拧了下门把手把门打开,自己则退后一步,让我进去。我推着婴儿车上了台阶进到屋里。

我和凯特的最后一次见面是在七年前,而我离开萨尔腾的时间则更为久远。有那么一瞬间,我有一种时空错乱的感觉,好像自己又变成了十五岁。那年我第一次走进潮水磨坊,被这里的颓废美深深震撼。今天,我又一次看到了那些不对称的落地窗和窗户上依然破旧的窗格。透过窗户,入海口的景色尽收眼底。螺旋楼梯蜿蜒上行,颤颤悠悠地经过卧室,直达屋椽上的阁楼。我看到了被烟熏黑了的炉子和蛇形的烟道,矮沙发和里面坏掉的弹簧,但占据了房间的还是画。画,到处都是画。有些画我认不出来,但能肯定是凯特的作品,还有一百幅画上的署名看上去也很眼熟。

那边,锈迹斑斑的水池上挂着一幅镀了金边的凯特画像。画中的小婴儿凯特有着胖乎乎的小脸,她正伸着手拼命地想抓住画外的某个东西。

　　这里，在两扇落地窗的中间挂着一幅未完成的画，上面画的是河湾冬日的景色：冰天雪地中，一只苍鹭正贴着水面飞行。

　　那扇通往室外厕所的门旁边还挂着一幅西娅的水彩肖像画，她的轮廓溶解在纸的边缘。

　　我还在桌子那边看到了我和法蒂玛的素描。我们两人躺在简易的吊床上开怀大笑，无忧无虑。

　　这些画对我的记忆发起了冲击，一瞬间我似乎被拽入了记忆的旋涡之中。突然一阵响亮的狗吠声将我拉回了现实。我低下头，发现一团灰白色的东西正向我扑来。影子！我制止了它想进一步扑上前的动作，抚摸着它的脑袋。它也安静了下来，用脑袋不断蹭着我的腿。影子并不属于那段历史，它的出现打断了我的回忆。

　　"这里还是老样子，一点儿也没变。"我知道自己的话里冒着傻气。凯特只是耸了耸肩，然后开始解弗雷娅婴儿车上的扣带。

　　"还是变了点的。我不得不把冰箱给换了。"她冲着角落点了点头，那里摆放着凯特新换的冰箱。如果非要说它和之前那台有什么不同的话，那就是这台"新"冰箱看上去更破更老。"我还卖了不少画，都是老爸最好的作品。虽然我自己又画了一些，填补了墙上那些空缺，但毕竟还是不一样了。我自己最喜欢的画也被我卖了不少，比如说那幅千鸟的骨骼图，还有那幅灰狗在沙滩上的图。其余的我就留了下来，真舍不得卖啊。"

　　她的目光掠过弗雷娅的头，看向那些画作，眼神中满是爱意。

　　我把弗雷娅从她手上接了过来，让弗雷娅趴在我的肩膀上。说真的，这地方特别像博物馆里的展览室，就是那种还原了伟人房间的展览室。例如卡纳瓦莱博物馆里的马塞尔·普鲁斯特[1]的展物，忠实还原了马塞尔·普鲁斯特的浴室，以及保存在贝特曼的吉卜林[2]书房。进去后，总有种时间静止的感觉。当然这一切我都只是放在心里默默地想着，并没有告诉凯特。

只不过这里没有被绳索挡住不能靠近，这里只是凯特继续生活、怀念父亲的场所。

为了不让凯特看出我的想法，我走到窗户前，拍打着弗雷娅温暖的背部，安抚着她的同时其实更多是在安抚我自己。我看着海湾，正值退潮时分，但令人吃惊的是，大部分的码头却被淹没在了潮水的下面，只有一点点露在浪花之上。我转向凯特，脸上露出了不可思议的表情。

"码头已经沉下去了吗？"

"不仅仅是码头。"凯特的语气中满是悲哀，"这里的一切都在下沉。我请了个检验员过来看，他说这里地基不稳。我就算想把这里抵押出去，也不会有人要的。"

"什么？什么意思？下沉？不能把它假固，不，加固吗？不行吗？"我急得都出现了口误。

"没办法。这下面是沙子，地基不稳，再怎么加固都没用。顶多只能延缓一段时间，最终它还是会沉到水里的。"

"这么危险？"

---

[1] 马塞尔·普鲁斯特（Marcel Proust，1871—1922），法国著名作家，代表作有《追忆似水年华》等。

[2] 约瑟夫·鲁德亚德·吉卜林（Joseph Rudyard Kipling，1865—1936），英国小说家、诗人，1907年获诺贝尔文学奖。

"其实还好。楼上的楼梯确实有些松动,这又导致了地板有些不平。不过也不用太过担心,至少地板还能撑上一段时间,不过屋里的电可就说不准了。"

"什么?"我看着墙上的灯,似乎已经看到了火星四溅的场面。看到我紧张的样子,凯特大笑起来。

"别担心。我装了一个超大的断路器。一旦电路有危险,它就会自动断电。不过这也就意味着涨潮的时候,屋子里可能会停电。"

"这地方不会没上保险吧?"

"保险?"凯特像看傻子一样地看着我,"我从哪儿去弄保险费啊?"

"那你还住在这里干吗?凯特,这也太疯狂了。你不能就这样住在这里。"

"艾莎。"凯特耐心地说道,"我不可能离开的。谁会接手这么个破地方呢?"

"那就别卖。你走。把钥匙交给银行,必要的时候就跟银行说,你破产了。"

"我不会走的。"凯特固执地说道。她走到炉子前,拧开煤气罐的阀门,点燃了炉子。炉子上的茶壶开始咝咝作响。凯特拿出两个马克杯和一个破茶罐,"你知道原因。"

我陷入了沉默。凯特没说错。我确实知道她坚持不肯离开的原因,这也是我来到这里的原因。

"凯特。"我嗓子发紧,"凯特,那条短信……"

"还不是时候。"凯特背对着我,我看不到她脸上的表情,"抱歉,艾莎,公平起见,我们得等等,等其他人都到了再说。"

"好的。"我平静地说道。但是突然之间,我觉得自己的内心可没那么平静。

法蒂玛是第二个到达的人。

黄昏时分,微风从窗外吹进来,带着一丝暖意。我坐在窗边,翻着手中的小说,努力想要用书中的故事情节赶走脑海中的胡思乱想。我的脑海似乎有两个和我长得一模一样的小人,一个小人很想疯狂地拽着凯特,逼她说出实情,但另外一个小人却在畏畏缩缩,不想知道事情的真相。

此时此刻,一切都那么平静。我拿着书,弗雷娅在她的被窝里打盹儿,凯特站在炉子边,一股咸咸的味道从炉子上的煎锅里飘了过来。我竟然有点想让时间静止在这一刻。也许,只要我们不谈论那件事,我们就可以假装这只是一个老朋友的聚会,就像我告诉欧文的那样。

煎锅里突然响起了咝咝的声音,吓了我一跳。与此同时,影子也汪汪汪地叫了起来。一转头,我听到了汽车轮胎和地面摩擦的声音,有车从主路转向了通往海湾的小道。

我连忙起身,打开了潮水磨坊通往陆地那侧的门。岸上,沼泽地里射出了灯光,一辆黑色的四座大汽车正顺着小道向这里驶来。车上的音乐再加上油门的轰鸣,惊起了沼泽中的一群水鸟。车越来越近,越来越近,伴随着巨大的刹车声和轧石子的声音,车停了下来。发动机熄火后,沼泽地瞬间又恢复了宁静。

"法蒂玛?"我冲着车喊道。车门打开了,下一刻我就沿着码头向她飞奔而去。到了岸边,她张开双臂紧紧地搂住我,勒得我差点没喘过气来。

"艾莎!"法蒂玛的眼睛就像知更鸟的眼睛一样又黑又亮,"我们有多久没见了?"

"太久了。"法蒂玛的脸半掩在一条丝巾里,丝巾上还带着车里空调的凉意。我亲吻了她的脸颊,然后站直了身体,这才有机会好好地打量她,"上次见面应该是在你生下纳迪亚之后,我去看过你。天哪,都已经六年了,是吗?"

她点了点头,举起手来。我本以为她要解掉脸上的围巾,但没想到她却把围巾的卡子别得更严实了。我这才意识到,这根本不是奥黛丽·赫本风格的头巾,而是穆斯林的头巾。我们最后一次见面时还没见她有这番打扮。

法蒂玛看着我若有所思的样子,微笑了起来,然后她认真地别好了最后一个卡子。

"我知道你在想什么,有点小改变,对吧?我其实一直都在思考这件事,萨米尔出生后,我终于下定了决心。怎么说呢,就是跟着感觉走吧,也算是遵从了自己的本心。"

"是阿里……"我刚开了个头,就看到法蒂玛不满地瞪了我一眼,那一瞬间我真想踢自己两脚,说话怎么就这么不过脑子。

"亲爱的艾莎。咱们都认识这么多年了,你觉得我是那种没主见的人吗?"法蒂玛叹了口气。她是对我有点失望的意思吗,觉得我居然会那样想她?可能更多还是厌倦了所有人一直都在问她同样一个问题吧。"这想法从哪里来?我也不知道。也许是因为孩子吧,他们让我又重新思考了我的人生,又或许我只是希望生活能重回正轨?我真的不知道。但我能确定的是,现在的我比以前任何时候都要快乐。"

"呃，好吧……"我尝试着想表达自己现在的感受。我看着她遮得严严实实的上衣和光滑的头巾，这还是我记忆中的那个女孩吗？那时的她披散着头发，一头秀发如同瀑布一样垂在肩膀上，盖住了她的比基尼上衣，营造出一种裸体无衣、长发蔽体的感觉。那时安布罗斯曾经称她为戈黛娃夫人[1]，当时我还不明白这个绰号的来源，现在……现在这个绰号已经成为过去式。眼前的法蒂玛将自己严严实实地包裹在衣物下，我其实能理解她的心情，理解她想将那段历史抛之脑后的原因。"我确实有些吃惊。那阿里呢？他有没有行动？比如说斋月什么的。"

"当然。这应该算是我们俩达成的共识吧。"

"你父母一定很高兴。"

"不清楚，很难说，不过，应该算是吧。"法蒂玛背上包，在落日最后的一丝余晖中，我们俩小心翼翼地走在码头上。"我觉得他们应该是高兴的。虽然我妈妈从来没有公开反对过我之前的行为。不过既然我现在开始戴头巾了，她私下里一定还是很开心的吧。阿里的父母就有些搞笑。她的妈妈总是对我叨叨个不停，法蒂玛，别人都不戴头巾，这会耽误你工作，学校里的其他家长也会觉得你是个异类之类的话。我就告诉她，我的手术室里好不容易才招到一个会说乌尔都语的女医生，而且孩子的朋友里有一半都来自穆斯林家庭。不过她就是不信。"

"阿里呢？"

---

[1] 传说戈黛娃夫人为了争取减免丈夫强加于市民们的重税，曾骑着一匹白马，以长发蔽体，穿过街市。

"哦,他很好。最近他刚升了职。他确实很勤奋,不过我们不都这样吗?"

"不包括我。"我心虚地笑了笑,"我这不正利用产假放松呢。"

"对对对!"她转过脸对我咧嘴一笑,"我懂你说的这种放松,不仅晚上睡不着,乳头也被咬得生疼。要是放这种假,我还不如去足科上班呢。"法蒂玛四处张望着,"小弗雷娅呢?我要看看她。"

"她睡了。这趟旅途把她累坏了,过一会儿她应该就会醒了。"

我们走到潮水磨坊的门口。法蒂玛握住门把手,却停了下来。

"艾莎……"她迟疑道。其实她不用再说什么,她所想的,她想问的,我都清楚。于是我摇了摇头。

"我不知道。我问过凯特了,她说要等我们都到齐才能说,否则就不公平了。"

法蒂玛似乎整个人都瘫软了。突然之间,一切都不重要了,那些客套话就挂在我嘴边,说不出口。我知道,法蒂玛和我一样紧张,我们俩都在想着凯特发送的那条短信,我们都不想去思考其背后可能的意义,或是确切的意义。

"准备好了吗?"我问道。法蒂玛抿紧嘴唇,长长地舒了一口气,然后点了点头。

"是的。该死,这真是太诡异了。"

然后她打开了门,回忆瞬间将她吞噬。我亦如此。

去萨尔腾学院报到的那一天，我从火车上下来后，发现站台上只有我、西娅、凯特和远处的一个女孩。那个女孩身材纤细，一头黑发，看上去十一二岁的样子。她怯生生地打量着站台，看到我们之后，就走了过来。随着她越走越近，我看到她也穿着萨尔腾学院的校服。等她靠得足够近的时候，我才发现判断错了她的年龄，她至少有十五岁了，只不过看上去比较娇小罢了。

"嘿，"女孩和我们打招呼，"你们也是去萨尔腾学院的吗？"

"不，我们是一群打扮成学生的恋童癖。"西娅不假思索地说道，然后她立刻意识到了不妥，"抱歉，我又犯傻了。是的，我们也是萨尔腾学院的学生。你是新生吗？"

"是的。"她走在我们旁边，和我们一起前往停车场，"我叫法蒂玛。"她的伦敦口音立刻引起了我的共鸣，"其他人呢？我以为会在火车上看到很多女孩子呢。"

凯特摇了摇头。

"大部分都是家长开车送的,尤其是在放完暑假后。走读生要到周一才来报到呢。"

"学校里有很多走读生吗?"

"三分之一吧。我平常也住在学校,只有周末回家。不过我去伦敦在西娅家待了几天,所以就和她一起回来了。"

"你住在哪里啊?"法蒂玛问道。

"就在那儿。"凯特指着盐沼后远处一片闪闪发光的水域说道。我眨了眨眼,那里并没有房子啊,不过凯特的家可能隐藏在沙丘或者铁轨旁的矮树丛里。

"你呢?"法蒂玛转向我。法蒂玛长着一张圆圆的娃娃脸,看上去很亲切。她用一根卡子将自己乌黑的秀发别在脑后,"你多大?什么时候入学的啊?"

"我十五岁。今年就上五年级了。和你一样,我也是新生,也是住宿生。"我不想把自己的情况讲得太过详细。我的妈妈生病住院,爸爸在银行工作每天加班,所以基本上没人来照顾我和十三岁的弟弟威尔。然后在我还没来得及反应的时候,父母就做出了让我们去寄宿学校的决定。这个消息对我来说无异于晴天霹雳,我做错什么了吗?我给家里惹麻烦了吗?没有!相反我变得更加勤奋刻苦,拼命想为家里分忧。我买菜做饭,还记得给清洁工工资,连爸爸有时都忘了这件事!

然后就有了那番谈话。对你们都好……能交到很多朋友……学校功课不能落下……考试很重要……

我不知如何回答。说实话,到现在我还没有从当时的震惊中缓过劲来。威尔只是点了点头,咬紧牙关一句话也没说,但是我听到了他在夜里哭泣的声音。爸爸开车把他送到了卡尔特学院，这也就是今天我不得不自己坐火车来报到的原因。

"我爸爸今天要加班。"我听到自己的嘴里吐出了这样的话语，如此轻松自然，就好像之前彩排过一样，"不然他也会送我过来的。"

"我父母现在在国外。"法蒂玛说道，"他们都是医生，现在在海外做国际志愿者，义务工作一年，不要任何报酬。"

"妈呀！"西娅看上去很是吃惊，"要是我爸的话，一个周末都不会干。那他们有别的收入吗？"

"应该没有。据他们说，会有津贴，对，就是这个词，他们的原话。应该就相当于零花钱，而且是和当地工资水平挂钩的，所以我觉得也不会有太多。不过他们本来也不是冲着钱去的，而是宗教方面的原因。"

我们一边说着一边经过了一个小派出所，那里停着一辆蓝色的面包车，一个穿着夹克衫和短裙的女子正拿着一个笔记本站在门口。

"嘿，姑娘们。"她对着西娅和凯特说道，"暑假过得还好吗？"

"很好，谢谢你，鲁尔克老师。"凯特回答道，"这是法蒂玛和艾莎，我们在火车上认识的。"

"法蒂玛？"鲁尔克老师的笔在名单上游走着。

"法蒂玛·奎奇利。"法蒂玛说道，"Q开头的那里。"

"找到了。"鲁尔克老师轻快地说道，在法蒂玛的名字上打了个钩，"那么你一定就是艾文莎·王尔德喽？"

她把我的名字读成了艾文莎，不过我也没纠正，温顺地点了点头。

"我没读错吧？"鲁尔克老师还追问了一句。

"去掉那个文就对了。"

鲁尔克老师没说什么,但是在纸上记下了点什么。然后她接过我们的箱子,放到了面包车的后排。我们一个接一个地爬上了车。

"把把手转一圈就能关上门了。" 鲁尔克老师从前排转过头来叮嘱道。法蒂玛抓住门把手,砰的一声关上了车门。汽车发动了,我们从坑坑洼洼的停车场沿着一条破破烂烂的马路驶向海边。

西娅和凯特在后排叽叽喳喳说个不停,我和法蒂玛坐在一起。尽管我们都很拘束,但我们尽量让自己表现得很自然。

"你住过校吗?"我轻声地问法蒂玛。她摇了摇头。

"没有。其实我一开始不是特别想来,我原本想和父母一起去巴基斯坦,但是我妈不同意。你呢?"

"我也是第一次住校。你曾经来过萨尔腾吗?"

"嗯,去年年底,我和爸爸妈妈来这里看过。你觉得这里怎么样?"

"我没来过这里。一直都找不到时间……"

这是父母已经决定好的事情,等爸爸告诉我的时候,我已经错过了学校的开放日。法蒂玛肯定会觉得很奇怪。

"我觉得还行吧。但是,别误会啊,我不是想说这里有多么不好,但学校给我的感觉就像是一间上等的监狱。"

她说得还挺搞笑。我忍住笑意点了点头。我知道她想说的是什么。我曾经在学校的宣传册上看到过学校的一些图片,看上去确实和监狱的构造有几分相像。长方形的白墙面对着大海,还有那十几米长的铁栏杆。宣传册封面上的学校看起来既古板又方正。四角还放置了四个古怪的小转台,就好像设计师在最后一秒的时候终于意识到了设计上的缺陷,想用这四角上的状态来减轻这种古板的感觉。可惜事与愿违,其实在四角上种上一些常春藤或者一些青苔,效果都比转台要好。但话又说回来,在海风这么大的环境下,也只有转台能站稳。

"你觉得我们能自己选室友吗?或者寝室?"我在伦敦的时候就一直在思考这个问题。

法蒂玛耸了耸肩:"我不这么想。如果每个人都选的话,那得多乱啊。学校肯定已经分配好了。"

我又点了点头。我早就把宣传手册的相关内容好好研读了一番。在家里我就是个十分重视个人隐私的人,可惜学校只给六年级的学生提供单人间。四、五年级的学生住双人间。再低一点的年级就只能住多人间了。

我们的话题就此终结。法蒂玛看起了一本斯蒂芬·金的小说,我则望向窗外。大片的沼泽,蜿蜒的水沟,路旁的沙丘都从我的眼前一闪而过。海风吹拂在脸上,无比惬意。

萨尔腾学院在我的记忆中留下了不可磨灭的印记,现在再去回想那段初来乍到的时光,真是很有趣。那天,我安静地坐在面包车上,跟在一辆奔驰的后面,沿着蜿蜒的道路向学校驶去。

然后我就看到了学校宽阔的白色轮廓,在蓝天的映衬下,显得越发惨白刺眼——和宣传册封面的图案一模一样。教室的窗户也按照一定的距离分布,在阳光下一闪一闪的,加重了整体上严肃压抑的感觉。大楼边上逃生通道的阴影交错在一起,让教学楼看上去像是一个大厂房。远处有曲棍球场和网球场。学校的后面还有一个大牧场,绵延数英里,渐渐消失在盐沼湖中。

面包车离学校越来越近,我已经能看到学校敞开的黑色大门。那里聚集着一群身材不同体形各异的女孩子,她们跑来跑去,大呼小叫，有人在招呼伙伴，有人在拥抱父母，有人在问候老师。

面包车停在了门口。鲁尔克老师把我和法蒂玛交给了法夸尔森·吉姆老师，西娅和凯特很快就融入了人群，而我和法蒂玛一时有些不知所措。身边的女孩子们有的在查看公告栏上的分组情况，发出阵阵尖叫，有的在搬运自己的行李箱，还有的在比较着餐盒里的饭菜，或讨论各自的发型。

"五年级有两个新人？这可不太常见。"法夸尔森老师努力提高自己的嗓门，但她的声音还是被淹没在女孩们的喧闹声中。她领着我们来到了一个高高的走廊里，走廊两旁有扶手，我们沿着蜿蜒的台阶向上走去。

"通常我们会将新生和老生放在一起，但这次也算是各种机缘巧合吧，你俩被分配到了一起。" 法夸尔森老师查看着名单，"你们俩住在二号楼B屋。嘿，康妮！"她抓住了一个正在挥舞着羽毛球拍的小女孩，"你能带法蒂玛和艾莎去二号楼B屋吗？带她们从食堂那里走，让她们知道在哪里吃饭。姑娘们，一点准时开饭。开饭前五分钟有铃声提醒，但宿舍楼离食堂还是有段距离的，所以听到铃声最好立刻动身。康妮，给她们带路吧。"

法蒂玛和我点点头。大厅里的吵闹声伴随着回声，让我们一时间有点头昏脑涨，而康妮已经动了起来，钻进了人群当中。我们赶紧拖着行李箱跟在她身后。

"通常情况下，大门是不让人通行的。"她头也不回地说道。我们跟在她身后左腾右挪，穿梭在人群中，一路向下来到了大厅后的一条通道。"只有在每学期的第一天，而且你还要上榜才行。"

"上榜？"我满心疑惑道。

"就是说，你得是荣誉榜上的人才行。级长、队长，这样的人。等你哪天当上了你就知道了。搞不清状况的话千万别走。其实很烦的，毕竟大门那里是往返海滩和曲棍球场之间的捷径，人人都想走，但是走了就被骂，所以还是算了吧。"她突然闪进了另一条通道，指着一个铺着石板的长通道说道，"那里就是食堂，这条路走到头就是。食堂不到一点不开门。千万别迟到，座位可不是那么好抢的。对了，你们真的住在二号楼？"

这还用问吗？好在法蒂玛替我们俩回答道："刚才那位老师就是这么说的。"

"你们可真幸运。"康妮的语气中带着一丝嫉妒，"二号楼的房间最好了，这是公认的事实。"她没有详细说下去，只是推开了墙上的一扇门，快步走了进去。门后是一排黑漆漆的台阶，康妮脚下如飞，我气喘吁吁地想跟上她，法蒂玛的箱子也在台阶上磕得砰砰直响。

"快点。"康妮不耐烦地说道，"我答应了利蒂希娅在午饭前和她碰头，要是按照现在这个速度，我可赶不过去了。"

我用力点了点头，奋力把箱子又拖上了一个台阶。

终于，我们来到了上面写着二号楼的一扇门前。康妮停了下来。

"我就送你们到这儿吧，从这儿进去一直走，里面就两间屋子，A和B，你们是B，不会走错的。"

"好的。"法蒂玛虚弱地吐出一句。还没等我们再说什么，康妮立刻就以迅雷不及掩耳的速度消失了，只剩下我和法蒂玛在原地喘着粗气，疑惑万分。

"好吧，真是搞笑。"康妮离开后，法蒂玛抱怨道，"我们怎么知道返回饲堂的路呢？"

"是食堂。"我下意识地吐出一句,然后立刻咬住了嘴唇。还好,法蒂玛似乎并没有听到,又或者她其实并不是很在意。

"走吧?"法蒂玛打开门。我点了点头。只见她向后退了一步,戏剧性地鞠了一个大躬,"你先请。"

我向内张望,里面还是台阶,只不过变成了螺旋上升的样式,消失在转角的地方。我叹了口气,抓紧了行李的把手。如果吃个饭就要这样来回跑的话,一个学期下来我一定会变得很健康。

我们首先经过了盥洗室,里面有水槽、两个厕所蹲位,还有一个看上去很像洗澡间的地方。继续向上走,又是一扇门,门上有一个B的字样。我低下头看向身后的法蒂玛,用眼神示意了她一下。

"是这里吗?"

"冲呀!"法蒂玛开心地说道。我敲了敲门,没有回应。于是我小心地推开门,走了进去。

我们的宿舍看上去很不错,其设计和二号塔楼曲线的墙壁十分吻合。两扇窗户,一扇朝北,面对着沼泽,一扇朝西,俯瞰操场和海边的公路。从窗外的景色来看,我们应该位于整座楼的最左边。楼下零零散散地分布着一些小房子,有些我曾经在宣传册上看过,科学角、体育馆等等。每扇窗户的下面摆放着一张狭窄的小铁床,床上没有什么花里胡哨的装饰物,就铺着红色的毯子和白色的床单。两扇窗户中间有一个木制床头柜和两个长长的姑且称之为储物柜的物体吧,因为衣柜没那么浅。一个柜子上的标签上写着艾·王尔德,另外一个则写着法·奎奇利。

"名字都标上了,有效避免了床铺之争。"法蒂玛说着,把自己的行李向靠近她柜子的床上一扔,"考虑十分周到。"

我来到了门口的书桌前，仔细研究着桌上的盒子。除此以外，桌子上还放着一张纸，上面赫然写着几个大字，"学生宿舍公约，签完后请交给韦瑟比老师"。突然门外传来一阵刺耳的声音，巨大的声音回荡在走廊上，把我们吓了一跳。

法蒂玛跳了起来，明显也和我一样受到了惊吓。她看向我："什么鬼？别告诉我这是我们的午餐铃声。"

"恐怕是的。"我的心怦怦直跳，"真要命，你觉得咱们能适应这个铃声吗？"

"够呛。不过现在咱们是不是该动身了？五分钟之内到达食堂，你觉得可能吗？"

我点了点头，打开房门试图回想起之前来时的路线。正在这时，楼上传来了一阵脚步声。我满怀期望地抬起头，希望能碰上老生，跟在她们后面去餐厅。

映入眼帘的是一双大长腿，长得居然有些眼熟。没错，就在几小时之前，我曾看过这双长腿的主人穿着另外一种不同风格的长筒袜。

"哎呀。"螺旋楼梯上传来了熟悉的声音。然后我就看到了西娅和紧跟在她身后的凯特。"快看这是谁啊？二号楼的两个新人。看来今年将是愉快的一年，对吧？"

"你真的戒了?"凯特对法蒂玛说道。她先是给我的杯子加满酒,然后又给自己满上。在灯光的照射下,凯特的脸看上去有些古怪,她的眉毛略微上扬,显出一丝疑问的神色,"彻彻底底完完全全地戒了?"

法蒂玛点点头,推开了手中的杯子。

"是的。毕竟我得遵守戒律,不是吗?"她也意识到了自己糟糕的发音,翻了个白眼。

"你怀念吗?"我问道,"我是说,喝酒。"

法蒂玛抿了一口自己从车上带来的柠檬汁,然后耸了耸肩。

"说实话?其实没有。确实,有时想想,小酌一番的感觉很不错,各种各样的鸡尾酒,但它们并不是……"

法蒂玛没有继续说下去,但我已经知道了她的意思。酒并不是福音。如果没有它的话,我们可能就不会犯下当年的那些错。

"总之,我对自己的现状很满意。"法蒂玛最终说道,"精力充沛，很多问题也都迎刃而解了。比如说开车、怀孕等等。其实真没什么，戒酒没你们想象的那么痛苦。"

我小啜了一口杯中的红酒，看着酒杯里泛起的微光，思绪却飘到了楼上已经睡着的弗雷娅身上。对了，酒精会顺着血液流到我的奶水中吧？

"我也得悠着点。"我说道，"为了弗雷娅着想。一两杯就够了，毕竟我还在喂奶呢。不瞒你们，这九个月我也滴酒未沾，我都不知道自己是怎么忍过来的。唯一的动力就是冰箱里的那瓶普伊夫美干白。"

"九个月。"凯特若有所思地把玩着手中的酒杯，"九天我都忍不了。不过艾莎，听说你戒烟了，是吗？真了不起。"

我露出一个微笑。

"是的。我遇到欧文之后就戒掉了，保持得也一直都很好。但后来又开始戒酒，两件事同时进行我可受不了。对了，你可真幸运，一开始就没抽。"我对着法蒂玛说道。

法蒂玛笑了起来。

"确实。这样我在教育病人的时候底气就更足了。如果一个医生自己都吞云吐雾，他很难让病人相信香烟是魔鬼。不过阿里就在干着这种怪事，他还以为我不知道他抽烟的事呢。"

"那你也不说说他？"我想起了欧文的作风。

法蒂玛耸了耸肩："他自己看着办吧。他要是敢在孩子面前抽，我肯定会发飙。其他场合就随他吧。只有真主能决定他的行为。"

"这真是……"凯特终于忍不住笑了出来，"抱歉，我不是要笑你，只是有些难以置信。你一点都没变，但说出的话，还有……"她冲着法蒂玛的头巾挥了挥手。法蒂玛已经将她的头巾扯了下来，搭在肩膀上,好像在提醒着我们物是人非。"别误会,我并不是说这不好,只是我还需要花上一段时间来适应,就像我当初刚见到艾莎和弗雷娅一样。"凯特的嘴角划出一个优美的弧线,冲着我微微一笑,"当时你带着个小人儿出现在车站,可真把我吓了一跳。然后我看着你抱着她,动作娴熟地给她擦脸、换尿布,那种感觉真的……你现在就坐在你之前常坐的那把椅子上,看上去一点儿都没变,但是……"

但是一切都已改变。

法蒂玛看了下手表,已经十一点多了。她站起身,将椅子推回桌子下面。我们聊了好长一段时间,从法蒂玛的病人聊到社区的八卦,再到欧文的工作,但我们一直在回避一个问题:为什么凯特要将我们紧急召来?

"看样子我要先撤了。"法蒂玛说道,"我去洗澡了。"

"没问题,去吧。"凯特头也没抬地回答道。她正专心致志地卷着一根烟,细长的手指揉搓着烟草,动作十分娴熟。她将卷好的烟举到嘴边,舔了舔,大功告成,然后把烟放在了桌上。

"我还是住后面那间房吗,还是?"

"哦,我忘了和你说了。"凯特摇了摇头,似乎在责备自己的疏忽,"西娅用楼下的那间屋子。你就用我原来的房间。现在我已经搬到了楼上。"

法蒂玛点点头,径直走向厕所。屋子里只剩下我和凯特。凯特拿起刚刚卷好的烟,轻轻敲打着桌面。

"没关系,你抽吧。"我知道她的顾虑,毕竟我已经戒了烟。凯特摇了摇头。

"我还是去码头上抽吧。"

"我陪你。"

凯特打开正对水面的破木门,白天的余热扑面而来。我们俩一起走了出去。

码头上一片漆黑。一轮明月悬挂在海湾的上空。凯特走到码头的左边,也就是上游面对着萨尔腾镇的那一边。我看着凯特,心里有点疑惑,但很快就明白了。码头的另一端已经完全没入了水中。那里是我们曾经坐过的地方。涨潮时,我们把脚放到水里,感受着被海水完全浸没的感觉。凯特感受到了我的视线,无奈地耸了耸肩。

"涨潮的时候就这样。"她看了看手表,"最大的浪就会打过来,不过马上就要退潮了。"

"但……但是,凯特,这就是你说的下沉的原因吗?"

她点点头,然后掏出打火机点燃香烟,猛抽了一口。

"这么说来情况不容乐观,这里确实在下沉。"我继续说道。

"我知道。"凯特吐出一口烟圈。她的声音干巴巴的,不带一点感情色彩。烟气飘到了我这里,我能感受到内心的蠢蠢欲动,这美妙的香气!"那又能怎样呢?"她从叼着烟的嘴角吐出一句反问。

我的欲望就在那一刻爆发了。

"给我吸一口。"

"什么?"凯特转过身,她的脸隐藏在阴影之中,"别这样,艾莎,你已经戒了。"

"从来没有什么彻底戒除一说,只不过是歇了一段时间罢了。"我不假思索地说了出来,然后才意识到自己刚才说了什么,引用了谁的话。我的心猛地一痛,我还想着他。这么多年了,他的话我还是记得清清楚楚。连我都这样，凯特想必更不好受吧。

"哦，天哪。"我伸出手，"凯特，对不起，我不是故意的……"

"没事。"凯特嘴上说着没事，但笑容已经从她的脸上隐去，突然之间她嘴角的皱纹变得更深了。她又猛吸了一口，然后把纸烟放到我摊开的手指上。"我一直都想着他，也不怕再多这一个念想了。"

我抓住纸烟，它在我的手里一闪一闪的，看上去更像是一根火柴。我的体内一阵发烫，下一秒我把纸烟的一端送进了嘴里。我狠狠地吸了一口，烟气直达肺部。哦，这感觉，真是太美妙了！

在我享受香烟的时候，两件事情同时发生了。远处大桥附近，两束光穿过波浪扫到了我们这里。一辆车停在了凯特那破旧的大门前。

与此同时，我口袋里的婴儿监视器里传来一丝微弱的婴儿啼哭声。我的心一下就揪了起来。不安的情绪迅速蔓延开来，我抬起头看着弗雷娅所在的房间，弗雷娅和我之间似乎有着一种无形的羁绊。

"给我吧。"凯特伸出手，我连忙把纸烟塞还给她，内心充满了羞愧。艾莎，你怎么能这样做！喝杯酒还说得过去，抽烟该怎么解释？难道我真要一身烟味地去抱我的弗雷娅？欧文会怎么看我？

"你去看看弗雷娅。"凯特说道，"我去看看谁……"

我急忙转身，爬上楼梯向弗雷娅的房间跑去。至于大门那边，不用看，我都知道是谁。

西娅，就像她承诺的一样，来了。我们终于聚齐了。

上楼的时候我差点撞到正从房间里出来的法蒂玛。

"抱歉。"我气喘吁吁地说道,"弗雷娅她……"

法蒂玛退后一步让我通过。我一路小跑冲到了走廊尽头的房间。弗雷娅就躺在屋子里的摇篮里,那是凯特小时候曾经用过的弯木摇篮。

这间房装修得很好。除了凯特自己现在住的那间房,这间房也许是整个潮水磨坊里最好的一间了。凯特现在住进了她父亲原来的房间,那间房占据了潮水磨坊的整个屋顶,既是卧室又是画室。

我抱起弗雷娅,她被裹得太严实了,身上又热又黏,全是汗。我赶紧脱掉她身上的睡袋。正当我把弗雷娅搭在肩膀上晃来晃去哄着她的时候,我听到身后传来了响动。一转身,法蒂玛正站在门口,惊讶地打量着四周。这时我才意识到一件事情,刚才和法蒂玛擦肩而过的时候,由于太过匆忙我居然没注意到:法蒂玛并没有换上睡衣。

"你不是要去睡觉了吗?"

她摇了摇头。

"我去祈祷了。"她压低了嗓门,生怕吓到弗雷娅,"真的很怪,艾莎。看到你在他的房间里。"

"是的。"我坐到了藤椅上,法蒂玛则越过门槛走了进来,细细打量着屋子里的一切:倾斜的矮窗,铿光瓦亮的黑色木地板和横梁上垂下来的树叶标本。夏日的暖风从敞开的窗户吹了进来,树叶标本也随风轻轻晃动。凯特已经移走了卢克大部分的东西:他的音乐海报、门后那堆脏衣服、窗台上的木吉他,还有散落在床边地板上的七十年代的唱片。尽管如此,卢克的存在感还是如此强烈。我知道这就是他的房间。

"你们之间还有联系吗?"法蒂玛问道。

我摇了摇头:"你呢?"

"没。"法蒂玛坐在床边,"但你会想起他,对吗?"

我沉默了半响。趁着这个时间,我整理了一下弗雷娅脸颊旁边的口水巾。

"会吧。偶尔会有吧。"最后我说道。

我撒谎了,更糟糕的是我居然对法蒂玛撒谎了。我违反了撒谎游戏中最重要的一条规则:向其他人撒谎可以,但不能对自己人撒谎。绝不能。

回想起这些年来的谎言,我一遍又一遍地重复着的谎言,直到最后它们似乎已经变成了事实。我离开了,我不想再这样下去了。我要改变。我不知道在他的身上发生了什么,他就这样消失了。一切都与我无关。

法蒂玛沉默了,目光灼灼地看着我。我突然意识到自己一直在摆弄头发,于是赶忙放下手来。人在撒谎的时候总是会有些小动作,这些不自觉的动作逃不过我们这种撒谎老手的眼睛。比如说西娅撒谎的时候喜欢咬指甲,法蒂玛不敢和别人对视,凯特会离你远远的,保持距离,身体僵硬,而我则喜欢摆弄头发,将发梢缠绕在自己的手指上,绞成一股和我们谎言一样复杂的乱麻。这一切都是下意识的动作,我根本注意不到。

之前我曾努力想改掉这个毛病,但现在这个怪癖再次出卖了我。法蒂玛看着我,脸上露出了同情的笑容。

"好吧,我说谎了。我经常会想他,你呢?"

她点了点头。

"当然。"

我们俩都陷入了沉默。我知道我们都想起了他,想起了他的手,他那细长而又强壮的手指拂过吉他的琴弦,先是如爱人般轻柔地抚摸,然后渐渐加快,手法快到让人眼花缭乱。他的眼睛就像老虎的眼睛一样会变色。在阳光下他的眼睛会泛起红棕色,到了暗处则变成了暗淡的棕色。他的面孔早已深深地印在了我的心上。我看到他了,这画面如此清晰,就好像他正活生生地站在我眼前一样。我看到了他那醒目的鹰钩鼻,宽阔且富有表现力的嘴巴,还有那微微上翘的眉毛,总给人一种下一秒他就要生气的感觉。

我叹了口气,法蒂玛也从发呆的状态中清醒了过来。

"我是不是该走了?"法蒂玛轻轻说道,"吵到弗雷娅睡觉了吧……"

"没有。别走。"我回答道。弗雷娅的眼皮渐渐耷拉下去,她的四肢开始变得松软无力。我知道,她很快就要睡着了。

弗雷娅软绵绵地靠在我的身上,我轻轻地把她放进了摇篮。

我刚把弗雷娅安置好,就听到楼下传来了咚咚咚的脚步声,然后砰的一声,门被打开了。西娅的声音回荡在整个屋子里,甚至压过了影子的叫声。

"宝贝们,我回来啦!"

弗雷娅吓了一跳,像海星一样把胳膊甩出摇篮。我连忙把手放到她的胸膛上,她的眼皮又渐渐地合上了。我这才跟着法蒂玛走出卢克的房间,走下楼梯。西娅正在大厅里等着我们。

回想起在萨尔腾学院的生活，我印象最深的就是各种反差和对比。晴朗的冬日，海边温暖而明亮，太阳落山后，乡村的夜晚又是那么漆黑深邃，比伦敦任何时候的夜晚都要黑。艺术教室的静谧和食堂的喧嚣（三百个急着吃饭的女孩，那场面，想想都壮观）形成了鲜明的对比。其中，最重要的则是短短几星期之后就萌发的深厚友谊和随之而来的敌意。

谁能想到，噪声是我对萨尔腾学院的第一印象呢？那天晚上，我和法蒂玛正在收拾东西，突然一阵刺耳的铃声打破了室内轻松愉悦的氛围。铃声刚一结束，我们就冲进了走廊，加入了去食堂吃晚饭的大军中。我从未在学校见过如此大的动静，连墙面似乎都被震得瑟瑟发抖。到了食堂后，这种喧嚣只增不减。午饭时食堂就已经挤得水泄不通了，到了晚上，所有的人都到齐了，拥挤的程度可想而知！三百个女孩子在食堂里吵吵闹闹，尖细的嗓音几乎要刺穿我的耳膜。

我和法蒂玛手足无措地站在那里，想要寻找一个能坐下的地方。

不断有女孩子在我们身边挤来挤去，去找她们的伙伴。终于，我看到了西娅和凯特，她俩正坐在一张抛光木材做成的长桌前，两人面对面坐着，身边各有一个空位。我冲着法蒂玛点了点头，后者立刻心领神会，我们一起向她们的方向挪去。但另外一个人突然抢到了我们前头，她的目标也是那个座位！两个空位可坐不下三个人。

"你去坐吧。"我对法蒂玛说道，装作自己并不在意的样子，"我去另外的桌子。"

"想什么呢，"法蒂玛轻捶了我一下，"我才不会丢下你。再找找吧，肯定还能找到两个连在一起的空位。"

但是法蒂玛并没有动。那个女孩有些不对劲，她好像不是为了座位而去的。空气中似乎弥漫着一丝敌意。

"在找位置吗？"女孩走到了西娅身边，西娅亲切地和她打了个招呼。后来我知道了这个女孩是海伦·菲茨帕特里克。海伦是个活泼开朗的女孩，喜欢八卦。现在她开始狂笑起来，笑声中带着痛苦和怀疑。

"谢谢你，不过我宁愿坐在厕所边上也不会坐到你边上的。我就问你，为什么你要说韦瑟比老师怀孕了？害得我给她写了封贺信。你知道吗，她都快被气疯了，我被关了整整六周的禁闭！"

西娅什么都没说，但是我能看出她正在强忍着笑意。凯特坐在那里，背对着海伦，她咧嘴一笑，冲着西娅竖起了手指，做了一个"得十分"的嘴型。

"你有什么想说的吗？"海伦不依不饶。

"抱歉，那我肯定是听错了。"

"别扯淡，你就是一个卑鄙无耻的骗子！"

"当时我就是开个玩笑嘛。况且我也说了,这是小道消息,下次再听到小道消息,记得去验证一下哦。"

"好,就让我来说一些验证过的消息。你在上一所学校干的好事,西娅。我在网球场上遇到了一个女孩,她说你脑子有问题,所以才被学校踢了出来。要我说,学校做得真是太对了,你什么时候会被这里开除呢?我很期待呀!"

海伦的话音刚落,凯特就站了起来,转身面对着她。她的脸上不再是我在火车上看到的那副调皮友好的表情,而是变成了冷冰冰的愤怒。说实话,我还真有点被吓到了。

"你知道自己最大的问题在哪儿吗?"凯特逼近海伦,后者下意识地后退了一步,"八卦女,热衷八卦。如果你不是听风就是雨,你会被关禁闭?"

"去死吧!"海伦啐了她一口。就在此时,这个吵架小团伙的背后突然响起了一个声音,所有的女孩都吓了一跳。法夸尔森老师来了!

"这里出了什么问题?"

海伦狠狠地瞪了西娅一眼,似乎决定要保持缄默。

"没事,法夸尔森老师。"海伦压低了嗓门说道。

"西娅?凯特?"

"没事,法夸尔森老师。"凯特也这样说道。

"那就好。好了,这里有两个新生,你们却没一个人邀请她们一起坐。艾莎,法蒂玛,坐下吧。海伦,你也在找座位吗?"

"不,法夸尔森老师,杰西给我占了个位置。"

"那我建议你现在就去找她。" 法夸尔森老师转过身正准备离开，却突然停了下来。只见她脸色一变，弯下腰来嗅了嗅西娅的头发。"西娅，我闻到了什么？难道你又在学校里抽烟了？韦瑟比老师上学期已经和你说得很明确了，一旦再犯，我们就要把你爸爸叫来，和他讨论一下让你休学的处罚。"

西娅好长时间都没说话，她的手指紧紧地抓着桌子的边缘。只见她和凯特交换了一个眼神，正准备要开口说话，却被我抢在了前面。

"法夸尔森老师，我和西娅坐一趟火车来的，当时我们的车厢有人抽烟。可怜的西娅就坐在那人旁边。"我嘴里冒出的话让我自己都吃了一惊。

"是啊，真是太烦人了。我们都被熏死了，我坐在窗户边上都快要被呛死了。"法蒂玛也加了一句。

法夸尔森老师转身注视着我们。我知道她正打量着我们：我的脸上带着少女般天真的微笑，法蒂玛黑色的眼睛里透露出无邪和诚实。我的手指又在不自觉地向头发摸去，但是我成功地制止了这个动作，转而把手背到身后，交叠在一起，看上去显得更老实了。终于，法夸尔森老师缓缓地点了点头。

"真是不幸的遭遇。好吧，就这样吧，西娅。姑娘们，都坐下吧，马上就要上菜了。"

我们乖乖地坐了下来，法夸尔森老师也转身离开了。

"天哪！"西娅小声嘀咕着。她的手从桌子上伸过来捏住了我的手。我感受到了她冰凉的手指和还在微微颤抖的血管。"我，我真不知道该说什么了。谢谢！"

"话说……"凯特摇了摇头。她的脸上早就没有了刚才和海伦对峙时的愤怒，我甚至都怀疑刚才是不是出现了错觉。现在的凯特一脸轻松，还露出一丝相见恨晚的欣赏之情，"你们俩刚才表现得可够专业的啊。"

"姑娘们，欢迎来到撒谎游戏。"西娅扫了凯特一眼，"可以吗？"

凯特点了点头。

"欢迎来到撒谎游戏。哦，对了，"凯特咧着嘴笑了，"你们每人各得十分！"

我和法蒂玛很快就明白了为什么二号楼是最好的宿舍，其实当天晚上我们就知道了。在公共休息室看完电影后，我回到了宿舍，法蒂玛已经在那儿了。她正躺在床上，在一张薄薄的航空信纸上写着什么，红褐色的头发就像是上好的丝绸窗帘一样垂在头的两侧。

我进来时，她抬头看了我一眼，打了个哈欠。法蒂玛已经穿上了睡衣，短短的小背心和粉色的法兰绒短裤。她打哈欠的时候，上衣被扯了起来，露出一大片肚皮。

"准备睡觉了吗？"她坐起身来问道。

"嗯。"我一屁股坐到床上开始脱鞋，床垫里的弹簧不堪重负地发出了一声呻吟，"真是累成狗，这么多人……"

"是的。"法蒂玛把头发甩到后面，将信纸塞进床头柜里，"晚饭那会儿已经是我的极限了，我可不想再见任何人了，所以我就先回来了。你不怪我吧？"

"说什么傻话呢？早知道我就和你一起回来了。后来其实我也没和几个人说话，全是一些小女孩。"

"你看了什么电影？"

"《独领风骚》。"我抑制住了打哈欠的冲动,转身开始解上衣的扣子。我还以为宿舍里都有小隔间,帘子一拉就能有自己的独立空间。不过现在我才知道只有集体宿舍才有这样的设施,这样的双人间就只能靠两个人的默契了。

终于我穿上了睡衣,开始在柜子里找我的洗漱袋。突然屋子里响起了一个奇怪的声音。我停下了手里的动作,回头查看。听上去很像是敲门声,但却不是从门那里传过来的。

"是你吗?"我问法蒂玛。

她摇了摇头。

"我也正想问你呢。不过声音好像是从窗户那边传来的。"

窗户上拉着窗帘。我们俩一动不动地站着,竖起耳朵仔细听,虽然很紧张但又觉得自己傻透了。奇怪的声音再也没有响起。真是傻透了。我正准备打个哈哈,然后再说点诸如长发公主之类的俏皮话,声音又传来了。这一次声音更大,把我俩都吓得尖叫了一声,然后又都神经质地傻笑起来。

这一次不会再弄错了,就在最靠近我的床的那扇窗户那里。我冲了过去,一把拉开窗帘。

我也不知道自己在期待什么,但窗帘后的东西绝对超出了我的想象:漆黑的夜色里,一张惨白的脸正贴着玻璃向屋里看。一开始,我真的被吓了一跳,但是我突然想起了早上坐车快到学校时候的场景,每个楼边上都有逃生梯,它们投下的阴影纠缠在一起。肯定是有人踩着逃生梯来了,我靠近一看,原来是凯特。

她咧开嘴笑了,然后冲着我晃了晃手腕。我这才意识到,她是要我打开窗户放她进来。

窗户上的插销有些锈住了,我捣鼓了好长一段时间。伴随着一声刺耳的声音,窗户打开了。

"走吧。"她指了指自己脚下的黑色金属建筑物,这些铁架子在远方大海的映衬下显得越发暗淡,"还等什么呢?"

我回头看看法蒂玛,她冲我点了点头。我将床脚的毯子扯了出来,然后爬出窗户,走进了凉爽的秋夜。

在这宁静的夜色中,我和法蒂玛跟着凯特小心翼翼地踩着逃生梯上的金属板向上爬,尽量不发出一点儿声音。远处,海浪拍打着海岸,海鸥盘旋在天空中,所有声音都清晰可闻。

转过最后一圈后,我们终于爬到了逃生梯的顶端,西娅已经在那里等着我们了。她穿了一件T恤衫,修长的大腿从T恤衫下露了出来。

"把毯子铺好。"西娅对我说道。我把毯子铺到金属网格上,坐在了她的身边。

"为了回报你们的好心,我们只有……"西娅拖长了音调,"这个!"她拿出了一瓶杰克丹尼威士忌,"还有这些!"她又掏出了一包丝切香烟。"你们抽烟吗?"她弹了弹香烟盒,然后递给了我们。香烟盒已经开了口,一根香烟从里面冒了出来。

法蒂玛摇了摇头。

"我不抽烟。不过,我想来点那个。"她冲着威士忌点了点头,凯特将酒瓶递给了她。法蒂玛对着瓶口喝了一大口,打了个冷战,然后咧嘴笑了起来。

"艾莎?"西娅把香烟对着我。

我也不抽烟。在伦敦上学的时候,我也试过一两次,感觉很不好。不仅如此，我知道父母肯定也不会喜欢我抽烟的。尤其是我父亲，他年轻的时候曾抽过，现在虽然戒了，但有时还是会犯烟瘾，这让他对自己和香烟都产生了深深的仇恨。

但是，既然来到这里，我就不再是从前的我了。

在这里，我不用再谨小慎微，按时完成作业，也不用再打扫完卫生后才能和朋友出去玩。

在这里，我可以做自己想做的任何事，在这里，我可以变成一个完全不同的人。

"谢谢。"我从敞开的香烟盒里拿了一根香烟。凯特的打火机亮了，她用手围在火苗外面，我凑过去，点燃了烟。我的发丝拂过了她棕色的手臂。然后我小心翼翼地抽了一口。对于我来说，香烟还是过于刺激。我眨着眼试图减轻烟气带来的刺痛，同时心里默默祈祷着：千万不要咳嗽。

"今天的事，谢了。"西娅对我说道，"就是那个抽烟的谎话。多亏了你，否则我就完蛋了。如果再被开除，我真的不知道该怎么办了。我觉得我老爸可能会想把我锁起来。"

"没事儿。"我吐出一口烟，看着它缓缓升起，飘向学校的屋顶，然后飘向了皎洁的月亮，"不过，我想知道，你们当时说的是什么？那些分数？"

"那是我们记录的方式。"凯特解释道，"有人上当受骗，得十分；编了一个好故事，或者让对方闭嘴，得五分；如果骗到了一个自大狂，得十五分。不过我们只在小事上计分，重大事件一律不计入得分。原因我也说不好，只是想多点乐趣吧。"

"我在之前的学校也玩过类似的游戏。"西娅接着说道，她懒洋洋地吐了个烟圈，"她们喜欢对新人下手，骗小姑娘们做些愚蠢的事情。比如告诉她们参加晚宴要带上浴巾，这样晚上洗澡时才能更快。比如告诉她们入校第一年里只能顺时针绕着院子走。可怜的小东西们。不管怎样，我来到这里，又成了一个新人，这一次我可不准备傻傻地上当受骗了，这一次我要成为那个骗人的人。对了，我才不会像她们那么卑鄙，我不会欺负那些菜鸟。我要挑战的是那些上等人，老师，受欢迎的女孩，所有那些自以为是的家伙。"她又呼出一团烟，"哦，我有时也会看走眼。还记得第一次骗凯特的时候，她没有大发雷霆，也没有威胁我，而是大笑了起来。那时我就知道了，她不是那些人中的一员。"

"你们也一样啊。"凯特有预谋地说道，"对吧？"

"是的。"法蒂玛又喝了一口，咯咯地笑了起来。

我只是点了点头。我把烟举到嘴唇边，又来了一口。这一次，我深深地吸了一口，我能感受到烟气顺着我的喉咙直达肺部，然后渗入了我的血液里。血液冲上了大脑，拿着烟的那只手开始不受控制地颤抖起来。我把烟头放到了地上。应该没人注意到刚才我一瞬间的失态吧，我在心里默默祈祷着。

但我知道，西娅正在看着我。而且我有一种十分强烈的感觉，西娅其实知道我的真实面目，她似乎看穿了我的假装，知道我只不过装出会抽烟的样子。但是她并没有嘲笑我，而是把酒瓶递给了我。

"喝完。"她的声音听上去十分刺耳。随后她好像意识到了自己语气里的强硬，咧开嘴笑了笑，"第一天嘛，很正常，喝了它，你就会好很多了。"

我想到了我的母亲，她躺在医院的病床上，药水一点一滴地流进了她的血管中。我想到了我的弟弟,一个人待在卡尔特学院的寝室里。还有我的父亲,工作到大半夜,回到了伦敦空荡荡的家中。一想到这些,我的神经又绷紧了。我点了点头,用空闲的那只手接过了酒瓶。

威士忌刚一入口,嘴里就像着了火一样。我忍住想要咳嗽的欲望,一口气全咽了下去,这股火热从喉咙一直蔓延到胃里,与此同时,我一直绷着的神经好像确实放松了那么一点。我把酒瓶递给了凯特。

凯特对着瓶口咕噜就是一口。她不像我和法蒂玛,小心翼翼地喝完一口再来一口,而是一口接一口,中间没有任何停顿,好像她喝的不是酒,而是牛奶一样。

凯特喝完后,抹了抹嘴。她的眼睛亮了起来。

"为了我们,干杯!" 凯特举起酒瓶,月光照射在酒瓶上,熠熠生辉,"希望我们永远年轻!"

在她们三个人中，我和西娅分开的时间最长。所以当我向下望去的时候，我的脑海中浮现的还是当年那个十七岁的女孩，有着精致的面孔和蓬乱的头发。

我沿着晃晃悠悠的楼梯向下走，第一眼看到的并不是西娅，而是安布罗斯当年画的水彩画。那幅画就摆在楼梯的角落里，上面画的是西娅在海湾里游泳的样子。安布罗斯很好地展现了西娅的皮肤在阳光下的质感，还有水中的波光。西娅的头向后仰着，头发湿漉漉地贴到了头上，让她看起来更加妩媚诱人。

我转过楼梯上的最后一个转角，脑海中全是西娅在这张画中的模样。现在的西娅变成什么样了呢？

她比我记忆中的还要美丽。虽然这似乎令人匪夷所思，但事实确实如此。她的脸变瘦了，五官看上去更加立体。深色的短发贴在耳朵两侧，她的美已经深入骨髓，无关发型、首饰和妆容。

岁月增加了她的年龄，却让她的美貌更加出众。除了太瘦，她看上去还是当年那个妙龄少女。

我想起凯特当年的那句祝愿，在我们还不太熟悉的时候发出的那句祝愿："希望我们永远年轻！"

"西娅！"我唤出她的名字。

下一秒我就紧紧抱住了西娅，法蒂玛也笑着拥抱了她。"喂喂喂，你们俩，是要勒死我吗？嘿嘿，小心我的靴子。那个混蛋半路把我扔了下来，我走了好远。"西娅嚷嚷着。

她的身上散发着烟草和酒精的味道，闻上去就像是某种熟透了的水果。她笑起来的时候把这股香甜的气息吹到了我的头发上。我们就这样拥抱着。不知过了多久，西娅松开我俩，走到了窗户前的桌子旁边。

"你们俩居然都当妈了？真是难以置信。"她的微笑还是一如既往的神秘，嘴角上扬，似乎隐藏着未知的秘密。她拉出自己从前用过的椅子——当年我们就是坐在这里抽烟喝酒，享受短暂的快乐时光——坐了下来。一根寿百年香烟出现在她的手指间，烟本身是黑色的，烟蒂却是金色的。她把烟放进了嘴里，"像你这么堕落的人还能生出孩子？"

"是啊。"法蒂玛也拉出了自己的椅子，坐在了西娅对面，背对着炉子，"当他们把纳迪亚递给我的时候，我也是这么对阿里说的。好了，现在该做什么？"

凯特拿起一个碟子递给西娅，露出了询问的表情："要吗？你吃过了吗？如果还没吃饭的话，这里还剩了不少蒸粗麦粉。"

西娅摇了摇头，她点燃烟，吐出一串烟圈，开口说道："不用，好得很。我只想喝点酒，还有搞清我们聚在这里的原因。"

"酒，有酒。"凯特一边嘟囔着一边在那个似乎随时都有可能散架的碗柜里找来找去，"啊，找到了。"

"呀，你也太看不起我了吧。没有度数？再找找，我要喝的是酒，不是饮料。"

凯特把手伸进一排蓝绿色的酒瓶中，拿出了一大瓶递给西娅。瓶子里的酒至少还有三分之一。西娅举起酒瓶，桌子中央的烛台倒映在棕红色的液体中。

"为了我们！"西娅说道，"愿我们永远年轻！"

这其实不是我的愿望。我想长大，我想变老，看着皱纹爬上我的脸庞，看着弗雷娅一点一点地长大。

幸好我不用说些什么，因为西娅明显发现了更重要的一件事。她正准备把酒瓶送到嘴边，却突然停了下来，指着法蒂玛的柠檬水说道："等等，那是什么垃圾玩意儿？柠檬水？祝酒的时候怎么能喝柠檬水呢？你不会又怀上了吧？"

法蒂玛笑着摇了摇头。她指了指自己肩膀上挂着的头巾说道："西娅，时代不同了。看看这里，这可不是什么时髦的装饰品。"

"哦，亲爱的，戴着头巾又怎样，难道你就一定要去做尼姑了？我们的赌场里经常会有穆斯林。其中一个穆斯林告诉我，如果你喝了加了奎宁水的杜松子酒，那就不算喝酒，因为里面含有奎宁，所以你喝的不是酒，而是药。"

"嗯，首先，用神学里的术语来说，这种操作纯粹就是扯淡。"法蒂玛的脸上还挂着笑容，但她的声音却透出了一丝寒意，"其次，鉴于《古兰经》上关于赌博的说法，你有必要怀疑那些戴着头巾却出现在赌场里的穆斯林的真实身份。"

空气突然安静了下来。我和凯特交换了一个眼神,吸了口气,准备说些什么。但是说什么呢?除了对西娅说闭嘴,我也想不出别的话了。

"你什么时候变得这么假正经了?"西娅终于发话了,呷了一口酒。凯特就坐在我身边,我能感受到她因为紧张而变得有些僵硬的身体。西娅还是那样促狭地笑着,微微上扬的嘴角露出一丝讽刺的意味。"难道我记错了吗?不对啊,我很清楚地记得有种游戏叫作脱衣扑克。是不是呀,奎奇利小姐,你是不是很擅长?"

"你什么时候变得这么混账了?"法蒂玛回答道,她的声音里并没有怒意,脸上还带着微笑。法蒂玛伸出手去,轻轻地捶了一下西娅的胳膊。西娅大笑起来,这一次她露出的是最真实的笑容,无拘无束,充满着自嘲。

"骗子!"西娅笑得咧开了嘴。空气中剑拔弩张的感觉瞬间烟消云散,就像是被传递到地面的电流,噼啪作响了几声后归于平静。

我们就坐在那里一直聊着,完全丧失了时间感。后来我起身去了趟厕所,那时肯定已经是下半夜了。从厕所回来的路上,我顺道去看了下弗雷娅,她四仰八叉的,睡得正香。

我沿着螺旋形的楼梯走下来,想回到自己的座位上去,突然,一种似曾相识的感觉涌上心头。法蒂玛、凯特和西娅都坐在她们的座位上,有那么一瞬间,她们的头全都转向了跳跃的烛火,烛火中显现出来的却是十几岁的她们!我一定是产生了幻觉,头脑中仿佛有一个倒拨的唱片,吟诵着曾经的我们。过去的幽魂纷纷出现,安布罗斯、卢克……我的胸猛地一痛,一个简单却令人心碎的画面浮现在我的眼前,一个我一直努力想要忘记的画面……

我闭上眼,用手蒙住了脸,想把眼前的画面抹去。等我再睁开眼的时候,眼前就只剩下坐在那里的法蒂玛、凯特和西娅三人。但那段记忆并未消散,一具躺在地毯上的尸体,四张面色惨白的脸,惊恐中带着泪水……

突然,一个冷冰冰的东西碰到了我的手。我猛地回头,看着延伸到黑暗之中的楼梯,我的心怦怦地跳了起来。其实我也不知道自己在找什么,毕竟屋子里只有我们几个人。除了我们,不会再有别的人,我能看到的只不过是屋子里的阴影和我脑海中的想象罢了。

然后我听到了凯特的笑声,原来并不是什么鬼魂,而是影子,凯特的狗。它冰冷的鼻子贴着我的手,看上去既忧愁又困惑。

"它以为马上就要睡觉了,想让人带它出去遛最后一圈。"凯特解释道。

"遛狗?"西娅又拿出一根寿百年香烟,咬着金色的那端,"去他的,我们去游泳吧!"

"我没带泳衣。"我不假思索地回答道。然后我看到西娅挑起了眉毛,露出了一副坏坏的表情,我立刻就懂了。这家伙,我大笑了起来:"不不不,弗雷娅还在楼上睡觉呢。我不能丢下她不管。"

"那就不游远呗。"西娅叫道,"凯特,毛巾!"

凯特站了起来,拿起桌上的酒瓶喝了一大口,然后走到炉子旁边的一个柜子前。柜子里放着一些已经褪了色的破烂毛巾。凯特拿起一条扔给西娅,法蒂玛则举起手,做了一个拒绝的手势。

"谢了,我还是……"

"来吧……"凯特拉长了音调,"这里都是女人,怕什么?"

"她们都是这么说的,但后来这些人从酒吧出来后,就在回家的路上遇到了醉汉，故事结束。我就坐在这里等你们好了，干杯！"

"随便吧。"西娅说道，"来吧，艾莎，凯特，可别让我失望，胆小鬼们。"西娅站了起来，开始解自己上衣的扣子。我看到她连文胸都没有穿。

我不想脱衣服。西娅一定会笑话我保守，但是我清楚自己产后的身体状况。我的乳房里还有奶水，上面布满了青色的血管，软绵绵的肚子上长着妊娠纹。如果法蒂玛也来游泳的话就好了，可惜她又不去，凯特和西娅没有生过孩子，她们的身材就像十七岁时一样苗条轻盈。我知道我必须得去，否则一定会被西娅嘲笑个没完，而且，内心深处我居然有点想去的冲动。当然不仅仅是因为热，虽然我的头发里都是汗水，发丝都粘在了头皮上，裙子也湿得贴在后背上。我的冲动更多来源于我们。现在，我们聚齐了，我想找回年轻时的感觉。

我抓起一条毛巾，走进了屋外的黑暗之中。我从来都不是第一个下水的人，因为我害怕，总觉得水里会潜伏着什么。如果有人先下水了，那证明就是安全的。不知怎的，我总会有这种奇怪的想法，所以每次都是凯特或者西娅打头，伴随着一声尖叫，她们从码头上一跃而下，一头扎进了海湾中央水流湍急的地方。现在的我虽然还是害怕，但我更害怕让她们看到我的身体，我不得不第一个下水。

我穿着宽松的棉裙，很容易脱掉。我一把扯下裙子，扔到一边，解开胸罩，脱掉内裤，然后深吸了一口气，趁其他人还没有出来看到我松松垮垮的身体之前，快速没入到了水中。

"哇，艾莎都已经下水了。"屋里不知是谁喊了一嗓子。我浮在水面上，拍打着水花。虽然空气温暖而湿热，但在水中我还是感到了一丝寒意，毕竟现在是涨潮时分，海湾又连通着海峡，海水的温度就没那么高了。

　　正当我踩着水逐渐适应海水温度的时候，西娅慢悠悠地走到了码头上。她的身体完全展现在我的眼前，我这才发现原来她的身体也和我一样发生了巨大的变化。她一直都很瘦，但现在简直瘦得可怕，就像是一个得了厌食症的病人。她的肚子凹陷了下去，肋骨清晰可见，胸部扁平得像一个浅口茶碟。不管身体变成了什么样，她一点也没有觉得不自在，这点她倒是一点儿也没变，从不在意别人的眼光。西娅站到了码头边缘，灯光将她细长的身影投到了水面。西娅从不会因为裸体而害羞。

　　"别挡道，小婊子们！"然后她一头扎进了水中，标准的跳水姿势。简直是胡闹！海湾并不深，水下还有很多障碍物：河床里的凸起物、码头的残留物、船锚和标杆、捕捉龙虾的笼子、从上游流过来的垃圾和被河水冲击成各种形状的沙丘。稍有不慎，她很可能就会摔断脖子。我看到凯特在岸上用手捂住了嘴，由于过度惊恐，她的脸有些抽搐。不过西娅很快就冒出了水面，像狗一样甩着头发上的水。

　　"你还在等什么？"她冲着凯特叫道。看到西娅浮出水面，凯特长长地舒了口气。

　　"你个大傻子。"凯特的声音里带上了一丝愤怒，"那里有沙丘，你差点就害死你自己！"

　　"我不是好得很嘛。"西娅喘着粗气，适应着海水的温度。她的眼睛熠熠发光。她从水里伸出手，招呼着凯特。我甚至能看到她胳膊上的鸡皮疙瘩，"快点，女人。"

　　凯特犹豫了一下。有那么一瞬间，我似乎明白了她的想法，看到了那幅画面：装满了水的浅坑，周围的沙子逐渐崩塌……凯特挺直了腰板，浑身的每一根骨头都散发着抗拒。

"好吧。"凯特终于说话了。她脱掉上衣，甩掉牛仔裤，转身解开胸罩。在下水之前，她拿起从屋子里带来的酒瓶，猛喝了一大口。她的喉咙蠕动着，头微微倾斜，像极了年轻时的那个她。有那么一瞬间，她仿佛穿越了时光，又变成了多年前的那个凯特，坐在萨尔腾学院的逃生梯上，一仰脖，喝光了瓶里的威士忌。

然后她把酒瓶丢到了衣服堆上，做了个准备跳水的姿势。她跳进了我几米以外的水中，激起了阵阵涟漪，然后就沉入了波光粼粼的水面之下。我以为她很快就会在我附近冒出来，但是并没有。水里没有气泡，月光反射在水面上，很难看清水下的情况。

"凯特？"我踩着水呼唤道。随着时间的流逝，我变得越发焦虑，凯特还没有出现。"西娅，凯特死哪儿去了？"我冲着西娅大叫道。

突然，一个冷冰冰的东西抓住了我的脚踝。它紧紧抓着我把我向水下拖去，我在水面上吸了口气，都没来得及叫上一声就被拖到了海湾的深处。我抓着拖我的东西，奋力想摆脱它。

它突然松了手。我浮到水面，大口大口喘着气，甩掉耳朵里的盐水。下一瞬间，凯特的笑脸出现在了我的面前，她用手臂撑着我。

"混蛋！"我喘着粗气，一时还不能决定到底是拥抱她还是淹死她，"你就不能给我提个醒吗？"

"那多没意思！"凯特也大口大口地喘着气。她笑了起来，眼睛散发着奇异的光彩。

西娅已经游到了海湾的中心，那里的水又深又急。她仰面躺在水面上，享受着水流的冲击，时不时摆动两下，好让自己不被冲走。

"快来！"西娅叫道，"这里真美。"

法蒂玛在码头上注视着我们，凯特和我则游到了西娅身边。我们躺在星光下的水面上，手拉着手，沐浴着月光，四肢交缠在一起，形成了一幅人体星座图。我们的手指抓着彼此，一会儿松开，一会儿又再次聚拢。

"快来吧，法蒂玛。"西娅又叫道，"这里真是太美了。"

确实如此。寒意已经退去，我的身上暖洋洋的。一轮满月悬挂在我们的头顶。潜入水中看向天空，只见月光折射出数千道光线，投入到了昏暗的海湾中。

等我再次浮出水面的时候，法蒂玛已经走到了码头边缘，她用手指划着水，眼神中充满了渴望。

"法蒂玛，快来吧。没有你就不一样了。"凯特继续呼唤着，"快来吧，你也想的，不是吗？"

法蒂玛摇了摇头，然后站了起来。她一定是要回屋了，我踩着水，心中有点失落。但只见法蒂玛深吸了一口气跳了起来。她还穿着衣服，肩膀上的头巾像鸟的翅膀一样扑扇在空中。扑通一声，她跃入了水中。

"呀！"西娅大叫道，"她来了！"

我们全都向她游去，边游边笑，全都像疯掉了一样。法蒂玛也大笑了起来。她拧了拧自己的头巾，抱住我们，好让自己不沉下去。她的衣服都湿透了。

我们团聚了，在那短短的一瞬间。这是最重要的。

夜色已深。我们笑骂着从水里爬上了岸，在木头桩上蹭掉了小腿上的脏东西。我们擦干了头发和身体，身上起了一层鸡皮疙瘩。法蒂玛的衣服都湿透了，她只好又换了一套衣服，一边换衣服，一边摇着头后悔自己的愚蠢。收拾完后，我们全都穿上了睡衣，懒洋洋地在凯特的破沙发上挤成一团，谈天说地。

法蒂玛蓬松的湿发垂在她的两鬓，让她看上去年轻了好几岁，依稀有了当年年少时的模样。我看着她，心中感慨万千，真的很难想象她已经是两个孩子的母亲和阿里的妻子了。凯特不知说了什么，把法蒂玛逗得乐不可支，这时远处墙边的落地老爷钟发出了两声微弱的声音，法蒂玛转身去看。

"天哪，都已经两点了。不行，我要去睡觉了。"

"真不中用。"西娅嗤之以鼻。她看上去一点儿也不困，精力充沛到似乎能再聊上好几个小时。她的眼睛熠熠发光，"昨晚这个时候我还没开始上班呢。"她喝光了瓶中的最后一滴酒。

"好吧，你已经适应了。"法蒂玛说道，"要知道，我们中有人这么多年来一直上着朝九晚五的班，还要照顾学前儿童。习惯很难改变。你看，艾莎不也在打哈欠吗？"

她们齐刷刷地看向了我。我努力想把已经打了一半的哈欠给憋回去，可惜没能成功。我耸了耸肩，笑了。

"我还能说啥呢？看看我肚子上的赘肉，腰没了，精力也不充沛了。不过法蒂玛说得没错。弗雷娅七点就会醒。在那之前，我得睡会儿。"

"走吧。"法蒂玛站起来伸了个懒腰，"睡觉。"

"等等。"凯特低沉的声音突然响了起来。我突然意识到，在刚才这段时间内，她一直都没怎么说话。法蒂玛、西娅和我都在讲故事，聊天吹牛，互揭老底，但凯特一直保持着沉默，没有流露出任何想法。现在她居然说话了，我们都吃了一惊，向她看去。只见凯特在椅子上蜷缩成一团，蓬松的头发遮住了她的脸。她脸上的表情让我们都停了下来。我突然有一种不好的预感。

"怎么了？"法蒂玛的声音中有些不安。她又坐了下来，不过并没有坐回原来的位置，而是坐到了沙发的边缘，手里玩弄着头巾的一角。刚才下水时，她的头巾被弄湿了，现在正挂在火炉栏杆上烤着。

"我……"凯特欲言又止。她垂下眼睛，似乎在自言自语，"天哪，这真是太难了。"

我突然明白凯特要说的是什么了，有点不确定自己是否想接着往下听。

"有话快说。"西娅硬邦邦地甩出一句话，"说吧，凯特。我们一直都在兜圈子，是时候了，快告诉我们吧。"

告诉什么？凯特本可以反驳一下的，西娅的话说得这么不清不楚。但是她没必要，因为我们都知道西娅的意思。告诉我们，为什么我们要聚集在这里，告诉我们那条短信是什么意思。我需要你。为什么需要我们？

凯特深吸一口气，抬起头，灯火映照在她的脸上。

但她还是没说话。她站起身来到了火炉旁。那里有一个筐子，里面装满了用来点火的报纸。报纸的最上面放着一张《萨尔腾观察者报》。她抽出这张报纸，在酒精和狂欢中隐藏了一晚上的恐惧终于从她的脸上显现了出来。

昨天的报纸，头版上的标题十分简单：海湾发现人类遗骨。

游戏规则二

守口如瓶

"妈的!"法蒂玛的咒骂声打破了屋子里的宁静。我没想到她会那么激动。"妈的!"她又重复了一遍。

凯特一松手,报纸就落在了地上。我抓起报纸,快速地扫了一遍。

萨尔腾海湾北岸发现尸骨,警方在进行身份认定……

我的手抖得厉害,后面的文章就只看到了只言片语。

警方发言人确认……人类的尸骨……匿名目击者……尸体腐烂严重……尸检……当地人表示震惊……附近区域已被封锁……

"他们,他们?"西娅的声音也罕见地颤抖起来,"他们知道……"

西娅的话没说完。

"他们知道是谁了吗?"我替她说了下去。我的声音生硬而又脆弱。我看着凯特,她正低着头,似乎被我们的问题压得不堪重负。我手中的报纸也随着我的手抖个不停,发出沙沙声,"那具尸体?"

凯特摇了摇头。她虽然没有说出来,但我们都心知肚明,虽然现在还没有，但这其实只是时间的问题。

"就是一块骨头罢了。可能是完全不相干的一码事。对吧？"西娅说道，但说完她的脸就扳了起来。"去他妈的，我在骗谁呢？见鬼！"她狠狠地捶了一下桌子，手里的酒瓶砸到桌子上碎了，酒瓶碴儿溅得到处都是。

"西娅，别这样。"凯特的声音十分低沉。

"胡闹！"法蒂玛生气地说道。她走到水池前拿了一块抹布和刷子，"没伤到自己吧！"

西娅摇了摇头，她的脸上几乎没有一点血色。不过她还是让法蒂玛检查了她的手。法蒂玛用擦拭杯盘用的抹布抹去了她手上的玻璃碴。当法蒂玛把西娅的袖子撸起来的时候，我看到了刚才在水里未曾看到的画面。西娅手臂内侧的白色疤痕，虽然早就愈合了，但是现在仍然清晰可见。我想起当年这些伤疤血淋淋的样子，心里涌起了一阵恐惧，赶紧移开了目光。

"傻瓜！"法蒂玛虽然嘴上在责怪着西娅，但她替西娅清理手掌的时候，动作却十分轻柔。她的嗓音微微发颤。

"不行，绝对不行！"西娅摇了摇头。我这才意识到，她喝得有多醉，只是表面上看不出罢了。"不行，即使是谣言也不行。赌场真他妈的严格，你们知道吗？如果有警察来了……"她的声音发颤，有一种近乎抽泣的感觉，"妈的，他们会吊销我的博彩牌照，我会永久性失业的。"

"听着，我们是一条绳上的蚂蚱。"法蒂玛说道，"你觉得人们会喜欢一个有问题的医生在他们眼前晃来晃去吗？有问题的律师？"她冲着我点了点头，"艾莎和我会比你还要惨！"

她没有提到凯特。当然她也没必要提。

"现在怎么办？"西娅最后问道，她的目光扫过我、凯特，再到法蒂玛，"妈的，为什么要把我们叫到这里？"

"因为你们有权知道这件事。"凯特的声音微微发颤，"我实在想不到别的更安全的方法来通知你们了。"

"我们要做的就是当时应该做的事。"法蒂玛激动地说道，"在被询问前，把故事圆好理顺。"

"故事就是那样。"凯特从我手里拿走报纸，把它折叠了起来，这样她就不用再看到上面的标题了。她用指甲来回刮着报纸，手一直抖个不停，"我们什么都不知道。我们什么都没看见。只能这么说，我们不能推翻之前的话。"

"我是说现在做什么，"西娅提高了嗓门，"我们是留下，还是离开？正好法蒂玛有辆车。我们又不是必须要待在这儿。"

"留下。"凯特用不容置疑的语气说道。我太熟悉这种语气了，这就是她最终的决定，任何人都无法反驳，"你们都要留下。你们要参加明天晚上的宴会，这就是你们来这儿的理由。"

"什么？"西娅皱起了眉头。我这才想起来，她们俩还不知道聚会这回事儿。"什么晚宴？"西娅追问道。

"校友聚会。"

"但是我们没接到邀请啊。"法蒂玛提出了疑问，"他们应该不会想让我们参加的吧？尤其是在那件事情之后。"

凯特耸了耸肩。作为回答，她走到水池旁边的橱柜前，拿出一捆被别针别住的白色信封。回来的时候，她的手里拿着四张卡片。

"显然他们是愿意的。"凯特把卡片打开，只见上面印着如下字：

撒 谎 游 戏

萨尔腾学院校友会 诚挚邀请您参加
校友夏季晚宴

每张卡片的空白处用蓝色的钢笔潦草地写着我们的名字。

凯特·阿塔贡
法蒂玛·乔杜里（前奎奇利）
西娅·韦斯特
艾莎·王尔德

凯特合上了卡片，像洗牌一样在手里把玩着它们，似乎在邀请我们选一张下注。

我的注意力既不在我们的名字上，也不在卡片上的烫金字体上。我只是注视着每张卡片上的孔，那是别针穿过后留下的痕迹。不论我们怎样挣扎，到最后结果还是一样，我们四个人仍然被过去紧紧地穿到了一起。

游戏规则二　守口如瓶

对于大部分萨尔腾学院的学生来说，艺术并不是一门必修课，用学校的说法，它是丰富学生生活的活动。当然如果你主修艺术，那就另当别论了。开学几个星期之后，我已经习惯了学校的日常生活。就在那时，我走进了一间美术教室，遇到了安布罗斯·阿塔贡。

和大多数寄宿学校一样，萨尔腾将学生分在不同的学院。每个学院都以希腊女神的名字命名。法蒂玛和我被分到了同一个学院，阿尔忒弥斯，狩猎女神，所以我们的艺术课也在同一时间同一地点。在十月一个寒冷的早晨，我和法蒂玛在庭院之间来回穿梭，寻找着我们的美术教室，和能给我们指路的高人。

"到底在哪儿啊？"法蒂玛又问了一遍。相同的问题她已经问过九遍了。

"不知道。不过别着急，我们一定能找到的。"这是我第几次回答了？也许第八次吧。

我的话音刚落，就见一个二年级学生拿着一张巨大的水彩纸从我们身边经过，向数学教室的方向走去。我连忙叫住了她："嘿，那位同学，你是去美术教室的吗？"

她转过身，脸都急红了。

"是的，但是我已经迟到了。有事吗？"

"我们也要去上美术课，但我们迷路了，可以跟着你一起吗？"

"没问题，不过要快。"她冲进了一扇被白浆果覆盖的拱门，走进了一个我从来也没见过的木门。这扇木门隐藏在白浆果丛的阴影下，确实很难发现。

门后又是漫长的台阶。不得不承认，萨尔腾的台阶成就了我的好身材，离开这里之后，我就再也没有过那么多的运动量。我们跟在女孩的后面向上爬，走过了一排又一排的台阶。

在我走得快要怀疑人生的时候，我们终于停在了一扇玻璃门的前面。女孩打开了门。

里面是一个长长的拱形画廊，墙壁很矮，尖尖的屋顶呈现出三角形的形状。头顶的横梁交错成一个一个的十字形，上面挂满了正在晾干的草图。固定这些草图的都是些奇奇怪怪的东西：空鸟笼、破笛子、毛绒小猴。也许它们就是静物画的模型吧。

屋子里没有窗户，因为墙太矮了装不了窗户，所以他们就在拱形的屋顶上开了几扇天窗。我这才意识到，我们现在应该是在数学教室上方的阁楼里。冬日的阳光倾泻到屋子里，照射在了屋子里各种各样的物品和图画上。我从没有见过这样的教室，内部刷成了白色的性冷淡风格，屋子里干净到了极点。我被震撼到了，站在门口眨了眨眼，一时有些不知所措。

"抱歉，安布罗斯。"二年级学生气喘吁吁地说道。我又眨了眨眼,安布罗斯?又一处不同寻常的地方。萨尔腾到处都是女老师,不论结婚与否,我们都要称呼她们的姓,还要在姓后面加上老师两字。

没有人敢直呼老师的名字。

我转过身来,想看看这位被直呼了名字的老师。

这是我第一次看到安布罗斯·阿塔贡。

我曾经试图向我遇见欧文之前结交的男友描述安布罗斯,但发现自己做不到。我手中有他的照片。照片中的他中等身材,留着一头黑色的长发,因为长期抬手作画的缘故,他有一点耸肩。他有着和凯特一样瘦削而富有变化的面孔。因为常年在阳光下眯着眼作画,海上明亮的阳光在他的脸上留下了印记,让他变得越发棱角分明。但奇怪的是,他看上去反而年轻了许多,不像是五十五岁的样子。他有着和凯特一样的蓝宝石眼睛,这是他脸上唯一比较醒目的地方,但是照片上也没有那么明显,至少没有像在我的记忆中那样明显。安布罗斯,在我的记忆中他是如此鲜活,工作中的他,大笑起来的他,慈爱的他……他的手永远都不会闲着,有时在旋转着一根香烟,有时在作画,有时在摩挲着一杯高度数的红酒,这杯酒通常来自一个两升的瓶子,他把酒瓶放到潮水磨坊的水池下面。不过这酒度数实在太高了,别人都喝不了。

只有像安布罗斯这样的天才画家才会将这所有的矛盾集于一体,专注沉浸又热情似火,长相平平,却带着神秘的吸引力。

不过据我所知,他从来没自己画过像。挺讽刺的,是不是?他会描绘自己身边的一切人和事物,湖上的鸟儿,萨尔腾学院的女生,在夏日的微风中颤抖的脆弱花朵,海湾水面上的涟漪……

他痴迷于为凯特画画，潮水磨坊里到处都是凯特的画像，吃饭的凯特，游泳的凯特，睡觉的凯特，玩耍的凯特……后来他又开始画我、西娅和法蒂玛，当然每次他都会在征得我们同意之后再动工。我还记得他犹豫中带点沙哑的嗓音，和凯特的很像："你，呃，你介意我画你吗？"

我们当然不介意。不过现在回想起来，可能当时真的不应该同意。

我给他当过一次模特。在一个漫长的夏日午后，坐在餐桌前，裙子一边的吊带从肩膀上脱落了下来。我用手捧着脸，注视着他。我还记得阳光照在脸颊上的感觉，我热烈的眼神。每次当他抬头扫过我的脸庞，我总会有种轻微触电的感觉。我们的眼神相遇了。

他把画好的画送给了我，但是我却不知道该如何处理这幅画。学校里肯定没有能放的地方，把画带回家给父母看或者是被学校里的女生们看到感觉又会很奇怪。他们肯定会大惊小怪，他们不会理解的。于是我索性把画给了凯特。

安布罗斯消失后，流言四起。他的过去、他的毒瘾成为人们讨论的话题，有人甚至说他连教书的资格都没有。当然在我们相识的第一天，我对此一无所知。我完全没有想到安布罗斯和我们会在彼此的生活中占据那么重要的地位。我们的相遇居然会激起那么大的涟漪。那天我就呆呆地站在门口，拽着书包的带子大口喘着粗气。他正弯下腰看着一幅学生的作品，看到有人进来后，他直起身，用那双蔚蓝的眼睛看着我，然后微笑了起来。他一笑，胡子上方和眼角处就显现出了一些皱纹。

"你好。"他一边亲切地说道一边放下随手拿起的笔刷，把手在围裙上蹭了蹭,"你们应该是新来的学生吧。我是安布罗斯。"

我张了张嘴,但是一句话也没有说出来。他的注视似乎有着一种神奇的力量,让你觉得他在乎你关心你,似乎你就是整个宇宙中他最关心的那个人。在他的注视下,你似乎来到了一个独立的空间,外界的喧扰已和你无关。

"我,我叫艾莎。"我终于能说话了,"艾莎·王尔德。"

"我叫法蒂玛。"法蒂玛也介绍了自己,她把书包往地上一扔,发出了咚的一声。我看到她也和我一样,在四处张望。和校园里其他地方相比,这里实在是太独特了。我们俩仿佛来到了一片新天地。

"法蒂玛,艾莎,很高兴见到你们。"

安布罗斯伸出手,但是他并没有和我握手,而是抓住了我的手指,就好像我们在拉钩,互相允诺着什么。他的手温暖而有力。指关节和指甲缝的地方还有颜料的痕迹,这是任何肥皂都洗不掉的岁月的痕迹。

"现在,"他冲着身后的教室挥了挥手,"请进,选一块画板。对了,不用拘束,请把这里当成你们的家。"

我们确实按他的话做了。

安布罗斯的课堂十分与众不同,我们很快就了解到了这一点。一开始是一些很明显的事情,比如说学生可以直呼他的名字,还有女生们在他的课上不用系领带也不用穿外套。

"如果把水彩弄到了领结上,那真是太糟糕了。" 第一节课上他就让我们脱掉了领带。不仅是为了方便,更是一种放松和自由,在像萨尔腾这样古板的学校,这种自由真是无比珍贵。

课堂上的他一直保持着专业的水准。所有的女孩对他都很"热情",比如说进教室的时候她们会解开上衣的几粒扣子,露出胸罩上的花边,但安布罗斯一直和她们保持着距离。那天,当他看到我在画画时遇到了问题,就走到了我的身后。我立即就想起了之前的美术老师德赖弗老师。她总喜欢走到学生的身后,弯下腰来替你修改。她的身体紧紧地贴着你的后背,你能感受到她的体温,闻到她身上传来的汗味。

安布罗斯则和我保持着距离。他站在我身后约三十厘米的地方,若有所思地在我的画纸和镜子之间来回打量。那天我们学习的是自画像,我已经趴在桌子上打算要放弃了。

"我画得简直和屎一样,对吧?"我都快绝望了。然后我突然意识到自己的不雅用语,赶紧闭嘴。本以为安布罗斯会训斥我一番,没想到他似乎根本都没有在意。他站在那里,眉头紧锁,似乎完全沉浸到了自己的世界中,他的注意力全部都集中在了我的画纸上。我把笔刷递给他,以为他会像德赖弗老师一样替我修改。他心不在焉地接过画笔,却并没有修改我的画,而是转过身来看着我。

"你画的不是屎。"他认真地说道,"但是你并没有仔细观察。你画的是想象中的自己,而不是你眼中的自己。好好地看看镜子中的自己。"

我转过身,看着镜中的自己。安布罗斯线条分明的脸也歪在一边,反射在镜子中。我努力把注意力集中在自己的脸上,但我看到的全是缺点,脸颊上的雀斑、下巴上的婴儿肥,从发绳中支棱出来的乱糟糟的碎发。

"你之所以画不出来,是因为你画的是每个器官,而不是你这个人。你并不是一堆简单的线条拼凑起来的。当我看着你的时候，我看到了一个……"他停顿了半响。在他热切的注视下，我尽力保持着镇静，让自己不要脸红。"一个勇敢的人。"他继续说道，"我看到了一个十分努力的人，一个虽然紧张，但是却比她想象中要强大许多的人，一个喜欢杞人忧天的人。"

我感到脸都快要烧起来了。这番话如果从别人嘴里说出来肯定听上去特别老土，但是在安布罗斯嘶哑的嗓音里，却分外有道理。

"画吧。"安布罗斯把笔刷递还给我，脸上露出笑容。他的脸颊上和眼角处浮现出几道线条，就好像有人在那里画了几笔素描一样。"把我刚才说的那个人画出来。"

我一句话也说不出来，只是点了点头。

现在我仍然能听到他的声音，他那清晰而又沙哑的声音，和凯特的几乎一模一样，"把我刚才说的那个人画出来。"

我还保留着那幅画。画中是一个坦然面对世界的女孩，一个坦然面对自己内心不安的女孩。但是安布罗斯曾经见到且信任的那个女孩，她再也不存在了。

也许她根本就不存在。

我蹑手蹑脚地走进卢克的房间，在我的心中，这永远都是卢克的房间，弗雷娅也正好醒了。我想把她哄睡，但她根本不吃我这一套。最后我只好把她带到床上，躺下来给她喂奶。我用胳膊在她结实的小身板上撑起了一个拱形，撑着自己的身体，这样就不会在睡觉的时候压到她。

我躺在那里看着弗雷娅，等着睡意的召唤。我想起了安布罗斯、卢克,还有凯特。现在只剩凯特一人了,她独自一人待在这摇摇欲坠的房子里,就像是被套上了一个美丽的枷锁。而现在,这个枷锁正在渐渐离她远去,即将沉入海湾的沙子中。如果她还不放手的话,这里就会带着她一同沉入海底。

外面起风了,房子晃动了片刻,发出吱吱呀呀的声响。枕头都被我焐热了,但还是没有任何睡意。我叹了口气,把枕头翻了过来。

我应该想到的是欧文和家,但是我的脑海中却浮现出了旧时的画面。我们在这里喝酒游泳,愉快地度过了闷热的夏天。那时,安布罗斯就在一旁画着,而卢克则用他杏仁般的双眼懒洋洋地注视着我们。

可能是房间的缘故吧,十七年过去了,他的存在感从没有像现在这么强烈过。我躺在床上闭上眼睛,他的旧物仿佛有了灵魂,围绕在我的身边。我的皮肤贴着他冰凉的床单,一种奇怪的感觉突然出现了:他就躺在我的身边,那个四肢黝黑、头发凌乱、身材苗条的人就在这里。

这种感觉实在太过真实,我转了个身睁开眼睛,想要赶走眼前的幻想。床上除了我和弗雷娅不可能再有别人。我晃了晃脑袋。

我怎么了?我也陷入了和凯特一样的境地,深陷过去不可自拔。

我又记起了当时躺在这里的场景。很久很久以前的一个夜晚,我也是这样躺在床上。我脑海中似乎有一台老式的唱片机,唱片在吱吱呀呀地旋转着,一遍又一遍地播放着过去的声音。

他们都在这儿:卢克、安布罗斯。不仅仅是他们,我们也在,那是我们过去的影子。那个暑假,曾经的窈窕少女们在这里笑闹着,但那个暑假却以一场惨痛的悲剧收尾。从此我们分道扬镳,四散天涯。我们尝试着忘记过去。撒谎不再是生活里的游戏,而变成了生存的法则。

在这间房子里,我们过去的影子变得如此真实,我甚至能感受到她们的存在。我终于明白了,为什么凯特不能离开。

我快要睡着了,眼皮慢慢变得沉重起来。在睡着之前,我拿起手机看了眼时间。我正准备把手机放下,屏幕上的光突然照到了残缺不平的地板上,我突然看到了一个东西。一张纸的一角从地板的缝隙间露了出来。上面好像有字。会是一封信吗?卢克曾经写的东西,被藏在了这里抑或是遗失在了这里?

我的心跳加速了,好像要去偷窥卢克的隐私一般。从某种程度上来说,也确实如此。我抓住纸片的一角轻轻一拽,这张布满灰尘和蜘蛛网的纸片就滑了出来。

纸上画着一些线条,看上去像是一幅画。手机屏幕的光线太暗,我看得不是很清楚。开灯肯定会吵醒弗雷娅,于是我将纸片拿到了窗户边上。窗帘在海风中轻轻摆动。我举起纸片,在月光下调整着角度,试图看得更清楚一些。

这是一幅女孩的水彩画。画的好像是凯特,看上去像是安布罗斯的作品,我之所以不太确定的原因在于,这幅画上满是粗粗的黑线,被涂得面目全非,女孩的脸被涂得尤其厉害,以致脸部区域的纸都被划破了。那个人好像嫌涂抹得还不够,索性用铅笔在女孩眼睛的部位戳了几个洞。女孩的画像被彻底毁了。

我在窗口站了一会儿,想搞清这幅画背后的意义,纸片在海风中瑟瑟发抖。是安布罗斯吗?但是我很难想象安布罗斯会对这幅画下这么狠的手,他爱凯特。会是凯特自己吗?尽管还是不太可能,但是和安布罗斯比起来,我觉得凯特的可能性更大。

到底是谁和这幅画有这么大的仇恨？正当我站在那里苦思冥想解不开这个谜的时候，一阵风突然吹了过来，窗帘拍动了两下，纸片就从我的指间掉了出去。我想抓住它，但风比我更快一步。我只能眼睁睁地看着纸片乘着风慢悠悠地飘向海湾，沉入到浑浊不清的海水中。

不管它是什么，也不管它意味着什么，现在它已经不见了。我回到床上，在这温暖的夜晚，我还是打了个冷战。也许这反而是最好的结果，我不由自主地想道。

今天晚上真的累得够呛，按理说我应该很快就能睡着，但是我躺在床上却怎么也睡不着。那张被涂掉的脸一直萦绕在我的脑海中，陪伴着我进入了梦乡。睡着后我梦到了萨尔腾学院，梦到了里面长长的走廊、螺旋上升的楼梯以及总也找不到的教室。梦里，我跟在别人后面穿过了一个又一个走廊，前面传来了凯特的声音："这里，快到了！"然后是法蒂玛抱怨的声音："你又骗人！"

不知什么时候，影子开始狂叫起来。我听到了凯特制止它的声音，然后是脚步声和门开的声音。凯特把狗放了出去。

一切又重回寂静，当然在这里永远也不可能有绝对的安静，这座古老的房子一直在对抗着海风和浪潮，发出阵阵呻吟。在这种如幽灵般的声音中，我又沉沉睡去。

后来我再次被吵醒。这一次门外传来了焦虑的呼唤声。我坐了起来，头还有点晕。清晨的阳光透过薄薄的窗帘洒进屋内，身边的弗雷娅在阳光下扭动着身体，然后她就醒了，哇哇地叫了起来。我抱起她，给她喂奶。但屋外的声音让我们俩都有些心不在焉。弗雷娅抬着头左顾右盼，好奇地看着这间陌生的屋子和陌生的光线——这里的阳光和家里的阳光截然不同。夏日，伦敦的午后，灰蒙蒙的阳光直射入屋子，而这里的阳光清晰又明亮，刺得人眼睛都睁不开。被河水折射后的光返照在墙上，形成了跳跃的光点。

屋外的声音还在继续。低沉的声音中透露出担心，中间还夹杂着影子不高兴的呜咽，形成了一种奇怪的二重奏。

我彻底放弃了睡觉的打算，穿上睡衣，用被子把弗雷娅裹起来，抱着她下了楼。我光着脚踩在楼梯的破木板上，小心翼翼地向下挪。楼下，通往海滩那边的门大开着，阳光洒进屋内。我还在楼梯的转角处就意识到了有些不对劲。楼下的大理石地面上居然有血迹！

我停在了楼梯的拐角处，心脏怦怦直跳。我抱紧弗雷娅，似乎她能够缓解我的紧张。我都没意识到自己到底用了多大的力气，直到弗雷娅发出了一声抗议的尖叫声，我这才发现自己的手指都已经嵌入到了弗雷娅胖乎乎的大腿里去了。别这样，放松，我在心里告诫着自己，强迫自己松开手，走下楼梯，来到沾染了血迹的地方。

靠近一看，我才发现这血迹和我刚才在楼上预想的不太一样，不是大团大团的血滴，而是一个又一个的血爪子，影子的爪子。这些血爪子进到前门，转了一圈，然后又出去了。仿佛有人在外面呼唤影子。

屋外的声音来自靠近岸边的那一侧。我蹬上拖鞋，走了过去。屋外的阳光有些刺眼。

凯特和法蒂玛背对着我，影子蹲在凯特的脚边，不高兴地哼哼着。它的脖子上套着狗绳，狗绳被收得很短，另一端被凯特紧紧地握在手里。

"怎么了？"我紧张地询问道。她们转过身看着我，然后凯特后退一步，露出刚才被她们挡住的东西。

我倒吸了口凉气,用那只空闲的手捂住了嘴巴。等我终于能说出话来的时候,我听到了自己微微发颤的声音。

"天哪,它,它死了吗?"

我的颤抖其实并不仅仅来自眼前的死尸,毕竟我也曾见证过死亡,更多的可能是出于震惊,还有这种强烈的对比。在这晴朗的夏日清晨,蓝天碧海之中居然出现了一具血淋淋的尸体。它身上的毛是湿的,显然被涨潮时的海水冲刷过。通往海湾的木板上散布着一团一团的血迹,潮水退去之后,木板上留下了带着血水的水洼。

法蒂玛严肃地点了点头。她又戴上了头巾,现在的她看上去就像是一个三十多岁事业有成的医生,昨晚那副少女的模样已经消失得无影无踪。

"死透了。"

"是它……还是?"我的声音慢慢低了下去,不知道该如何组织自己的语言。我向影子看去,它的嘴巴上有血迹,一只苍蝇落在上面,它又不高兴地哼哼起来,甩甩头赶走苍蝇,然后用长长的粉色舌头舔着嘴边黏糊糊的东西。

凯特耸了耸肩,面色铁青。

"我也不知道。说实话,我真是不敢相信,它向来温顺,连一只苍蝇都不会伤害,但是……它确实有能力,毕竟它很强壮。"

"但是怎么做到的呢?"我的目光扫过木头通道,向岸边看去,那里正好是潮水磨坊的入口,大门敞开着,"该死!"

"别说了,如果我知道的话,我肯定不会把它放出来的。"

"哎,凯特。抱歉,西娅一定……"

"西娅一定怎么了?"身后传来了睡意蒙眬的声音。我一转身,看到西娅顶着一头乱发,在阳光下眯着眼睛,手里还夹着一根没点燃的寿百年香烟。

"西娅,我不是说……"我停了下来,不管怎么说,这话听起来都不舒服。但我真的不是要责怪西娅,只想把事情弄清楚。然后西娅就看到了我们身前那一团血肉模糊的东西。

"妈的。怎么搞的,怎么还和我扯上关系了?"

"有人忘了关门。"我阴郁地说道,"我并不是针对……"

"不论是谁开的门,现在都不重要了。"凯特毫不留情地打断了我的话,"都怪我,在把狗放出去之前,没检查一下大门。"

"这是你的狗做的?"西娅面色发白,她下意识地后退了一步,远离了影子和它血淋淋的嘴,"天哪!"

"现在还不能确定。"凯特的话简单明了。法蒂玛的脸上却露出了忧虑的神色。我知道她在想什么,如果不是影子做的,那会是谁?

"走吧。"最后凯特说道。码头上到处都是死羊的内脏,凯特转过身,惊起了一团苍蝇,它们嗡嗡地飞着又落回到内脏上,继续享受盛宴。"进屋吧。我会打电话问问附近的农民,看看是谁丢的羊。妈的,真是屋漏偏逢连夜雨。"

我知道她想说什么。不仅仅是这只在我们宿醉和熬夜后出现的死羊,这里的一切都已经不一样了。空气中弥漫的味道。脚下的潮水不再像是一个亲切的伙伴,而是变成了被污染的血水。死亡的气味包围了潮水磨坊。

凯特打了四五个电话,终于找到了那只羊的主人。然后我们就坐在那里等着,品着咖啡,试图忽略门外那恼人的苍蝇声。西娅又回去睡觉了,我和法蒂玛也找了点事做,切了几片面包逗弗雷娅,不过小家伙并没有真吃,就在那儿嚼着玩。

凯特在房间里走来走去,就像是一只被困在笼子中的老虎,从靠近海湾的窗户,走到了楼梯旁,循环往复。她的手上拿着一根烟,时不时抽上两口,烟雾中她的手在微微颤抖。

突然她像狗一样警觉地抬起头,然后我也听到了那个声音,车轮轧在地面上的声音。凯特猛地转身,向门外走去,然后砰的一声关上了门。门外树林里传来了对话的声音,一个声音浑厚焦虑,另一个则是凯特低沉充满歉意的声音。

"对不起。"我听到凯特在道歉,"……警察?"

"我们也要出去吗?"法蒂玛不安地问道。

"我也不知道。"我紧张地扯着睡裙的边缘,"他听上去好像没那么生气,要不就让凯特自己搞定?"

法蒂玛正抱着弗雷娅,于是我站了起来,走到了面对海滩的窗户。凯特和那个农户肩并肩站在一起,俯身看着死去的母羊。那人看上去没那么生气,反倒很悲伤。凯特搂着他的肩膀,做了一个类似于拥抱的动作安慰他。

然后农户说了什么,我没有听清,只看到凯特点点头,然后两人抓起死羊的四肢,合力将这个可怜的家伙抬了起来。他们踩着摇摇晃晃的木桥走到对岸,将羊往农夫的小卡车上一丢。

"我去拿钱包。"我听到凯特这样说道。农夫转身插上了车上的插销。凯特向屋子走来,我注意到她的手里攥着一个血淋淋的小东西,在进屋前,她把手里的东西塞进了上衣的口袋里。

在凯特开门前,我赶紧从窗户边上退了回来。凯特进屋后摇了摇头,似乎想要把那段不愉快的记忆抛到脑后。

"一切顺利吗?"我问道。

"我不确定。"凯特回答道,"不过应该还好。"她将血淋淋的双手放在水龙头下冲了下,然后到梳妆台前拿钱包。她看了一眼钱包里的余额,脸沉了下来。

"你需要现金吗?"法蒂玛立刻说道。她站起来把弗雷娅递给我,"我的钱包在楼上。"

"我也带着现金。"终于有能帮上忙的事了,我也不甘落后,"你需要多少?"

"大概两百吧。"凯特干巴巴地说道,"羊肯定不值这么多钱,我们得堵上他的嘴。毕竟他可以报警,我可不想把警察牵扯进来。"

我点点头,表示同意。这时法蒂玛已经带着她的手提包从楼上下来了。

"我这里有一百五。"法蒂玛说道,"我知道萨尔腾这里没有自动取款机,所以在经过汉普顿李的一个加油站时就取了些。"

"我和你平摊吧。"我让蠢蠢欲动的弗雷娅趴到我的肩膀上,腾出手来在我挂在楼梯柱上的包里翻着。我摸到了鼓囊囊的钱包。"我这里有钱,等等——"我数出五张崭新的二十元钞票,其间弗雷娅在我的肩上乐呵呵地扭来扭去,减慢了我数钱的速度。法蒂玛又在上面加了一张百元钞票。凯特露出了一个愧疚的微笑。

"谢了。等我们去镇上的时候,我去邮局取了钱就还给你们。"

"不用。"法蒂玛说道,但是凯特已经走出屋子关上了房门。屋外传来了凯特的声音和农夫抱怨的话。凯特把钱递给他,后者发动了车,倒回了马路上,带着他的死羊离开了。

凯特回来后脸色苍白,但她的表情明显没那么紧张了。

"谢天谢地,他应该不会报警了。"

"所以你觉得其实不是影子?"法蒂玛问道,凯特并没有回答,而是走到水池边把手又洗了一遍。

"你的袖子上还沾着点血迹。"我提醒道。她低头看了一眼。

"真是的。那只老羊怎么会有这么多血?"她苦笑了一下。我知道,她一定是想起了温切尔西老师和学期末的《麦克白》戏剧——她一直没能表演的戏剧。她脱掉上衣扔到地上,然后打开水龙头向木桶里放水。

"需要帮忙吗?"法蒂玛问道。凯特摇了摇头。

"不用了。我把码头那边先冲一下,然后我自己也要洗个澡。呃,实在是太恶心了。"

我能理解她的感受。作为一个旁观者,我都被恶心到了,更别提凯特还帮着那人抬着羊的尸体,然后再扔到车上。想着刚才的场景,我情不自禁地打了个冷战。凯特提着桶出去了。门外传来了她用室外拖把扫水的声音。我站起身把弗雷娅放进了婴儿车里。

"你觉得是影子做的吗?"我正在给弗雷娅盖被子的时候,法蒂玛压低了声音问道。我耸了耸肩,我们俩一起看向了在火炉前痛苦地蜷缩成一团的影子。它看上去既羞愧又悲哀,仿佛是感受到了我们的注视,它疑惑地抬起头,舔了舔嘴巴,小声地哼哼了两声。它也感觉到了事情有些不对劲。

"我也不知道。"我说道,我现在唯一清楚的就是绝对不会把弗雷娅和影子单独放在一起。凯特的上衣堆在水池旁的地上。我心中一动，觉得自己应该做些力所能及的事。

"凯特家里有洗衣机吗？"

"应该没有。"法蒂玛四下环顾，"过去她一直都是把衣服带到学校的洗衣房洗的。你还记得吗？安布罗斯曾经在水池里手洗了他所有画画时穿的衣服。为什么这么问？"

"我还准备把她的夹克扔到洗衣机里呢，看来只好用肥皂手洗了。"

"反正血迹在冷水中才洗得干净。"

屋子里不像是有洗衣机的样子，于是我堵上水池的下水口，在里面接满冷水，捡起凯特丢在地板上的夹克衫。在把衣服放进水池之前，我仔细检查了每个口袋，确保自己不会把贵重的东西弄上水，然后我就摸到了一团黏糊糊软绵绵的东西。我突然想起了刚才的那一幕：凯特从码头上捡起了一团血淋淋的东西，悄悄地放进了自己的口袋里。

我掏出了一团红白相间难以辨认的东西。真恶心，我赶忙把手放到水龙头下冲了冲。那个东西像一片花瓣一样轻轻地落在了水池里。我把它捞了起来。

虽然不清楚这是什么，但我完全没想到，这居然是一张字条，一张已经被血染成了深红色的字条，纸片的边缘翘了起来。但上面的字是用圆珠笔写的，还能勉强辨认。

为什么不把这只羊也扔到海湾里去呢？字条上这样写着。

一种从未有过的恐慌感吞噬了我，那一刻我只体验到了深入骨髓的恐惧。

我待在原地一动不动，甚至连呼吸都停止了。血水顺着我的指缝向下流，我的心脏有一下没一下地跳着，我的脸颊发烫，恐惧和内疚撕扯着我的内心。

有人知道。

我抬头看了眼法蒂玛，她正低着头给阿里或者其他什么人发短信，丝毫没有意识到刚才所发生的一切。我正准备要喊她，却被某种奇怪的直觉控制了身体，我闭上了嘴。

我紧紧地握住字条，指甲都嵌入到了手掌中。我狠狠地揉搓着它，直到最后变成了红白色的碎片，再也看不清上面的字。

我拔掉塞子，让衣服上的血水流走。我把手指上的碎片塞进下水孔，大大小小的碎片随着血水一起打着旋流进了下水道。然后我打开水龙头冲洗水池，把每一片碎纸、每一丝纤维都冲刷干净，直到水池里再也没有那片纸的痕迹，好像纸上的指控从未存在过一样。

我必须得出去。

现在是早上十点。凯特正在洗澡,西娅还在睡觉。法蒂玛正在工作,她坐在窗户前,桌子上放着一台笔记本电脑,她埋着头仔细查看电子邮件。

弗雷娅穿着宽松柔软的睡衣坐在地板上。我试着在不打扰法蒂玛工作的情况下陪她玩,尽量减小动静。我拿出她喜欢的那本书,给她讲里面小宝宝玩捉迷藏的故事,但我总是忘了翻页,弗雷娅有些不耐烦了,她砰砰地拍打着书,还发出不满的哼哼声,好像在催促我:"快点,快翻!"

"小宝宝去哪里了呢?"我继续小声讲着故事,但其实我的心思已经不在书上了。影子仍然闷闷不乐地躺在角落里舔着嘴唇。我现在只想一把抓起弗雷娅,紧紧抱着她离开这里。

屋外传来了昆虫的低鸣,码头上那只羊血肉横飞的模样又一次出现在了我的眼前。我翻到下一页,出现了一张婴儿吃惊的图片。正在这时我看到弗雷娅胖乎乎的小腿边上，一块地板翘了起来，一不小心，弗雷娅可爱的小腿就会被戳破。

这个曾经承载了我们无数美好回忆的地方，突然之间变得危机四伏。

我站起身，顺带把弗雷娅也抱了起来。她吃惊地打了个嗝，把书丢到了地上。

"我出去透透气。"我大声说道。法蒂玛还是专注于她的电脑，连头也没抬一下。

"好主意。你准备去哪儿？"

"我没确定。可能去镇上吧。"

"你确定？镇上离这儿有好几公里呢！"

我强忍住想要发火的冲动。难道我不知道有多远吗？过去我也经常步行往返的，好吗？

"是的。"我平静地说道，"没问题的，我穿了双舒服的鞋子，弗雷娅的婴儿车也很耐用。如果累了，我们随时能打车回来。"

"好吧，玩得愉快。"

"谢了，老妈！"我的恼怒最终还是流露了出来。法蒂玛抬起头笑了起来。

"哎呀，我的老毛病又犯了？抱歉抱歉，我一定不会叮嘱你穿外套，上好厕所的。"

我露出一个笑容，然后把弗雷娅放进婴儿车，系上了扣带。法蒂玛总能把我逗乐，一旦笑出来就很难再生气了。

"上厕所确实是个好建议。"我换上舒适的平底凉鞋，"我的盆底肌现在已经退化了不少。"

"咳，都一样。"法蒂玛心不在焉地说着，一边说一边在电脑上敲着回复，"没事儿多做做凯格尔运动[1]，记得多挤挤。"

我又被逗笑了。窗外，阳光洒在海湾的水面上，闪闪发光，沙丘上也冒着虚幻的热气。我记得给弗雷娅带上了防晒霜，放哪儿去了呢？

"我在你的洗漱包里看到过。"法蒂玛从牙缝里挤出一句，她的嘴里叼着根铅笔。

我猛地抬起头。

"你说什么？"

"防晒霜啊。你刚才翻着弗雷娅的婴儿包时，嘴里不是一直在叨叨吗？我在楼上的卫生间看到了你的防晒霜。"

天哪，我真的说得那么大声吗？我的脑子是坏掉了吗？也许是在休产假的时候和弗雷娅待的时间太长了？一个人在家里自言自语？把脑子里的想法全说了出来？

这样一想还真有点头皮发麻。谁知道我在自己没意识到的情况下还说了些什么。

"谢了。"我简单地说了声，"替我照看一下弗雷娅，好吧？"

法蒂玛点点头。我穿着凉鞋跑上楼梯，凉鞋和地板碰撞发出嗒嗒的声音。

厕所的门居然锁上了。里面有流水的声音，我这才想起来，凯特还在里面洗澡呢。

---

[1] 指妇女反复紧缩放松阴部肌肉之法，以利于分娩中将婴儿顺利产出。

"谁?"凯特的声音从里面传来。因为隔着一道门,她的声音很含糊,还带了点回音。

"抱歉。"我叫道,"我忘了你还在里面。我把弗雷娅的防晒霜放在里面了,能递给我一下吗?"

"等一下。"我听到了哗啦啦的水声,然后门锁响了一下,"进来吧。"凯特又回到了浴缸里。

我小心翼翼地推开门,不过凯特已经完全埋进了泡沫中。她把头发梳成了一个发髻,脖颈显得越发修长。

"抱歉。马上就好。"

"没关系。"

凯特从浴缸里伸出一条腿开始刮毛:"我也不知道哪根筋不对,居然把门给锁了。反正已经被你看光了,早都没什么秘密可言了。你要出去吗?"

"嗯,我准备出去逛逛,可能会去一趟镇上吧。"

"对了,我把卡给你,顺便从银行里帮我取两百块钱,好吗?我得把钱还给你和法蒂玛。"

我已经找到了防晒霜,听到凯特的话后,我站在那里没动,手里摆弄着防晒霜的盖子。

"凯特,听着,我、法蒂玛,我们……"

这话太难说出口了。凯特是一个多么骄傲的人啊。我不想让她难堪,但是怎么把我心里想的委婉地表达出来呢?你,凯特,住在一个摇摇欲坠的破房子里,开着一辆破车,哪来的两百块钱?而我和法蒂玛,有着正当的工作,完全能付得起这笔钱。

我正搜肠刮肚地想着合适的语言,突然一个画面闪现在我的脑海中，我心里一紧，就好像在包里摸钱包的时候突然被卡子刺了一下的感觉。

那张字条，那张带血的字条。为什么不把这只羊也扔到海湾里去呢？

我突然觉得一阵恶心。

"凯特。"我冒出了这样一句话，"刚才到底发生了什么？影子怎么了？"

凯特突然变得面无表情，她的脸瞬间就变成了一个紧闭的百叶窗。

"我应该把门关好的。"她的语调很平淡，"就这样。"但是我知道，她在撒谎。她虽然就在我面前，但我们的距离却变得如此遥远。

我们曾经发过誓，永远不会向对方说谎。

我瞪着她，她半没在云朵一般的肥皂水里，嘴角抿成了一条坚定的弧线，坚决守卫着实情。我和她都知道她在说谎。我已经忍不住要揭发她了，但是我又不敢。她一定有自己的原因，而我不敢去追寻这个原因。

"好吧。"最后我终于让步了，转身准备离开。我知道自己是个懦夫。

"我的卡就在钱包里。"凯特的声音从身后传来，我关上了门，"密码是8431。"

我向着楼下的法蒂玛和还在熟睡的弗雷娅走去，压根儿就没打算记下凯特的密码。不论是她的卡还是她的钱，我根本没打算要。

我推着弗雷娅的婴儿车走在通往海湾另一侧的沙土路上。离开潮水磨坊后，那种压抑的感觉渐渐消失了。

  天朗气清，海鸥们在潮水上安静地滑翔。禽鸟专心致志地在泥潭里觅食，时不时低下头叼起一条毫无防备的小虫。

  太阳烤得我脖子火辣辣地疼，我调整了婴儿车的遮阳篷，然后顺手从弗雷娅的小胳膊小腿上抹下一点防晒霜涂到脖子后面。

  鼻子里似乎还残留着血腥味，我大口呼吸着想把这难闻的气息赶走。凶手是影子吗？我不能确定。回想起当时洒了一地的内脏，还有在现场呜咽的影子，那只羊到底是被影子撕碎的，还是被刀割成一块一块的？

  只有一件事是可以确定的，影子绝对不会写那张字条。所以到底是谁呢？那句话中的怨恨突然击中了我。沐浴在这明媚的阳光下，我却不由自主地打了个冷战。我突然有了种强烈的冲动，想抓起正在熟睡的宝宝，牢牢地抱在胸前，好像这样我就能把她再塞回到我的肚子里去，好像只有这样我才能保护她，让她远离这张由秘密和谎言编织成的大网。这张网正在将我拽回当年那个可怕的错误。我本以为我们已经脱逃了，但现在看来，我们谁都没有逃掉。十七年来，我们一直都在逃避，用各种各样的方式，但都失败了。我现在知道，我们早已无路可逃。也许我很早以前就知道了这个结局。

  道路的尽头就是公路，一边通往车站，一边则是一座大桥，穿过大桥就可以前往萨尔腾的镇中心。我在桥上停留了一会儿，一边来回摇晃着弗雷娅，一边看着周围熟悉的风景。这里地势平坦，只有大桥略有坡度，站在大桥上看过去，所有景色尽收眼底。前面就是海湾，在明亮的水面上有一个黑色的影子——潮水磨坊。从远处看，它十分渺小。在河的另一侧，我只能看到萨尔腾镇上的房子和狭窄的街道。

向右看去，远方的树丛里有一片闪烁着微光的白色影子，在炽热的光线中几乎不可见。萨尔腾学院。它还矗立在那里，但我们之前逃离校园时走过的那条小道却已经找不到了，也许已经被埋在了茂盛的草丛里。现在想起来，我还是为当时的愚蠢感到吃惊。我们第一次走上这条小道的时候是在十月份一个寒冷的晚上。当时太阳已经落山，我们从窗户爬到了逃生梯上，嘴里叼着手电筒，手上拿着脱下来的鞋子，以免踩在逃生梯的铁架子上时发出声音引来老师。

从逃生梯上下来后，我们穿着高筒靴出发了。我还记得凯特之前的叮嘱："别穿普通鞋子，即使是刚过完夏天，那里仍然很泥泞。"先是压抑着笑声，蹑手蹑脚地穿过曲棍球场，直到远离了学校的建筑物，确定没有人能听到之后，我们才放声大笑起来。

逃离校园的第一步已经很危险了，尤其是在白天变长的情况下。宵禁之后，外面通常还是很亮。复活节过后，如果有老师在宵禁后向窗户外看去的话，一定会在曲棍球场的草坪上看到四个奔跑的身影。西娅的大长腿一马当先，凯特在中间，我和法蒂玛气喘吁吁地跟在后面。

但我们第一次实施逃离计划的时候，周围一片漆黑，我们在夜色的掩护下奔跑着，一直跑到了矮树丛和树林里。从这里开始就是沼泽了。我们终于可以打开手电筒照路，尽情说笑了。

凯特在前面带路，我们跟着她走过了迷宫一般的道路和水渠。水渠中黑色的盐沼在手电筒的照射下闪着微光。

我们翻过栅栏和斜坡，跨过水渠。凯特在前面啰啰唆唆地提醒着注意事项："拜托，贴着边走，左边的地面其实就是沼泽，踩这个斜坡。别开门,否则里面的羊就会跑出来。你可以试着从这片草丛跳过水沟,看到没,就是我现在站的地方。这是岸边最坚实的地方。"

凯特从小就在沼泽里疯跑。虽然她没法说出每朵花的名字,也认不全被我们的脚步声惊动的鸟儿,但是她却清楚地知道每片草地和每片沼泽的位置,每条溪流、每条水渠、每个土丘,她都了然于心。即使在夜里,她也能带着我们安全地通过迷宫一般的小道,避开沼泽陷阱,跳过臭烘烘的水沟。在爬过一个栅栏后,我们终于到达了海湾,看到了月光下波光粼粼的水面和远处沙滩上的潮水磨坊。屋子里还亮着一盏灯。

"你爸爸在家?"西娅问道。凯特摇了摇头。

"没,他应该去镇上了。一定是卢克。"

卢克?那是我第一次听到卢克的名字。是凯特的叔叔吗?哥哥?我很确定,凯特曾经告诉过我她是独生子女。

我还没来得及和法蒂玛交换一个困惑的眼神,凯特又动身了。她大步流星地走在小道上,头也没回。我们已经走在坚实的沙地上了,她不用再操心。我连忙跑着跟上凯特。

在潮水磨坊的门口她停了下来,等着殿后的法蒂玛。等法蒂玛喘着气赶上来后,她打开了房门。

"各位,欢迎回家!"

我第一次踏入了潮水磨坊。

这么多年了,潮水磨坊居然一直没怎么变。我回想起第一次见到潮水磨坊的情形,墙上挂着的画和现在的不太一样,屋子里没那么大的酒味,也没那么破烂。但是那螺旋状的楼梯,倾斜的窗户,投射到海湾上的灯光,都还是一模一样。十月的夜晚已经很冷了,屋里的火炉里生上了火。凯特打开房门的时候,一股暖意迎面扑来,火光中,木头燃烧产生的烟气混合着松节油、油画颜料和海水的味道飘入了我的鼻子。

屋子里有人,他正坐在火炉前的木制摇椅上读书。看到我们进来,他一脸惊讶。

那是一个和我们年龄相仿的男孩,准确来说,比我要小五个月,这是我后来才知道的。他只比我弟弟大一岁,但却仿佛是来自另一个世界的人。他细长的四肢被晒成了古铜色,黑色的头发向外支棱着,就好像是自己剪完头发的效果。他有点驼背,个子高的人一般都有这样的毛病。

"凯特,你怎么来了?"他的声音低沉中带着点沙哑,和凯特的嗓音略有区别,而且还带着一种奇怪的口音,"爸爸出去了。"

"嘿,卢克。"她踮起脚,在男孩的脸颊上快速亲了一口,带着姐姐般的慈爱,"抱歉我忘了提前通知你了。我从学校出来,当然不能把她们落下啊。这位,你见过的,西娅。还有这位,法蒂玛·奎奇利。"

"你好。"法蒂玛害羞地打了个招呼。她伸出手来,卢克有些尴尬地和她握了手。

"这位是艾莎·王尔德。"

"你好。"我也打了个招呼。他转过身来微笑着看着我。他的眼睛近乎金色,像猫的眼睛一般。

"姐妹们,他叫卢克·罗什福尔,是我……"凯特停顿片刻,她和卢克交换了个眼神,卢克的嘴角露出一丝微笑,"我弟弟。算是吧。不管了,现在我们都到齐了。别傻站在那儿啊,卢克。"

卢克又微笑了起来,然后迅速地低下头,向后退去,为我们腾出空间。

"要喝点什么吗?"在我们鱼贯而入时,他问道。房间里突然多出了一个陌生人,再加上这个陌生人是个男孩,这让我和法蒂玛很不自在,毕竟我们在女子学校待了那么长的时间。

"都有什么喝的?"我问道。

"酒。"他耸了耸肩,"罗讷河谷山坡地葡萄酒。"我突然意识到他的口音来自哪里了。从他的名字就能看出来。卢克是法国人。

"酒很好。谢了。"我拿起他给我的酒杯,不顾一切地喝了下去。

夜色已深。我们都喝多了。凯特放了一张唱片,我们跟着音乐又笑又跳。突然门把手响了,我们齐刷刷地向门口望去。安布罗斯走了进来,手上拿着他的帽子。

法蒂玛和我都僵住了。但凯特却跌跌撞撞地走了过去,边走边笑,醉醺醺地在地毯上踩来踩去。安布罗斯抓住她,在她的脸颊两侧各亲了一次。

"爸爸,你不会告密吧?"

"给我也来一杯。"安布罗斯把帽子扔到沙发上,揉了揉卢克的头发,"我保证从来没见过你们。"

但是他确实看到了我们,图画不会骗人。那幅小小的铅笔画现在还挂在凯特旧房间的门外。画上是我们在潮水磨坊度过的第一个夜晚,我、西娅和卢克像小狗一样躺在沙发上。我们的四肢交缠在一起,难分彼此。躺在沙发扶手上的是法蒂玛,她的腿露在外面,成了西娅靠着的椅子。在我们脚下的是凯特,她靠着破旧的沙发,把头埋到膝盖里,眼睛里燃烧着火焰。她的手里拿着一杯酒,我的手指则插在她的头发里。

我们第一次聚在一起,喝酒聊天,谈笑风生,最后醉倒成一片。炉中的火焰和肚子里的酒温暖了我们的身体。这是我们的第一次聚会,接下来还会有第二次、第三次……潮水磨坊似乎就像是夜里的一团火焰,而我们就是那扑火的飞蛾,任凭四季更迭,我们都义无反顾地奔向那里,在天快亮的时候再回到令人昏昏欲睡的法语课上。夏日的早晨,我们慢慢地蹚过沼泽,笑着闹着,头发上的海水也都干了。

当然我们也不是经常出逃。每学期开学两周之后,我们的周末就开放了,也就是说周末可以回家,或者去朋友家,只要父母同意就行。回家显然不在我和法蒂玛的日程表上,我的爸爸要在医院陪着妈妈,她的父母又远在巴基斯坦。至于西娅,虽然我从来都没有问过她,但是很显然她也有自己的问题,让她不能回家或者不愿回家。

学校并没有禁止我们周末去陪凯特,所以每周五晚上,我们就背上包和凯特一起穿过沼泽去到潮水磨坊,周日晚上才回学校报到。

这种过周末的方式一开始有些奇怪,但是一次、两次、三次……安布罗斯的画室里到处都是我们四个的画像,到了最后,我对潮水磨坊已经熟悉到不能再熟悉的地步,它简直成了我的第二个寝室,甚至比我和法蒂玛共用的那个还要熟悉。直到最后,我也几乎能像凯特一样,轻车熟路地穿过沼泽。

"阿塔贡先生真是个大圣人。"某个周五晚上我和凯特又签了张出门条,我们的宿管韦瑟比老师这样说道,她的脸上带着促狭的微笑,"每天给你们上课还不够,周末还要提供免费住宿。凯特,你爸爸真的没意见吗?"

"没有。"凯特坚定地说道,"看到我带朋友回来,他比我还高兴呢。"

"我爸爸也同意了。"我补充了一句。其实我爸爸非常乐意见到现在这样的场景。我留在萨尔腾享受周末,比我回家闹哄哄地给他添麻烦要好。相比之下,那一堆复杂的短时离校手续真的不算事,就算和魔鬼签协议他也愿意。

"我并不是不让你和凯特玩。"后来,宿管老师曾对我说道,她一边喝着咖啡,一边用充满忧虑的眼神看着我,"能在学校里交到朋友自然是件很好的事,但是你要知道,对于一个身心健全的年轻女性来说,一定要广泛交友。为什么不多找些朋友一起玩呢?或者待在学校也未尝不可,学校周末也有人呢。"

"所以……"我浅浅地呷了一口茶,"校规里有没有规定短时离校的次数?"

"呃,那倒没有……"

我点点头,微笑着喝光了韦瑟比老师的茶,像往常一样在下周五的短时离校假条上签了字。

学校管不了我们。

直到后来……

游戏规则二 守口如瓶

等走到通往萨尔腾镇的大路上时,我已经大汗淋漓。我在路边一棵橡树的树荫下停了下来。汗水顺着脖子向下流,汇聚在我的胸罩里。

弗雷娅在婴儿车里睡得十分安详,她如同玫瑰花蕾一般的小嘴微微张开着。我弯下腰亲了她一下,动作十分轻柔,生怕在继续赶路前吵醒她。我的脚酸得要命。

这时身后传来了汽车的喇叭声。我没有回头,但它在经过我身边的时候放慢了速度,司机从车窗探出头,杰瑞·艾伦,萨尔腾武器酒吧的老板。他开着那辆当年用来运酒的平板货车。这么多年过去了,这辆货车看起来更破了。他怎么还开着这个三十年的老古董?当年酒吧的生意虽然没那么好,但也不至于让他现在看上去完全一副落魄的模样吧。

杰瑞好奇地向我看来。我猜,他可能想看看是哪个疯狂的旅客居然一个人走在主干道上,还是在这么个大热天里。

他都快过去了却突然按了一下喇叭,把我吓了一跳。他的老破车在最后一刻停了下来,掀起一团尘土,呛得我不停地咳嗽。

"我认识你。"车的引擎还在嗡嗡作响,我就站在车的旁边。杰瑞的声音里带着一丝胜利的喜悦,就好像他抓到了我的把柄一样,真不知道他脑子里都在想些什么,我并没有打算否认啊,"你是那个经常和凯特·阿塔贡来我酒吧里玩的小姑娘,当时你们有好几个人,还有她爸……"

他滔滔不绝地说着,然后才意识到自己已经触碰了某个禁忌的话题。他赶紧清了清嗓子,捂着嘴装模作样地咳了两声。

"是的。"我尽量保持着声音的平稳,不想让他看到刚才那番话对我的触动,"我叫艾莎。艾莎·王尔德。你好,杰瑞。"

"都长这么大了。"杰瑞的目光移到了我的手上,他的眼睛竟然有些湿润了,"还有了小宝宝,哎呀!"

"是个女孩。她叫弗雷娅。"

"哎呀,哎呀。"他只顾着感叹,露出了一个臃肿的笑容。他一张嘴,我就看到了他的大金牙,不知怎的,之前他的金牙总会让我有点不寒而栗。杰瑞静静地打量着我,从脏兮兮的凉鞋看到裙子上的汗渍,然后他冲着海湾的方向扬了扬头。"听到那个可怕的消息了吗?他们已经封锁那片海岸了,米克·怀特告诉我的,尽管外面都看不到,但警察警犬都来了,还带着像帐篷一样白色的东西。不知道他们都做了些什么,但我觉得这风吹雨淋的,埋在那里的东西早都没了。朱迪·华莱士的老头子也是这样和我们说的。朱迪就是发现骨头的那个人,她的狗叼来了一块胳膊的骨头,脆得很,一口就被狗咬成了两半。在盐水中泡了那么久,肯定什么都不剩了。"

我不知道该说些什么,一种恶心的感觉油然而生。我有点厌恶地点了点头。

"你要去镇上吗?上车吧,我载你一程。"杰瑞似乎对我的反应有些吃惊。

我看着杰瑞,看着他红扑扑的脸,还有那辆老掉牙的货车,车上只有长凳,连安全带都没有,更别说给弗雷娅的婴儿座椅了。在我的记忆中,他的身上总是散发着威士忌的酒味,即使在大白天也是如此。

"谢了。"我试图挤出一个微笑,"但说实话,我其实挺喜欢走路的。"

"别那么客气。"他用大拇指指了指货车的后排,"那里大得很,足够放一个婴儿车了。还要走好几公里才能到镇里,你会被烤熟的。"

虽然现在没闻到杰瑞身上有威士忌的味道,但我还是打定主意要远离这辆货车。于是我微笑着摇了摇头。

"杰瑞,谢谢你,真不用了。我还是想自己走走。"

"好吧,随你便。"杰瑞咧着嘴笑了。他的大金牙在阳光下熠熠发光。他重又发动车,"买完东西后记得来酒吧喝上一杯。我请客。"

"谢啦。"我的声音淹没在了轮胎和沙石路面摩擦的声音中。杰瑞开着车消失在夏日的尘土中。我将了将鬓角的碎发,继续向萨尔腾镇走去。

萨尔腾镇总是让我觉得有些毛骨悚然,虽然我也说不清原因,但我觉得可能有部分原因是那里的网。萨尔腾镇,或者更确切地说曾经是一个渔村,现在港口的那些渔船也变成了人们娱乐消遣的方式,只有极少艘还在运营。萨尔腾镇家家户户门口都装饰着渔网,可能就是为了纪念那段历史。当然也有人说是为了祈求好运,这真有可能就是渔网装饰物的起源，但在我看来，现在它们唯一的作用可能就是吸引游客了。

当年，去海滩上玩耍的游客都非常喜欢这些渔网，经常能看到有人在给这些可爱的小石磴和盖上了渔网的砖木结构小屋拍照。他们的孩子就跑去买冰淇淋和廉价的小水桶。有些屋子上的渔网看上去特别新，就好像直接从杂货店里拿来的一样，根本没下过海。但其他的就有很明显使用过的痕迹。那些让它们彻底报废的裂痕仍然清晰可见，网绳间还夹杂着木头碎屑和信号浮标。

我一直都不喜欢这些渔网，从第一次见到它们的时候就是如此。它们看上去很阴郁，透露出一丝危险的气息，就像是一个蜘蛛网，正在缓慢地吞噬着这些小房子。缠绕的渔网打造出了一种死气沉沉的氛围，就像是南方小镇上的房子。厚厚的铁兰从房檐上垂落下来，在风中晃荡。

每家的渔网装饰各不相同。有的只是在楼梯上摆了一张；有的是在门上、窗户上大面积地铺开；有的将破烂的渔网全部缠绕在盆栽上。

我完全不能理解这些人的想法。大半夜打开窗户，一堆网绳出现在你的眼前，遮挡住光线，你可能要花一番力气才能拉开窗销，开窗的时候还可能被网绳缠到手指。

换了是我的话，我一定会拿出自己在大扫除追打残余蜘蛛的劲头，把这堆陈芝麻烂谷子清理得干干净净。

相比视觉上的不适，我可能更不喜欢渔网背后的含义。猎物，陷阱。

我走在狭窄的街道上，渔网的势力似乎变得更加壮大，当然街道本身也变得更加破旧和狭小。十年前的房子上可能还没有那么多渔网,在我看来,这仿佛就是一个阴谋,用渔网掩盖房子上剥落的油漆和腐烂的木头,掩盖萨尔腾正在衰败的事实。街上还有一些空荡荡的商店,上面挂着出售的牌子,牌子在微风中轻轻摇摆,上面的字迹也开始脱落了。令我震惊的是,空气中居然弥漫着一股破败的气息。萨尔腾从来都不是一个热闹的地方。我失望地发现街角那家卖冰淇淋的小店居然关门了,之前那里经常摆着一排色彩鲜艳的水桶和铲子,但现在它的玻璃上都布满了灰尘和蜘蛛网。

邮局还在老地方,入口处挂着一张橘黄色的新网,上面还能清楚地看到修补过的痕迹。

我用背抵开门,把婴儿车先转了进去。"千万别掉到我身上。"我在心里默默祈祷着,脑海中已经浮现出渔网把我们罩住,我和弗雷娅在渔网中苦苦挣扎的样子。

门里传来了叮的一声,但柜台后并没有人。我转向角落,以前自动取款机就放在那里,一路上也没有看到半个人。我并不打算取凯特的钱,但我自己还是要取点,给了凯特一百块之后我几乎身无分文了,钱包里不装点钱,总感觉不太放心。

等等。我要取钱的目的是什么呢?我其实不太愿意面对这个问题。买东西还是给凯特校友会入场券的钱?可能都是,但这不是真正的原因。内心深处我有着这样的一种意识,有了钱,我才能在紧急时刻快速离开这里。

我正在输密码时,一个低沉嘶哑的声音突然从身后响起,听上去像是个男人的声音,但我知道并不是,不用看我都知道。

"哎哟哟,哪阵风把你给吹来了。"

我从出钞口取出钱,把卡放回包里,然后转过身。柜台后站着的是玛丽·雷恩,镇上的女长官,一个类似于居委会主任的职位。我在上学的时候,她就在邮局上班了。不知怎的,她的出现让我一时间有些慌乱。本以为都这么多年过去了,她肯定已经退休了或者换了份工作,没想到她还在这里。

"玛丽。"我把钱包塞回包里,脸上挤出一个笑容,"你可一点都没变。"

这句话并不完全是谎言。她宽阔的面庞看上去还是那么饱经风霜,一双小眼睛射出锐利的目光。不过当年那头及腰的黑色长发现在却变成了银色的辫子。她将头发编成了麻花辫,越往下越稀松,到最后连橡皮绳都系不住了,只能让发梢翘在那里。

"艾莎·王尔德。"她从柜台后走出来,双手背在身后,稳如泰山地站在那里,看上去就像是一座雕像,"我记得你。你怎么来了?"

我犹豫了一会儿,目光落到了一堆本地的周报上,封面的标题"海湾发现人类遗骨"看上去是那么刺眼。

然后我突然想起了凯特对出租车司机说的理由。

"我们,我,来参加萨尔腾的校友会。"我又补充了一句,"萨尔腾学院的校友会。"

"嗯。"她上下打量着我,看着我湿漉漉的亚麻裙和睡在博格步[1]里的弗雷娅,"不得不承认,我很吃惊。我以为你永远都不会再回来了。这么多届校友会,你和你的小屯体一次都没出现过。"

---

[1] 欧洲童车品牌。

她把小团体说成了小屯体,我一下没听懂,然后我才反应过来,她说的是我们四个人。在其他人的印象中,我、凯特、西娅和法蒂玛就是一个小团体。我们形影不离,也不和外人接触,除非是要找些恶作剧的对象。我们曾经以为只要我们四个在一起,就没有什么可畏惧的事情。现在回想起来,那时的我们真是又自大又天真。玛丽的话虽然听上去很刺耳,但她说得没错。

"你经常见到凯特?"我轻声说道,试图转移话题。玛丽点了点头。

"当然。镇上唯一的取款机就在这儿,所以她是这里的常客。而且她喜欢在人少的时候来。别人也理解她的小怪癖。"

"小怪癖?"尽管我极力克制,但还是流露出了一丝不满。玛丽却不以为意地笑了起来,她庞大的身躯微微颤抖着,但她的声音中却带着点苦涩。

"你知道她,"她这样说道,"在海湾深居简出,从不和别人接触。安布罗斯却恰恰相反,他整天和镇上的人混在一起,去酒吧喝酒,在乐队里拉小提琴。他虽然住在远离小镇的海湾,但是他的心一直和我们在一起。至于凯特……"她上下打量了一下我,然后又重复了一遍,"活在自己的世界中。"

我咽了下口水,想赶紧转移这个话题。

"对了,听说马克当了警察?"

"是的,他隶属于汉普顿李分局,但这里是他的辖区。他是当地人,做什么事都比外地人要更方便。"

"他现在还和你住在一起吗?"

"当然。现在房租那么贵,伦敦的有钱人又到我们这儿买房,把房价炒得那么高,年轻人想买房实在太难了。"

她的目光向下移动,落到了我的玛尼托特包上,这是欧文送给我的礼物,至少值五百英镑。

"是挺难。"我有些尴尬,"但至少他们能拉动经济吧?"

玛丽哼了一声,满是不屑。

"根本没有。他们从伦敦带了吃的过来。你在商店里见过他们吗?鲍多克的肉店都关门了,你没看到吗?"

我点点头,心中涌上了一种奇异的内疚之情。

玛丽摇了摇头。

"还有克罗夫特家的面包店,也干不下去了。现在还开着的店已经不多了,也就剩下这间邮局和酒吧。等啤酒厂再建好,酒吧也该关门了。它现在就赚不了多少钱,到了明年这个时候,酒吧那里应该就会被改造成住宅楼。可怜的杰瑞,到时他该怎么办呢?没有养老金,也没有积蓄。"

玛丽走上前来,掀开了婴儿车上遮阳篷的一角。

"这是你的女儿?"

"是的。"我看着玛丽粗壮的手指从弗雷娅的脸颊上滑过。她的指缝间有暗红色的印迹。虽然我知道这可能是盖章后留下的痕迹,但还是情不自禁地想到了血。

"弗雷娅。"我佯装平静地说道。

"所以你已经改了姓?"

我摇了摇头:"还姓王尔德。我没结婚。"

"她很漂亮。"玛丽站直身子,"我敢肯定,再过几年她能迷倒一大片男孩子。"

我的嘴唇不受控制地抿了起来，扶着婴儿车把手的手指也收紧了。我压抑住想要骂人的冲动，虽然我已经忍了很久了。即使是在十七年前，玛丽·雷恩在当地就很有威望，惹怒了她通常都不会有好果子吃。再说现在她儿子还当上了警察，她的地位更是稳如泰山。

我本以为在离开萨尔腾之后，这些错综复杂的地方关系也会离我而去。学校和镇里的关系向来不好，尽管安布罗斯一直在中间进行调解。我真的很想把婴儿车从玛丽的手中拽回来，让她不要多管闲事。但这样肯定会激怒她。不行，我不能这样做，不仅是为了还在这里生活的凯特，更是为了我们所有人。如果我们把学校和镇上的人都得罪了，那这里就再也没有我们的容身之地了。

想到这里，我浑身发抖。

玛丽抬起头。

"很冷吗？"

我摇了摇头，试图挤出一个微笑。玛丽大笑起来，露出了她脏兮兮的牙齿。

"看到你回来，我还是很高兴的。"她轻松地说道，手里拍打着婴儿车的遮阳篷。

"时间过得真快，我还记得当年那个买糖和瓜子的小女孩，一转眼你都长这么大了。你还记得那个最喜欢撒谎的女孩吗？她叫什么来着？克利奥？"

"西娅。"我的声音十分低沉。我当然记得。

"我还记得，她告诉我她的父亲把她的母亲杀了后畏罪潜逃，正在被警方通缉。这差点就骗到了我。"玛丽笑得浑身都在颤抖，弗雷娅的婴儿车都被她带着抖了起来，"当然，这是在我了解你们之前。

小骗子,你们都是骗子。"

骗子,这个词很自然地从她的嘴里吐了出来。不知怎的,我似乎在她的声音里听出了一丝敌意,或者只是我的幻觉?

"嗯……"我轻轻地将婴儿车从玛丽的手里拽出来,"我得走了。弗雷娅要吃午饭了……"

"我就不耽搁你了。"玛丽小声说道。我顺从地低下头,做出一副抱歉的样子,然后推着婴儿车准备离开。

店里的空间并不宽敞。我在架子中间狭小的通道上费力地挪动着婴儿车,转弯都转了一半了我才意识到自己其实完全可以倒退着走出去。就在这时,门口的铃声又响了。

我扭过头,看到了进来的这个人。等我反应过来他是谁的时候,我的心狂跳了起来,就像一只在鸟笼里扑腾的鸟儿一样无比慌乱。

他穿着又脏又皱的衣服,似乎这件衣服从来就没脱下过。他的脸颊上有一道瘀青,手指上有一道伤痕。但最让我揪心不已的是发生在他身上的巨大变化。他一直都很高,但他再也不是从前那个瘦高的男孩,而是变成了一个大块头。他宽阔的肩膀堵住了门口的走道,浑身上下散发出危险而有力的气息。

他的脸,宽阔的颧骨,薄薄的嘴唇,还有他的眼睛。

我站在那里一动不动,看上去很傻,却早已惊得魂飞魄散。他一开始还没注意到我,只是冲着玛丽点了点头打了个招呼,然后退后一步,礼貌地等着我从门口出去。我叫了他一声,声音嘶哑而又颤抖,他的头猛地抬了起来。他看着我,脸上的表情第一次有了变化。

"艾莎?"他手里拿着的钥匙掉到了地上。他的声音还和原来一样,深沉而又缓慢,带着点奇怪的转音——他母语留下的唯一痕迹,

"艾莎,是、是你吗?"

"是我。"我努力地吞咽了一下,想要挤出一个笑容,但是脸上的肌肉似乎因为惊讶而僵住了,"我,我以为你……你不是回法国了吗?"

他面色严峻,脸上看不出任何表情,金色的眼睛投射出深不可测的目光。他的声音有一点僵硬,好像他在极力控制着自己。

"我又回来了。"

"但是……为什么凯特,凯特没说……"

"那你要去问问她了。"

这一次,我确信没有听错,他的声音中带着绝对的冷酷。

到底怎么了?我觉得自己好像被蒙上了眼睛,在一间摆满了珍贵易碎的屋子里摸索着,每走一步,都会打翻一些东西,闹出一些响动。为什么凯特不告诉我们卢克也回来了?为什么他这么……我想不出一个合适的词语来形容卢克现在的状态。不是吃惊,至少不完全是,可能刚见到我的时候有那么一点吃惊,但那种吃惊现在已经消失了。他现在似乎正极力压抑着身上的某种情感,一种近似于……

卢克后退一步,挡住了我的去路。我终于意识到那是什么情感了。

仇恨。

我紧张地咽了咽口水。

"你,你还好吗?卢克。"

"你觉得呢?"卢克的声音中透露出笑意,但是却没有任何快乐的感觉,"你觉得呢?"

"我只是……"

"你他妈怎么还有脸问?"他提高了嗓门。

"怎么了？"我不自觉地后退一步，但我其实已经无路可退。玛丽·雷恩就站在我身后。卢克又挡住了门，我和他中间隔着弗雷娅的婴儿车。如果他发起疯来，首先伤到的肯定是弗雷娅。他怎么会性情大变？

"冷静下来，卢克。"玛丽在我身后警告他。

"凯特知道。"卢克用颤抖的声音说道，"凯特知道她把我送回到了什么样的鬼地方。"

"卢克。我不知道……我不能……"我的手指紧紧抓住婴儿车的把手，手指缝都泛出了白色。我迫不及待地想逃离这里，我的头嗡嗡作响，窗户上一只苍蝇正撞着玻璃，我突然想起了那只惨死的羊，还有围绕着内脏盘旋的苍蝇。

卢克用法语说了几句话，虽然我没听懂，但显然不会是什么好话，他的语气里满是憎恶。

"卢克。"玛丽提高了嗓门，"闪开，别挡路，控制好你自己。你要我去叫马克吗？"

邮局里安静了下来，只剩下那只苍蝇嗡嗡的声音。我抓紧了婴儿车的把手。卢克终于缓缓地向后退去，动作十分夸张。他冲着门口挥了挥手。

"请。"他用法语说道，话语中充满了讽刺。

我慌慌张张地推着车向门口走去，一不小心，婴儿车的前端撞到了门框。弗雷娅被吵醒了，发出了一声惊恐的啼哭。但是我并没有停下，而是继续向前冲去，门在我的身后关上了，叮当作响。我使出了吃奶的力气，推着弗雷娅在街上狂奔，直到邮局已经被我远远地甩到了身后，直到镇上的建筑物都变成了模糊的影子，直到我再也感受不到那令人窒息的夏日热气，我才停了下来，把正哭个不停的弗雷娅抱了起来。

"没事的。"我在弗雷娅的耳边轻声说道，我能听到自己声音中的颤抖。我一只手抱着弗雷娅，让她趴在我的肩膀上，另一只手则推着婴儿车沿着灰蒙蒙的道路跌跌撞撞地往回走。"没事的。那个坏叔叔没有伤害我们，对不对？还记得书上怎么说的吗？棍子和石头伤我身体，言语却不会，对不对？小宝贝，没事了，不哭了，好不好？"

但是弗雷娅还是哭个不停。这个从美梦中被吵醒的小婴儿可真不好哄，一直啼哭个不停。然后我就看到了弗雷娅头顶上的水渍，我这才意识到原来自己也在哭泣。为什么？为什么我要哭？震惊？愤怒？还是庆幸我们从那里逃了出来？

"好了好了。"我嘴里反复叨念着，和步伐的频率出奇地一致，"没事的，一切都不会有问题的。我保证。"这话是对弗雷娅说的，还是对我自己说的呢？我也不知道。

但是这番话并没有让我安心，我把脸埋进弗雷娅湿漉漉的头发中，闻着婴儿身上特有的味道。这时我的耳边回响起玛丽的话，她的话就像是在指责我。

小骗子。

游戏规则三

谨防泄密

小骗子。

小骗子。

我一路小跑,玛丽的话回响在我的耳边,我每走一步,就能听到一声。这声音越来越大,和现实中弗雷娅的哭声混合起来,在我的脑袋里嗡嗡作响。

最后在离萨尔腾镇约一英里的地方,我再也受不了了。我的背上几乎要冒火,弗雷娅的哭声混合着我脑海中的声音,让我头疼不已。

我停在灰蒙蒙的路边,刹上婴儿车,坐在了一段木头上。我解开胸罩,把弗雷娅送到我的胸前。她高兴地叫了一声,伸出胖乎乎的小手,正准备要好好吃一番,却突然停了下来。只见她抬起头用浅蓝色的眼睛盯着我看了一会儿,微笑了起来,脸上的表情明明白白地就在告诉我:"好样的,我知道你肯定会收到我的信号的。"看着她古灵精怪的样子,我也情不自禁地冲着她笑了起来。我现在腰酸背痛,嗓子也疼得不行,心中充满了对卢克的愤怒和恐惧。

小骗子。

回忆如潮水般涌来。我一边给弗雷娅喂奶,一边闭上眼睛,陷入了回忆。这个称呼是从什么时候开始的呢?

游戏规则三 谨防泄密

一月的天气阴冷暗淡,我在家里和爸爸弟弟过完节回到学校。整个过程简直就是一场灾难,我们坐在一起相对无言,桌上摆的是又冷又硬的火鸡。妈妈没有给我们挑选礼物,她送的礼物上面署名是爸爸的字迹。

西娅和我打算一起从伦敦坐火车回校,但是我们没赶上学校的班车。寒风中,我们站在车站的遮阳篷下。我抽起了烟,西娅则打电话给学校,询问该怎么办。

"他们会在五点半的时候过来。"西娅挂掉电话,向我转述道。我们俩不约而同地抬起头,看了眼站台上悬挂的大钟。"还没到四点,真操蛋!"

"要不我们走过去?"我迟疑地说道。西娅坚定地摇了摇头。她的身体在寒风中瑟瑟发抖。

"还拖着行李箱,不行。"

我们一边等待,一边想着该做什么。这时又一趟火车进了站,这是一趟来自汉普顿李的慢车，车上都是从汉普顿李语法学校回来的孩子。我立刻抬起头，在人群中寻找卢克的身影，但是并没有看到他。他应该是去参加社团活动了，或者逃学了。两者的可能性都很大。

马克·雷恩耷拉着脑袋走过来时，还是那副弯腰驼背的样子。他脖子上长着一颗大火疖子，看上去就很疼。

"嘿！"他从我们身边经过，西娅和他打了个招呼，"你，马克，对吧。你怎么回萨尔腾？有人接你吗？"

他摇了摇头。

"有公交车。那辆车开往莱丁，我们到酒吧那里下。"

西娅和我对视一眼。

"那它在大桥那儿停吗？"西娅问道。

马克摇了摇头。

"通常是不会停的，不过你要是和司机说一下，说不定他会停的。"

西娅冲着我挤了挤眼睛，我点点头。我们达成了一致。先坐到大桥那里，然后再步行回学校，这样我们能少走好几英里的路。

我和西娅排队上了车。我站到了行李架旁边的走道上，西娅则跟在马克后面一直走到了马克的座位旁边。马克紧紧抱着大腿上的书包，就好像自己手里拿的不是书包而是可以保护他的盾牌，他的喉结紧张地一直在动个不停。西娅从我旁边经过时冲我眨了眨眼。

那天晚上在公共休息室里，西娅准备去上她的经济学课，从我身边经过时她随口问了一句："下周末去凯特家？"我点点头，西娅冲我眨了眨眼，让我想起了下午在公交车上发生的事情。

洛拉·罗纳尔多在旁边摆弄着遥控器换台，看到我的回应，她翻了个白眼:"又去凯特家?你怎么老喜欢待在那里?我和杰西·汉密尔顿准备去看电影,然后吃大餐。但法蒂玛说自己去不了了,因为她要和你们一起去凯特家。真不明白这小破地方有什么好玩的!你们是不是看上谁了呀?"

我的脸一下就红了,情不自禁地想起了凯特的弟弟,想起了我们上一次在潮水磨坊附近游泳的场景。虽然已经入秋,但天气仍然热得不太正常,晚霞像火焰一样燃烧了天边,明亮的光芒反射在潮水磨坊的玻璃上,整个潮水磨坊看上去都在发光。我们在海滩上悠闲地度过了一下午,尽情享受着秋日最后的阳光。后来,西娅和凯特打赌,说她不敢裸游。凯特立刻脱光衣服跳进了水里。等凯特游回来的时候,卢克却突然从水里冒了出来。

"是不是忘记拿什么东西了?"他举着凯特的比基尼,脸上露出一抹狡黠的微笑。凯特发出一声尖叫,震得水面都在微微颤动,还惊起了一群水鸟,它们扑腾着翅膀飞远了。

"混蛋!还给我!"

凯特向卢克游去,卢克却向她扔来了一团团水草。凯特则泼水还击。她越游越近,然后一把抓住了卢克的脚踝,从下面扯着他的腿,两人扭打在一起,一起沉到了水下,水面上只能看到一串串的水泡。

片刻之后,凯特突然从水里冒了出来,奋力向岸边游去。等她爬上岸,我才注意到她的手里拿着卢克的泳裤。凯特咯咯地笑着,俨然一副胜利者的姿态。卢克则游到了远处,笑骂个不停,嘴里说着各种威胁报复的话。

我努力让自己不去看,努力想让自己的注意力集中在手里的书上,努力去听西娅和法蒂玛聊八卦,而不是去看卢克在水里闪闪发光的身体。但我的视线总是不由自主地飘向他,他古铜色的皮肤在阳光下闪烁着光彩,让我产生了一种奇异的感觉:羞耻中带着渴望。

"是西娅。"我突然说道。在洛拉的注视下,我感觉自己的脸都要烧起来了。"她疯狂地爱上了镇上的一个人,所以经常在镇上转悠,希望能碰到他。"

谎言,但这个谎言涉及了我们中的一个。话一出口,我就知道自己不该这样做,但说出的话已经收不回来了。

洛拉看着西娅远去的背影,又看看我,脸上露出了狐疑的神色。她知道我们经常满嘴跑火车,当时我们撒谎的名声已经传了出去,所以也吃不准我的这句话是真是假。但是这件事是关于西娅的,对于西娅来说,一切皆有可能。

"是吗?"她最后说道,"我不信。"

"是真的。"我嘴上这样说着,心里却松了口气。幸好她没信。但不知怎的,当时我脑子一抽,居然又顺口补充了一个致命的细节。"她喜欢的是马克·雷恩。别说是我说的。他们今天一起坐车回来的。"我压低嗓门,凑到洛拉跟前说道,"他的手一直放在西娅的大腿上,余下的请自行脑补。"

"马克·雷恩?那个满脸雀斑,住在邮局楼上的小孩?"

"那又如何?西娅又不是外貌党。"

洛拉哼了一声,离开了。

如果不是下周发生的一件事,我恐怕早都把这件事忘到了脑后。我甚至忘了把这件事告诉凯特,让她给我记分。那时撒谎游戏已经从我们内部的比赛演变成了有目的的一种活动,目的不在于从比分上超过对方，而是要战胜其他所有人，这是我们和他们之间的较量。

周六晚上我们照旧待在潮水磨坊，周日下午我们去镇上的商店买了点零食，然后又去酒吧喝了杯热可可。酒吧提供的热可可分量是咖啡馆的两倍，当然前提是你能忍受杰瑞那些挖苦人的笑话。

法蒂玛和凯特坐在窗户边的位置上，我和西娅则坐在吧台那里。西娅正在下单，我在一旁等着，准备帮她一起拿回去。

"我不是说过了吗？最后一杯不要奶油。"酒保把最后一杯带着泡沫的热可可推过吧台，西娅突然厉声说道。酒保叹了口气，开始刮掉上层的奶油泡沫。但是西娅又加了一句，"请给我重拿一杯，谢谢。"

西娅蛮不讲理的语气让我都有些害怕，她的气场实在太强了。

酒保只好转身倒掉了精心准备的饮料，小声地咒骂了一句。这时，我注意到吧台上另外一个正在等候的女人翻了个白眼，冲着她的伙伴小声地说了些什么。我没听清她说的是什么，但是她又回头看了我和西娅一眼，目光里满是轻蔑。我双臂交叉放在胸前，想让自己变小变透明，这样就没那么引人注意了。真不该穿那件带扣子的短裙，裙子顶部的扣子已经坏了，露得更多。我也知道自己胸罩上的蕾丝边已经从领口伸了出来。低领、露肉短裙，再加上西娅的破洞牛仔裤，难怪那个女人要用那样的眼神看着我们。

我站在那里等着西娅将马克杯递给我，这时杰瑞端着盘子出现在我的身后。他将盘子举在肩膀的高度，从人群中挤了过来。我突然感觉到自己的屁股被猛地撞了一下，酒吧里人很多，但不至于挤成这样。这个家伙，他一定是故意的。

"抱歉。"杰瑞露出一个老狐狸般的笑容，"不用管我。"

我的脸红了，于是对西娅说道："我去下厕所，你一个人能拿下吗？"

"没问题。"她正埋头数着找零，连头也没抬一下。我向女厕所冲去，我能感受到自己急促的呼吸。

我到隔间拿卫生纸擤鼻涕的时候，突然在厕所的门上发现了一些字迹。那是用眼影笔写上去的，已经有些模糊了。

马克·雷恩是一个下流无耻的变态。上面这样写道。我眨了眨眼睛，没看错吧，马克·雷恩？那个温文尔雅、容易害羞的马克·雷恩？

洗手池那里还有，用不同颜色的笔写的：

马克·雷恩在公交车上对萨尔腾学院的女孩上下其手。

最后在厕所的大门上用记号笔写着：

马克·雷恩是一个强奸犯！！！

我走出厕所时，觉得自己的脸都快要烧起来了。

"走吧。"我突然对凯特、法蒂玛和西娅说道。西娅抬起头，满脸困惑。

"搞什么？你的饮料一点都没动呢。"

"我要跟你们说件事，但不能在这里说。"

"好的。"凯特说道，她喝完最后一口饮料。法蒂玛也准备去拿自己的包。但我们还没来得及起身，只见酒吧的门砰的一声被打开了，玛丽·雷恩走了进来。

没想到她会直接冲到我们的桌子前。她肯定认识凯特，虽然她和安布罗斯关系很好，但她从来没有注意过凯特的朋友。

她大步冲到了我们面前，锐利的眼神依次扫过我、西娅和法蒂玛。她抿起了厚厚的嘴唇。

"谁是艾莎·王尔德?"她的声音嘶哑而低沉。

我紧张地咽了咽口水。

"我,我是。"

"很好。"她把手背到身后,如同一座大山一样笼罩在我们头顶。酒吧里的喧嚣似乎消失了,人们都安静下来,伸长脖子看着玛丽宽阔壮实的后背,打探消息。"小骗子,你给我听好了。我不知道你那里的风俗,但在这里,人们很重视自己的名声。如果你还敢散播我儿子的谣言,我保证一定会捏碎你身体里的每一根骨头。听明白了吗?是每根骨头,我亲自动手!"

我张了张嘴,但什么话都没说出来。羞耻之心蔓延到了我的全身,让我动弹不得。

一旁的凯特也被吓到了。我知道她现在一定处在蒙圈的状态。

"玛丽。"她说道,"你怎么……"

"少管闲事!"玛丽对她吼道,"我知道,这件事你也逃脱不了干系。你们所有人都一样。"她抱着胳膊,环顾着我们四人。我能感觉到,其实从某种程度上来说,她似乎有点享受这种感觉,喜欢看着我们震惊害怕的样子。"你们这群小骗子。如果我起诉你们的话,你们都会被狠狠地抽一顿的。"

凯特倒吸了口凉气,她刚想站起身为我辩护,却被玛丽重重地按回到座位上。

"还没被抽过吧?看来你们那花哨的学校还没有教过你们这种事,还有你爸爸,他真是个老好人,不过我可不是。如果你再敢伤害我的孩子,"她的目光移回到我身上,如黑葡萄一般的眼珠恶狠狠地盯着我,"我一定会让你后悔出生到这个世界上的。"

然后她站直身子,扭头走出了酒吧。

又是砰的一声,酒吧的门被重重地关上了,在一片寂静中显得格外刺耳。在这之后,酒吧又恢复了刚才的热闹,笑声、男人隆隆的说话声回荡在屋子里。但是我能感到别人都在窥视着我,我真恨不得找个地缝钻进去。

"老天爷!"凯特的脸煞白煞白的,颧骨上因为愤怒而泛起了红色,"她这是发的什么疯?如果爸爸知道了,一定会很生气……"

"别。"我抓住她的外套,"凯特,别。都是我的错,别告诉安布罗斯。"

不行,不能让这件事传出去,不能让他知道这个愚蠢而又无聊的谎言。他的脸上一定会浮现出失望的神色,不行。

"别告诉他。"我感到眼睛里有泪水在涌动,但并不是因为悲伤,而是羞耻,"都是我的错。玛丽刚才说得没错。"

刚才我一言不发地坐在玛丽的面前,但是我真的很想告诉她,这只是个误会,对不起。

但是我没能说出口。下次我去邮局的时候,她对我的态度已经恢复了正常,没有再提起那件事。十七年后,在我给孩子喂奶的时候,她的话仍然回荡在我的耳畔。没错,我确实自作自受。我们都是。

游戏规则三　谨防泄密

我冲进潮水磨坊的时候，凯特、法蒂玛和西娅正围着破桌子坐成一圈。我又热又累，喉咙冒烟，脚也疼得厉害。

门砰的一声撞在了墙上，把影子吓得叫了一声。桌上的杯子被震了一下，墙上的图画木框也掉在了地上。

"艾莎！"法蒂玛的视线越过桌上的碟子转向我，"你怎么搞成了这副鬼样子？"

"没错，我就是见鬼了！为什么你不告诉我们，凯特？"

这个问题一直盘旋在我的脑海里。一说出口却带上了一丝指责的意味。

"告诉你们什么？"凯特站了起来，看上去既困惑又担心，"艾莎，你走到萨尔腾又走回来就用了三小时？累坏了吧？喝水了吗？"

"去他妈的水！"我真的气坏了。凯特从水龙头那里接了一杯水轻轻地放在桌上。我的喉咙里火烧火燎的，咽了一口口水才稍微通畅了些。

我先是抿了一口水,然后咕嘟咕嘟喝了一大口。我终于支撑不住,重重地跌在了沙发上。法蒂玛把一盘沙拉递给了我。

"怎么了?"法蒂玛坐在我旁边,手里拿着装着沙拉的盘子,面有忧色,"你刚才说看到了什么?鬼?"

"是的,见鬼!"我的目光掠过法蒂玛的头,直勾勾地盯着凯特,"我在镇上看到了卢克·罗什福尔。"

凯特脸色大变。我还没说完,她似乎就已经不堪重负,颓然无力地倒在了沙发的扶手上。

"见鬼!"

"卢克?"法蒂玛的目光从我的身上移到了凯特的身上,"我以为他回法国了,在那之后……"

凯特的头有气无力地动了下,看不出是点头还是摇头,或是又点头又摇头?

"他怎么了,凯特?"我抱紧弗雷娅,眼前浮现出卢克阴沉沉的面孔,似乎又感受到了当时他在那间小小的邮局里喷射出的怒火。"他很……"

"愤怒。"凯特接上了我的话。她面色苍白,但伸到口袋里拿烟草的手却很稳。"是吗?"

"说愤怒都轻了。到底怎么了?"

凯特开始缓慢地卷烟草。我记得她的这个习惯,在学校的时候,她就不着急回答问题。问题越难,她在回答前磨蹭的时间就越长。

西娅放下手里的叉子,拿起一杯酒走了过来。

"说啊,凯特。"她直接坐在了我们脚旁边的地板上。似曾相识的画面突然出现在我的脑海中,曾经有多少个夜晚,我们就像现在这样蜷缩在一起,望着火炉里的火苗和窗外的河流,谈天说笑。甜蜜而又痛苦的回忆……

现在的我们没有了当时的欢声笑语,房间安静得只剩下凯特在膝盖上来回卷烟草的沙沙声。凯特紧紧咬着嘴唇。一支烟卷完了,她舔了舔烟纸,终于发话了。

"他确实回法国了。只不过,并不是自愿的。"

"什么意思?"西娅问道。她把自己的香烟盒在地板上磕了磕,看着凯特。我知道她想抽烟,但又不想在弗雷娅的面前抽。

凯特叹了口气,把脚抬起来放到了法蒂玛的屁股后面。她捋了捋散落在面前的碎发。

"我不知道你们是否清楚卢克的来历。你们应该知道,爸爸和卢克的妈妈米雷耶曾经交往过一段时间。当时他们就住在这里。"

我点点头。我们都知道这段历史。那时,凯特和卢克都还是刚学会走路的小孩子,几乎不记得什么。不过当时凯特告诉我们,她还有着一些模糊的记忆,例如河边的派对,还有小卢克曾经掉进过河里,幸好被安布罗斯救了上来。

"爸爸和米雷耶分手后,米雷耶把卢克带回了法国。自那以后好几年我们都没见过面。后来,爸爸接到了米雷耶的电话,说她实在拿卢克没办法了。卢克简直成了个野孩子,常常惹祸。所以她请求爸爸,希望能让卢克到我们这里过暑假,好让她歇口气。你们知道爸爸的,他一口就答应了。后来,卢克就来了,我们才知道,米雷耶没有告诉我们实情。卢克确实表现不好,但其实是有原因的。米雷耶也有问题。她,她又开始吸毒了,所以对于卢克来说,她可能真不是一个合格的母亲。"

"卢克的爸爸呢？"法蒂玛问道，"自己的孩子远渡重洋，从法国来到英国，住到一个陌生男人的家里，他对此没有任何意见吗？"

凯特耸了耸肩。

"卢克的爸爸到底是谁，这还是个问题。据卢克描述，米雷耶在怀他前经常和别人乱搞。所以可能连米雷耶都不知道孩子的父亲是谁……"

她的声音渐渐低了下去。她深吸一口气，接着说了下去。

"不管怎么说，他就过来和我们一起住了。那时我们是十三四岁的样子。先是一暑假，然后一学期，最后变成了一年。后来卢克就被汉普顿李的中学录取了，从此和我们生活在了一起。他很乖，也很快乐。"

我们也知道这段历史，但是谁都没有打断凯特。

"但是在爸爸……"凯特咽了咽口水。我知道她要说到最可怕的部分了，那个我们每个人都不愿意想起的过去。"在爸爸失踪之后，卢克不能再待在这里了。那个夏天，我刚满十六岁，他也才只有十五岁，还属于未成年人。一旦社区卷进来……"她又咽了下口水，脸上的表情清楚地显示出了内心的挣扎。

"所以他就被送了回去。"凯特突然说道，"他不愿意走，想留下来和我待在一起，但是我能怎么办？"她摊开手，好像在祈求着什么，"你们也知道，对吧？我才十六岁，他们绝不会让我去给一个流落在外的法国男孩当监护人的。我只是做了自己必须要做的事情，仅此而已。"她重复了一遍，声音里充满了绝望。

"凯特，"法蒂玛把手放到凯特的手臂上，轻声说道，"在我们面前你还用解释吗？你别无选择。安布罗斯毕竟不是卢克的父亲。你又能做什么呢?"

"他们把他送了回去。"对于法蒂玛的安慰,凯特似乎充耳不闻,继续说着自己的话。她眼神空洞,陷入回忆之中,"他给我写了很多信,恳求我。他说爸爸曾经答应过要照顾他,他还说我背叛了他,指责我……"

泪水涌上了她的眼睛,她眨眨眼,将泪水挤出。她的脸上突然黯淡下来。虽然不知道发生了什么,但影子也感受到了主人的悲伤,跑过来趴到凯特的脚下,小声地呜咽着。凯特摸了摸它,弄皱了它白色的毛。

"几年前他回来了,当上了萨尔腾学院的园丁。我本以为都过了这么多年,他一定看开了,一定能理解我当年的困境。我自己差点被送到孤儿院,更别提要保住他了。但是他不能理解,也没有原谅我。一天晚上,他把我堵到了河边。天哪,"凯特捂住了脸,"法蒂玛,你是医生,你一定听过很多这样的事,但是我,我从没有……打骂、虐待,天哪,他,他所经历的,我真的听不下去。但是他一直在说,想要惩罚我。他告诉我在他小时候,母亲的男朋友是如何对待他的,后来他又回到了法国,孤儿院的那个男的,他用、他用……"

她再也说不下去了,取而代之的是泪水。凯特捂住了脸。

我看着法蒂玛和西娅,两人的脸上写满了震惊。我又看向凯特,很想说点什么安慰她。但我现在只能想到凯特和卢克当年的情形。他们在海湾里大笑着互相泼水,在玩桌游的时候会不约而同地低下头,陷入沉默……他们曾经是多么的亲密无间,甚至比我和我亲弟弟的关系还要好,但是现在……

最后,还是法蒂玛率先打破僵局。她小心地放下手里的托盘,抱住凯特,轻轻摇晃着她,一下又一下。谁都没有说话。

然后法蒂玛嘴里冒出了几句话。虽然声音很小,但我还是听到了。

"这不是你的错。"她一遍又一遍地说道,"这不是你的错。"

我早就该知道的。我坐在摇篮的旁边,想把弗雷娅哄睡着。我的嗓子阵阵发紧。

我早该知道的。

因为所有的一切全都清清楚楚地摆在那里。卢克在海湾游泳时我曾看到过他背上的伤疤,我还以为那是接种疫苗留下的痕迹。但每当我问起他的时候,他总是摇摇头,一言不发。

现在我早已不是当年那个懵懂无知的少女,我终于知道那些圆形的小伤疤意味着什么。想到当时的无知,我羞愧难当。

这也就解释了当年一直困扰着我的一些事情。卢克的沉默寡言,他对安布罗斯近乎狂热的崇拜,还有他从不愿意谈起自己在法国的生活。不管我们怎么问,他总是保持沉默,而这时凯特就会握紧他的手,替他岔开这个话题。

还有很多很多这样的事。镇上的男孩子总喜欢摆出一副盛气凌人的样子,嘲笑他,欺负他。而卢克一忍再忍,直到最后……爆发。我还记得那天晚上在酒吧里,镇上的孩子又开始纠缠卢克,说他和萨尔腾学院那些傲慢的女孩子一起玩。卢克既不是镇上的人,也不是学院的人,所以他一直处在一个很尴尬的位置。凯特毫无疑问是萨尔腾学院的人,安布罗斯努力游走于两个世界,卢克则陷入了两难的境地,一方面他和镇上绝大多数的孩子一起去汉普顿李的公立学校上课,另一方面他的家庭又和萨尔腾学院有着密切的联系。

但他还是挺过来了,对于像"兄弟,难道我们这里的女孩配不上你吗?"这样的冷嘲热讽,他早已经习惯了。对于类似的嘲笑,他也只是摇摇头,一笑而过。但是,在一个晚上,就在我们叫了最后一轮酒水,准备收工回家的时候,镇上一个男孩经过卢克身边,突然弯下腰,在卢克的耳边小声说了些什么。

我没听清他说了什么,但我看到凯特变了脸色。卢克猛地站了起来,动作之快甚至带倒了自己的椅子,然后他一拳打在了男孩的鼻子上,又狠又准,就好像他的内心有什么爆发了一样。男孩摔倒在地,大声哀号着。卢克站在他面前,冷冷地看着哭泣流血的男孩。他的表情十分冷静,就好像什么都没发生过一样。

酒吧里肯定有人打电话把这件事告诉了安布罗斯。等我们回去的时候,他正坐在摇椅上等着我们。他的脸上不再是那种轻松愉悦的表情,我们刚进屋他就站了起来。

"爸爸……"凯特抢在卢克前面说道,"不是卢克……"

但还没等她说完,安布罗斯就摇了摇头。

"凯特,这是我和卢克之间的事。卢克,我们去你房间说吧。"

他们进屋后关上了门。门阻断了他们的谈话,我们只能隐约听到他们的语气。安布罗斯的声音中满是失望和责备,而卢克先是乞求,最后变成了愤怒。我们在客厅中缩成一团,呆呆地望着眼前的炉火。夜里的温度不低,所以火炉其实没什么必要。随着门后的声音越来越大,凯特的身子也颤抖个不停。

"你什么都不懂!"我听到楼上传来了吼声。是卢克的声音,愤怒中带着怀疑。我听不到安布罗斯的回答,只听到了他平静耐心的声音,然后就是卢克把什么东西砸到了墙上的声音。

安布罗斯一个人出来了。他的短发都炸了起来,就好像他一直在揉自己的头发。他看上去很疲惫。从楼上下来后,他从水池下拿出一瓶没有标签的酒,给自己倒了一杯,伴随着一声叹息,他喝光了杯子中的酒。

然后他一屁股坐到了扶椅上。这时凯特站了起来,安布罗斯冲着她摇了摇头,他知道凯特要去干什么。

"换成我,我是不会去的。他现在很沮丧。"

"我要上去。"凯特不服气地说道。她从安布罗斯身边经过时,安布罗斯伸出那只空闲的手,抓住了她的手腕。凯特停了下来,昂着头,一脸的不服气,"你想怎样?"

我的心一下就提到了嗓子眼里,生怕安布罗斯下一秒就会爆发。我爸爸就是这样的人。现在我还记得他因为威尔的顶嘴而大发雷霆的样子:"如果我敢像你这样无礼,我爸爸早就拿鞭子抽我了。你个小杂种。乖乖听话,听到了吗?"

但是安布罗斯并没有大喊大叫。他甚至都没有说话,只是轻轻拉住凯特的手腕,其实都算不上拉,他根本就没用什么力,只是用手指环住了凯特的手腕,凯特随时都能甩脱他。

凯特低下头看着父亲的脸。他们两人都没动,但是凯特的脸色发生了变化,就好像她从父亲的眼睛里读懂了什么,这是我们外人所不能理解的交流。然后她叹了口气,无力地垂下了被环住的那只手。

"好吧。"她这样说道。虽然安布罗斯一句话也没说,但凯特已经知道了他的意思。

楼上又传来一声巨响,打破了此时的宁静。我们都吓了一跳。

"他要把自己的屋子给毁了。"凯特轻声说道,但她并没有上楼的打算,而是把自己重重地摔进了沙发,"爸爸,我好难受。"

"你就不能……不能制止他吗?"法蒂玛问安布罗斯,她睁大了眼睛,觉得有些不可思议。这时楼上又传来了玻璃破碎的声音,安布罗斯颤抖了一下,然后摇了摇头。

"我不能这么做。有些痛苦是需要发泄出来的,也许这就是他所需要的吧。我只希望……"他摩挲着自己的脸庞慢慢说道,这时的他突然显得苍老了许多,看上去就像是他这个年龄该有的模样,"我只希望他不要弄坏自己的东西,哎,他真的没多少东西可摔。这个傻孩子,他哪里是在惩罚我,他这是在伤害他自己啊。所以酒吧里到底发生了什么?"

"卢克没错。"凯特发话了。她的脸上没有一丝血色,充满哀伤。"他没惹事。你知道那群熊孩子,瑞恩或者罗兰,管他叫什么呢。就是那个深色头发的大块头,他经常找碴儿,但卢克一直都不以为意。但今晚瑞恩说了点别的,卢克就疯了。"

"他说了什么?" 安布罗斯问道。他坐在扶椅上,身体前倾,似乎迫不及待地想听到答案。但我却第一次感受到了凯特和她父亲之间的隔阂。她面无表情,似乎戴上了面具。

"我不知道。"凯特这样说道,她的声音突然变得很奇怪,"我没听见。"

安布罗斯没有惩罚卢克。在回家的路上,法蒂玛一直在摇头。因为我们都知道尽管安布罗斯表现出一副不在意的样子,但如果是凯特犯了这样的错的话,她肯定会被安布罗斯狠狠地训斥一番,还要从她的零花钱里扣除修理费。

但对于卢克,安布罗斯似乎有着无尽的耐心。现在我终于知道了原因。

弗雷娅已经睡着了,呼吸平稳而轻柔。我站起来伸了个懒腰,看着窗外的河流,陷入了回忆。卢克的面孔浮现在我的脑海中,为什么他在邮局里的愤怒会让我如此震动?

我知道他很愤怒,我也目睹过他的怒火,不仅烧到了别人身上,有时甚至连他自己也深受其害。然后我突然意识到,让我恐慌的并不是他的怒火,而是看到他对我们发怒。

过去他不论有多生气,都不会冲我们发火。在他眼里,我们就像易碎的瓷器,需要呵护,不容亵渎。但是,那时的我其实很想要他的"亵渎",我渴望他的靠近。我还记得有一天我们一起趴在码头上,享受着日光浴。我扭过头看着他的脸,他的眼睛紧闭着。我的心中突然像着了火一样,一种强烈的渴望占据了我的内心,渴望他能睁开眼睛,拥我入怀。

但是他没有。我的心跳得很厉害,我想他应该都能听到。我再也按捺不住内心的渴望,靠近他,亲吻了他的嘴唇。

接下来发生的事情大大出乎我的意料。

他猛地睁开眼睛,一把推开我,嘴里大叫着:"别碰我!"他挣扎着站了起来,差点掉进了水里。他的胸膛上下起伏着,眼神近乎狂野,就好像刚才我不是亲了他,而是趁他睡觉的时候袭击了他。

我的脸腾地就红了,就像是被太阳烤熟了一般。我站了起来,下意识地后退一步,远离他神志不清的怒火。

"抱歉。"我努力说了出来,"卢克?"

他一言不发,只是茫然地看着四周,似乎在弄清楚现在的状况。有那么一瞬间,他似乎已经不认识我了,像看一个陌生人一样看着我。然后他的眼睛里带上了一丝清明,还有羞愧。他转过身,头也不回地跑开了,也不理睬我的呼唤。

"卢克,卢克。我很抱歉。"

当时我很疑惑。我不明白自己做错了什么,以及他为什么会有这么强烈的反应。毕竟,那只是一个吻。之前我也亲过他很多次,只不过都是姐弟间的亲吻。

现在,现在我终于明白了。他那有些吓人的反应背后是可怕的童年经历。想到这里,我的心都要碎了。但同时我似乎也嗅到了一丝危险的气息,当年的那种感觉似乎又出现在了今天的邮局里。

你不会想成为卢克的敌人。因为我见过他发飙时的样子。

我又想起了那只死羊,那血肉横飞的后面到底隐藏了多大的仇恨和痛苦?

一阵寒意袭上心头。

"你接下来有什么打算?"法蒂玛压低了声音,一边说着一边把破破烂烂的瓷杯递给我。

吃完了午饭,法蒂玛和我在洗盘子,或者更确切地说,她洗我擦。弗雷娅在火炉前的地毯上玩耍。

凯特和西娅出去抽烟,顺道遛狗。透过窗户,我看到她们沿着海湾的岸边慢慢走着,低着头在谈论着什么,嘴里的烟飘散在夏日的空气中。奇怪的是,她们并没有向南边的沙滩走去,而是一路向北——那边是通往萨尔腾的主路,并不是散步的好路线。

"我不知道。"我擦干茶杯,把它放到桌上,"你呢?"

"我,老实说,我也不知道。但是我全身上下的每个细胞都在呼喊着回家。我们待在这里也做不了什么。回到伦敦,我们被警察敲门的可能性才更小吧。"

她的话让我打了个冷战。我不自觉地看向门那里,想象着马克·雷恩走过那条狭窄的桥,敲打着桥上发黑的木板。到时我该怎么说呢？我想起凯特昨晚的话：我们什么都不知道。我们什么都没看见。这就是我们十七年来的台词。如果我们一口咬定，他们也没有办法，是吧？

"我也不想和凯特唱反调。"法蒂玛说道，她放下刷碗的海绵，扯了扯自己的头巾，在脸颊上留下一团泡沫，"但是去参加一个我们从没去过的校友会，真的好吗？"

"是的。"我又擦干一个杯子，然后把它放到了桌上，"我也不想去。但是如果我们临时反悔的话，好像更不好。"

"我知道，我知道。游戏规则二，守口如瓶。她给我们买了那该死的入场券，然后告诉别人我们要来，所以我们只能坚持到底。但那只羊……"

她摇摇头，继续洗起了盘子。我偷偷扫了她一眼。

"到底怎么回事？你比我看得清楚。真的是影子干的吗？"

法蒂玛又摇了摇头。

"我也不知道。我见过不少狗咬人的案例，可能多多少少还是有点区别吧。但看起来真不像……"

我的心抽紧了。要不要向法蒂玛坦白？不过如果有警察参与进来的话，法蒂玛是不是知道的越少越好？但我们发过誓绝不向对方撒谎，我现在做的其实就是撒谎，故意不说也是撒谎。

"有一张字条。"终于我下定了决心，"凯特也看到了。但是她把字条藏在了口袋里。我在给她洗衣服的时候看到了那张字条。"

"什么？"法蒂玛抬起头，露出了震惊的表情。她扔掉了洗碗布，转身看着我，"为什么你没告诉我们？"

"因为我不想让你们担心。我不想……"

"上面说了什么?"

"说了……"我咽了下口水。那句话太难说出口了。我强忍着不适,终于说了出来,"上面写着:为什么不把这只羊也扔到海湾里去呢?"

砰!法蒂玛手中的杯子掉到了地上,她的脸上瞬间没了血色,就好像戴上了一张惊恐的面具。在黑色头巾的映衬下,她的脸显得越发惨白。

"你说什么?"她的嗓子都哑了。

我已经无法再重复一遍了。我很清楚,她听到了,只是她太害怕了,不想去承认已经意识到的事实:有人知道这件事,而且他下定决心要惩罚我们。

"不。"她神经质般地摇着头,"不可能。"

我放下手里的抹布,走到弗雷娅旁边的沙发前,重重地倒了下去。我用手捂住了脸。

"这就不一样了。"法蒂玛的话语里充满紧迫感,"我们必须离开。艾莎,我们现在就得走。"

这时门外传来了一阵响动,是影子跑来跑去的声音。码头上传来了脚步声。我抬起头,刚好看到凯特和西娅打开了岸边的大门走了进来。她们的脚上沾着沙子和泥土。凯特的脸上不见了昨日的阴霾,她笑得很开心。不过当她的目光落到我和法蒂玛的身上时,她的表情变得凝重起来。

"怎么了?"凯特问道,"一切都还好吧?"

"我要离开这里。"法蒂玛捡起地上的茶杯碎片,倒进了下水道里。她在抹布上擦了把手,然后走到我的身边,"我准备回伦敦。艾莎也和我一起。"

"不行。"凯特的声音既坚定又迫切,"你们不能走。"

"你也和我们一起走。"法蒂玛听上去有些歇斯底里,她挥动着一只手,"你在这里不安全。你心里清楚。艾莎,跟她们说说字条的事。"

"什么字条?"西娅看上去很震惊,"有人能解释下吗?"

"凯特发现了一张字条。"法蒂玛的嘴角吐出了唾沫,"上面写着:为什么不把这只羊也扔到海湾里去呢?有人知道了,凯特!是卢克吗?你告诉过他?这就是事情的真相?"

凯特没说话。她摇着头,看上去似乎十分痛苦。她在否认什么?否认自己告诉过卢克?否认写字条的人是卢克?还是她根本就没在回答法蒂玛。

"有人知道了。"法蒂玛又重复了一遍,她的声音变得十分尖锐,"你必须走。"

凯特又摇了摇头。她闭上眼睛用手指抵着眼皮,似乎有些不知所措。法蒂玛又说了一遍:"凯特,你听到我说话了吗?"凯特这才抬起头来。

"我不能走。法蒂玛,你知道的。"

"为什么不行?你就不能打包走人吗?"

"因为这无济于事。写字条的人,不论是谁,到现在还没有报警。这就意味着他可能只是怀疑。所以到目前为止我们还很安全。但如果我跑了,人们一定会怀疑我的。"

"行,你要想待在这儿,尽管待。"法蒂玛转身拿起放在桌上的包和太阳镜,"我不奉陪了。我可没理由一定要留下来。"

"你不能走。"凯特的声音开始变得生硬起来,"至少再待一晚。法蒂玛,清醒点。如果你走了,你们回来参加校友会的理由就会出现破绽。如果你不是回来参加校友会的,为什么要突然大老远地跑回来?原因呢?"

她没有说出原因,也没必要。我们回来的原因就摆在每份当地报纸的封面上。

"见鬼!"法蒂玛突然恶狠狠地说道。她把包扔到地上,走到窗户前,用头一下一下地轻撞着玻璃。"该死!"

她回来的时候带上了一种兴师问罪的意味。

"你把我们都叫回来,到底他妈的要干吗,凯特?你一个人还不够?想把我们也拖下水吗?"

"什么?"凯特看上去就好像被法蒂玛扇了一巴掌一样,她退后一步,"不,上帝,当然不。你怎么能说出这种话!"

"那到底为什么?"

"因为我实在找不到别的方法通知你们了。"凯特大叫道。不知是因为羞愧还是愤怒,她橄榄色的脸颊上泛起了红晕。她接着说了下去,不过却转向了影子,就好像她根本无法直视我们一样。"还能怎么办?发邮件?你们我管不着,但是我可不想在自己的电脑上留下这样的记录。打电话?让你们的丈夫也听到?我之所以让你们过来,是因为我们需要面对面讨论这个问题。我叫你们过来,因为我觉得这是最安全的方法。还有,就是因为我是个自私的贱人,我需要你们!"

她的胸膛上下起伏着,有那么一瞬间我觉得她可能要放声大哭了,但她没有。法蒂玛快步走了过去,将凯特拥入怀中。

"对不起。"法蒂玛难过地说道,"我真不应该……对不起。"

"我也很抱歉。"凯特的声音从法蒂玛的头巾下传了出来,听起来闷闷的,"都怪我。"

游戏规则三　谨防泄密

"别这么说！"西娅打断了她们。她走到两人身边，将她们搂到怀里。"凯特，这是我们的错，不仅仅是你。如果不是我们……"

她没有接着说下去，她也没必要。我们很清楚自己做过的事，那个漫长的夏天在我们的指缝间悄悄溜走，与此同时也带走了安布罗斯。

"我会留下来过夜的。"法蒂玛最终说道，"但我真的不想参加那个晚宴。发生了这么多事之后，我们怎么还能回去，凯特？尤其在他们做了那样的事情之后……"

"我们有请柬啊。"西娅一字一句地说道，"这还不够吗？我们能不能这样说，本来我们是打算去的，但是出发前，法蒂玛的车坏了，或者编个其他理由，就不去了。艾莎，你认为呢？"

"我们要去。"我最终说道。我也不想去，我只想待在温暖宁静的潮水磨坊。萨尔腾学院是我最不想去的地方，但是凯特已经替我们买好了入场券，这已经是无法改变的事实。如果我们不去的话，到时桌子旁就会有四个空座，入口处也会留下四个无人认领的名牌。人们当然知道我们回来了，在萨尔腾这种小地方，有一点儿风吹草动，全镇的人都会知道。如果我们没参加宴会，他们一定会问，为什么我们没去呢？更糟糕的是，他们可能还会问到我们回来的原因，如果不是参加宴会，那到底是为什么呢？我们可经不起这样的质疑。

"但弗雷娅怎么办？"法蒂玛问道。她说得没错。我还没想到弗雷娅的事。我们都看向弗雷娅，小家伙正仰面朝天地躺在地上，津津有味地咬着一个色彩鲜艳的塑料玩具。她感受到了我们的目光，于是就抬起头咯咯地笑了起来。听着她欢快的笑声，我恨不得一把抓起她，把她紧紧地抱在胸前。

"我能带上她吗？"我迟疑地问道。

"该死，我居然忘了弗雷娅的事。等等。"凯特拿出手机。我从她的肩膀上看过去，发现她在浏览学校的网站，点击着校友下面的选项。

"晚宴，晚宴。哈，找到了。常见问题解答，入场券……糟糕！"

我大声地读出了她手机界面上的文字：伴侣和年龄较大的儿童均可入内。我们很遗憾地告知您，晚宴这种正式场合并不适合婴儿和十岁以下的儿童。我们可以为您提供本地保姆名单和正规的儿童托管所。

"抱歉，艾莎。镇上有六个女孩都能提供上门保姆服务。"

哪有那么简单！我把这句话又咽了回去。弗雷娅一直都不适应奶瓶，就算能用奶瓶，我也没带任何喂奶的工具。

虽然我把原因都归咎到了奶瓶上，但其实只是一个幌子。我不想把弗雷娅交给别人的原因很简单：我不想离开她。

"在保姆来之前，我得把她哄睡了。"我不情愿地说道，"陌生人可没办法哄好她。欧文都不行，更别提一个她从来都没见过的人。晚宴几点开始？"

"八点。"凯特答道。

该死！时间可真赶！弗雷娅有时七点就睡着了，有时则会闹到九点还不睡。晚宴的时间还真尴尬。

"给我个号码。"我对凯特说道，"我来打电话。最好是我直接跟保姆沟通，看她是不是称职。"

凯特点点头。

"抱歉，艾莎。"

"没事的。"法蒂玛的声音充满了同情。她把手搭在我的肩上，轻轻捏了一下以示安慰。"头一次都这样，下次就好了。"

一股愤怒突然涌上心头。我知道她不是故意摆出一副经验丰富的样子，但我就是忍不住生气。因为我知道她没说错，而且她生过两个孩子，确实比我有经验，我的心情她都了解。但是她不了解弗雷娅，就算她还记得当时第一次把孩子交给陌生人的那种紧张感，她也无法对我现在的感觉感同身受。

我曾经有几次把弗雷娅交给欧文照顾，但没有一次是像这样的，把弗雷娅交给我完全不认识的陌生人。

如果出事了呢？

"给我电话。"我对着凯特又说了一遍。我把法蒂玛的手甩了下去，并没有理睬她。我紧紧攥着手里的号码，抱着弗雷娅上了楼。泪水在我的眼眶中打转。

时间已经不早了。夕阳西下，海湾上物体的影子渐渐拉长。弗雷娅在我的胸口蠕动着，手里抓着我脖子上的银项链。自从弗雷娅出生后我就很少戴项链了，怕被她给扯断。

我能听到楼下的交谈声。她们早都准备好了，而我还在试图哄弗雷娅入睡。她真快把我逼疯了。她不喜欢我喷在耳朵后的香水味，厌恶地皱起了小脸，她愤怒的小手紧紧抓着我黑色的紧身丝绸裙——这是我从凯特那里借来的衣服。对她来说，一切都发生了变化，陌生的房间，陌生的小床，连从窗帘照进来的光都不一样了。

每当我把她放到婴儿车上的时候，她都会跳起来抓住我，愤怒的号叫声就像警报一样响彻整个海湾，盖过了流水的声音和楼下的交谈声。

但是现在,她好像真的睡着了。小嘴微张,口水从嘴角流了下来。

我赶紧拿布擦掉她的口水,以免弄脏了我借来的裙子。我直起身,缓缓地向角落的婴儿床移去。

低一点,再低一点,我就像电影中的慢动作一样俯下身,感觉背都要抽筋了。弗雷娅终于平稳地着陆在了婴儿车里。我的手抚摸着她的肚皮,想要感受她的存在,用这一刻的感觉来冲淡待会儿的别离。

终于,我屏住呼吸站直了身体。

"艾莎!"楼梯上传来一声轻呼。我咬紧牙关,在心里默默狂吼了一句:闭嘴!

好在弗雷娅没醒。我蹑手蹑脚地走出房间,沿着晃悠悠的楼梯向下走。一步两步,耶,大功告成,我在心底默默地欢呼了一声。

她们都在楼梯口等着,看到我出来,抬起头齐刷刷地望向我。法蒂玛的打扮让人眼前一亮。她穿了一件红宝石色的沙丽,上面还点缀着珠宝——这是她今天下午在汉普顿李的一家服装店里偶然发现的。西娅并没有在意邀请函上的正装要求,她还是穿着自己平常的修身牛仔裤,上半身则是一件细肩带的上衣,衣服的边缘是金色,越往上颜色越深,到了领口那里则变成了黑色。这件衣服的颜色让我想起了她曾经染过的发色,奔放不羁的颜色总能令我目瞪口呆。凯特穿着一条淡粉色的一片式连衣裙,看上去很高级。她刚洗完澡,湿湿的头发松散地垂落在肩膀上。

我走到楼下,嗓子莫名其妙地好像被什么堵上了一样。也许是因为我突然意识到自己有多爱她们,也许是因为感慨我们易逝的青春。晚霞中她们的脸和记忆中那年轻的面孔重叠到了一起,现在的她们经过了时光的打磨，眼神中虽然流露着疲惫，但却比年轻的时候还要美丽。气色明亮的她们看上去就像是整装待发的鸟儿，随时都可能飞往未知的世界。

我又想起了卢克，想到他在邮局时的怒火和隐藏的威胁。一股愤怒突然袭上心头——我绝不会让我所爱的人受到伤害！绝不！

"好了吗？"凯特微笑着问道。我还没来得及回答就听到角落里传来了一声咳嗽。扭头一看，一个女孩正站在碗柜旁，她就是那个从镇上赶来照顾弗雷娅的保姆利兹。

她也太小了吧！这是我在看到她时脑海中冒出的第一个念头。她在电话里说自己十六岁，但是现在看来怎么也不像有十六岁的样子。她长着一头浅棕色的头发，脸上没有任何表情，让人猜不透她在想什么，但是能看出来她很紧张。

西娅看了看手机，"我们得出发了。"

"等一下。"我开始叮嘱利兹——同样的话我已经说过两遍——我的奶水在冰箱里，弗雷娅不喜欢自己的被子，但我还是希望她能适应，尿布在哪里，如果她闹起来的话该怎么做。

"你有我的电话，对吧？"我已经记不清这是我说的第几遍了，也许第二十次？法蒂玛换了个站姿，西娅叹了口气。

"就在这里。"利兹拍了拍碗柜上的电话簿。电话簿的旁边是一张十英镑钞票——她今晚的劳务费。

"奶水就在冰箱里。我也不知道她是否能习惯奶嘴。但如果她醒了，你最好还是试试。"

"小姐，请放心。"她蓝色的小眼睛透露出真诚，"我妈妈总是说，如果我能搞定我的弟弟，那世上就没有我照顾不来的小孩。我现在一直都在照顾着弟弟呢。"

虽然这番说辞并没有让我放心多少,但我还是点了点头。

"快点,艾莎。"西娅有些不耐烦了。她站在门口,握着门把手,"我们得走了。"

"好的。"我向门口走去,内心却越发纠结。我不该把弗雷娅一个人留在家里,但我又能怎么办呢?我和弗雷娅之间就像有一条绳索一样,这条绳索紧紧地缠在我的脖子上,离得越远,缠得越紧。"我尽量早点回来,记得打电话给我。"我对利兹说道。她点点头。我感到自己就像创可贴一样,慢慢地和她剥离,和弗雷娅剥离。每走一步都好像在我的心上戳了一个窟窿。

直到我走到浮桥上,感受着傍晚的霞光,内心的空洞感才稍微缓解了些。

"我开车吧。"法蒂玛说着拿出了车钥匙。

凯特看了看表。

"距离大约是十英里,但这个时间点我们可能会遇到开着拖拉机的农民。这个时节他们都会在田里工作到很晚,而且他们只有一条路可走。如果我们被堵在他们后面,那就惨了。"

"所以呢?"法蒂玛的脸上露出一种似笑似怒的表情,"难道我们要步行?"

"步行可能会更快。如果我们从沼泽那里穿过去,走个几英里就到了。"

"可我还穿着高跟鞋呢!"

"那就换上你的凉拖。"凯特冲着法蒂玛放在门外的鞋子点点头,"穿上它就好走路了。这个季节很干,路也好走。"

游戏规则三　谨防泄密

　　"走吧。"西娅的话吓了我一跳，"我们又不是没走过。再说，你们也知道学校的停车场，水泄不通，我们就算不被堵在路上，也会被困在停车场里的。"

　　西娅的话起到了关键性的作用。我能看出法蒂玛也不想让大家都被困在停车场。她翻了个白眼，然后踢掉了脚上的高跟鞋，换上了凉拖。我也把高跟鞋换成了去镇上穿的那双凉拖。本来磨红的地方再一次受到了挤压，痛得我轻叫了一声。凯特很明智地穿着低跟鞋，西娅也是，她根本就不需要高跟鞋。

　　我最后看了一眼弗雷娅所在房间的窗户，心中猛地一痛，然后转向了南面那条通往海岸的小路，深吸了一口气。

　　我们出发了。

　　我们沿着旧时往返萨尔腾学院的道路走着，仿佛又回到了旧日时光。这是一个宁静美丽的傍晚，晚霞染红了天空，脚下的沙子将白日的温度传递到了我们的脚上。

　　走到一半的时候，凯特突然停了下来，"我们从这里穿过去吧。"

　　一开始我还不知道她在说什么，然后我就看到了那个隐藏在树篱里的缺口。树篱的叶子纠缠在一起，树枝上长满了刺，隐约能看到里面有一道破烂的栅栏。

　　"什么？"西娅发出了一声短促的笑声，"开什么玩笑。"

　　"我……"凯特的脸上有些不自然，"我只是觉得走这里更近。"

　　"不是吧。"法蒂玛的脸隐藏在头巾的阴影下，她看上去很是困惑，"这反而会绕路啊，你忘了吗？不管怎样，我是走不了。那些刺会扯破我的衣服的。另一条路不行吗？就是我们以前回学校时经常走的那条?"

凯特深吸了口气,看上去似乎还要争辩。但是随后她却转过身大步流星地走回了原路。"好吧。"她的声音几不可闻。

"好奇怪啊。"我小声对法蒂玛说道。她点点头表示同意。

"是啊。到底怎么了?我好像也不是无理取闹吧,我有吗?"她指了指自己身上的印花丝绸,还有容易被刮掉的珠宝,"你看看,对吧?我不可能从那些树丛里钻出去的。"

"当然不行啊。"我表示赞同。我们加快了步伐,试图跟上凯特。"真不知道她在想什么。"

然而我很快就知道了。到了我们过去转弯的地方,我立刻就明白了,而且我居然忘了这件事!现在我明白了为什么下午凯特散步时要带着西娅向北走,而不是向南边的大海。

在我们本该右转的地方有一条通往大海的小道。在远处的沙丘附近,我看到了一个白色的影子和蓝白色的警局封条。

那里支起了一个帐篷,表明这是法医采集样本的地方。

我的心沉了下去,胃里一阵翻江倒海。我们怎么这么粗心?

西娅和法蒂玛几乎和我同时意识到了这个问题。她俩的脸色也变了,我们在凯特身后交换了一下眼神。凯特的前面是美丽的海岸和无边无际的大海,但是她移开了目光,因为美景的中间还夹杂着一个不起眼的帐篷,有了它之后,再美的风景也黯然失色。

"对不起。"我向凯特说道,她正抬起腿跨过栅栏,粉色的裙子在风中飘动,"凯特,我们没想到……"

"没事。"凯特生硬地吐出两个字。不可能没事的。我们怎么就忘了呢?毕竟这就是我们回来的原因啊。

"凯特……"法蒂玛的声音已近乎乞求。但凯特已经越过了栅栏，继续迈着大步向前走去。她扭过脸不看我们。我们又羞又愧，跟在后面着急地想赶上她。

"凯特，对不起。"我抓住凯特的手臂，但是被她挣脱了。

"没事，别提了。"凯特的话像一拳重击打在了我的胸口上。我无可辩解。

"停下！"西娅的声音里带上了一丝命令的语气，我很长时间都没有听到她这样说话了。曾经她总喜欢用命令的口吻说话。"停下！""给我！""过来！"让你不由自主地想要服从。

后来不知什么时候她就不再这样说话了，可能她也被自己的权威吓到了吧。现在那种命令的语气又回来了，尽管只有一点，但威力仍然不减当年。凯特停在了一小片被羊啃过的草地上，她转过身，眼里透露出顺从。

"怎么了？"

"凯特，听我说。"命令的口吻消失了，西娅换上了一种安慰且不确定的声音。这就是我们现在的感觉，不知道该说什么，不知道该怎么抚平凯特受伤的心灵。"凯特，我们不是……"

"我们都很抱歉。"法蒂玛接着说道，"真的，我们早该想到的。不要这样，好吗？我们为你而来，我们和你同在，你知道吧？"

"所以我应该怎样？感激涕零？"凯特的脸扭成一团，试图挤出一个笑容，"我知道，我……"

但是法蒂玛打断了她。

"不，我不是这个意思。他妈的，凯特，我们之间还要说感激这种话？感激？别侮辱我了，好吗？我们之间还用这个吗？我想说的是，你觉得你是唯一关心这件事的人，但你错了。你不是一个人。听好了，我们所有人……"她冲着我们挥了挥手，夕阳将我们斜长的影子投射到沼泽地上，"都在这里，这就是证明。我们爱你，凯特。你看看我们，艾莎带着孩子费尽辛苦地跑来了，西娅请了假，我丢下了阿里、纳迪亚和萨米尔。我们所有人都为你赶了过来。这就是你在我们心目中的分量。我们永远都是你的后盾。你听懂了吗？"

凯特闭上眼睛，有那么一瞬间我觉得她可能会哭，会向我们发火，但她没有，而是抓住我们的手，把我们拉到她的身边。她仍然闭着眼睛，沾着颜料的手指紧紧地抓着我的手腕。

"你们……"她的声音戛然而止。然后我们四个人就拥抱在了一起，就像狂风中紧密相依的四棵树，几乎融合成了一个整体。我们的手臂缠绕在一起，头抵着头，感受着对方身上传来的温暖。我们的过去如此紧密相连，现在谁也无法将我们分开。

"我爱你们。"凯特的嗓子哑了。我也说了一句同样的话，但我已经听不清自己的话了，空气中回荡着此起彼伏的"我爱你们"，已经分不清是谁在说了。

"我们一起面对。"法蒂玛坚定地说道，"明白吗？他们曾经将我们拆开，但他们不会再次得逞。"

凯特点点头，直起身抹掉睫毛膏下的泪水。

"好的。"

"所以，都同意吧？统一战线，同进同退？"

"统一战线。"西娅毫不犹豫地说道。我也点了点头。

"合则生……"话刚出口我就后悔了，因为下半句就挂在我的嘴边，怎么也说不出口。"分则死"这半句像是无声的回音飘荡在空中。

游戏规则三 谨防泄密

"你还记得……"

我们在各种"你还记得"的谈话中走完了最后一英里路。

你还记得在和罗丁学院的曲棍球比赛中,西娅在她的运动水壶里装了伏特加酒,结果被抓了个正着吗?

你还记得法蒂玛告诉鲁尔克老师,说笔在乌尔都语中叫作呼卡卡吗?

你还记得我们夜里跑去游泳,结果遇到了退潮,西娅差点被淹死吗?

你还记得……

你还记得……

你还记得……

我以为我能记得所有的事情,但当记忆全都涌上心头时,我才发现自己记得也没那么清楚。我能记起一幅幅的画面,比如说月光下我们和凯特一起走在沙滩上,但那些细节却早已遗失在记忆的长河中,各种颜色和气味,我再也想不起来了。

走过最后一片田地,跨过最后一道栅栏,萨尔腾学院终于出现在了我们的眼前。我们回来了,我们真的回来了。不安的情绪在身体里蔓延开来,其他人也都陷入了沉默,我知道她们肯定也和我一样,想起了很多事情,其中有一些是我们这么多年来一直想忘记的。我还记得我们和马克·雷恩相遇的场景。那天,他在海边的小道上遇到了一群五年级的学生,人群中的嘲笑声和议论声让他的脸一直红到了脖子根。一路上他都低着脑袋,时不时向西娅投来痛苦的一瞥。我还记得我们在走廊上遇见的那个一年级新生。看到我和法蒂玛,她吓得转身就跑。她一定是听到过有关我们的谣言,把我们当成了巧言如簧的骗子。我还记得在离开那天,韦瑟比老师脸上的表情……

所以当我感受到萨尔腾学院的变化时,我突然觉得很高兴。学校的样子其实没怎么变,有变化的是学校的氛围。过去,学校的空气中总是弥漫着一种一成不变的死板气息。随着时间的流逝,潮水磨坊只是变得更破旧,但萨尔腾学院中却突然冒出了一股灵动的气息,这是我从来没有感受过的。过去的萨尔腾学院从来就不是一座顶尖院校,用凯特的话来说,这里是很多人最后的机会。这里有由于家里出了点事,临时报名的;也有连续被三所学校开除,但到了这里却没有人管的学生。我还记得第一天来到这里的情景,一股穷酸的气息迎面而来,墙上的涂漆粘上了沙子,正在慢慢剥落,炎热的夏天过后,草坪呈现出枯黄破败的模样,车道上到处都是野草,很多家长都开着雪铁龙或者破旧的沃尔沃送孩子上学,中间零星夹杂着几辆宾利和戴姆勒。

现在,空气中则充满着……钱的气息。我已经想不到别的更贴切的词了。

大楼在草地上投下长长的影子,网球场还和原来一样,但是白色廉价的涂料已经被换成了昂贵的奶油色涂料,这让网球场的边缘看起来更加柔和,再加上窗台上的花盆箱,处处透露出高级感。角落里的那些攀缘植物已经开始沿着建筑物的表面攀爬起来。

草坪变得郁郁葱葱。踩在上面,还会有轻微的声响。草坪中还装了一些小喷头,向四周喷着细密的水雾。这是我们当年想也不敢想的奢侈。大楼之间多出了一些附属建筑物,以及带遮盖的走廊,这样学生们在下雨天就不用冒着雨从一个楼跑到另一个楼了。我们在路过室外网球场的时候，我看到里面的柏油地已经升级成了有弹力的绿色橡胶地面。

四座塔楼还矗立在原地，分列在主楼的四角，逃生梯盘绕在楼外，看上去像是后工业时代的常春藤。

现在塔楼里的玻璃还能打开吗？供一个苗条的十五岁女孩自由出入？现在的女孩还会像我们当时那样出逃吗？我很好奇。

现在是期中，学校里却安静得有些诡异。不过，当我们穿过操场时，有汽车从车道上呼啸而过，我听到教学楼的前面传来了微弱的声音。

我的耳朵一阵刺痛，似乎它也感受到了险情。前面一定是家长们！然后我才意识到，不是家长，而是女人们，和我们一样上了年纪的女人。

虽然我们都不再青春年少，但我们和她们的区别依然存在。我们之间隔着一堵墙，墙这边的是自己人，那边的则是局外人、反对派、敌人。我们之间的界限永远是那么分明。

当时我还不懂这些。初来乍到的我很庆幸自己能交到朋友，找到了自己的小团体。我当时还不知道，每次当我和凯特、西娅、法蒂玛站在一边的时候，我其实就是站在了其他人的对面。很快，其他人也都站在了我的对面，我和他们之间的墙就建立了起来。

墙既能将人挡在外面，也能将人困在里面。

"天哪！"夜晚的空气中突然飘来了一句惊叹声。我们四个人齐刷刷回头，看向声音的来源。

一个女人向我们走来，高跟鞋在沙砾上发出哒哒的声音。

"西娅？西娅·韦斯特！哦，还有你，你一定就是艾莎·王尔德了，对吧？"

我的脑海中一片空白，一时想不起眼前这个人是谁。过了一会儿我终于记起来了，杰西·汉密尔顿，五年级的曲棍球队队长，六年级时被提名为年级级长。她成功当选了吗？我还没来得及打招呼，她就已经絮絮叨叨地说开了。

"法蒂玛！戴上头巾我都快认不出你了。哦，还有凯特！没想到你也来了！"

"嗯，"西娅扬起了眉毛，冲着人群不耐烦地挥了挥手，"现在相信了吧。话说，我们的到来就这么令你吃惊吗？你一定看过我宿舍墙上贴的海报：活在当下，及时行乐。你不会真把我当成那样的人吧？"

"不！"杰西神经质地大笑了一声，然后开玩笑地拍了一下西娅的肩膀，"我不是这个意思。"她停顿了片刻，我们都知道她脑子里在想些什么，"只是，只是，你们从来没参加过这些活动。还有凯特，她家离这里也就五分钟的车程，她也从来没来过。我们都以为她不会来呢。"

"原来还有人惦记着我们呢，谢谢你告诉我们。"西娅露出一个略带嘲讽的笑容。杰西不作声了，空气中弥漫着尴尬的气息。凯特开始向入口走去。

"哎呀，"我们绕过角落一起向入口走去。杰西跟在我们身后又开始喋喋不休，"你们现在都在做什么呢？凯特我知道，我们的大画家。艾莎，你呢？先别说，让我猜猜，和教育有关的工作？"

"不是。"我勉强笑了一下，"公务员。给部长们上上法律速成课，勉强算是教育？你呢？"

"我就很幸运啦。互联网行业兴起的时候，我老公艾利克斯瞅准时机大赚了一笔。现在我们衣食无忧，就在家里照顾我们的两个孩子亚莉克莎和乔。"

西娅的白眼都快翻到天上去了。

"你有孩子了吗？"杰西又问道。我没说话，然后我才意识到她还是在问我，于是点了点头。

"嗯，小女孩。弗雷娅，六个月大。"

"保姆在家带着呢？"

"没。"我又勉强挤出一个笑容，"我们没请保姆。她现在在凯特家，有个临时保姆在照顾她。"

"法蒂玛，你呢？"杰西又转向了法蒂玛，"我都不知道你成了……"她冲着法蒂玛的头巾点了点头，"就是那个，穆斯林。"说到穆斯林这个词的时候，她几乎只是做了个嘴型，好像说到了什么忌讳的词语。

法蒂玛脸上的笑容比我的还要难看，但她还是调整了情绪。

"我一直都是穆斯林，只不过之前在学校的时候没有严格遵守戒律罢了。"法蒂玛的声音很平和。

"嗯，所以……就是……那你后来怎么就变了呢？"

法蒂玛耸了耸肩。

"孩子，时间，成长。谁知道？"法蒂玛看上去并不想多说，至少不想在这种场合下和杰西说。

"你结婚了吗？"杰西继续问道。

法蒂玛点点头，"他也是个医生。听上去挺老套，对吧？我们有两个可爱的孩子，一个男孩一个女孩，阿里在家里照顾他们。你的孩子呢？"

"和你一样。一个男孩一个女孩。亚莉克莎快五岁了,时间过得可真快。乔两岁。他们现在由家里的互惠换工生[1]照顾。这周末我和艾利克斯终于可以出来放放风了,总得有点二人世界,对吧?"

法蒂玛和我迅速交换了个眼神。自从弗雷娅出生后,我们就再也没有过二人世界。正当我不知道该如何回应的时候,一个身材高挑的金发女郎出现在我们面前。她用手捂着胸口,佯装惊讶地开口道:

"杰西·汉密尔顿?是你吗?我的天哪!你看上去可一点都没变!"

"你也一样啊。"杰西微微地鞠了一躬,对着我们挥了挥手,"你还记得……"

空气突然安静了下来。金发女郎看着我们,似乎在将我们和名字一一对号入座。她的表情很快就有了变化,收起了礼节性的微笑。她记得,而且记得非常清楚。

"当然。"她冷冷地吐出两个字,语气里的疏离让我的心沉了下去。然后她转过身,亲热地挽上了杰西的手臂。"杰西,亲爱的,你一定要来见见我老公。"她的语气里有一种阴谋的味道。

杰西就这样被带走了。整个世界仿佛都安静了,终于又剩下我们四个。

但好景不长,随着我们向车道走去,路上的人越来越多。大楼前的双扇大门打开了,灯光从里面倾泻而出,投射在鱼贯而入的人群中。

突然有人抓住了我的手。我一看,原来是凯特。她的手指紧紧地

---

[1] 以帮做家务、照顾小孩等换取食宿和学习语言的外国年轻人。

扣着我的手指，似乎想从我这里寻找力量。

"你还好吗？"我小声问道。凯特用力点了点头，不知是在回答我还是在给自己鼓劲。

"轻装上阵？"西娅冲着我手上拿着的鞋子点了点头。我这才意识到自己还穿着脏兮兮的凉拖。于是我赶紧踢开脚上的凉拖，扶着凯特，蹬上了高跟鞋。法蒂玛也靠着西娅的胳膊和我一样换上了高跟鞋。风吹起了凯特的裙子，就好像是海上失事的人在挥动着旗帜呼救。我的脑海中突然闪现出四个大字：不速之客。我赶紧把这个不愉快的想法甩到了脑后。

我们互相对视了一眼，每个人的眼睛中都闪烁着同样的神色：恐惧、紧张和兴奋。

"准备好了吗？"凯特问道。我们点点头，然后一起走进了大门，回到了多年前曾将我们扫地出门的学校。

天哪，还没到一小时，我感觉自己已经快坚持不下去了。

我坐在厕所的马桶上，用手撑着头。今晚确实有些喝多了，由于紧张，我不断地从服务生的盘子里拿酒，一杯接一杯，我已经记不清自己喝了多少杯了。一切都好像是一场梦，梦里的学校没什么改变，只是添加了更多色彩和设施。走进大厅时，那些问候的声音和面孔带着点恐怖片的感觉，一半是完全的陌生人，一半则是熟悉的面孔，但也在岁月的作用下改变了样子。有的去了婴儿肥，变得棱角分明；有的变得臃肿颓废，就好像戴上了变形的乳胶面具。

更糟糕的是，所有人都认识我们，包括那些在我们离开后才入学的女生。当时我们是在假期期间离校的，没有通报，全程低调。校长当时和我父亲这样说道："如果艾莎能主动离校，我们就能将事件的影响降到最低。"

但我们的离开好像在学校里留下了一个巨大的空洞，谣言四起，再加上安布罗斯的失踪，各种猜测和臆想混合在一起，真假参半的消息很快填充了这个空洞。现在，那些长大后的女孩肯定也看到了《萨尔腾观察者报》上的头版新闻。她们也不傻，两件事放在一起，给她们留下了巨大的想象空间。

最可怕的是她们的眼睛。尽管她们的谈话显得有些刻意，但她们的脸上还是带着笑意。也许是我太敏感，但我从她们的笑容后面看到了一丝警觉。每当我们结束交谈转身离开时，窃窃私语就开始了："是真的吗？她们真的被开除了吗？你知道……"

这绝不是我们来时路上那种"你还记得……"的闲聊。每个落在我肩上的轻拍都像是重击，即使我已经远离人群，但还是无法避免。我清楚地记得我曾在这个小隔间里痛哭。当时从凯特家夜游归来时，我和法蒂玛不巧被一个一年级新生撞到了，我当场就发飙了。我恶狠狠地威胁了这个女生，告诉她如果胆敢将这件事泄露出去，我一定不会让她好过，所有人都会孤立她，她在萨尔腾的日子会非常难熬。

当然这是个谎言，没有一句真话。即使我真想孤立她，我也做不到。从某种程度上来说，我们自己就是被孤立的那群人。我们的椅子经常不翼而飞。在公共休息室的时候，如果我们提议看某部电影，最后入选的一定会是另外一部电影。而且，我也不会真的去做这种事。我只是在吓唬她，让她闭嘴。

后来她说了或者做了什么，我不得而知。我只记得那天晚上韦瑟比老师把我叫了过去，谈了好长时间的集体主义和高年级学生的责任。

"我开始怀疑。"她的声音中满是失望，"你是不是一个合格的萨尔腾女生，艾莎。我知道你家里很困难，但这并不意味着你就能冲别人发泄，尤其是对比你还要小的学生。我不想去打扰你的父亲，我知道他很忙，不要逼我把他叫来。"

我的嗓子一阵发紧，愤怒和羞愧同时涌上心头。我气的不仅是韦瑟比老师，更是我自己，为我自己现在的样子而愤怒。我想到了西娅头一天晚上向我们介绍撒谎游戏时所说的话："我不会欺负那些菜鸟。我要挑战的是那些上等人，老师，受欢迎的女孩，所有那些自以为是的家伙。"

再看看我自己，现在变成了什么样子？威胁一个小姑娘？

如果韦瑟比老师打电话给我爸爸，他会怎么想呢？在去医院的路上，他本来就忧心忡忡，再听到这个消息，他的脸上恐怕又要添些失望了。

"对不起。"我好不容易挤出这三个字，并不是因为我不想说，而是因为我的嗓子发紧，"我真的很抱歉。这只是个误会，我会向她道歉的。以后我一定不会再犯，我保证。"

"那就去做吧。"韦瑟比老师的眼睛里闪现出一丝忧虑，"还有，艾莎，请不要忘了我之前和你说的多交朋友的建议。铁杆友谊固然令人羡慕，但它同时也切断了其他的可能性。最后你会为此付出代价的。"

"艾莎？"有人敲了敲厕所的门，我抬起头，"艾莎，你在里面吗？"外面的人压低了声音但却很干脆地问道。

我站起来冲掉了厕所，然后走到洗手池那里洗手。西娅正两手抱胸，站在烘干机旁边。

"我们担心了半天。"她直截了当地说道。我冲她做了个鬼脸。我进来有多久了？十分钟？二十分钟？

"抱歉。只是，只是，我有些承受不来，你知道吗？"

水冲过我的手掌和手腕,凉凉的,我忍住把水泼到脸上的冲动。

"我知道。"西娅的脸很憔悴,在厕所的灯光下显得越发消瘦。厕所也经过了整修,现在摆放上了软软的毛巾和散发着芳香的护手霜,但厕所里的灯光还是和以前一样刺眼。"我也不想待在那里。但你也不能在这里躲一晚上啊。晚宴马上就要开始了,你不能缺席。吃完饭我们就走。"

"好吧。"我嘴上答应着,身体却动不了。我抓着洗脸池,指甲紧紧地抵在陶瓷上。该死!我想起了留在凯特家的弗雷娅,她还好吗?我真想立刻从这里冲出去,回到她身边,感受着她温暖柔软的身体。"为什么凯特会想出这么个'好'主意?"

"喂!"西娅警惕地环顾了一下左右两边空荡荡的厕所隔间,压低了声音,"我们不是讨论过这个话题了吗?你是同意要来的呀。"

我艰难地点了点头。她没说错。我也能理解凯特在慌乱中做出的反应。她的朋友们已经很久没有回来过了,为什么偏偏在海湾发现尸体的那周全都回来了?校友会适时地出现了,天赐良机。虽然我知道这是最好的解释,但我多么希望凯特没有这样做。

该死。我在心里又咒骂了一句。不知怎的,突然就很想骂人。内心的脏话如同毒液一样蔓延开来,我仿佛看到自己坐在餐桌前,破口大骂的场景。"滚蛋,你们这群嚼舌根的婊子,你们懂个屁!"

我深深地吸了口气,试图让自己冷静下来。

"好了吗?" 西娅的语气变得更加柔和。

我点点头。

"好了,我能行。"然后我又纠正了自己的说法,"我们能行。是吧?如果凯特能的话,我也行。她还能撑住吗?"

"还行。"西娅打开厕所的门,我走了出去。原本人声鼎沸的大厅现在几乎空无一人,除了几个还在走来走去的老师。大厅的一头放着一块大黑板,上面画着座位安排。

"快点吧。"一个老师看到我们还在大厅里逗留,开始催促我们。她看上去很年轻,当年我们还在的时候她肯定还没来。"大家已经就座,演讲马上就要开始了。你们坐在哪桌?"

"潘克赫斯特。刚才那位女士告诉我们的。"西娅回答道。年轻老师用手指过着名单。"西娅·韦斯特。"西娅又补充了一句。

"找到了,你在这里。还有这位……"她看向我,"抱歉,我才来不久,所以之前的校友我都不太认识。"

"艾莎·王尔德。"我平静地说道。她低头看着名单,脸上既没有震惊,也没有那种讨人厌的表情,而是全神贯注地看着名单,这让我松了一口气。

"啊,也在这里。潘克赫斯特。看来这一桌基本上都是你们的同学。沿着大厅一直走,走到头就是你们的桌子,就在食堂窗口的旁边。你们可以从这扇门进去,然后从主席台下面穿过去。"

我当然知道。我在心里默默说道,这个地方我再熟悉不过了。不过西娅和我只是点了点头,按照她的指示,在掌声的掩护下从半开的那扇门溜了进去。演讲已经开始了,一个女人正站在主席台上冲着观众微笑示意,礼貌地等待着掌声的结束。

我本以为能见到阿米蒂奇老师,我们当时的校长,但是站在台上的却不是她。不过我也并没有多吃惊。当初我入学的时候她大概已经有五十多岁了,现在她应该已经退休了。

但站在台上的那个人还是让我大吃一惊。

居然是韦瑟比老师,我们曾经的宿管。

"妈的!"我们绕过那群富太太同学和她们的老公们时,西娅小声唾骂了一句。从韦瑟比老师的脸色来看,她的震惊似乎不比我们小。

我们蹑手蹑脚地绕过椅子和女士们的手提包,经过一幅幅刻有烫金名字的瓷板——上面用印刷体写着曲棍球队队长和在战争中丧生的女孩的名字——和历代校长难看的肖像画。大厅里响起了韦瑟比老师优雅的声音,但是我一个字都没听进去。我的脑海里一直回想着最后那天她对我说的话:"艾莎,这样对我们每个人都好。很抱歉,但看来萨尔腾的生活并不适合你。所以我们,包括你父亲在内都认为你最好重新开始。"

重新开始。另一种生活。

突然之间我就成了她们中的一员,我也成为像西娅一样的女孩,曾经被一连串学校开除,现在即将被这一所学校开除。

我想起了父亲在开车回伦敦时面无表情的脸。他什么都没问,我连谎都不用撒。但我还是感受到了他无声的责备。你怎么能这样?我都已经焦头烂额了,你还要给我添麻烦?

法蒂玛的父母还在国外。来接她的是她脸色铁青的叔叔和婶婶。他们开着奥迪从伦敦赶来,大半夜就带走了法蒂玛。我从楼上的窗户看着他们,甚至连再见都没来得及说。

西娅的爸爸可能是最糟糕的一个。他大声说笑着,似乎通过这样的虚张声势就能将女儿的丑闻遮掩过去。他还把西娅的行李箱往车上一扔,发出砰的一声巨响。大中午的,他身上居然散发着浓浓的酒味。

最后只剩下凯特,没人来接她。因为安布罗斯⋯⋯安布罗斯已经走了。"学校还没来得及解雇他,他就消失了。"当时学校的走廊里经常会有这样的窃窃私语。

这些记忆就这样鲜活地浮现在我的脑海里。我们继续前行,一路小声说着"借过",终于到达了标有"潘克赫斯特"的桌子。凯特和法蒂玛正满脸焦灼地坐在那里等我们,看到我们坐下来后,她们脸上的表情终于放松下来。这时,全场响起了最后一轮掌声。韦瑟比老师的演讲结束了,而我一个字也没听进去。

我拿出手机,伸到桌子下给利兹发短信,"一切正常?"

"女士,素食还是肉食?"身后突然传来了询问的声音。我猛地回头,发现身后站着一个穿着白衣的服务员。

"什么?"

"您的用餐选择?您是选肉食还是素食?"

"哦。"我看了眼凯特,她正在和法蒂玛说话,两人的身体都微微前倾,显然相谈正欢,"那就肉吧!"

服务员鞠了一躬,然后在厚厚的棕色调味酱上放了一个黏糊糊的东西,一个古铜色呈土豆形状的东西和一片还能辨认出来的蔬菜。经过片刻思考后,我觉得这应该是烤洋蓟。

凯特和法蒂玛都选了素食,目前看来,还是她们的选择更为明智——一种小馅饼,里面肯定有山羊乳干酪。

"呃。"右边传来了一个男人的声音,"做出这些菜的厨师一定是毕加索的崇拜者,否则不可能创造出如此抽象画一般的食物。"

我紧张地看了一眼,想确认他是否在和我说话。让我略感失望的是,他确实是在和我说话。我只好挤出一个笑容。

"还真是。"我用叉子戳了戳烤洋蓟,"你觉得这是什么肉呢?"

"我还没仔细看。但是我猜大概率是鸡肉,一般只有鸡肉才会配这些菜。没人会拒绝鸡肉。"

我从那块松散的棕色物体上切下一块小心地放到嘴里,确实是鸡肉。

"所以你怎么会来这里呢?"我咽下嘴里的鸡肉问道,"显然你并不是一所女子学院的校友。"

好冷的笑话,但他还是礼貌地笑了起来,似乎已经猜到我要这么问。

"我确实不是。我叫马克。马克·霍普古德。我的妻子露西·埃瑟里奇之前在这里上过学。她应该是你的同级。"

露西?没有任何印象。我犹豫了一下,要不要装成认识的样子呢?然后我意识到这根本没必要,两三个问题下来我就露馅了。

"抱歉。"我真心实意地说道,"我记不起她了。其实我在萨尔腾待的时间并不长。"

"是吗?"

我不该再说下去了,但我又不能停在这里。我先是说了这么多,给人家留下了那么多疑问,只好硬着头皮说下去。

"我五年级的时候才来到这里,还没到六年级就离开了。"

他虽然礼貌地没再问下去,但是眼睛里写满了疑问。他应该是在公立学校受过良好教育的男士,因为他非常绅士地为我加满了酒。

手机响了,我低下头瞟了一眼。"没问题",短信上的内容也很简单,三个字后面还加了一个笑脸。就在这时,马克另一侧传来了一个声音:"艾莎?"

我抬起头,只看见马克向后挪了一点,抬起手腾出空间,好让他的妻子侧过身来说话。

"艾莎·王尔德,是你吗?"

"是的。"我很庆幸刚才马克说到了她的名字。我赶紧把手机塞进包里,和她握了握手,"露西,是吗?"

"是的!"她脸色红润,脸上的皮肤就像是婴儿的肤色,白里透红,她似乎很高兴在丈夫的陪同下来到这里,"是不是很有趣?这么多美好的回忆……"

我点点头,但是没把心里真实的想法说出来。在萨尔腾学院的那些记忆其实并不都是那么美好。

"嗯……"过了一会儿,露西又拿起了刀和叉子,"说说你吧,你离开后都去做了些什么呢?"

"瞎忙活吧。先去牛津读了历史,然后学了法律,现在我是一名公务员。"

"真的吗?马克也是公务员。你在哪个部门?"

"内政部。但你也知道,"我冲着马克露出一个友好的微笑,"公务员经常会轮岗,所以我在好几个部门都工作过。"

"不是说你现在的工作不好,我只是觉得……"露西一边说着,一边和盘子里的鸡肉做着艰苦卓绝的斗争,"我以为你会去做些有创意的工作,毕竟你有家族遗传的基因摆在那儿呢。"

露西真把我说蒙了。我妈妈在做全职太太之前曾是一名法官,我爸爸一直都从事金融行业,何来创意一说?她是把我和凯特弄混了吗?

"家族遗传?"我迟疑地问道。在露西回答之前我突然意识到了答案，我刚张开嘴想拦住她说下去，但已经来不及了。

"艾莎是奥斯卡·王尔德的后代。"她骄傲地对她的丈夫说道，"他是你的曾曾祖父还是什么来着？"

"露西。"我的脸红了，嗓子也因为羞愧而阵阵发紧。马克已经促狭地笑了起来。奥斯卡·王尔德的后代在审判过后就改了姓。他没有曾曾孙女，更别说一个姓王尔德的曾曾孙女。现在我只有一件事能做，说出实情。

"露西，对不起。"我放下叉子，"我，我其实和你开了个玩笑。我和奥斯卡·王尔德并没有血缘关系。"

说完我就恨不得找个地缝钻进去。当时的我们是多么卑鄙，用谎言哄骗那些天真善良、教养良好的姑娘！

"对不起。"我又重复了一遍，我不敢直视马克的眼睛，而是越过他看着露西，声音中带着恳求，"这其实……我也不知道当初为什么我要说那样的话。"

"哦！"露西的脸更红了，是在气自己怎么这么好骗，还是在生我的气？我也不知道。"确实，我早该知道的。"她仍在鼓捣盘子里的食物，但没有再吃了，"我真蠢。这是艾莎和她的朋友们之间的小游戏。"她对马克解释道，"叫什么来着？"

"撒谎游戏。"我的胃开始抽搐起来。桌子那边的凯特向我投来疑问的一瞥，我冲着她轻轻摇了摇头，她这才放心地回到了和法蒂玛的谈话中去。

"我早就该知道的。"露西摇着头，一脸懊恼，"你们几个人的嘴里从来就没有真话。你还记得吗？你说你爸爸是个逃犯，所以没法来看你。我还真信了。当时你一定觉得我特傻。"

我摇摇头，试图挤出一个笑容，但有些用力过猛，让自己看上去就像是在傻笑一样。后来露西就转过身和另外一边的人攀谈了。我知道她是故意的，我不怪她。

大约一个半小时后，晚宴进入了尾声。凯特一直在大吃特吃，似乎只有撤了她的盘子才能让她停下来。法蒂玛早已经撤了盘子，服务员要给她上酒，她摇摇头拒绝了。等服务员第二次过来的时候，她已经很不耐烦了。

西娅的菜基本都是原封不动地又撤了下去，但是酒她可没少喝。

我们终于熬到了晚宴结束前的演讲。马上就能回家了，我长长地舒了口气。我们坐在那里喝着难喝的咖啡，听着一个叫玛丽·哈德威克的女人在台上滔滔不绝地演讲。她比我们要高两三届，似乎写过一本小说，这也就解释了为什么她这篇关于人生哲理的演讲又臭又长。在这期间，我看到凯特站了起来，经过我时，她小声说了句："我先去衣帽间拿我们的包和鞋子，不然一会儿人就多了。"

我点点头。她从桌子的缝隙间挤过去，从我和西娅来时的那条路线向门外走去。她刚走到门口，大厅里就爆发出一阵热烈的掌声：演讲结束了。大家都站起来，收拾自己的东西，准备离开。

"再见。"马克·霍普古德一边和我道别，一边从椅背上拿起外套，把手提包递给自己的妻子，"很高兴见到你。"

"我也是。"我也和他们告别，"再见，露西。"但是露西·霍普古德已经走开了，她扭过头看也不看我一眼，似乎在房间那头看到了什么重要的东西。

马克耸耸肩，冲我挥了挥手，然后跟着自己的妻子离开了。他们走了之后，我把手伸进包里，虽然没有感觉到手机的震动，但还是忍不住要把它拿出来看上一眼。

我正盯着手机屏幕，突然感到有人在我的肩上拍了一下。回头一看，原来是杰西·汉密尔顿。因为酒精和室内温度的缘故，她的脸上满是红晕。

"这么早就走了？"她问道。我点点头。"别这么着急，和我们去镇上再喝一杯。我们准备在海边搞点烧烤，还有几个老同学想到萨尔腾武器酒吧喝几杯。"

"不用了。"我生硬地回答道，"谢谢你的好意，但是我们要从沼泽地那里走回凯特家，酒吧离得太远。而且弗雷娅还在家里，只有保姆在看着她，我不想回去太晚。"

但我并没有把心里真实的想法说出来。我宁愿咬掉自己的脚指头，也不愿和面前这些谈笑风生的女人再多待一分钟。她们现在可以在一起，缅怀在学校度过的美好时光，而那段时间对于凯特、法蒂玛、西娅和我来说可就没那么美好了。

"真遗憾。"杰西小声说道，"不过记得常来啊，别再等上个十五年。他们每年都会举办校友会，当然规模都没有今年的大。等到二十年的时候应该还会有一次大的。"

"好的好的。"我应付着杰西。正准备要走的时候，她却突然抓住了我的肩膀。我转过身，看到她的眼睛里散发出奇异的光彩，整个人都摇摇晃晃的。她真的喝多了，醉得比我想象中的还要厉害。

"该死。"她说道，"你不能就这样走了，我得问个清楚。我们那桌上的人已经讨论了一晚上。不过你别多想，我没有别的意思，只是好奇。就是你们四个离开的原因，真的像他们所说的那样吗？"

我的心沉了下去，胃里突然产生了一种空荡荡的感觉，好像刚才吃下肚的不是食物而是海风。

"我不知道。"我试图放低音量，让自己的声音保持平稳，"他们都怎么说的？"

"哦，你肯定听过那些谣言。"杰西压低了嗓门，瞟了一眼自己的后方。我突然意识到，她在找凯特，确保凯特不在附近。"就是，那个，安布罗斯……"

她意味深长地拖长了语调。我的嗓子突然发紧。我努力咽了下口水，好压抑住心中的苦涩。这个时候我应该转身就走，假装成法蒂玛或者其他人在叫我的样子，但是我不能。我要听下去，听她亲口说出她一直鬼鬼祟祟想打探的事情。

"他怎么了？"我甚至还挤出了一个笑容，"你到底在说什么呀？"

谎言。

"天哪！"杰西惊叹一声，好像后悔自己说了什么不该说的话一样。这是她的真实反应，还是在假装？在谎言中生活久了，我已经无法分辨真假了。"艾莎，我不是故意的。你真不知道？"

"告诉我。"我的脸上已经没有了笑意，"说吧。"

"该死！"杰西看上去有些闷闷不乐。看着脸色变幻的我，她明显已经清醒了不少。"艾莎，抱歉，我不是想搅和……"

"既然你们已经讨论了一晚上，为什么不当着我们的面说呢？到底是什么谣言？"

"安布罗斯……"杰西喘了口气。她的目光越过我的肩膀，寻找着能来帮她的人。但是大厅里的人群散得很快，她的朋友早就不见了踪影。"安布罗斯……安布罗斯……他画画……画的是你们,你们四个。"

"不仅仅是画吧?"我冷冰冰地说道,"对吧,杰西。到底是什么画?"

"裸……裸体画。"杰西的声音低到几乎要听不到了。

"然后呢?"

"然后……然后学校发现了,所以安布罗斯,他就……"

"他怎么了?"

杰西不说话了。我抓住她的手腕,她的脸抽搐了一下。我一定是弄疼她了。

"他怎么了?"这次声音大了许多。我的声音回荡在空荡荡的大厅里,引得还在场的女孩和老师纷纷向这里看来。

"他就自杀了。"杰西小声说道,"我很抱歉,我真不该提这件事的。"她抽回自己的手,整了整自己的包,几乎是小跑着逃离了大厅,只留下我一人站在原地。我就像是被人重重打了一拳,忍着眼泪,喘着粗气,勉强撑着自己。

最后我终于平静了下来。我挤进人群,迫切地想找到法蒂玛、凯特和西娅。

我找遍了走廊、衣帽间前排起的队伍,还有厕所,但哪里都没有她们的身影。她们不会已经走了吧?

我的心跳得很快,刚才和杰西的谈话把我气得脸都红了。她们到底在哪儿?

我从人群中挤出一条道路向出口走去。突然有人抓住了我的手臂,我转过身,露出了如释重负的表情,终于找到她们了!没想到,眼前站着的居然是韦瑟比老师。

我的胃拧成了一团。我想起我们最后一次会面的场景,还有她脸上的愤怒和失望。

"艾莎,你还是老样子,乱冲乱撞。我记得很清楚,以前我也总让你去参加曲棍球队,这样你那股冲撞的劲头就能派上用场了。"

"抱歉……"我忍住掉头就走的冲动,尽量平静地说道,"我,我得回去,保姆那边……"

"哦,你有孩子啦?"我知道,她在和我寒暄,但是我只想赶紧离开这里。

"多大了?"她继续问道。

"快六个月了。小女孩……我真的……"

韦瑟比老师点点头,松开了我的手。

"这么多年后再见到你真的很高兴。恭喜你有了个女孩,记得让她来我们学校啊。"

她的话听上去很轻松,但我却绷紧了身体。我笑着点点头,但即便如此,韦瑟比老师还是感受到了我的情绪,因为我的笑实在僵硬得难看。韦瑟比老师也换上了一副沉重的表情。

"艾莎。对于导致你离开的那件事,我真的很后悔。在我的职业生涯中,能让我感到羞愧的事情不多,但你们的这件事绝对是其中的一件。学校在处理这件事上,做得很好,但我们,我也没必要假装了,我们却做得不好,我也有责任。不过这么多年过去了,学校已经变了很多,这些变化不只是嘴上说说而已,它们是真实存在的。我们不会再那样处理,不仅如此,所有事情的处理方式都发生了改变。"

"我……"我咽了下口水,努力让自己能说出话,"韦瑟比老师,别这样,都是陈年往事,一切都过去了。"

其实并没有。但是我真的不想在这里谈论这些,不想在这个仍让我难受的地方回忆往事。其余人都去哪儿了?

韦瑟比老师只是点了点头。她的脸绷得紧紧的,似乎也在极力压抑着自己的回忆。

"那再见吧。"我生硬地说道。她勉强笑了笑,严肃的面孔似乎随时要崩塌。

"记得常来。"我转身准备离开的时候她又加了一句,"也许你觉得自己在这里不受欢迎,但那只是你的想象,事实绝非如此。我希望你能常来。明年的校友会我还能见到你吗?"

"当然。"我的脸仍然紧绷着,但我还是成功地挤出了笑容,"我当然还会来。"我用手将两鬓的碎发捋到耳后。

她终于放我走了。我继续在人群中挤着,来到了出口,寻找凯特和其他人的身影。刚才那个谎言真是太自然了,真没想到撒谎的本领这么快就回来了。

我首先找到了法蒂玛。她正站在大门前,焦虑地看着车道。我们俩几乎同时看到了对方。她立刻扑了过来,手指像老虎钳一样紧紧地抓住了我的手臂。

"你去哪儿了?西娅已经醉得不行了,我们得赶紧把她弄回家。你是在找鞋子吗?凯特已经替你拿了。"

"抱歉。"我踩着高跟鞋,走在石子路上,步伐有些不稳,"不是鞋子。我先是遇到了杰西·汉密尔顿,然后是韦瑟比老师,被她们拖住了,走不开。"

"韦瑟比老师?"法蒂玛立刻警觉起来,"她和你有什么好说的?"

"没说什么。"我没把实情详细说出来,"我觉得她可能很……后悔。"

"该死。"法蒂玛的声音变得十分冰冷,然后她转过身开始向前走去。

我跟在她身后,高跟鞋踩在地上发出噔噔的响声。我们离开了学校明亮的前部区域,沿着一条沙石路向曲棍球场走去。当年这里一片漆黑,现在路边立起了一些太阳能路灯,但昏暗的灯光反而让路面变得更加灰暗。

对于当年的我们来说,沼泽几乎就像是我们的家。即使在走长长的夜路时,我也从来不觉得害怕。

但现在我气喘吁吁地跟在法蒂玛身后,想赶上她的步伐。我的脑海中突然浮现出很多可怕的画面:我掉到了兔子洞里,扭断了脚踝;我掉到了一个深不见底的沼泽,泥水堵住了我的嘴巴,让我喊不出声音来,其他人都走在前面,没人知道我的险情;等等。也许不是没人知道,也许有个人就站在那里看着我下沉,那个写字条的人,那个将一只血肉模糊的死羊扔到凯特家门口的人……

法蒂玛一心想追上其他人,她越走越快,将我远远地甩在了身后。很快她的身影就模糊在昏暗的夜色中。

"法蒂玛。"我叫了起来,"你能慢点吗?"

"抱歉。"

她在栅栏那儿停住了。等我追上来后,她走得就没那么快了,而是尽量和我保持着同样的速度。我的速度更慢了,穿着尖尖的高跟鞋踩在软软的沼泽地上,我得加倍小心。我们俩都没有说话,空气中只能听到我们的呼吸声,还有我的高跟鞋偶尔踩在石头上的趔趄的脚步声。那两人去哪儿了?

"她让我把弗雷娅送到那里上学。"终于我忍不住开口了,打破了这诡异的寂静。我不知道法蒂玛想不想听,但还是说了出来,主要是想让法蒂玛再慢一些。这招果然奏效了。法蒂玛立刻停下了脚步,她转过身来,脸上带着一种不可思议的表情。

"韦瑟比老师?你他妈在开什么玩笑?"她看上去除了吃惊还很愤怒。

"我没开玩笑。"我们俩又开始走起来,这次她的速度明显慢了下来,"我真不知道该怎么回答她。"

"除非我死了!你就该这么说。"

"我什么也没说。"

法蒂玛沉默了片刻,然后说道:"反正我是绝不会让萨米尔和纳迪亚去住校的。你呢?"

我思考了片刻。我想起了那时家里的情况,爸爸所承受的一切,然后我又想到了弗雷娅,仅仅是一个晚上的分离就让我有种心如刀割的感觉。

"我也不知道。"最后我这样说道,"我想不了那么远。"

我们在黑暗中继续走着,中间还遇到了一个水渠。我们不得不踩着上面摇摇欲坠的破桥走了过来。最后法蒂玛终于急了:"该死的,她们怎么走得那么快?"

话音刚落,我们就听到了一阵响动,前方出现了一团移动的黑影,看上去并不像是人类。然后那团黑影发出了一声痛苦的低吼。

"那是什么?"我小声说道。法蒂玛抓住了我的手。我们俩都停了下来,仔细倾听着。我的心跳得很快。

"我也不知道。"法蒂玛也压低了嗓门说道,"会是……某种动物吗?"

我的脑海中突然闪现出一幅清晰的画面:散落满地的内脏,染上了血迹的羊毛,有人蜷缩成一团,某个动物形状的黑影正俯身看着被撕碎的尸体……

诡异的声音又响了起来，这一次听上去好像是某个湿答答的东西掉在地上的声音，然后是一种类似于抽泣的声音。我能感觉到法蒂玛的指甲深深地嵌入到了我的皮肤里。

"那是？"她并不是很确定，"其他人，你觉得……"

"西娅？"我冲着眼前的黑暗大声叫了起来，"凯特？"

有声音回应了我。

"在这儿呢。"

我们急忙向前走去。靠近一看，那团黑影立刻显露了真身：西娅用手撑着地，正跪在一条排水沟前，凯特则帮着抓起西娅的头发。

"真操蛋！"法蒂玛的声音中透露着疲惫和恶心，"我早就想到了。空腹喝酒，还一下干掉了两瓶！真是自作孽！"

"闭嘴！"西娅低着头含糊不清地说了一句，然后又接着吐了起来。等她站起来的时候，脸上的妆都花了。

"你还能走得动吗？"凯特问道。

西娅点点头："我没事。"

法蒂玛哼了一声。

"没事？作为医生，我告诉你，你现在不可能没事。"

"闭嘴。"西娅不悦地说道，"我说了我能走。你还想怎样？"

"我要你正常吃饭，不要一大早起来就喝酒！你连一次都做不到吗？"

我不知道西娅有没有听见，又或者她是否打算回复。此刻她正忙着擦嘴，往草地里噗噗地吐着口水。过了一会儿，她开口了，喘着粗气说道:"上帝,我真怀念你正常的时候。"

"正常?"我不相信地问道。法蒂玛没有作声,不知道是太过震惊还是太过愤怒,一句话都说不出来。

"你想说什么?不会是那些事吧。"凯特说道。

"我不知道。"西娅站起身,开始向前走去。她居然走得很稳,比我想象中的要好很多。

"你觉得呢?她曾把头巾当成了绷带,这就是我想说的事。真主原谅了你的罪行,是吧?真好。"西娅扭头瞥了一眼法蒂玛,"但警察应该不会吃这一套吧?"

"滚你妈的!"法蒂玛已经有些语无伦次,她的声音中充满了愤怒,"我的信仰跟你有什么关系?"

"这也正是我想对你说的。"西娅转过身,"你有什么资格对我说三道四?为了晚上能睡着,我必须这么做。你也一样吧,你也得找个法子让自己入睡吧。我尊重你的方法,你也尊重我的,行吗?"

"我关心你!"法蒂玛吼了出来,"你还不明白吗?我才不管你用什么狗屁方法。你吃斋信佛也好,去罗马尼亚的孤儿院当志愿者也好,你爱怎样就怎样。但是眼睁睁地看着你酗酒,成为一个酒鬼,我做不到!收起你那套狗屁方法论,我做不到!"

西娅张了张嘴,我本以为她还要说些什么,她却一扭头又吐了起来。

"天哪!"法蒂玛无奈地说道。她的声音里已经没有了刚才的愤怒。

西娅吐了一会儿,抬起头擦着眼睛里的泪水。法蒂玛从包里掏出一包湿巾递给她。

"拿着，收拾下自己。"

"谢了。"西娅小声说道。她颤抖着站起来，踉跄着前行。法蒂玛抓着她的胳膊扶着她。

她们在草地上慢慢地走着，我听到西娅对法蒂玛说了些什么，声音很小，我和凯特都没听清楚，但我听到了法蒂玛的回答。

"没事儿，西娅，我知道你不是故意的。我只是，我关心你。你也知道吧？"

"看样子她们已经和好了。"我悄声对凯特说道。凯特点了点头。月光下，她的脸上却浮现出不安的神色。

"这只是开始。"凯特的声音几不可闻，"是吧？"

我意识到，她没说错。

"终于快到了。"在我们又痛苦地爬过另一道栅栏后，凯特说道。到了夜里，沼泽的路变得很奇怪，我记得的那些路都没入了阴影中。远处的灯光一定来自萨尔腾镇的那个方向，但是眼前这些弯弯绕绕的小道和坡桥简直把我搞晕了，我根本分不清方向。如果不是凯特，我们就完蛋了。我们可能会在这片黑暗中转上好几个小时。想到这儿，我不禁打了个冷战。

法蒂玛还在扶着西娅，小心翼翼地领着她往前走。西娅现在醉态毕露，跌跌撞撞地走着。她正准备要说些什么，我却把手指放到了嘴唇上，嘘了一声。我们都停了下来。

"怎么了？"西娅大声嚷嚷道。

"你们听到了吗？"

"听到什么？"凯特问道。

又是一声，从远处传来的哭声。听上去像是弗雷娅生气时爆发的哭声。我的胸膛猛地一紧，一股温暖的液体流淌在我的乳罩里。

看来我的大脑还是对类似弗雷娅哭声的声音做出了反应，而且我还忘了戴防溢乳垫。不过这不是现在我所关心的事情。我正疯狂地想要辨认出黑暗中的声音。是弗雷娅吗？不可能吧。

"那个？"哭声又响了起来，这时凯特说道，"那是海鸥的声音。"

"你确定？"我问道，"怎么听上去像是……"

我停了下来，没有把自己的想法说出来，否则她们肯定都会觉得我疯了。

"听上去像小孩的哭声，对吧？"凯特说道，"奇怪的生物。"

哭声再次响起，声音越来越大，几乎到了歇斯底里的程度。不是海鸥，绝对不是。

我松开西娅的胳膊，开始在黑暗中奔跑。"艾莎，等等！"凯特在后面大叫道，可我顾不得了。

我等不了。弗雷娅的哭声就像一个带绳索的钩子，牢牢地钩在我的身上，将我拉向黑暗的沼泽。现在我的脚已经不受大脑的控制了，几乎是在自己行动，跳过了一个泥坑——我都不记得这里会有一个泥坑。我沿着隆起的岸边一路狂奔，途中不知道踩到了多少个泥坑。弗雷娅高亢的哭声就在前面，就像是童话中指引着孩子们进入沼泽的那盏明灯，而我就像着了魔一样地被其吸引着，不断前进。

她已经很近了。我清楚地听到了啼哭中的每一处细节：音量在最愤怒时到达顶点，然后是喘气声，接着又开始下一轮的啼哭。

"弗雷娅！"我大叫道，"弗雷娅，我来了！"

"艾莎，等等！"身后有人在叫我，我听到了凯特急促的脚步声。

快到了。我爬过沼泽和海湾之间的最后一道栅栏——我听到了衣服被撕裂的声音，虽然这是借来的衣服，但我也顾不得那么多了——然后就看到了噩梦一般的场景。我听着自己沉重的呼吸声，感受着脉搏的有力跳动，一切都好像噩梦中的慢动作一样。因为出现在我面前的不是利兹，而是一个男人。他站在水边，月光将他的身影投向水面。他正抱着一个婴儿。

"喂！"我几乎咆哮起来，声音中满是愤怒，"你！"

男人转过身来，月光照亮了他的脸庞。我的心似乎要从胸腔中跳了出来。是他，卢克·罗什福尔，抱着一个孩子。我的孩子就像一个人肉盾牌一样横在他的身前。他的身后是深不可测的河水，水面上微微泛着月光。

"把她给我！"我从嗓子眼里挤出一个连我自己都感到陌生的声音。这近乎疯狂的声音把卢克吓了一跳，他下意识地后退了一步，同时抓紧了弗雷娅。弗雷娅已经看到我了，她向我伸出胖乎乎的小胳膊，满面通红的小脸上还挂着泪珠。她恼怒到了已经叫不出声的地步，但还是在大口大口喘着粗气，为下一次的爆发积攒实力。

"把她给我！"我尖叫着跳了过去，把弗雷娅从他的怀里一把夺了过来。弗雷娅就像一个小树袋熊一样紧紧地抓着我，她的手指深深地陷入了我的脖子，紧紧地抓着我的头发。弗雷娅的身上有烟酒的味道。是他，这就是他的气味，弥漫在她的身上，"你怎么敢碰我的孩子！"

"艾莎。"他近乎恳请似的伸出双手。我闻到了一股酒味，"并不是你想的那样……"

"想的哪样？"我咆哮着说道。弗雷娅趴在我身上不安地扭动着。

"怎么回事？"身后传来了凯特的声音。她喘着粗气，满脸通红，然后迟疑地喊了声，"卢克？"

"他抱走了弗雷娅！"我说道。

"我没有。"卢克向前一步。我忍住想要扭头就跑的冲动，绝不能在他的面前示弱。

"卢克，你想干吗？"凯特说道。

"不是你们想的那样。"他的声音更大了，几乎是吼着说了出来。

"不是那样的。"他又重复了一遍，这一次他的声音平稳了许多，试图想让自己也让我们都平静下来，"我来潮水磨坊是想和你谈谈，也想向艾莎道歉，因为……"他转向我，露出近乎恳请的表情，"在邮局的时候，我不想让你认为……然后我就来了。弗雷娅当时就像现在这样跟疯了一样地哭个不停……"他冲弗雷娅做了个手势，弗雷娅脸上的红潮还未退去，但在我的怀里明显安静了许多。弗雷娅已经很累了，在我身上昏昏欲睡，只是偶尔还会发出几声嘟囔。

"那个女孩，叫什么名字来着，对了，利兹，利兹慌得不行。她说她想打电话给你，但她的手机刚好欠费了。我说那我就带弗雷娅出来散散步吧，看能否让她安静下来。"

"你带走了她。"我气得几乎语无伦次，"我怎么知道，你不是想把她带走？"

"我干吗要这样做？"他的脸上露出了气愤和困惑的神情，"我又没把她带走。潮水磨坊就在旁边，我只是想安抚她，我以为星星和夜空……"

"卢克！"凯特厉声说道，"你怎么能这样？艾莎把孩子交给的是利兹，你怎么能擅作主张呢？"

"所以呢？你又能怎样？"卢克的话语中充满了讽刺的意味，"报警？你敢吗？"

"卢克……"凯特瞬间紧张了起来。

"真是搞笑。"卢克啐了一口，"我过来道歉，我只是想帮忙。我就这么不值得信任吗？就一次，你连一次都不愿意相信我吗？你还是老样子，一点也没变，你们全都是。她叫唤了一声，你们就像狗一样，全围了上来。"

"怎么了？"法蒂玛的声音从后面传来，她还搀扶着摇摇欲坠的西娅，"那是……卢克？"

"是我。"卢克想露出一个笑容，但他的嘴角翘了起来，看上去既像是冷笑，又像是在强忍着泪水，"还记得我吗，法蒂玛？"

"当然。"法蒂玛的声音很小。

"西娅？"

"卢克，你喝多了。"西娅毫不客气地说道。她靠在栅栏上保持着身体的平衡。

"我们半斤八两，不是吗？"卢克一眼就看到她弄脏了的裙子和脸上花掉的妆容。

西娅只是点点头，没有生气。

"是的。我喝高的次数还少吗？所以我清楚得很，你现在已经差不多了。"

"卢克，回家吧。"凯特发话了，"清醒一下，如果你有什么想和我说的，明早再说吧。"

"我有什么想说的？"卢克发出了一声短促的笑声，声音中带着疯狂的气息。他用手摸了摸自己乱糟糟的头发,他的手一直在抖个不停。

"如果……真他妈可笑。你想谈什么呢,凯特?要不我们来好好聊聊爸爸?"

"卢克,闭嘴!"凯特的声音中透露出一丝焦虑。她环顾四周,我也感到有些不安。这个时候还是会有人在外面转悠的,遛狗的人,参加完晚宴的人,夜里的渔夫……"你能小点声吗?要不这样,我们一起回到潮水磨坊,好好谈一谈,行吗?"

"怎么?难道你不想让别人知道?"卢克的语气里全是嘲讽。他抬起手,在嘴巴前做出一个喇叭的手形,冲着远处大叫道:"你们想知道海湾那具尸体和谁有关系吗?看这里!"

"他知道了?"法蒂玛大大地喘了一口气,面如土色。我的胃里一阵翻江倒海,突然也有种想呕吐的感觉。卢克知道了,他一直都知道。现在我突然明白了他愤怒的缘由。

"卢克!"凯特压低了声音怒喝道,她看上去好像有些疯了,"看在上帝的分上,别叫了,行吗?如果别人听到了怎么办?"

"关我屁事。"卢克也冲她怒吼着。

凯特握紧了拳头。有那么一瞬间,我以为她要揍卢克,但她没有,而是厉声说道:"够了!我已经受够了你的威胁。滚,离我和我的朋友们越远越好。再敢回来,别怪我不客气!我永远也不想再见到你!"

她的话像毒液一样喷射了出来。黑暗中我看不清卢克的脸,但凯特却脸色铁青,脸上满是愤怒和恐惧。

卢克什么话也没说。他只是静静地站在那里,看着凯特。两人都没有说话,但我能感受到他们之间的剑拔弩张。曾经的亲密无间,现在却变成了刻骨铭心的仇恨。

他俩就这样对峙了好长一段时间。最后,卢克转过身向着沼泽深处走去。高大的身影慢慢融入了夜色里。

"不用谢,艾莎。"他的声音如孤魂野鬼一般从远处传来,"我刚才忘了说,照顾好你的孩子。她很好哄,我很乐意再帮你'照顾'一回。"

他的话伴随着脚步声消失在夜里。沼泽地里只剩下我们。

撒谎游戏

这是到达潮水磨坊前的最后一条小道。走在路上，我尽量不去想卢克刚才的话，但他的那番话却早已深深地嵌入了我的脑海中。每一步似乎都像是那晚的回响，十七年前那晚的回响。当时的事情像是发生在另外一个时空里，和我没有任何关系。但是，我心里清楚，事实并非如此。我跌跌撞撞地走着，那段我曾经无数次尝试忘记的记忆，又浮现在眼前。我的脚似乎踩在当时的沼泽地上，脸上黏糊糊的，似乎是那个曾经炎热的夏天流下的汗水。

那是一个炎热的夏夜，蚊虫在泥潭中嗡嗡作响。我们深一脚浅一脚地走在沼泽地上，小心翼翼地跨过栅栏和沟渠。闷热的空气和清冷的月光形成了鲜明的对比。我们每个人手里都拿着手机，一遍又一遍地翻查着信息，等着凯特给我们发来下一条短信，告诉我们到底发生了什么的短信。但是我们并没有等到，所有人的手机都只停留在她给我们发的第一条短信上：我需要你。手机屏幕的光投射在我们脸上，看上去很是阴森可怖。

收到短信的时候,我正借着法蒂玛台灯的光梳头发,准备上床睡觉。法蒂玛还在忙着她的数学作业。

哔哔……短信的提示音打破了室内的宁静。法蒂玛抬起头来。

"是你的手机还是我的?"

"不清楚。"我一边说着一边拿起了我的手机,"我的,凯特发的信息。"

"她给我也发了一条。"法蒂玛看上去很是困惑。然后她点开了短信,我听到她也和我一样倒吸了口冷气。

"什么意思?"虽然我嘴上问着,但其实我们心里都清楚。同样的内容我也给大家发过,那时我从爸爸的电话中得知,妈妈的癌症扩散了,她已经时日无多。

西娅也发过同样的内容。当时她不小心割伤了自己,伤口很深,血流如注。

还有法蒂玛,她妈妈的吉普车在一条偏僻的公路上抛锚了。更糟糕的是,那条路还位于当地一个十分危险的区域。还有凯特,某个晚上在从潮水磨坊回来的时候不慎踩到了一枚生锈的钉子……每次有人发来这条信息的时候,我们都会义无反顾地前往,去安慰她,帮助她,尽力去收拾残局。每一次我们都安然渡过了难关,至少结果还不算糟糕。法蒂玛的妈妈在第二天向我们报了平安。西娅被送到了急诊室,当然我们编造了一些故事帮她掩盖了事实的真相。我们架着凯特一瘸一拐地回到了寝室,把她的伤口浸泡在清洗伤口用的消毒液里,希望她能康复。

我们以为自己能解决一切问题,只要齐心协力,没有我们做不到的事。除了在我妈妈这件事上。她躺在伦敦的医院里,生命一点一点地流逝，似乎在提醒着我们不是所有的事情都能化险为夷。

你在哪儿？我给凯特回复了一条短信。我正等着凯特的回信时，听到楼上的螺旋楼梯那里传来了急促的脚步声，然后西娅就闯了进来。

"你们收到短信了吗？"她喘着粗气问道。我点点头。

"她在哪儿呢？"法蒂玛问道。

"她在潮水磨坊。一定是出什么问题了。我给她发了短信，她没回。"

我急急忙忙地穿上衣服，然后我们一起爬出了窗户，穿过沼泽地向潮水磨坊走去。

我们到达的时候，凯特已经在等着我们了。她抱着胳膊站在码头上。虽然她没说话，但从她的表情上我已经察觉到了事态的严重性。

她面色惨白，眼睛都已经哭红了，脸颊上带着明显的泪痕。

一看到她，西娅就跑了起来。法蒂玛和我也跟在她的身后一路小跑。凯特跌跌撞撞地走了过来，哽咽到几乎说不出话："爸爸……"

凯特发现了他，当时现场只有她一个人。那个周末她没有邀请我们过来，本来西娅提议说要来，但凯特找了个借口拒绝了。卢克则和他的朋友待在汉普顿李。当时凯特拎着包回到了潮水磨坊，屋子里静悄悄的，她以为安布罗斯出去了，没想到他就在码头上。他的身子陷到了椅子里，大腿上放着一瓶酒，手里还抓着一张字条。一开始，凯特还以为他只是昏了过去。她把安布罗斯拖回潮水磨坊，试着给他做人工呼吸，但不论她如何哀求，安布罗斯的心脏还是没能重新跳动起来。不知过了多久，凯特终于崩溃了，她的心里好像空了一大块，整个人都不再完整了。

这是我自己的意愿。纸条上这样写着，他看上去很安详，仰着头就好像在打盹儿一样，我爱你……

后面的字迹越发模糊，到了最后几乎都辨认不清了。

"但是，但是，为什么呢？怎么回事？"法蒂玛在凯特的身后焦躁地走来走去，嘴里一直在问。凯特没有回答。她坐在地板上蜷缩成一团，直勾勾地盯着父亲的尸体，似乎只有这样她才能明白到底发生了什么。我坐在沙发上抚摸着凯特的后背，似乎这样就能将我说不出口的那些话告诉她一样。

凯特还是一动不动。恐慌在空气中蔓延，但她和安布罗斯一样，静止在了我们的恐慌之中。可能在我们来之前，她就已经流干了最后一滴眼泪，现在只剩下绝望和麻木。

这时西娅拿起了摆放在厨房桌上的一个东西。

"这是什么？"

凯特没有回应。我抬起头，看到西娅正拿着一个类似于旧饼干盒的东西，上面还装饰着精致的花纹。这东西看上去居然非常眼熟，然后我突然想到曾经在哪里见过它了。它通常被放在橱柜的最上层，基本上看不见。

盒子上了锁，但那单薄的一层铁片已经被扯开了，就像是某个疯子的杰作。西娅没怎么费力就打开了盒子，里面是一堆被破皮革带子捆起来的类似于医疗器材的东西，上面还盖着一层塑料薄膜。薄膜的褶皱处还沾着一些粉末。西娅在摸上去的时候，手指也沾上了一些。

"小心！"法蒂玛尖叫道，"你都不知道那是什么，万一是毒药呢？赶紧洗手，快点！"

这时凯特突然说话了。她没抬头，还保持着原来的姿势，蜷缩成一团，抱着膝盖，就好像在和安布罗斯说话一样，而安布罗斯就直挺挺地躺在她面前的毯子上。

"不是毒药，是海洛因。"

"安布罗斯？"法蒂玛几乎不相信自己的耳朵，"他，他吸毒？"

我能理解她的震惊。在我们看来，吸毒的人应该都像《猜火车》里面那群人一样，整天躺在那里吞云吐雾，而不是安布罗斯这样：一个有女儿，爱喝酒，还有艺术细胞的人。

但她的话触动了我脑海中的某根弦。我想起了画室里安布罗斯的桌上的一句话，一句我看过了无数遍却从未试着去理解的话：从来没有什么彻底戒除一说，只不过是歇了一段时间罢了。

突然之间，一切都说得通了。

为什么当时我不去问问他这句话背后的含义？因为我还小？还是因为我自私，只关心自己的事？

"他已经戒了。"我的声音已经哑了，"对吧，凯特？"

凯特点点头，她的目光仍然停留在她父亲身上。安布罗斯面色安详，看上去只是睡着了。我走到她身边，凯特终于动了一下，她伸出手握住了我的手。

"他上大学时染上了毒瘾，但他还能克制。妈妈去世后，他一度有些失控，但是在我还是个婴儿的时候，他就完全戒了。他已经很久没有碰过了。"

"那为什么……"法蒂玛迟疑地问道。她没有说完，眼睛却看向了桌上的盒子。凯特知道她想问什么。

"我觉得……"凯特说得很慢,好像努力想解释清楚一样,"这应该是某种对于意志力的检测。他曾经向我解释过一次,只是把毒品扔了还不够,他必须每天都能看到它,然后下定决心要戒掉,为了,为了我。"

她的嗓音发颤,勉强吐出最后一个字后,就再也说不下去了。我搂住她,不再看躺在毯子上的安布罗斯,他原本橄榄色的皮肤现在已经变成了蜡白色。

为什么?为什么?

我很想问,但不知怎的却无法发问。

"天哪!"法蒂玛瘫坐在沙发上,面如死灰。我知道她现在可能也和我一样,想起了最后一次见到安布罗斯的场景。他把自己的大长腿搭在窗户前的桌子上,脸上挂着微笑,在画我们游泳的场景。这一幕就发生在一周前,一切都风平浪静,没有灾难即将到来的迹象。

"他死了。"法蒂玛呆呆地说道,好像在试图说服自己相信这个事实,"他真的死了。"

这句话像一把利刃,划开了我们的心,把眼前这个可怕的事实灌入到我们体内。一阵凉意从脖颈沿着后背蔓延到我的全身,刺痛着我的皮肤。

法蒂玛捂住了脸,身体剧烈地抖动起来。她看上去好像随时随地会昏倒一样。

"为什么?"她哽咽着又问了一遍,"为什么他要这样做?"

凯特的身体颤抖着,似乎法蒂玛丢出的不是问题,而是炸弹。

"她不知道。"我生气地嚷道,"没人知道。别问了,行吗?"

"喝一杯吧!"西娅突然说了一句。她打开安布罗斯放到桌上的威士忌，给自己倒了一杯，喝了一大口。

"凯特？"

凯特犹豫了一下，然后点了点头。西娅又倒了三杯酒，然后把自己的杯子满上。比起喝酒，我现在其实更想抽烟。但当我的嘴唇碰触到杯子里的液体时，却发现自己一口就喝了下去，喉咙里火辣辣的，身上的疼痛减轻了不少，似乎连安布罗斯躺在我们面前的事实都变得有些模糊了。

"我们怎么办？"喝光了杯子里的酒后，法蒂玛问道。她的脸上似乎恢复了几分血色。她把杯子放到桌上，拿着杯子的手一直在抖个不停，"我们是报警还是叫救护车……"

"都不要。"凯特的声音听起来近乎冷酷无情。死一般的沉寂，从西娅和法蒂玛的脸上，我看到了和自己一模一样的表情：目瞪口呆。

"什么？"最后西娅问道，"什么意思？"

"不能让任何人知道。"凯特固执地说道，她给自己又倒了一杯酒，一饮而尽，"你们还不明白吗？我一直都在想该怎么办，如果别人知道他死了……"她停了下来，痛苦地捂住了自己的肚子，就好像有人刚捅了她一刀一样。她积蓄起力气，继续说道，"不能让别人知道。"她的声音里没有一点感情色彩，几乎是无意识发出的声音，"不行。如果他们知道我还没满十六岁，我就会被带走，被送到某个寄养家庭。我不能再失去我的家了，在……"

她再也说不下去了。这番话似乎用尽了她所有的力气，虽然她还没有说完，但我们都明白了她的意思。

在失去了唯一亲人的情况下。

"这，这，只是间房子。"法蒂玛结结巴巴地说道，但是凯特摇了摇头。这不仅仅只是一间房子，这里是安布罗斯的灵魂，从他画室里的图画，再到地板上的酒渍，到处都是他的痕迹。这里是凯特和我们之间的纽带。如果她被送到了某个遥远的寄养家庭，她会失去一切，不仅是她的父亲，还有我们、卢克。她将变得一无所有。

现在回过头再看，当时的想法不仅愚蠢，其实还是犯罪。当时我们是怎么想的？但答案其实很简单，我们只想着凯特。

安布罗斯已经死了，人死不能复生。现在每当我想起当年的另外一种选择，凯特被送去寄养家庭，潮水磨坊被银行回收。现在想起来，这也是极不公平的一种选择。如果我们帮不了安布罗斯，最起码我们能帮凯特。

"你们不能告诉任何人。"凯特又说了一遍，她的嗓子已经哑了，几乎快要说不出话，"拜托了，发誓你们不会。"

我们一个接一个地点了点头。但法蒂玛却皱紧了眉头，看上去忧心忡忡。

"所以……现在我们该怎么办？"法蒂玛迟疑地问道，"我们不能，不能把他留在这儿。"

"我们得把他埋起来。"又是一阵沉默，我们再次被凯特的话惊得目瞪口呆。我还记得尽管当时闷热难耐，我却双手冰凉。我还记得凯特苍白的脸，这还是那个深爱着父亲的凯特吗？

但是震惊之余，我们都想通了，凯特只不过是把模糊的想法具体化了。我们还有别的选择吗？

现在回想起来，我真想去摇醒当时那个又醉又傻的自己，居然就这样同意了一个愚蠢至极的想法。我们当时有没有选择？当然有，每一种选择都比这种要好：隐瞒安布罗斯的死，背负一辈子的谎言。

但是在那个炎热的夏日夜晚，当凯特说出她的选择的时候，当我们围着安布罗斯的尸体看向对方的时候，这些选项似乎都已被排除在外。

"西娅？"凯特问道。

西娅有些犹豫地点点头，以手扶额，"看上去，只能这么做了。"

"不行！"法蒂玛似乎在极力反对，但又找不到更好的办法，"不能这样，一定还有别的办法。一定有的，号召大家捐款行吗？"

"不仅仅是钱的问题。"西娅摸着脑袋，"凯特才十五岁，他们不会让她一个人住在这里的。"

"但这简直是疯了。"她环顾四周，声音中露出一丝绝望，"凯特，拜托了，报警吧。"

"不！"凯特的声音听上去很刺耳，她转过来看着法蒂玛，脸上带着一种绝望的恳求，"听着，如果你不愿意帮忙，没问题，但请不要报警。我会去报警的，我发誓，我会去报警，说他失踪了，但不是现在。"

"但他已经死了！"法蒂玛哭着喊了出来。她的话犹如一簇火星，点燃了凯特。凯特一把抓住法蒂玛的手腕，似乎下一秒就要打她。

"你以为我不知道吗？"她的脸上和声音里满是绝望。我希望这是我最后一次感受这种痛苦。"所以我们必须，必须……"

有那么一瞬间，我以为她要爆发了，她会摔东西，哭天喊地，痛恨命运的不公。其实这样也好，发泄出来总比闷在心里要好。

但不管内心起了什么样的风暴，她还是用最大的努力压抑住了自己的情感。她放开法蒂玛的手，脸上已经变得十分平静。

"你愿意帮我吗？"她问道。

一个接一个，先是法蒂玛，然后是西娅，最后是我。我们都点了点头。

我们十分小心地处理起尸体，生怕亵渎了安布罗斯。我们将他裹在防潮布里，然后抬着他一直走啊走，将他运到了很远的地方：一个离海湾很近的海岬。这里面向大海，景色宜人。安布罗斯生前喜欢在这里画画。公路也不通到这里，除了一些遛狗的人和渔夫，基本没人会来。

我们在芦苇丛中挖洞，轮流用铲子挖土，直到最后腰酸背痛，极度疲累，才将安布罗斯放了进去。

这也是最让我们心碎的一幕。我们没办法把他安稳地放下去，他太重了，即使是合我们四人之力也抬不动，再加上洞又深又窄，我们只能把他扔下去。他的尸体重重地摔到了潮湿的洞底，发出一声闷响。即使到现在，有时我还能在梦中听到那种声音。

他脸朝下趴在那里，一动不动。身后传来了凯特抽泣的声音，她跪在地上，把脸埋在了手里。

"把洞填上。"西娅的声音中透着一丝冷酷，"给我铲子。"

砰，湿沙土落地的声音，一下，两下。

周围只有海浪拍打海岸的声音，还有凯特无声的抽泣声。

终于，我们把洞填上了。涨潮的潮水抹去了我们的痕迹，杂乱的脚印、海岸上挖出的洞都随着海水消失了。我们拿着已经破掉的防潮布，搀扶着凯特，向潮水磨坊走去，从此开启了我们人生的另一条轨迹。

有时我仍然会梦到铲子铲土的声音，从梦中惊醒后，我仍然不敢相信。这么长时间以来，我一直都在逃离这段记忆，用酒精和工作麻痹自己。

"你怎么能这样？"我的脑海中一直回响着这样的声音，"你怎么能做出这样的事？你怎么就相信了你做的是对的？你做的真的就是对凯特好的事吗？"

最重要的是，你怎么能带着这段记忆继续生活下去？醉酒、恐慌、愚蠢……

回到潮水磨坊后，我们躺在凯特家的沙发上，抽烟，喝酒，哭泣。我们把凯特拥入怀中，看着月亮升起，潮水带走了我们的罪证。当时回响在我脑海中的是完全不同的两句话。

为什么会这样？

为什么安布罗斯要自杀？

第二天早上我们得到了答案。

我们本打算留下来，陪凯特过完周末，在她难过的时候安慰她。但是当落地窗之间的钟指向四点的时候，凯特突然掐灭手里的烟，擦了擦脸上的泪水。

"你们该回去了。"

"什么?"法蒂玛抬起头,"别这样,凯特。"

"不,你们要回去。你们还没有请假,最好还是不、不要……"

她没有说完,但是我们已经知道了她的意思。朝阳已经洒在了沼泽地上,我们走在路上,在酒精的作用下,再加上震惊,身体不听使唤,恶心想吐。我们离开的时候,凯特正无力地缩在沙发的一角。看到她这个样子,我们的心就像被人剜了一刀。和心痛比起来,身上的那点酸痛似乎都不算什么了。

我们悄悄溜进了宿舍,拉上窗帘遮住明亮的晨光,躲进被窝。一切都很顺利,没有引起任何怀疑。这是周六的早上,没有定时的早饭,也没有人来查房,过了早饭的点直接去吃午饭也没人管,或者直接去高年级的公共休息室吃点烤面包。面包机是五年级学生的特权之一。

不过今天我们并没有来得及睡觉。刚躺下,门外就传来了急促的敲门声,然后是韦瑟比老师把舍管钥匙插入门锁扭动的声音。当韦瑟比老师冲进来掀开我们被子的时候,我们正有气无力地趴在床上,被瞬间涌入的强光刺得头晕目眩。

她一句话也没说,但锐利的目光早已将一切尽收眼底。我刚才脱下来搭在椅子上的牛仔裤上沾满了泥点,拖鞋上也全部都是沼泽地的淤泥,还有我们嘴上残留的酒渍,以及弥漫在我们全身的酒味,俨然就是两个宿醉的青少年……

对面的法蒂玛挣扎着坐了起来,她拨开眼前的碎发,在刺眼的阳光下眨着眼睛。我看看她,又看了看韦瑟比老师,我的心沉了下去。

有麻烦了。

"怎么回事？"法蒂玛问道，说到最后一个字的时候，她的嗓子都哑了。我能感觉到她的不安，和我一样。韦瑟比老师摇了摇头。

"十分钟之后，办公室见。"她的话言简意赅。然后她转身就走，留下我和法蒂玛面面相觑，恐惧而又不安。

我们在规定时间内换好了衣服。扣扣子的时候，我的手一直在抖个不停，一半是因为恐惧，一半是因为酒劲未消。穿好衣服后我们已经没时间洗澡了，但是我和法蒂玛还是向脸上泼了点水，刷了牙，希望能祛除嘴里的烟味。我的手一直在抖，连带着手里的牙刷一起，让我越发恶心。

最后经过了似乎很漫长的时间，我们终于收拾好走出了宿舍。我的心怦怦直跳，差点都盖住了楼上的脚步声。西娅也正急匆匆地从楼上跑下来，她面色惨白，手指甲都咬出了血。

"韦瑟比？"西娅问道。法蒂玛点点头，眼睛里满是恐惧。"你们都……"西娅问道。

这时我们已经走到了楼梯的平台上。一群一年级新生从我们身边经过，好奇地打量着我们，她们肯定很奇怪为什么我们一大早就面色惨白，浑身颤抖地出现在这里。

法蒂玛摇了摇头，脸上现出了恶心的表情。我们继续往前走，等我们赶到韦瑟比老师办公室的时候，大厅里的时钟刚刚敲响了九点的钟声。

我们应该串好词的。我绝望地想着，但为时已晚。虽然我们还没有敲门，但是我们知道韦瑟比老师给我们定的十分钟已经到了，我们甚至能听到她在屋子里拿起笔，把椅子推回去的声音。

在肾上腺素的作用下，我的手冷冰冰的，抖个不停。旁边的法蒂玛看上去似乎随时都要吐出来或者晕倒。

西娅露出了毅然决然的表情，她看上去就像是即将奔赴战场的战士。

"什么都别说。"门上的把手开始转动，西娅从嗓子眼里发出声音，"明白吗？只说是或者不是。我们不知道安……"

然后门就打开了，我们被引了进去。

"嗯？"

韦瑟比老师的第一句话只是一个语气词。我们坐在她对面，我的脸都要烧起来了，一种类似于羞耻的感觉逐渐吞没了我。西娅坐在我左边，她看向窗外，苍白的脸上显出一副无聊的神色。她是这里的常客，曾经因为名牌的事和弄丢了曲棍球的球棍被找过来谈话。但即便如此，我看到她的手指一直在裙摆下动个不停，撕扯着指甲边缘的倒刺。

法蒂玛坐在我右边，她的震惊程度不比我小，似乎完全被吓蒙了。她瘫坐在椅子上，似乎想缩进椅子里去。她的头发垂下来遮住了面庞，似乎这样就能掩饰内心的恐惧。她死死地盯着自己的大腿，打定主意要避开韦瑟比老师的注视。

"嗯？"韦瑟比老师又说了一遍，这一次她的声音中有了一丝愤怒。然后她冲着桌上的一堆纸做了一个轻蔑的手势。

我快速瞥了一眼身边的两人，等着她们开口。但没人说话，我咽了咽口水，硬着头皮开口了。

"我们，我们什么都没做。"说到最后一个字的时候，我的嗓子哑了。因为我们确实做了一些事，只不过不是韦瑟比老师给我们看的这些。

那里全是画，我、法蒂玛、西娅还有凯特，躺在光滑的地板上，看上去有些色情。奇怪的是，安布罗斯在给我画的时候，我根本没有这种感觉。

我看到了西娅。画中，她正躺在海湾的水面上仰泳，手臂枕在头下，十分慵懒。我看到了凯特。画里的她正准备要从码头上跳进水里，颀长白皙的肉体和蔚蓝色的水面形成了鲜明的对比。我看到了卢克。他赤身裸体地躺在码头上晒太阳，双目紧闭，嘴角流露出一丝慵懒的笑容。还有我们五个人在月光下裸泳的画面，交缠的四肢，欣喜的面庞，月光如流水一般倾泻在我们身上……

我的目光掠过那些画，每一幅都让我想起了当时的场景，我似乎又感受到了海水的凉意和阳光的炙热。

最后一幅，同时也是最靠近韦瑟比老师的一幅画，上面画的是我。

我的嗓子发紧，脸颊发烫。

"嗯？"韦瑟比老师的感叹词又响了起来，这一次她的声音颤抖了起来。

这些画明显经过了筛选，是从安布罗斯上百幅画作中精心挑选出来的。安布罗斯给我们画了很多画：我们穿着睡衣蜷缩在沙发上，穿着浴衣在桌子前吃面包，穿着靴子戴着手套穿过田间，等等。不管是谁送来了这些画，他一定经过了挑选，将那些看上去伤风败俗的画送了过来。画里的我们要么是裸体，要么看上去像是裸体的样子。

我看着画着我的那幅画。画中，我正弯下腰给脚指甲涂指甲油，裸露的背部形成了一条完美的曲线。画法如此细腻，似乎都能触摸到我脊椎上的关节。但那天我其实穿的是露背装，我还记得阳光照在我背上的炙热，还有带子勒着脖子的感觉，我还记得在涂抹时，粉色指甲油散发出的刺鼻的味道。

但在画里，我背对着观众，头发遮住了我脖子上的带子，只剩下裸露的背部。这是经过挑选的一幅画，为了展示出某个人想要的效果。

是谁？谁会做出这种事？不仅毁了安布罗斯，也毁了我们。

这是个误会。我想大声告诉韦瑟比老师。我知道她在想些什么，其他人看到这些画的时候都会这么想。但他们都错了，大错特错。

不是你们想的那样，我想哭。

但我们什么都没说，任由韦瑟比老师在那里喋喋不休地向我们强调萨尔腾女子应有的品德和责任。韦瑟比老师一遍又一遍地问起作画人的名字。

但我们只是保持着沉默。

她一定已经知道了。这种卓越的作画技巧只属于一个人，当然也可能是凯特。由于安布罗斯没有在画上署名的习惯，所以她一定想从我们这里问出来……

"不说是吧？很好。昨晚你们在哪儿？"最后她这样问道。

我们还是保持着沉默。

"你们未经许可，擅自离校。有人看到了！"

除了沉默还是沉默，我们坐在那里，用沉默保护着自己。韦瑟比老师抱着胳膊站在那里，令人痛苦的沉默仍在继续。西娅和法蒂玛快速交换了个眼神，我知道她们一定也在想，这件事到底意味着什么？我们还能这样保持多久？

突然一阵敲门声打破了沉寂，我们都被吓了一跳。门开了，我们齐刷刷地转过头，鲁尔克走了进来，手里拿着一个盒子。

她冲着韦瑟比老师点点头，然后将盒子里的东西一股脑倒在了我们面前。

这时，西娅终于打破沉默，愤怒地吼了出来："你搜了我们的房间！你们这群婊子！"

"西娅！"韦瑟比老师大发雷霆，但为时已晚。我们所有可怜的走私货，西娅的随身小酒壶，我的香烟和打火机，凯特的烟草，法蒂玛藏在床垫下的半瓶威士忌、一包避孕套、一本《〇的故事》[1]和其他所有东西，都被倒了出来，成为我们的罪证。

"我别无选择。"韦瑟比老师的声音很沉重，"我会把这些东西交给阿米蒂奇校长。鉴于这些东西大部分都是在凯特的柜子里找到的，所以我想知道，凯特·阿塔贡在哪里。"

沉默。

"凯特·阿塔贡在哪里？"韦瑟比老师提高了嗓门，我觉得眼泪似乎要夺眶而出，赶紧眨了眨眼睛。

"我们也不知道。"西娅满不在乎地说道，她的目光从窗外转向了韦瑟比老师，"再说了，这里是你说了算吗？"

长久的沉默。

"滚！"韦瑟比老师从牙缝里挤出一个字，"滚出去！回到你们

---

[1] 一部虐恋题材的法国小说，其中有大量色情内容。

的寝室，没有我的命令不准出来。午饭会给你们送上去。你们不准和其他女孩说话，我会打电话通知你们的父母。"

"但是……"法蒂玛的声音发颤。

"够了！"韦瑟比老师吼道。我突然意识到，她现在也像我们一样心烦意乱，在她的监管下出了这样一件事，她和我们一样逃脱不了干系，"我已经给过你们机会了，但你们拒绝回答任何问题，所以我也不会接受你们的任何疑议。回屋好好反省，想想在见到阿米蒂奇校长和你们的家长时该怎么说吧。"

她打开门，扶着门把手的那只手微微颤抖着。我们一个接一个，疲惫地走了出去。没有人说话。出来后，我们互相看着彼此。

到底发生了什么？那些画是怎么落到学校手里的？我们到底做了什么？

没有人知道答案，但有一件事是清楚的。不管原因如何，我们即将迎来一场大地震，我们的世界在土崩瓦解的同时也埋葬了安布罗斯。

夜已经很深了。潮水磨坊的窗帘，破烂的、完好的，全都被拉了起来。几小时前，利兹就被她的爸爸接走了。她离开后，凯特把门从里面反锁住——在我的记忆中，这是她第一次这么做，然后我将我和杰西·汉密尔顿的谈话告诉了她们。

"她们是怎么知道的？"法蒂玛的声音里透出一丝绝望。我们在沙发上挤成一团，我把弗雷娅抱在怀里。西娅正抽着烟，一根接一根，吐出的烟圈飘浮在我们中间。弗雷娅还在这里，我本该制止她，但我怎么也说不出口。

"老一套。"西娅的话很简短。她的脚缩在我的大腿旁，冷冰冰的。

"但是，"法蒂玛继续说道，"我们之所以答应在期中的时候离开，就是为了堵住她们的嘴，不是吗？"

"也许吧。"凯特的声音里透露出疲惫，"但是你们也知道学校的八卦圈，也许一个老教师告诉了她们，也有可能是当年有家长发现了……"

"那些画呢?"西娅问道。

"学校找到的那些?肯定已经被毁了。和我们比起来,阿米蒂奇校长更不想让别人看到它们吧。"

"其余的呢?"我问道,"安布罗斯放在家里的那些呢?"

"我全都烧了。"凯特的语气很坚定,但是她的眼神闪烁了一下,所以我也不能确定她到底有没有说实话。

后来还是凯特回来拯救了大家,收拾了残局。周日下午返校的时候,她的脸上还是没有一点血色,但是看上去很冷静。韦瑟比老师已经在等着她了,她直接就进了校长的办公室,很久都没有出来。

等她终于出来的时候,我们立刻围了上去,七嘴八舌地问了起来。但她只是摇摇头,冲着塔楼示意了下:等等,等没人了再说。

等我们回到寝室,终于只剩下了我们四个,她告诉了我们。

她说那些画是她画的。她一边说着,一边开始打包自己的行李箱。

时至今日,我仍然不知道韦瑟比老师是否相信了这番说辞,又或者她是否因为缺乏确凿证据而选择相信凯特——至少对于学校来说,凯特的说法是危害性最小的。稍微有点艺术鉴赏能力的人都能看出,那就是安布罗斯的画。凯特的风格随意自然,完全不同于安布罗斯细腻的笔触。

但是凯特也能完美地模仿父亲的风格。也许她在阿米蒂奇校长的办公室里露了一手,画了幅一模一样的画。我不知道,我也从来没问过。但她们相信了她,这样就够了。

我们肯定不能在这里待下去了,这一点是毫无疑问的。擅自离校、寝室里搜出的烟酒,这些都足以成为开除我们的依据,但是那些画的出现,即使有了凯特的证词,也仍然增加了这件事的复杂性。

后来,我们达成了口头协定。没有开除,悄悄地离开,假装什么事都没有发生过。她们说,这是为了我们好。

我们照做了。

考试刚过去不久,几周后就是暑假,但阿米蒂奇校长已经等不及了。事情进展神速,一天之内,我们就离开了学校。先是凯特,她面无表情地将自己的行李箱装进了出租车;然后是法蒂玛,泪流满面地坐上了她叔叔车的后排;然后是西娅,她的父亲大着嗓门吵吵闹闹地带走了她;最后是我,心力交瘁地坐上了父亲的车。

父亲什么都没说,在返回伦敦这段长长的路途中,他保持着沉默,这才是最让人难以忍受的部分。

我们就像一群鸟儿一样,扑棱着残缺的翅膀向不同的方向飞去。法蒂玛终于得偿所愿,到了巴基斯坦,待在了父母身边。西娅被送到了瑞士一所类似于少管所的地方,四面全是高墙,窗户上也装着铁栏杆。学校还有一项规定:禁止使用"个人科技"。我去了苏格兰一所偏远的寄宿学校。那里曾经有过火车站,但后来被关闭了。

只有凯特还待在萨尔腾。现在看来,她家其实和西娅所在的少管所没什么两样,那是一座"监狱",还是我们亲手制作了窗户上的"铁栏杆"。

我们之间有书信来往。我每周都会写信,但凯特只是偶尔回信,内容也很简短,充满着疲倦。她说自己辛苦赚钱,勉强糊口,没有我们,她很孤独,等等。她靠卖父亲的画来赚钱,画卖光了,她就开始伪造。我曾经在伦敦的一家美术馆看到过安布罗斯的画，我确信，那肯定不是安布罗斯画的。

关于卢克，我只知道他回到了法国。凯特一个人住在潮水磨坊，数着自己将满十六岁的日子，以及面对无数的质疑。安布罗斯去哪儿了？安布罗斯做了什么？她慢慢意识到了一个痛苦的事实：父亲的消失坐实了坊间的谣言，那些信口雌黄的污蔑逐渐成了众人眼中的事实。

在凯特十六岁生日的时候，我们都给她写了信，告诉她我们有多爱她。这一次她至少回信了。

"我十六岁了。"她给我的信中这样写道，"当我早上醒来的时候，你知道我在想什么吗？不是礼物、贺卡，因为这些我都没有。我想的是，我终于可以告诉警察他已经不在了。"

我们后来仅见过一次面。那是在我母亲的葬礼上，一个灰蒙蒙的春日。那一年，我十八岁。

我没想到她们会来。说实话，我希望她们能来。我给她们写了封电子邮件，告诉了她们葬礼的时间和地址，除此以外再也没说什么。但当我、爸爸以及弟弟坐在车里到达火葬场的时候，我看到了她们。雨中门口的一团黑影，是她们！我们的车跟在殡仪车后，缓缓驶入大门，从她们身边经过时，她们抬起头，眼里的关心让我心颤。突然我的手似乎像着了魔一样，摸向了门把手。只听到吱的一声，司机猛踩了刹车。

我跌跌撞撞地从车里滚了出来。

"抱歉。"我听到司机在说，"我应该停下的，没想到她……"

"没事。"父亲的声音里透露出一丝疲惫,"继续开吧。她一会儿会自己过来的。"

汽车的引擎又启动了,车渐渐消失在雨中。

我已经记不清她们都说了些什么,我只记得她们紧紧抱住我,冰冷的雨水滴落在我的脸上,和泪水混合在了一起。我只记得,母亲的死在我的心里留下了一个大洞,世界上能填补那个洞的人就在我身边,我回家了。

我们四人又聚在了一起。再次团聚是十五年之后了。

撒谎游戏

"他知道吗?"西娅最终打破了屋里的沉寂,她的声音由于抽烟而显得有些沙哑。之前我们就坐在那里,看着蜡烛在烛台里越烧越低,窗外的海水先是达到了高峰,然后又慢慢地退去。

凯特扭过头来,她刚才一直在盯着窗外黑漆漆的海水。

"谁知道什么?"

"卢克。我觉得,他一定知道了,但知道了多少呢?你和他说了那晚发生的事吗,我们做的那些事?"

凯特叹了口气,她在盘子上按灭了烟,摇了摇头。

"没。我没和他说。我谁都没说,我们做的,做的……"

她已经说不下去了。

"我们做了什么?为什么你不敢说?"西娅提高了嗓门,"我们藏了一具尸体。"

她如此直白的说法让我心头一惊,我这才意识到,这么久以来我们一直在回避事实,西娅的吼声似乎把我们拉回了现实,逼我们去面对我们一直不敢承认的事实。

这就是我们所做的事情。我们确实藏了一具尸体,用法律术语来说,这应该算是亵渎尸体罪。我当然知道这些术语,也知道相应的处罚。我曾借着查别的东西的名义偷偷查过好几次,每次我读到那些条款的时候,手指总会不自觉地颤抖起来。自行处理尸体,意图妨碍验尸官工作。我还记得第一次读到这条规定的时候,我苦笑了一下。当时我们可没有这种打算,我们可能连什么是验尸官都不知道。

也许这可能就是我后来又去攻读法律的原因之一吧。我想用知识来武装自己,我想知道当年我们所做的事情的性质,我想知道可能的处罚。

"他知道吗?"西娅又问了一遍。她每说一个字,就用拳头轻轻地敲一下桌子,让我有些心惊肉跳。

"他不知道,但是他肯定起了疑心。"凯特的语气很沉重,"他早就觉察到事情有些不对劲,现在有了报纸上的报道……他……他一直都在怪我,因为我,他才被送回法国,遭遇了那些……他已经疯了!"

是吗?他真的疯了吗?他只知道,自己深爱的养父多年前突然消失了,现在海湾又发现了一具尸体,而我们和这件事有关。在我看来,他确实有理由恨我们。

但是当我低下头看到弗雷娅如同天使一般的面孔时,我又想起了刚才卢克把她递给我时,她气得满面通红的样子。这真是一个有理智的人能做出来的事情吗?抱走我的孩子,大半夜在沼泽地里晃荡,让她哭喊了一路?

上帝,我也糊涂了,我真的不知道。我已经很久不知道理智为何物了。也许我自己的理智也在那天晚上和安布罗斯的尸体一起被埋葬了吧。

"他会和别人说吗？"我艰难地从嗓子里挤出一句话，"他说过，威胁说，要报警？"

凯特叹了口气。她的脸隐藏在半明半暗的烛光里，看上去十分苍老。

"我也不知道，但我觉得应该不会。如果他想报警，早就报了。"

"但那只羊？"我问道，"那张字条？会是他干的吗？"

"不知道。"凯特的声音很平稳，但听上去就像是易碎的花瓶，随时都有可能破裂，"我收到这些东西已经有……很长一段时间了。"

"几周，还是几个月？"法蒂玛问道。

凯特抿紧了嘴唇，一个微小的表情已经出卖了她的内心。

"对，几个月。更确切地说，应该有几年了。"

"老天爷！"西娅闭上了眼睛，一只手捂着脸，"为什么你没告诉我们？"

"有什么意义呢？让你们也像我一样惶惶不可终日？你们帮了我，我自己的担子我自己来挑。"

"这些年你是怎么过来的呢？"法蒂玛柔声说道。她抓起凯特沾满了涂料的手掌，放在了自己的两手之间。她手上的结婚戒指和订婚戒指在烛光下熠熠生辉。"我们走后，你就一个人待在这里。你是怎么活下来的呢？"

"我不是和你们说过嘛。"我看到凯特的喉咙动了一下，"我靠卖画为生。把爸爸的画卖光之后，我就开始伪造他的画。如果卢克想告我的话，他可以在罪名里再加上一条伪造罪。"

"不,我不是说这个。我是说,你怎么能忍受这样的孤独?一个人在这里,连说话的人都没有,你难道不害怕吗?"

"我一点儿都不怕。"凯特低声说道,"我从来都没有怕过。其余的,我也不知道。也许我已经疯掉了吧。"

"我们都疯了!"我突然说道,她们都扭头看向我,"我们所有人,我们做的事情,我们……"

"我们别无选择。"西娅脸色铁青,颧骨上的线条看上去更加明显。

"我们当然有选择!"我大叫了出来。突然之间眼前的现实狠狠击中了我,恐慌占据了我的内心。这种恐慌一直伴我左右,当我从挖洞的噩梦中惊醒时,当我看到有人藏匿尸体的报道时,这种恐慌就会像毒一样入骨蚀心,让我手脚麻木,动弹不得。"天哪,你们还不明白吗?如果这件事被捅出去,我就会被开除。他们完全可以起诉我们,有过这样的记录,我的职业生涯就算是毁了。法蒂玛也一样,你认为人们会欢迎一个曾经藏匿过尸体的医生吗?我们完蛋了!我们还可能入狱,我会……"我的嗓子一阵发紧,就好像有人突然掐住了我的喉咙,"我会失去弗雷娅……"

我完全说不下去了。

我站起身慢慢走到窗户前,紧紧抱着我怀中的婴儿,好像只要这样,警察就无法将她从我的怀里夺走。

"艾莎,冷静。"法蒂玛从沙发上站了起来,走到我身边。我知道她想安慰我,但她自己的脸上都写满了恐惧。"我们当时还未成年,应该会区别对待吧。你是律师,你说呢?"

"我也不知道。"我的手指紧紧抓着弗雷娅,"刑事犯罪量刑的最低年龄是十岁,我们早就过了十岁。"

"诉讼时效呢?"

"诉讼时效只针对民事案件,我觉得并不适用于我们。"

"你觉得?连你都不知道?"

"是的,我不知道。"我绝望地重复了一遍,"我在政府部门上班,法蒂玛。我根本不会遇到多少这样的事。"弗雷娅小声地叫唤了一声,我这才意识到自己把她勒疼了,于是赶紧放松了点。

"这些重要吗?"西娅在房间的另一边说道。她一直在撕手指上的倒刺,弄出了很多小伤口,鲜血淋漓。她把一根手指放进嘴里吮了吮。"如果这件事被抖出来,我们就完蛋了。有没有诉讼都一样,谣言会毁了我们。什么禁忌之恋这类的。"

"该死!"法蒂玛用手蒙上了脸,然后她抬起头,看了眼时钟,变了脸色,"已经两点了?怎么可能?我得走了。"

"一大早就走?"凯特问道。

法蒂玛点点头。

"是的,早上还要上班。"

上班。这个词似乎已经和我无关了。我发现自己像神经病一样地大笑了起来。还有欧文,我没法去想他,他和我现在所处的世界,和我们所做的没有任何关系。回去后我该怎么面对他?我现在甚至连给他发短信的勇气都没有。

"你们是该走了。"凯特试图露出一个微笑,"你们能来就已经很好了,校友会也结束了,现在走也没什么问题。好吧,我们都睡一会儿吧。"

她站了起来。法蒂玛也踩着吱呀作响的楼梯回到了自己的房间。

凯特开始吹熄蜡烛,关上台灯。

我抱着弗雷娅站在两扇窗户之间,看着凯特收拾桌上的玻璃杯。

虽然没有任何睡意,但我还是要睡,为了明天能有精力返程和照顾弗雷娅。

"晚安。"西娅也站了起来。我看到她在腋下夹了一瓶酒,似乎对她来说带着一瓶酒上床是再正常不过的事了。

"晚安。"凯特吹熄了最后一根蜡烛。我们陷入了黑暗之中。

我把还在熟睡中的弗雷娅放到了双人大床的中间,然后来到楼下的厕所刷牙洗脸。我已经很累了,今晚喝下去的酒似乎还堆在我的嗓子眼。

我对着镜子擦掉了睫毛膏和眼影,顺着卸妆棉擦拭的轨迹,我能感受到眼睛周围的皮肤正在慢慢地丧失弹力。不管我怎么想,不管今晚我感觉如何,即使又回到了学校,我也不再是曾经的那个少女。凯特、法蒂玛还有西娅,她们也不再是。都快过去二十年了,我们一直在负重前行,真的已经太久太久了。

洗完脸后我又蹑手蹑脚地沿着楼梯向自己的房间走去,尽量不吵醒弗雷娅和其他人。她们现在也应该睡了,但在经过法蒂玛房间的时候,门上的裂缝中却透出了微弱的光。我停了下来,因为我听到了细微的说话声。

我以为法蒂玛在和阿里打电话,心里还升起一阵对欧文的愧疚。但是她随后站起来,从地上拿起一条毯子,我这才意识到她其实是在祈祷。

我突然感觉自己好像窥探了别人的隐私,正准备要离开,但可能是我的动作或者声音引起了法蒂玛的注意，门内突然传来了她轻声的呼唤："艾莎，是你吗？"

"是的。"我把门推开了一条缝，"我刚刚从这里路过，我不是……我不是故意要看的。"

"没关系。"法蒂玛小心翼翼地把毯子铺在床上，她的脸看上去很平和，和刚才在楼下时形成了鲜明的对比，"我又不是要做什么丢人的事。"

"你每天都祈祷吗？"

"是的。一天五次，当然是在家的时候。出门在外，就不能像在家里一样了。"

"五次？"我突然意识到自己对她的信仰知之甚少，简直到了无知的地步。一阵羞愧涌上心头。"我，我真不知道。我只在上班的时候见过穆斯林……"我没说下去，这番笨嘴拙舌的解释突然让我感到一阵刺痛。法蒂玛是我的朋友，最好的朋友之一，但对于她生命中如此重要的精神支柱我居然一点儿都不了解。她的身上还有多少是我需要重新再去了解和发现的？

"不过现在已经晚了。"法蒂玛懊悔地说道，"应该在十一点左右行宵礼的。我都忘了看时间。"

"时间很重要吗？"我笨拙地问道。

她耸了耸肩："这就不完美了。不过他们说，如果能真心实意地认识到错误，真主安拉一定会原谅你的。"

"法蒂玛。"我脱口而出，然后又停了下来，"算了，不说了。"

"怎么了？"

我深吸了口气。我不知道自己将要说的这番话是不是很愚蠢，我已经丧失了辨别的能力。我捂住了眼睛。

"没什么。"我回答道,然后又急忙补充了一句,"法蒂玛,你觉得,你觉得他会原谅我们吗?"

"你是说原谅我们所做的一切?"法蒂玛问道。我点点头。她坐在床上,开始给自己的头发编辫子,动作缓慢而有规律。"应该会吧。《可兰经》上说,如果罪人能真心悔过,安拉会宽恕他的一切罪孽。我有太多要忏悔的事情了,但我一直都在为我们的行为赎罪。"

"我们做了什么,法蒂玛?"我并没有想嘲讽她,只是突然间我真的不知道了。如果你在十七年前这样问我,我一定会说,为了保护我们的朋友,这是必须要做的事。如果你在十年前这样问我,我一定会说,我们做了一件愚蠢至极的事。我在夜里经常会惊醒,每天都担心尸体会被人发现,我会被问到一大堆我没法回答的问题。

现在尸体已经被发现了。那些问题,那些问题就在前方等着我们,就像是一颗定时炸弹不知道何时就会爆发。所以我现在真的不知道该怎样定性十七年前的那件事了。

可以确定的是,我们确实犯罪了。但我们是不是对卢克做了更残忍的事,把他从一个男孩变成了现在我几乎都认不出来的愤怒男人。

也许我们真正的罪孽不是对安布罗斯做了什么,而是给他的孩子们带来了什么。

我走进卢克的房间,躺在他的床上,目光越过弗雷娅的头顶看向黑暗之中。我的脑海中一直回响着这样一个问题:是我们造成了卢克的苦难吗?

我闭上眼睛,似乎能感受到卢克的气息。床单贴在我滚烫的皮肤上,就像是卢克的气息将我紧紧包围起来。我本该害怕,但其实我一点都不害怕。我没法将今晚的这个男人和记忆中的卢克分开。在我心中他仍是多年前的那个大男孩，一双大手，金色的眼睛，羞涩的笑容总是让我心跳加速。我知道，那个男孩还在他的体内。尽管他已经被痛苦、愤怒和酒精笼罩，但我还是从他的眼睛里看到了那个男孩的身影。

我躺在床上搂着弗雷娅，他的话语在我的脑海里反复响起。

"她叫唤了一声，你们就像狗一样，全围了上来。"

"你们想知道海湾那具尸体和谁有关系吗？"

但他说的最后一段话，在我快要睡着的时候突然蹦了出来，我的胳膊一紧，弗雷娅在我的怀里不舒服地扭动了一下。

"不用谢，艾莎……照顾好你的孩子。她很好哄，我很乐意再帮你'照顾'一回。"

"真的不用我捎你一程？"

法蒂玛站在门口，一手拎着行李箱，一手拿着太阳镜。我摇了摇头，将嘴里的茶水咽了下去。

"不用了，我还要收拾行李，给弗雷娅换尿布。你先走吧，不用管我。"

现在是早上六点四十五。我蜷缩在沙发上的一片阳光里逗弗雷娅玩，假装把她的鼻子拧下来，然后再放回去，她拍打着我的手，想用自己软乎乎的指头抓回自己的"鼻子"。海水反射进来的光线刺得她眯起了眼睛。现在我正轻轻地抓着她的手，不让她抓我手里的茶杯。我把茶杯又放回了地面。

"快走吧。"

西娅和凯特还在睡觉,但法蒂玛已经迫不及待地想出发了。我能看出,她的心已经飞到了阿里和孩子那里。最后她勉强点点头,将太阳镜的镜腿塞到头巾下,然后在包里翻找车钥匙。

"那你怎么去车站呢?"她又问道。

"打车吧。我也不知道,待会儿问问凯特。"

"好吧。"法蒂玛把钥匙在手里掂量了两下,"替我向她们告别。还有,劝凯特也走吧。昨天我一直想和她谈这件事,但是她……"

"她怎么了?"

楼上传来了一个声音。伴随着一声欢快的呜咽声,影子跳了起来,移动到了窗户边上的阳光下。我和法蒂玛抬头一看,凯特从楼上走了下来。她身上那件棉质睡衣原本是海蓝色的,但经过多次漂洗晾晒后,只留下一点淡淡的颜色。凯特揉着眼睛,试图把哈欠压回去。

"准备走了?"

"是的。"法蒂玛说道,"我得在中午之前赶回诊所,阿里今晚也接不了孩子。不过,凯特,我刚才还在和艾莎说呢,你为什么不能改变心意?来我们这里住一段时间吧,我们家都有空余的房间。"

"你知道我走不开的。"凯特的声音里不带任何感情色彩,但是我能听出她的决心似乎没有嘴上说的那么坚定了。她从洗手池下拿出咖啡机,拧开盖子,往里面倒上咖啡,她的手在微微颤抖。"影子怎么办?"

"带它一起来啊。"法蒂玛的底气没那么足了。

凯特摇了摇头。

"我知道阿里对狗的感觉。还有,萨米尔是不是对什么过敏啊?"

"还可以寄养啊,不是吗?"法蒂玛的声音近乎恳请,但她自己似乎都不太相信自己说的话。我们其实都知道,影子是原因,但并不是主要原因。凯特不会离开,就这么简单。

两个人都不说话了,屋子里只剩下炉子上咖啡咕嘟咕嘟冒泡的声音。

"待在这里不安全。"法蒂玛最后说道,"艾莎,你也说句话啊。不仅仅是屋子里老化的电器,还有卢克。那张带血的字条和那只死羊,天哪!"

"是不是他干的,我们还不能确定。"凯特低声说道,但是她掉转头,不看我们俩。

"我们应该把他上报给警察。"法蒂玛愤怒地说道。凯特什么都没说,但我们心里都清楚,这是绝对不可能发生的。

"好吧,我放弃。"法蒂玛最后说道,"我言尽于此。凯特,我会一直给你留着房间的。"她走上前来,亲吻了我和凯特。"替我向西娅告别。"她俯下身来在我的耳边轻声说道,"艾莎,拜托了,再劝劝凯特,也许她会听你的。"她温暖的脸颊蹭在我的脸上,身上的香水味熏得我一时有些头晕。

然后她站起身,拿上包离开了。几分钟后,我们听到屋外传来了音乐声和引擎发动的声音。她终于出发了,沿着被烈日炙烤的道路向萨尔腾驶去。潮水磨坊又回归了平静。

"看吧。"凯特把咖啡端到嘴边望向我。她扬起一条眉毛,我知道她是想和我一起嘲笑法蒂玛的疑心病,但我却没这个心情。我确实不相信卢克会伤害凯特或者我们中的任何一个,但凯特待在这里确实不安全。她一直处于高度紧张的状态,我总觉得她已经处于精神崩溃的边缘。

"她说得没错。"我这样说道。凯特翻了个白眼,又喝了一口咖啡。但是我仍然揪着这个话题不放,就像西娅锲而不舍地撕着手指上的倒刺一样,直到撕出了血。"死羊这件事就太令人作呕了,这种下三烂的把戏。"

凯特没说话,只是低头盯着自己的咖啡。

"是卢克干的,对吗?"我最后说道。

"我也不知道。"凯特的语气很沉重。她把杯子放到桌上,把手插进头发里。"我确实不知道,没骗你。是的,他确实很生气。但他不是这里唯一对我有意见的人。"

"你说什么?"我第一次听到凯特这样说,"什么意思?"我难掩自己的震惊。

"散播谣言的不仅有学校里的那些女人,艾莎。爸爸有很多朋友,而我没有……"

"你是说,镇上的人?"

"是的。"凯特说道。这时我想起来司机里克对凯特说过的话:"你呢,也熬过了那些闲言碎语,一直坚守在这里。"

"他们都说什么了?"我突然感到口干舌燥。

凯特耸了耸肩:"你觉得呢?说什么的都有,我全都听过,有些真的很难听。"

"譬如?"我其实一点都不想听,但这个问题还是从我的嘴里冒了出来。

"譬如?让我想想啊。最好听的一个可能就是说爸爸重操恶习,跟一个法国的瘾君子跑了。"

"这还是最好的?天杀的这群人,还有更难听的?"

我其实并没有想让凯特回答，但凯特露出了一个苦笑。

"很难选啊，哪个更糟糕一点。也许是这个版本，爸爸性虐待我，然后他就被卢克杀了。"

"什么？"我的震惊已经无法用语言描述，所以我只能机械地重复道，"什么？"

"是的！"凯特简短地回了一句，她喝光了杯子里的咖啡，把空杯子放到了沥水板上，"还有很多类似的版本。他们想知道为什么我不像爸爸那样，周六晚上去萨尔腾武器酒吧。那些喝醉的老男人，他们的问题从来就没有下限。"

"不可能吧！他们真能问出口？"

"那个传言，他们倒是没问，直接就说了出来。很明显，大家都知道了，流传很广的一个版本。"她的脸扭曲了，"爸爸跟我上了床，还有你们。有些人还会带上你们。"

"天哪！凯特，你为什么没把这些告诉我们？"

"告诉你们什么？这么些年来，镇上的人一直把你们作为色情故事的谈资，告诉你们不同的故事版本？说我是杀人犯的那一版，还是我爸爸仍然在逃，因为他对我和我的朋友们做了过分的事，他一直不敢回来的这一版？不好意思，我不乐意说，一点都不想说。"

"但是，但是，你不能去纠正他们吗？否认这些谣言？"

"否认什么呢？这是个问题。"她的脸上现出疲惫而又绝望的神情，"爸爸失踪了，我等了四周才向警察上报。这都是事实。难怪谣言四起，这部分事实怎能不让人浮想联翩呢？"

"这都是些肮脏龌龊的谎言！"我情绪激动地说道，"全是谣言！不过这都不重要了，凯特，跟我一起回伦敦吧，求你了。法蒂玛说得对,你不能再待在这里了。"

"我不能走。"她站起身向屋外走去。海水退了不少,泥泞的海岸在太阳的照射下发出轻微的叹息。"现在更不行。我一走肯定会引起人们的怀疑,我们苦心掩饰多年的秘密也就会暴露。"

弗雷娅躺在我的大腿上,想要抓地上的空杯子。杯子上还带着余热。我让她拿了,她高兴得嗷嗷叫。我低头看着弗雷娅,想不出任何能反驳凯特的话。

我花了好长一段时间才收拾好,给弗雷娅换了尿布,喂了次奶,然后又换了尿布。等我终于收拾好的时候,西娅醒了,她从屋里摇摇晃晃地走下来,衣衫不整,睡眼惺忪。

"法蒂玛已经走了?"

"是的。"凯特的话很简短,她把咖啡壶推向西娅,"自己弄吧。"

"谢啦。"西娅喝光了壶里的咖啡。她穿着一条牛仔裤和一件短短的细带紧身上衣,一眼就看出里面没穿内衣。她身上的伤疤都能看得一清二楚。我移开了目光。

"我今天也得回伦敦。"西娅显然没有注意到她的穿着已经引起我的不适。她把杯子在水龙头下冲了一下,然后重重地丢到了沥水板上。"艾莎,我能和你一起搭车去车站吗?"

"好的,但是我马上就要走,你来得及吗?"

"没问题。我没带什么行李,十分钟之内就能搞定。"

"我去叫车。凯特,里克的号码是多少?"

"在碗柜那儿呢。"她指着一个脏兮兮的黄油碟,上面摆着一堆折了角的名片。我在里面翻了半天，终于找到标有里克的那张。我拨通了上面的号码。

里克立刻就接了电话，答应在二十分钟之后来潮水磨坊接我们。他还会给我借一个婴儿座椅。

"二十分钟，行吗？"我问西娅。她正坐在桌子前悠闲地喝着咖啡。

"没问题。"她点点头，"我已经收拾得差不多了，就差装袋了，马上就好。"

"我去遛狗了。"凯特冷不丁地来了一句。

我惊讶地抬起头。

"现在？"

"你不打算和我们告别了吗？"西娅的声音里带有一丝愤怒。

凯特耸了耸肩。

"我不擅长告别，你们又不是不知道。"她站了起来，西娅也站了起来，我在和弗雷娅斗争了一会儿后，也站了起来。我们就这样面对面站着，阳光下的灰尘就像小型龙卷风一样包围着我们。

"过来。"最终凯特说道，她一把拽过我，将我拥入怀中。我被勒得差点窒息，赶紧抽出身来，把弗雷娅换到一边，以免挤到她。

"凯特，和我一起走吧。"我再次发出了邀请，尽管我知道她一定会拒绝。我还没说完凯特就摇了摇头。

"不行，我不能走。别再问了，艾莎。"

"我不想和你分别……"

"那就别走。"她笑着说道，她的眼神里却透露出悲伤，令我不忍直视，"别走了，留下来。"

"我不能留下。"我微笑着说道，却似乎听到了自己心碎的声音,"你知道我必须得走。我必须要回到欧文身边。"

"天哪!"她再次拥抱了我,这一次西娅也加入了我们。我们头抵着头。"有你们在真好。不管以后发生什么……"

"什么?"西娅挺起了腰,一脸警觉,"这话是什么意思?你不会是要……"

"我没有。"她擦了擦自己的眼睛,不由自主地笑了出来,"我不会的,这就是一种修辞手法。我只是……很难相信已经过去这么久了。那些日子是多么美好啊,就好像发生在昨天一样。"

确实如此。

"我们还会回来的。"我摸了摸她的脸颊,她的睫毛里藏着一滴泪水,"我保证。对吧,西娅。这次我们一定不会离开那么长时间了,我们很快就会再见面的。我发誓。"

通常情况下,这只是毫无意义的一句客套话,我几乎在每个分别的场合都会这么说,但我从来没真的想过要去做。但这一次,我是真心的。西娅却犹豫了,看到她的表情我才意识到,我们可能很快就会回来,比我们想的要快得多。不确定的因素太多,一旦事情出了什么岔子,可就由不得我们了。我的笑容僵在了脸上。

"是的。"西娅最后说道。

我们还想说点什么,一旁的影子却突然发出了短促的叫声。我们转过头,透过靠近岸边的窗户,看到里克的出租车正晃晃悠悠地行驶在石子路上。

"该死,里克来早了。"西娅咚咚咚地跑上楼梯,去自己的房间里拿行李。

"好了。"凯特说道,"我带影子出去,就不耽误你们收拾了。"她攥紧影子的牵引绳,打开靠近岸边的门,迈着大步走了出去,"注意安全,爱你们。"

等我们坐上了里克的车,驶上了主干道之后,凯特和影子就变成了沼泽地绿色背景下的两个小黑点。这时我突然意识到,从凯特那里听到"注意安全"这四个字是多么悲哀而怪异。

悲哀是因为这种毫无疑问的事居然成为凯特的愿望。

怪异是因为在我们四个人当中,应该是我们向她说这句话才对。

车沿着泥土路上的车辙摇摇晃晃地行驶着。我看向窗外,影子和凯特的身影不断后退。注意安全,凯特,一定要注意安全。我在心里默念着。

里克已经把车开到了柏油马路上,打着左转灯准备左拐。这时西娅从手提包上抬起头。

"我要取点钱。车站那边有自动取款机吗?"

里克关掉转向灯,而我则叹了口气。我把昨天取出来的钱塞到了碗柜上的一个杯子里,留给了凯特。凯特帮我们支付了校友会的费用,虽然她不让我们给她钱,但我还是过意不去。我自己只留了二十英镑,付了车费就只剩下一点零钱了。

"当然没有,你清楚得很。车站那边什么时候有取款机了?要想取钱只能去邮局。话说,你要钱干什么?我可以付车费。"我问道。

"手里没钱哪行呢?里克,去邮局。"西娅说道。

里克打起了右转灯。我双手抱胸,咽下了一声叹息。

"时间很充裕。"西娅合上包,斜着眼飞来了一个眼神,"急什么。"

"我没急。"我生气地说道。虽然这样说，但我确实着急了。里克已经驶上了通往萨尔腾的路。我知道我为什么会焦躁不安，因为我不想去那里，一点儿也不想。

"这么快就走了?"

身后突然传来的声音把我们都吓了一跳。西娅正在取款机前弯着腰输密码,所以我只好硬着头皮转过身面对问话的人。

玛丽·雷恩。她静悄悄地从某个后台走了出来。

"玛丽!"我拍着胸脯,做出一副受到惊吓的样子,"天哪,你真让我吓了一跳。是的,我们今天就要赶回伦敦。校友会已经结束了,所以……"

"是吗?"她上下打量着我。有那么一瞬间我突然有一种不祥的预感,她已经看透了我们所有的伪装和谎言,她也知道我们的秘密,对于我刚才的那番话,她一个字都不相信。我这时才突然想到,既然她是安布罗斯的好朋友之一,那么多年以前,安布罗斯和她说过些什么呢?

我又想起凯特之前的话。镇上的那些谣言,玛丽在其中又扮演了什么角色呢?她是萨尔腾武器酒吧的常客,每次去那儿总能看到她和一群酒徒谈笑风生，整个酒吧里都能听到她低沉的笑声。萨尔腾镇上发生的每件事都逃不过她的眼睛。如果她愿意维护凯特的话，她完全有能力平息这些谣言，只要叫那些酒徒闭嘴或者滚出去就行了，但是显然她并没有这样做，完全没有想过要去保护昔日老友的女儿。

为什么呢？难道她也认为凯特是有罪的？

"你们还真会选时间。"玛丽·雷恩慢慢地说道。她冲着那堆周报点点头，报纸的封面上还是那个显眼的头条。

"选时间？"由于紧张我有点小小的破音，"什么意思？"

"来参加宴会的时间，你们不觉得很尴尬吗？"她面无表情地说道，"现在谣言满天飞。凯特肯定也不好受，看到别人都这么想……"

我咽了咽口水，不知道该说些什么。

"想什么？"

"这不是很正常吗？怀疑。反正我是一直都想不通。"

"想不通什么？"西娅转过身，把钱包装进了牛仔裤的口袋里，"你到底想说什么？"她的脸上露出了敌意，似乎下一秒就要和玛丽开战。我真想让西娅冷静下来，玛丽·雷恩不吃这一套，她需要别人的顺从和尊敬。

"关于安布罗斯的……失踪。"玛丽的目光扫过西娅的紧身牛仔裤和上半身，"不管他有没有错，他至少很爱那个女孩，为了她上刀山下火海也在所不惜。所以我就想不通他怎么会就那样……一走了之，把她一个人留在这里。"

"可是没有证据吧。"西娅说道。她几乎和玛丽差不多高，她的手放在了臀上，似乎是对玛丽的一种回应。两人面对面站着，就像是在对峙一般。"既然没有证据,这些猜测就是无中生有,对不对?"

玛丽抿紧了嘴唇,脸上的表情令人难以琢磨。是压抑的愤怒还是厌恶?

"好吧。"她终于发话了,"看样子这种瞎猜的状况很快就会结束,对吧?"

"什么意思?"我立刻心跳加速,抬起头向车里看了一眼,弗雷娅正坐在里克给她借来的婴儿座椅上吮吸着手指,自娱自乐。"这话是什么意思?"

"唉,我真不应该告诉你们的,但是马克已经和我说了,警方已经找到了尸体,还有……"她故意在这里停顿了一下,做了个手势示意我们靠近些。我发现自己不由自主地凑上前去,玛丽的声音近乎耳语,我甚至都能感受到她灸热的呼吸。"怎么说呢,如果这就是你要的证据……我觉得他们很快就能查出这具尸体的身份。"

我不能失去弗雷娅。我不能失去弗雷娅。

当我坐上火车的时候,这句话就像魔咒一样回响在我的脑海里。火车向着北方一路疾驰,即将把我们送回伦敦。

我不能失去弗雷娅。

这句话和车轮撞击铁轨的频率一致,一直在响个不停。

我不能失去弗雷娅。

西娅坐在我对面。她戴着太阳镜,懒洋洋地靠着玻璃,闭上了眼睛。列车突然拐了一个大弯,她的头被带离了玻璃,然后又哐的一声撞了回去。西娅睁开眼,摸了摸头上的包。

"啊!我刚才睡着了?"

"是的。"我并不打算掩盖我的恼怒。其实我也不知道自己为什么生气,难道是因为虽然我也又困又累,但却怎么也睡不着?昨晚我们一直弄到了两三点才上床,今天早上我六点半就被弗雷娅弄醒了,一连好几个月我都没睡过一个完整的觉,现在我也没法睡,因为弗雷娅正在我怀里熟睡,如果我睡着了说不定就会压到她。不仅是睡眠上的问题,一切事情都让我感到烦躁,我就像上了发条一样,身上的每根弦都紧绷着。看到西娅一脸轻松的样子,我就更加火大。情况如此危急,她怎么还能这么淡定地睡着?

"抱歉。"她把手伸到太阳镜下揉着眼睛,"我昨晚没怎么睡,一点也没睡。我一直在想……"她环顾了下空荡荡的车厢,然后继续说道,"就是,那个,你懂的。"

我突然很自责。我总是会误会西娅,与法蒂玛和凯特比起来,她总是最难读懂的那一个。她总是把自己的情绪和想法深埋在心底,虽然心里也很害怕,可能比我们更怕,但脸上永远都是那副满不在乎的表情。我怎么就记不住这点呢?

"哦。"我耐心地说道,"抱歉。我也没怎么睡。我一直在想……"

但是我没法说出口。我没法将自己害怕的事情说出来。如果我被起诉了?如果我被开除了?如果他们带走了弗雷娅?

我不敢说,似乎一旦说出来,这些事就变成了现实,而我连想都不敢去想那些场景。

"即使他们发现了……"西娅又停了下来,她再次环顾四周,然后俯下身凑到我身前,压低了声音说道,"即使他们发现了尸体就是他,我们应该也没事,对吧?他很有可能就是吸完毒后出现了幻觉,不小心掉到了沟里。"

"这么深的沟？"我也轻声说道，"他怎么可能自己跑到一条这么深的沟里？"

"你也知道，那些沟渠一直都在变。尤其是海湾下面的那些区域，一直都被海浪侵蚀，那里的沙丘也总是在改变形状。我们没有……"她左右扫视了一圈，换了一种说法，"我很确信，那个地方就在离海岸十几米的地方，是吧？"

我努力回想，是的，我记得走了很远的路，路边都是灌木和树木，还有海岸。西娅没记错。

"但那个帐篷，就在海岸线上。发生了很多变化，他们在那个地方肯定找不到什么。"

我没有作声，胃里一阵恶心。

尽管她说得有理，这让我感到了少许的安慰；尽管我很想相信她，但我还是不太确定。我已经很久没有接触过刑事案件了。《铁证悬案》里教给我的都比我在大学里研究案例学到的要多。但我唯一可以确信的就是，专业的法医能够精准地判断出物体随着岁月的变迁，在沙子中的移动和改变。

"别在这里说。" 我咕哝了一句。

西娅点点头，挤出一个笑容。

"那就聊聊工作吧。"我最后说道。西娅耸了耸肩。

"有什么好说的？只能说还不错。"

"你回伦敦，是吗？"

她点了点头。

"去年我在一艘大游轮上工作，玩得很开心。蒙特卡洛真是个不错的城市。但是我想……"她看向窗外,"艾莎,我也不知道自己想要什么。我在外面漂泊得太久了。萨尔腾学院是我待的时间最长的一所学校。也许是时候落叶归根了?"

我摇了摇头,想起了我那漫长无聊的生命轨迹。从高中、大学、律师资格证考试、公务员,再到和欧文一起生活在伦敦。我和西娅是截然相反的两种人,我向往着稳定和安逸,于是我找到了稳定的工作,就此安定下来。我找到了欧文,和他一起安定了下来。对于我来说,萨尔腾学院就像是一个混乱的小插曲,但我们却被那里发生的事情牢牢捆在了一起。我们只是用不同的方式来面对。西娅一直都在路上,试图逃避过去的阴影,我则牢牢抱紧一切能给我安全感的事情。

我看着她清瘦的面庞和颧骨下的凹陷,然后再看看自己,弗雷娅趴在我身上,就像是一面肉盾。我的脑海中第一次冒出了这样的疑问:我的方法真的要比西娅的好吗?还是说我更加努力地想要去忘却?

我陷入了深思。就在这时,胸前突然响起了哭声,同时弗雷娅开始不安分地扭动着。弗雷娅醒了。

"呜呜呜……"她的哭声逐渐响亮,我赶紧把她抱了起来。她满面通红,看上去气得不轻,正当她攒足力气准备再嚎一嗓子的时候,我赶紧制止她,"嘘嘘嘘。"

我解开上衣,开始给她喂奶。世界瞬间安静了下来。正当我享受这美妙的安宁时,列车忽然毫无预兆地驶入了隧道。车厢里一片黑暗,弗雷娅扬起头好奇地看着,她的瞳孔在黑暗中变得又深又黑。我还没来得及拿擦嘴巾,她就向车厢里吐了一口奶。

"抱歉。"我对西娅说道。列车驶出了隧道,突如其来的阳光刺得我眨了眨眼睛。我把弗雷娅的头放回乳房前。"这一周你是不是都快看吐了,我的乳房?"

"哪有,"西娅耸了耸肩,"你不是早就被我看遍了吗?"

我情不自禁地笑了起来。我向后仰去,弗雷娅温暖而又沉重的身体压在我的胳膊上。列车又驶入了另一段隧道,然后再次出现在灼热的阳光中。我想起了我们第一次见面时的场景。西娅沿着她修长的美腿卷起了长筒袜,看得我脸红心跳。真的像好久之前的事了。但是现在西娅将她的腿伸出来架在对面的座椅上,冲我抛来一个慵懒的眼神,然后闭上了眼睛,我又觉得那段脸红心跳的记忆仿佛发生在昨天。

游戏规则四

坦诚相待

游戏规则四 坦诚相待

"艾莎?"欧文推开大门,小声地喊道,但我没有立刻回应他。我正把弗雷娅放进卧室里的婴儿床中,我不想吵醒她。现在是她入睡的关键时刻……如果没把她哄睡,她又得吵闹很久。她今晚很难哄,又换了个环境,这让她很不安。

"艾莎?"欧文又喊了一遍,这时他已经来到了卧室门口。看到我的时候,他突然咧嘴笑了起来。我赶紧把手指竖在嘴唇前,拼命示意他保持安静,于是他脱掉鞋子,踮着脚走了过来。

他走到我的身边,搂着我的腰,我们一起低头看着我们缔造的小生命,我们爱情的结晶。

"你好,小情人。"他小声说道,但不是对我,而是对弗雷娅,"你好,小宝贝。我好想你。"

"我们也很想你。"我轻声说道。他亲了下我的脸颊,带我走了出去,把身后的门虚掩着。

"我真的好想你,好久都没有这种感觉了。"下楼的时候,他这样说道,楼下的炉子里还烤着土豆,"你之前好像说要出去好多天,这才周三,怎么就回来了——发生了什么?凯特的事没解决吗?"

"事情很顺利,"我说,我转过身,表面上看是在把土豆从炉子中拿出来,实际上是我想掩饰自己撒谎时的不安,我不敢看他的脸,"我玩得也很开心。法蒂玛和西娅也在那儿。"

"那为什么你这么快就回来了?没必要为了我,这么着急回来。不过,你可别误解我的意思,我不是不想你回来,但是我想做的事,连一半都没完成。你看,婴儿室还是一片狼藉。"

"没关系,"我边说边挺直了身子。我的脸被炉子的热量烘得通红。在这么热的天吃烤土豆是个愚蠢的选择,但既然冰箱里只有这些,也只能凑合着吃了。我把土豆放到厨台的砧板上,把它切开,一股热气冒了出来。"我不会怪你的。"

"但我很在意。"他抱着我,粗糙的胡须贴在我的脸上,亲吻着我的耳朵和脖颈,"我想你回来,我想你只属于我。"

我任由他亲吻我,但没有说出我的想法。如果这就是他想要的,他恐怕永远也不会开心。因为我绝不会只属于他一人。我百分之九十的时间要花在弗雷娅身上,剩下的一点则要留给自己,还有法蒂玛、西娅和凯特。

"我很想你,"我说,"弗雷娅也想你。"

"我想你们俩,"他的声音在我的锁骨里听起来很低沉,"我想给你打电话,但是想着你好不容易有这么一次美好的时光……"

听着他说出这段话,一种负罪感油然而生。因为我意识到自己几乎没想过要给他打电话。我给他发信息说我们已经安全抵达,这就完了,再没有别的联系。还好他没打电话过来——如果他打了的话,手机会在什么时候响起来？是在漫长痛苦的晚餐时，在和卢克斗争时，还是在我们全部会合的第一天晚上，心怀恐惧地准备面对我们即将听到的事时？

简直没法想。

"抱歉，我也没打给你。"我最终说道，我挣脱了欧文的怀抱，关上了炉子，"我本打算晚点回来——但你知道弗雷娅现在的状况。她每晚都很闹腾，在陌生的环境就更糟糕了。"

"所以……为什么要选在这个时间点呢？"欧文问道。他从抽屉中取出沙拉，闻了闻软软的莴苣，然后摘掉了外表松垮的叶子。"我是说，这个聚会的时间选得很有趣啊，在一周的中间。你和凯特是无所谓，但法蒂玛不用上班吗？"

"萨尔腾学院举行了一场校友晚宴，时间就在周二，我也不知道他们为什么要选这个时间。也许是觉得学校那天人会比较少？"

"好吧，你可没告诉我这些。"他切起了西红柿，一片接一片，粉色的汁液流到了盘子里，弄得到处都是。我耸了耸肩。

"我当时也不知道。凯特买的票。算是一个惊喜吧。"

"好吧……我必须承认，我也很吃惊。"欧文最后说道。

"为什么？"

"你总说自己绝不会再回学校。为什么现在又回去了呢？"

为什么？为什么？见鬼。究竟为什么？

这真是一个好问题。我也不知道该怎么回答。

"我不知道，"我最后不耐烦地说道，我把他的盘子推向他，"行吗？我不知道。这是凯特的主意，我只是陪她一起。你能别再拷问我了吗？我累了，昨晚又没睡好。"

"嘿。"欧文睁大了双眼，把手举到胸前。虽然他试图掩盖住自己的情绪，但我能看到刚才那番话确实伤到了他。我真想吞回我的话。"不问了，不问了，哎呀，对不起。我刚才只是想和你聊聊天。"

他再没说话，拿起盘子走进了客厅。

我的心里似乎有什么东西在苦苦挣扎，痛苦是如此的真实。有那么一刻，我想追到他身后把一切都告诉他，到底发生了什么，我们做了什么。我身上的重担快要把我压垮了……

但是我不能说。因为这不仅是我的秘密——也是她们的。我没有权利背叛她们。

我抑制了内心涌起的想要坦白一切的冲动，然后跟着欧文走进客厅开始吃晚餐。我们并排坐着，什么也不说。

在接下来的日子里，我认识到了时间的力量，它可以把一切事物打造成一种新常态。这是我上次就该牢记的教训，那时我一直在为已经发生的事情和我们所做的事感到痛苦不堪。

那时我太忙了，根本没时间去担心——整件事开始变得像一次模糊的噩梦，感觉那是在其他时间，发生在别人身上的事。我的心思都花在了另外一些事上——我要逐渐去适应一所新学校，我还要照顾病情越来越重的母亲。当时我没有时间去看报纸，也从没想过通过互联网查询信息。

然而现在，我有着大把的自由时间。欧文去上班，自他关上身后的门，我就陷入了心神不宁的状态。我不敢打开谷歌搜索我想查的关键词——萨尔腾海湾无名尸体得到确认——就算是浏览器中的私密窗口也不能完全对你的互联网搜索记录保密，这我是知道的。

于是，我搜索了一些相关的词，这些词和犯罪无关。"萨尔腾海湾新闻""凯特·阿塔贡""萨尔腾"。我希望能从新闻标题中看到一些我想要的信息，但不想在网上留下和那件事有关的任何痕迹。

我一直在抹去自己的历史。有一次，我本想去路边的网吧上网，但后来还是作罢。在一群疯狂打游戏的小伙子当中，弗雷娅和我会非常显眼。不，无论如何，我绝不能引起他人的注意。

我回来一周后新闻才发出来，由于属于大事件，我都不用自己搜索，一打开《萨尔腾观察报》网站就看到了，它也登上了《卫报》和BBC，不过只是"当地新闻"下的一小段文字：

在神秘失踪十五年后，当地艺术家安布罗斯·阿塔贡（以沿海风景和野生动物画研究而知名）的尸体在萨尔腾海湾的岸边被发现，这是离他家很近的一个风景区。我们未能联系上他的女儿凯特·阿塔贡，但是他当地的朋友玛丽·雷恩表示，在这么多年的侦查后，希望最终能真相大白。

这太震惊了——当我站在那儿一遍又一遍地阅读这段话时，皮肤上传来一阵刺痛，我不得不靠着桌子才能站稳。事情还是发生了。我长久以来一直担心的事，最后还是发生了。然而，目前事情还没有那么糟。新闻中没有提到这件事被视为一次谋杀，没有提到验尸官和任何审讯的信息。我的手机并没有响，门口也没有敲门声，我告诉自己可以放松一点……但只是一点点。

然而，我还是很紧张，无论是看书还是晚上和欧文看电视都无法集中精力。我总是在走神，欧文在晚餐时问我话，我会猛地抬起头，发现自己一直沉浸在自己的思绪中，完全没听清他在说什么。我发现自己道歉的次数越来越多。

　　老天,我要是能抽烟多好。我渴望在手上夹上一支烟。

　　只有一次我破了戒,事后又悔恨不已。当时我们正好路过街角的一个小店,我在极度羞耻的心情下买了一包烟。当时我对自己说只是进去买点牛奶,准备结账时,做出一副临时起意的样子,向老板又要了十支万宝路,我说话的音调都变高了,听上去特别假。回到家后,我躲在后院抽了一支烟,然后把烟头冲进了马桶。我洗了个澡,一直搓到皮肤发红。弗雷娅就躺在卫生间门后的弹力椅上,对于她越来越大的愤怒哭喊,我无动于衷。

　　我绝不能在喂奶的时候让我的孩子闻到这股臭烟味。

　　欧文回家后,我一直处于愧疚、焦虑和不安的状态中。后来,我放下酒杯哭了起来,欧文说:"艾莎,怎么了?从萨尔腾回来后你就一直不对劲。发生什么事了吗?"

　　一开始我只是摇头,但最后我还是忍不住说了出来:"对不起,我很抱歉。我——我抽了支烟。"

　　"什么?"他吃了一惊,完全没想到我会说出这样的话,"天哪……怎么开始的?什么时候的事?"

　　"对不起。"我终于平静了些,但仍在哽咽,"我——我在凯特家吸过几口,然后今天,我不知道为什么,就是没忍住。"

　　"我明白了。"他把我抱在怀里,下巴抵在我的额头上,我能感觉到他在酝酿着措辞,"好吧……我确实不能说自己很高兴。你知道我对于烟的看法。"

　　"你一定很生气,但我更气我自己。我觉得恶心——我在洗澡之前都不敢抱弗雷娅。"

"你怎么处理剩下的烟？"

"我把它们都扔了。"我停顿了一下说。停顿是因为我撒谎了。我没有扔掉它们。不知道为什么，我本来是想扔掉的——但在我洗澡之前，鬼使神差地，我却把它们塞进了手提包的一角。我不会再抽第二根了，所以没关系，不是吗？结果都是一样的。我会把它们扔掉，我一定会这样做的。但是现在——现在，当我站在那里，浑身僵硬地躲在欧文怀里的时候，我感到很羞愧……至少现在这是个谎言。

"我爱你，"他说，"所以我不想让你抽烟，你应该知道吧？"

"我知道。"我的声音因为哭泣而变得沙哑。这时弗雷娅哭了，我挣脱欧文的怀抱去弗雷娅。

他知道出了问题，但又不知道是什么问题。

从表面上看，日子渐渐地恢复了正常，但还是有一些细小的事情提醒着我，其实不是。或者就算是，它也是一种新常态。首先，我的下巴最近一直在隐隐作痛，我顺嘴一提，欧文就告诉我说，他昨晚听到了我的磨牙声。

另一个困扰是噩梦。现在的梦中不仅有潮湿沙滩上的铲子声和帐篷垫的刮擦声，还有人，一些官员，他们从我的怀里抢走弗雷娅。当她被带走时，我的嘴都被吓得僵住了，只能发出无声的尖叫。

我还像往常一样和之前的朋友喝咖啡，像往常一样去图书馆。但弗雷娅能感觉到我的紧张和恐惧。她在晚上醒了就哭，我只能从床上小心翼翼地走到她的婴儿床边把她抱起来，以免她吵醒欧文。在白天她很焦躁不安，伸出双臂一直想要被抱着，直到我累得腰酸背痛，再也抱不动为止。

"也许是因为她在长牙。"欧文说，但我知道不是那样，或者不仅是那样。都是因为我。是我身体内部涌动的恐惧和肾上腺素进入了我的乳汁，传递给了她。

我经常会感到不安，脖子上的肌肉就像是一个钢项圈，时时刻刻准备迎接那些会破坏我脆弱的现状的突发事件。但当这种事情真的到来的时候，它又不是我预想的那种形式。

星期六的早上，是欧文开的门。我还在床上，弗雷娅躺在我旁边，四肢伸开像青蛙一样躺在羽绒被上，她的小嘴又红又湿，张得大大的，薄薄的眼皮遮住了双眼，她似乎还沉浸在美梦之中。

当我醒来时，床边有一杯茶和另外一些东西。那是一束花，一束插在花瓶里的玫瑰花！

我一下子就清醒了过来，睡意全无。我躺在那里，努力想着我忘了什么。今天不是我们的结婚纪念日——那是在一月份。我的生日要到七月。可恶，这到底是怎么回事？

最后我放弃了，不得不承认自己的无知。

"欧文？"我轻声叫他。他走进来，抱起了乱动的弗雷娅，把她托到了肩膀上。他拍着她的背，此刻弗雷娅正像小猫一样伸着懒腰打着哈欠。

"你好，瞌睡虫。看到你的茶了吗？"

"我看到了。谢谢。但花是什么意思？我们在庆祝什么日子吗？"

"我也想问你呢。"

"你的意思是不是你买的？"

我抿了一口茶，然后皱起了眉头。虽然它是微温的，但明显没有煮好。

"不是。看看卡片上写了什么。"

花瓶下是一个没有密封也没有标记的白色信封，里面有一张卡片。我把信封抽出来，打开了它。

"艾莎，"信中写道，这个笔迹我不认识，很可能是花店的人写的，"请接受这些花作为我对自己行为的道歉。你永远的，卢克。"

哦，天哪。

"那么，呃，卢克是谁？"欧文拿起自己的茶喝了一口，从杯顶上方盯着我，"我应该担心吗？"

他说的这句话听起来像个笑话，但不是，或不完全是。他不是那种爱嫉妒的人，但他的目光中有点好奇和推测的意思，我不能怪他。如果他收到了一个陌生女人的红玫瑰，我可能也会好奇。

"你已经看过这张卡片了？"我问道，然后立刻意识到自己说错话了，"我是说，我的意思不是……"

"信封上没有名字。"他的声音很干脆，也很生气，"我是为了确认它们是送给谁的。我没有监视你，如果这是你想说的。"

"不，"我连忙说，"我当然不是这个意思。我只是……"我停下来，深呼吸了一下，我不应该以这种方式说话。我试图回头，但是太晚了。"卢克是凯特的弟弟。"

"她的弟弟？"欧文扬起了一边的眉毛，"我以为她是独生女。"

"不是亲弟弟。"我把卡片握在手中。卢克是怎么知道我的地址的？欧文一定想知道卢克在为什么事道歉，但我能说什么呢？我不能告诉他卢克到底做了什么。"他——当我在凯特家的时候我们之间有点误会。一个很愚蠢的误会。"

"天哪,"欧文轻声说道,"如果我每次因为一个误会就送玫瑰花,我会破产的。"

"那是关于弗雷娅的。"我不情愿地说。我不得不告诉他这件事,但又不能让卢克听起来像个神经病。如果我坦率地说卢克未经允许把我的孩子——我们的孩子,从照看她的人身边带走了,欧文可能会要我打电话报警,这是我不能做的事。我得告诉他真相,但不是全部真相。"我——哦,事情很复杂,我们出去吃晚饭的时候,我找了个临时保姆,但她太小了,弗雷娅闹腾起来的时候,她就傻了,不知道该怎么办。我知道,我实在是太蠢了,不该把弗雷娅丢给一个陌生人,但是凯特说那个女孩非常有经验……卢克当时刚好在那儿,他主动提出来带弗雷娅出去散步,让她平静下来。但我还是很生气,因为他把弗雷娅带出房间之前没有问过我。"

现在欧文的眉毛都竖了起来。

"那家伙帮了你一把,你严厉责备了他,现在他就送你玫瑰花?这也太夸张了吧!"

哦,天哪。我把事情搞得更糟了。

"当时情况有点复杂,"我的语气中出现了一丝戒备,"说来话长,我能洗完澡之后再和你说吗?"

"当然。"欧文举起手来,"你先洗。"

我从暖气片上拿了一条毛巾,裹上了浴巾,这时我看到他正盯着床头柜上的玫瑰花,似乎在认真思索着事情的来龙去脉……而且还得出了一个他不太喜欢的答案。

那天晚些时候,当欧文带弗雷娅去塞恩斯伯里小店买面包和牛奶时,我把花瓶里的花拿出来,用力地塞进了屋外的垃圾桶里,玫瑰花扎伤了我的皮肤，但我不在乎，只想把它们使劲塞进去，塞得越深越好。

然后我把积攒了一周的垃圾塞进一个塑料袋，用力压在了花的上面，好像这就可以让这些花不复存在，然后我重重地摔上垃圾桶的盖子，回到了屋里。

我在水龙头下洗掉被花刺扎出的血时，手一直在抖个不停。我很想打电话给凯特或法蒂玛，或者西娅，告诉他们卢克做了什么，揭露他的动机。他真的想道歉吗？或者是想做其他更微妙更具破坏性的事情？

我甚至已经拿起了电话，在上面按下了凯特的号码——但是我没有拨出去，她要担心的事已经足够多了。法蒂玛和西娅也是，我就别给她们再加上一件了。这不过就是普普通通的一个道歉，应该没什么。

不过让我担心的还有一件事：卢克是怎么得到我的地址的？凯特告诉他的，还是他从学校里找到的？我突然意识到，我的名字应该会在公用电话簿里。艾莎·王尔德。可能在伦敦北方定居的艾莎·王尔德并不多，想找到我并不难。

我在屋里走来走去，一直在思考着这件事，最后我意识到必须得转移下注意力，再这么想下去我一定会发疯的。我上楼回到卧室，把弗雷娅的衣服抽屉倒空，挑出几个月前买的但现在对弗雷娅来说已经太小的衣服。这是件十分解压的工作，随着衣服堆得越来越高，我发现自己在不知不觉地哼着歌，那是我在凯特家的广播上听到的一首很傻的流行歌曲。我的心跳慢了下来，手也不再颤抖了。

我会把那些已经穿不上的衣服熨平，放在阁楼的塑料盒里，说不定将来弗雷娅会有一个弟弟或妹妹呢。但当我拾起这堆衣服,把它们带到楼下放熨斗的地方时,我才注意到,这些衣服上面已经沾满了细小的血点,是玫瑰花刺导致的。

  我当然可以去洗一下,但我不确定血迹能不能从雪纺布上洗掉。我注视着衣服上那些深红色的斑点变成了铁锈色,失去了把它们洗干净的念头。那些完美而又无辜的小衣服已经被我弄脏,它们再也回不到从前了。

游戏规则四　坦诚相待

那晚我躺在床上，听着弗雷娅在婴儿床上的鼻息声和欧文在我身边轻轻的打呼声，自己却一点也睡不着。

我累了。这些天我总是很累。自从弗雷娅出生我就没睡过一个好觉，但事情远不止此——我好像再也睡不着了。我记得她刚出生时来访客人说的一句话：宝宝睡了你也就跟着睡了。我真的很想笑。我想说，你们还不明白吗？我再也没法好好睡觉了，再也不能像弗雷娅出生前那样熟睡，但欧文似乎很轻松地就恢复到原来的状态了。

现在我有了她——弗雷娅，她是我的责任。任何事情都有可能发生——她睡觉时可能会窒息，房子可能会被烧毁，一只狐狸可能会从打开的浴室窗户溜进来伤害她。所以睡觉的时候，我会竖起一只耳朵聆听着周围的动静，时刻准备好，至少能事先感知到坏事的发生。

现在，一切都乱了，所以我睡不着。

我一直在想着卢克，想着邮局那个愤怒的高个子男人，还有我多年前认识的那个男孩。我试图把他们融合在一起。

他太漂亮了，这是我一直难以忘怀的。我还记得，卢克躺在星光下的码头上，闭着眼睛，用手指搅动着海水。我记得我躺在他身边，看着他在月光下的侧脸。

　　他是我第一个……好吧，可以说是迷恋的对象，尽管这个词还不足以形容他带给我的感觉。我以前也见过其他男孩，威尔的朋友，学校里朋友的兄弟，但我从未在黑暗中躺在一个漂亮得足以让我心碎的男孩身边，如此亲密无间。

　　我记得我躺在那里，把手伸向他的肩膀——我的指尖离他太近了，甚至都能感受到他露出的棕色皮肤的热量，他的皮肤在星光下闪烁着银色的光芒。

　　现在，当我躺在我的孩子和孩子的父亲旁边时，我的思绪却飘回了那个夜晚。我想象着伸出手放到卢克的身上，卢克在静谧的月光下转过身来，睁开了那魅惑的眼睛。我想象着他抚摸着我的脸颊，我亲吻着他，就像多年前做过的一样。但这次他不会退缩——他会回吻我。我又感觉到了，内心涌动的那种几乎要把自己淹没的欲望。

　　我闭上眼睛，放下这些思绪，感到脸上一阵发热。我怎么能躺在自己的伴侣旁边，幻想着一个二十年前认识的男孩呢？我不再是一个女孩了，我是一个成年人，一个有孩子的成年女人。

　　而且卢克……卢克也不再是那个男孩了。他是一个男人，一个愤怒的男人。我是令他愤怒的人之一。

　　在这次的萨尔腾重聚之前，我和她们有几个月甚至几年都没有说过话。但是现在我特别想和她们说话，这种冲动就像是皮肤上持续的瘙痒，像身体内的渴望，像我突然又想抽起来的烟。

游戏规则四 坦诚相待

每天早上我醒来时,都会想起那包还在我手提包底部的烟,我也在想着存储着她们号码的手机。见一面又有什么害处呢?

这就像是宿命一般的感觉,随着时间的流逝,这种冲动越来越强,我开始为自己的想法想出各种理由。这种冲动不仅来源于卢克那束不受欢迎的花——尽管和她们谈论这件事会让我舒坦些,这倒是事实,还有我觉得有必要确认她们在这些压力下一切安好。只要我们坚持那些话——我们什么都不知道,什么也没看见——几乎没有证据能证明我们有罪。如果我们统一口径,他们很难证明其他事情。但我很担心。尤其是西娅,我担心她会酒后误事。如果我们中有一个人暴露了,我们就全完了。既然安布罗斯的尸体已经被发现了,我们接到警局的电话肯定也只是时间问题。

我的脑海中不断演绎着这个电话的场景。每次电话铃声响起我都会跳起来,在接电话之前看一下来电显示。有一次打过来的是一个未知号码,我让它进入了电话录音,但是没有任何留言。我告诉自己可能只是个陌生来电,在我等着看对方是否愿意再打回来的时候,我的胃里一阵绞痛。

没有人再打过来。但我仍然无法阻止脑海里一遍又一遍地演绎这个电话的场景。我想着警察会问起与时间相关的问题,进而瓦解我们的描述。我一直想着一件事,警察也会盯着这件事不放,但我却没有答案。

安布罗斯因为严重不良行为被解雇而自杀。他们在他的画册,或者画室,或者其他类似的地方发现了那些画。我们一直都是这么想的。

但如果是这样的话,为什么只有我们在星期六被叫去见韦瑟比老师呢?

无数个深夜里,当欧文在我身边打呼的时候,我在脑海中一次又一次地列出了那个时间轴,我想不通。安布罗斯在周五晚上死亡,那天学校完全正常——我们像往常一样上课,我甚至还在晚自习时看到过韦瑟比老师,她看上去非常平静。

他们什么时候找到的画,在哪里找到的?一个答案在我的脑海里回荡,这不是我想独自面对的答案。

最后,在《卫报》的那篇新闻发表的五六天后,我崩溃了,我给法蒂玛和西娅各发了一条短信。

你们两个有空吗?我很想见到你们。

法蒂玛先回了短信。

"这周六一起喝咖啡?在那之前都没时间。下午三点在市中心的某个地方?"

太好了。我回了短信。我可以,西娅呢?

西娅在二十四小时之后才回话,像往常一样,她的回复极其简洁。

P Quot in S Ken?

我花了十分钟的时间才弄明白短信的意思,正当我准备回短信接受这个建议时,法蒂玛的回复过来了。

"好的,周六下午三点在南肯辛顿的'Pain Quotidien'咖啡馆见面。到时见。"

"这周六你能照顾下弗雷娅吗?"当晚在吃晚饭时,我随意问了下欧文。

"当然。"他叉了一口意大利面放进嘴里,点了点头,"你知道的。我希望你能多出去走走。出去做什么呀?"

"哦,见朋友,"我含糊地说。虽然这是事实,但我不想让他知道全部事实——我要去见法蒂玛和西娅。他会奇怪为什么,因为我在凯特家和她们刚见过不久。

"有我认识的吗?"欧文说。我感到一阵恼怒。不仅因为我不想回答,还因为我认为在一周之前他根本不会问这个问题。一定是卢克送的那些花。当欧文回家发现花不见了时什么也没说,但他还在想着这件事。我可以肯定。

"只是朋友。"我说。然后我又愚蠢地补充道,"有关NCT的事。"

"哦,那好啊,都谁去啊?"

我的心一沉,意识到我撒的谎把自己套进去了。欧文和我一起上过NCT课,他认识里面的所有人。我必须要说得很具体,就像凯特常说的,细节决定成败。

"嗯……瑞秋,"我终于说了出来,"还有乔,我想。我不确定还有谁。"

"你准备挤点奶留给弗雷娅吗?"欧文伸手拿胡椒时问道。我摇了摇头。

"不,就几个小时。只是喝个咖啡。"

"没问题,"他说,"我会好好照顾弗雷娅的。我要带她去酒吧,喂她手撕猪肉。"

我知道他在开玩笑——至少手撕猪肉这部分是在开玩笑——但我也知道他说这些是为了逗我着急,所以我也配合了他,假装皱着眉头,隔着桌子打他,开始了我们之间的嬉笑打骂。当我清理盘子的时候,我不禁想到,所有的情侣关系都会有这种互动式的回应吗?

那天晚上,当我们躺在床上的时候,我期待欧文会像往常一样以一种我越来越羡慕的速度轻松入睡。但令我惊讶的是,他在黑暗中向我伸过手来,他的手滑向我仍旧松弛的腹部,两腿之间。我转向他,感受着他的脸,他的胳膊,以及那稀疏的胸毛……

"我爱你。"他说道。此时我们已经躺回去,但心还在怦怦跳动。"我们应该经常这样。"

"是的。"我说。然后,才想起来加上一句,"我也爱你。"

在那一刻,我确实是真心的。

他再次说话的时候我已经快要睡着了,他的声音很柔和。

"艾莎,你最近还好吧?"

我在黑暗中睁开眼睛,我的心跳突然加速。

"是的。"我试图让自己的声音听上去困倦而平静,"当然。为什么这么问?"

他叹了口气。

"我不知道。我只是……我觉得自从去过凯特家后,你就变得有点奇怪,一直很紧张。"

拜托。我闭上眼睛,紧握着我的拳头。别这样,不要让我再次对你撒谎。

"我没事,"我说,保持着疲倦的口吻,"我只是……只是累了,我猜。我们能明天再谈论这个吗?"

"当然,"他说,但他的声音里带着一丝……也许是失望。他知道我对他隐瞒了什么。

"很抱歉让你这么累。你应该让我晚上多起来的。"

"没有意义,不是吗?"我打了个哈欠说道,"她还在哺乳期时,你还是不得不把我叫醒。"

"我一直就说,应该试着用奶瓶,"欧文准备开始他的劝说,但我现在真的很难受，忍不住就爆发了。

"欧文，我们能不能换个时间再说？我说过了，我很累，我想睡觉。"

"当然，"他又说了一遍，这次他的声音变得柔和而平静，"对不起。晚安。"

我想哭。我想打他。我无法应对这件事，更别说别的事情了。欧文一直都是我的爱人，是我生命中唯一和欺骗无关的事情。

"求你了，欧文，"我的声音不受控制地颤抖起来，"拜托，别这样。"

但他没有回答。他只是躺在那里，弓着身子，在被子下面一声不响。我叹了口气，转过身面对着墙。

"再见！"我在门厅喊道，"如果，你知道的……给我打电话。"

"我们不会有事的。"欧文在下楼梯时喊道。我几乎能想象到他转动着眼睛。我抬头一看，他已经抱着弗雷娅到了门口。"去吧。玩得高兴。别担心了。我能照顾好自己的孩子，放心。"

我知道。

我知道，我知道。但当前门砰的一声关上，只剩我一个人留在大厅的时候，我感到胸口又产生了那种熟悉的紧张感，我和弗雷娅之间的纽带在不断被拉伸，拉伸……

我在手提包里找手机……找到了。钥匙……找到了。钱包……钱包去哪儿了？当我正在到处找钱包时，我的目光落在了架子上的一封信上，是写给我的。

我把它拿起来，打算带着它回楼上找钱包，但这时两件事同时发生了。

我感觉到我的牛仔裤口袋鼓鼓的,应该是我的钱包。第二件事是……我注意到信封上有萨尔腾的邮戳。

我的心跳开始加快,但我告诉自己没有理由惊慌。如果是警察寄给我的话,信是免邮资的,信封上不会有邮票;如果是商业信函,信封上会有一个显示打印字体的塑料框。

这是别的东西——一个棕色的A5信封,摸着信封我能感觉到里面有好几张纸。

信封上的字不是凯特的笔迹。很整洁,是块状大写字母,一点也不像凯特那潦草的字体。信封上没有寄信人的名字。

可能是学校寄来的东西,也许是晚宴上的照片?

我犹豫了一会儿,在想是否把它塞回架子,等我回来再处理。但是好奇心战胜了我,我用一根手指插进封条里,撕开了信封。

信封里面有一沓纸,可能是三四张,但它们看上去是复印件——图画的复印件,而不是信件。我把它们抖出来,想找到最上面一张纸看看内容。当纸飘落到地板上时,我的胸口突然像被人重重地捶了一拳一样,疼得几乎无法呼吸。汗从我的脸上流了下来,我的指尖又冷又麻,那一刻我怀疑自己是否就要心脏病发作——如果这是心脏病的症状的话。

我的心在胸口不规律地跳动着,呼吸也变得急促起来。

这时楼上传来一阵声音,一种原始的自我保护的本能让我双手撑地跪在了地上,以一种无法掩饰的绝望抓起那些图片。

把它们装回信封中后,我才稍微平静下来,开始思考眼前的这堆东西和所发生的事。我把手放在自己的脸上,感受着脸颊上的潮红,我的胃也抽搐了起来。这些是谁寄的？他是怎么知道的？

突然间，想要见法蒂玛和西娅的冲动变得越发强烈。我用颤抖的手把信封塞进手提包，然后猛地拉开了前门。

走到街上时，我听到楼上传来的声音。我抬头看了看，欧文和弗雷娅正站在楼上开着的窗户旁，欧文握着弗雷娅那只短粗的小手。当他看到我转身时，他挥着弗雷娅的小手认真地和我道别。

"谢天谢地！"他一边笑着一边试图阻止弗雷娅从他怀里跳出来，"再不走，我真觉得你要整个下午都待在走廊里了！"

"对，对不起，"我结巴着，我的脸颊在发烫，手在发抖，"我在查地铁的时刻表。"

"再见，妈妈。"欧文说，但是弗雷娅猛推了下他，踢着她胖胖的小腿，想被放下，欧文弯下腰让她下地。"再见，亲爱的。"他直起腰时说道。

"再见。"虽然我的喉咙又紧又痛，就好像被什么巨大的东西堵住了一样，说不出话也咽不下东西，但我还是说了出来，"回头见。"

然后我就灰溜溜地跑了，无法再继续面对他。

当我赶到的时候，法蒂玛正坐在"Pain Quotidien"的一张桌子旁，我一看到她——身体紧张而僵硬，手指正在敲打桌子，我就明白了。

"你也收到了一封？"我一边说一边滑进了座位。她点点头，脸色苍白。

"你知道吗？"

"知道什么？"

"你知道这封信会来吗?"她倒抽了口凉气。

"什么?没有!当然没有。你怎么会这么问?"

"时机——还有这次见面。怎么感觉和计划好了的一样?"

"法蒂玛,不。"天哪,这比我想象的还要糟糕。如果法蒂玛怀疑我参与了这件事……"不!"她在怀疑我可能和这件事有关,却并没有警告她,保护她。一想到这儿,我几乎都要哭了。"我当然什么也不知道——你怎么会这么想?这完全是巧合。我也收到了一封。"

我从包里拽出信封的一角,她盯着我看了很长一段时间,然后意识到她刚才的暗示。她捂住了自己的脸。

"艾莎,我错了,我不知道自己在想什么。我只是……"

一位服务员走过来。她停了下来,盯着他看。服务员问道:"两位女士需要点什么?咖啡?蛋糕?"

法蒂玛摩挲着自己的脸,试图整理她的思绪,她的手像我的一样颤抖着。

"有薄荷茶吗?"她终于说话了。服务员点了点头,然后微笑着转向我。我觉得我的脸很僵硬,很假,像戴上了一副貌似快乐的面具,但下面隐藏的是深深的恐惧。但不知怎么的,我把喉咙中的压迫感咽了下去。

"我想要……请给我来一杯卡布奇诺。"

"需要什么吃的吗?"

"不用,谢谢。"法蒂玛说。我发现自己也摇了摇头。如果现在吃东西,可能会被噎死。

伴随着一阵铃声,咖啡馆的门被打开了,服务员已经去给我们拿喝的了,法蒂玛和我抬起头,看到了西娅。她戴着墨镜,抹着口红,造型十分狂野。她到处张望着。看到了我们后，她似乎吓了一跳，然后就走了过来。

"你怎么知道的？"她把信封递到我鼻子下方，站在我的身边，"你他妈怎么知道的！"她几乎是大喊出来的，她把信拿出来时手一直在颤抖。

"西娅，我……"但是我的喉咙紧锁着，我说不出话来。

"西娅，你冷静点。"法蒂玛从座位上站起来，伸出双手，"我也问过同样的问题。但这只是个巧合。"

"巧合？他妈的太巧了！"西娅吐了口唾沫，然后才反应过来，"等等，你也收到一封？"

"是的，艾莎也是。"法蒂玛指着从我的包里面露出来的信封，"对于这封信的来历，她知道的并不比我们多。"

西娅的目光从法蒂玛身上转向了我，然后把信封放回自己的包中，坐在了空位上。

"所以……我们都不知道这些信是谁寄的？"

法蒂玛缓慢地摇了摇头，然后说："但我们很清楚它们来自哪里，对吧？"

"你什么意思？"西娅问道。

"你觉得我是什么意思？凯特说她毁掉了所有的画。要么她撒谎了，要么这些都来自学校。"

"妈的！"西娅激动地说道，把在旁边等着她点餐的服务员都吓得悄悄地溜走了，准备等待一个更好的时机再过来，"他妈的卑鄙小人！"她把头放在手上，我看到她的指甲都被咬破了，血从撕破的皮肤上流了出来。"我们要不问问她？"最后她说，"我是说凯特?"

"我不认为是她,你们呢?"法蒂玛冷冷地说,"如果这是她写的勒索信,她已经费尽心思掩饰自己的笔迹,并且匿名寄出来,你们觉得她会在我们询问她时,坦白地说出来吗?"

"不可能是凯特。"当服务员给我们拿来饮品时,我突然说道。他把饮品放下,西娅点了杯双倍浓缩咖啡。这时我们都安静地坐着,脸色通红。服务员走后,我小声地说:"不可能。她寄这些信有什么动机呢?"

"我比你更不相信是她干的,"法蒂玛回应道,"该死,真是一团乱麻!但如果不是凯特寄的,会是谁呢?学校?他们能有什么动机?时代不同了,艾莎。法官不会再谴责女学生'行为不端'。简单地说,这将是一个滥用职权的丑闻,而萨尔腾学院会处于舆论风暴的中心。他们处理整件事的方式令人震惊,他们的损失不会比我们小。"

"我们没有受到安布罗斯不公正的对待。"西娅说,她摘下太阳镜,我可以看到她的黑眼圈很深,"安布罗斯做过很多事,但他不是一个滥用职权的人。"

"这不是重点,"法蒂玛说,"不管他的动机是什么,他滥用了自己的职位,这一点毋庸置疑,你和我都知道。他是个任性的傻瓜。"

"他是个艺术家,"西娅反驳道,"而且他从来没有碰过我们中的任何一人,除非你有不同的看法。"

"但媒体不会这么看的!"法蒂玛小声地说道,"醒醒吧,西娅。这就是动机,你还不明白吗?"

"他自杀的动机?"西娅的脸上浮现出困惑的表情,我接着给她解释。

"我们杀他的动机,对吧,法蒂玛?你想说的是这个。"

她点了点头,她的脸在暗红色的头巾下显得很苍白,我又感受到喉咙里的那种压迫感了。那些画浮现在我的脑海里——安布罗斯精致的铅笔在这里画出一条曲线,在那里画出一条直线,还有一缕头发……画中的身体已经变形了,但我的脸,尽管过去了这么多年,却几乎没怎么变。确实是我的脸,即使经过这么多年,纸上的那双眼睛还在凝视着外面。画中的我如此自然,如此脆弱……

"什么?"西娅颤抖地笑了,"不,不!太荒谬了!谁会相信呢?我反正不信。"

"听着,"法蒂玛疲倦地说,"十七年前我们没有想过我们自己,我们当时是从安布罗斯的角度去看那些画被发现。简而言之,这对他来说是一场灾难。但如果我们换个角度看呢?如果今天你在媒体上看到这些,你会怎么想?现在,今天?你看到的是在一所寄宿学校里有一群任由老师摆布的女孩,其中一个还是他自己的女儿。你听凯特说了吗——村里的人已经在猜测安布罗斯是否虐待了她。在凯特试图毁掉它们后,这些照片却又浮出水面了。这从根本上改变了我们和安布罗斯的关系,西娅。我们从他的学生变成了他的受害者。有时受害者也会抵抗。"

她的低声细语几乎被淹没在咖啡馆的喧闹中。但我还是有种冲动,想用手捂住她的嘴,告诉她别说了,看在上帝的分上,安静点。因为她是对的。我们把尸体埋了。他死的那晚我们没有不在场证明。即使案件还没上法庭,人们也是会说三道四的。

法蒂玛说完之后,我们都陷入了沉默。正好西娅的咖啡到了,我们喝了各自的饮品后,每个人都沉浸在自己的世界里,想着这场丑闻对我们的事业、人际关系和孩子们可能造成的后果……

"那会是谁呢?"西娅最后说道,"卢克,还是镇上的某个人?"

"我不知道,"法蒂玛说,"不管我以前说了什么,我都不认为是凯特寄了这些。不过事实是,不管是不是她寄的,她都没有销毁这些画,她撒了谎。这些不是学校给我们看的那些画,是吧?"

"真够好笑的,"西娅几乎暴跳如雷地说,"那天我哪还有心思去看画里的内容?艾莎,你还记得吗?"

"我不记得了。"我慢腾腾地说。我正努力回忆着那天摆在桌上的那些画。总共有六张画,只有一张是我独自一人,至少我是这么认为……天啊,太难记住了。但我敢肯定的是,我今天收到的信封里的画,比散落在韦瑟比老师办公桌上的要多。"你没说错。"我最后说,"我也不觉得这些画是学校手里的那些,除非他们留下了一些。他们给我们看的那些画……根本没有这么多。但我认为法蒂玛也是对的——学校没有动机给我们寄这些,不是吗?如果是这样,他们失去的将和我们一样多。"

"那会是谁……卢克?"西娅追问道。我无助地耸耸肩。"玛丽·雷恩?这会是一个警告吗?或是有人在试图保护我们?会不会是凯特把画还给我们,以免我们将来为它所害?"

"我表示怀疑。"我说,尽管我很想相信西娅的猜测,这样我们就能避免接下来可能会出现的危机,"但它们是复印件,不是原件。为什么要给我们寄复印件呢?"不过,即使我这么说,我也会幻想是凯特舍不得那些画。天知道,毕竟,她一直尽最大可能保留父亲的东西。

"她是在警告我们这些画的存在吗?"西娅说道,但是她的声音透露出不确定。我摇了摇头。

"她本来可以在磨坊那里告诉我们的。现在寄过来……讲不通。"

"你说得对。"法蒂玛说,"时机不对。"

她的话在我心里引起一种不舒服的共鸣,我突然想起了我在夜深人静时产生的那些怀疑。在收到这些画之后,我整日心惊胆战,想着这些画背后的意义,几乎都快忘了曾经的怀疑。

我端起杯子,喝了一大口卡布奇诺。当我把杯子放回到茶碟里的时候,杯子里的液体洒了一点在茶碟上,暴露了我内心的紧张。我真希望是自己错了,希望法蒂玛和西娅能解释清楚我的困惑,但我不确定她们能否做到。

"还有一件事。"我不情愿地说道。法蒂玛和西娅全都抬起头看着我。我又喝了一口,嗓子由于摄入了过多的咖啡而变得苦涩干燥。

"我,我一直在想着这些画的时机,不是这些。"看到她们脸上的困惑,我又补充了一句,"学校发现的那些。"

"什么意思?"法蒂玛皱起了眉头,"什么时机?"

"安布罗斯去世前的那天没有任何异样,对吧?"她们俩都点点头,"但我不明白事情为什么会演变成那样。如果学校早就知道了那些画,她们一定找安布罗斯谈过,那为什么还要等二十四小时之后才来质问我们呢?为什么她们在质问我们的时候,看起来不知道是谁画的那些画呢?"

"那是因为,因为……"西娅说着就停了下来,试图厘清自己的思路,"好吧,我一直以为她们是在问完我们之后才去问的安布罗斯。她们肯定就是这样做的,否则她们不会不知道的,安布罗斯是不会否认的,对吧?"

但法蒂玛已经明白了我的意思。她的脸色变得十分苍白,她用那双黑漆漆的眼睛盯着我,眼里的恐惧让我不寒而栗。

"我明白你想说什么。如果她们没有问过安布罗斯,那安布罗斯是如何得知这些画被泄露出去了呢?"

我点点头,没有说话。我一直希望法蒂玛,冷静睿智的法蒂玛,能够用她清醒的头脑和清晰的逻辑找到我推理中的漏洞,但现在看来,我的推理并没有问题。

"据我猜测,"我慢慢地说道,"其实这也不能算是猜测了,现在可以确定的是,学校是在安布罗斯死后才收到那些画的。"

没有人说话,但我能感觉到恐惧正在我们中间无声地蔓延。

"所以你是说……"最后还是西娅打破了沉默,她努力想找出别的解释,而不是我们现在不愿面对的这个结论,"你认为……"

她停了下来。

又是一阵沉默,咖啡屋里的喧闹似乎变得十分遥远,和我脑海中那疯狂的呐喊比起来简直微不足道。

我不敢相信自己会将这个疯狂的想法说出来,但总得有人来做这件事。于是我深吸了一口气,强迫自己说了出来。

"我想说的就是,可能有人在敲诈他,当他得知那人要将这些画送给学校的时候,就了结了自己的生命,避免陷入更大的麻烦中。或者……"

我说不下去了,第二种可能性悬在我的嘴边怎么也说不出口。这种可能性太可怕了,如果是真的,那一切就都变了,事情的经过,我们的所作所为,最重要的是,我们的行为所带来的可能的后果。

最后还是法蒂玛说了出来。她已经见惯了生死,比我要勇敢许多。她喝完最后一口薄荷茶,替我说出了第二种可能性。

　　"或者有人谋杀了他。"她的语气中没有任何感情色彩。

　　在坐地铁回家的路上,很多事情在我的脑海中排列组合,似乎只有重新洗牌,这些事情才能说得通。

　　胁从谋杀,如果法蒂玛没说错的话,我们有可能也是嫌疑犯。

　　这样一来,这件事的性质就完全改变了。我们可能误打误撞犯下了大错!意识到这一点之后,我整个人都不好了。我很生气,更准确地说,应该是暴怒。法蒂玛和西娅为什么没能打消我的疑虑?我为什么没能早些想明白这些事?十七年了,我一直想把那晚我们做的事情忘掉,我一直在回避它们,想要用忙碌的日常生活将它们彻底埋葬。

　　但是我应该早点想到的。

　　我应该日日夜夜仔仔细细地思考琢磨,不放过任何一个细节。就因为我掀开了过去的一角,所有的画面都开始分崩离析。

　　记忆逐渐变得清晰起来。我越发确定,那些画只出现在那天早上,在安布罗斯死后的那天早上。我和韦瑟比老师在前一天的晚饭时还说过话,她问候了我的母亲,还询问了我的周末安排。当时没有任何异样,完全没想到第二天她就变成了那副模样,脸上满是震惊和愤怒。当然她也可能是个伪君子,和我演了一场好戏,但为什么呢?学校为什么还要等一晚上才来质问我们呢?如果韦瑟比老师在周五就见到了那些画,当天她就会把我们叫到办公室的。

　　所以,结论只有一个。那些画是在安布罗斯死后才出现的。

但是谁做的呢？更重要的是，为什么？

是那个敲诈他的人最终将威胁付诸了行动？

还是那个杀害了他的人想给他的自杀找一个合理的动机？

又或者是安布罗斯自己做的？悔恨不已的他在送完画后就自杀了？

但随即我就否定了这些猜测。安布罗斯的这些画可能有违道德，甚至有违法律。法蒂玛曾经也说过，这属于滥用职权。随着时间的流逝，他自己可能也意识到了这个问题。

但我绝对相信，百分之百地相信，不管安布罗斯怎么想，他都不可能把画送给学校。不仅是因为这会让他蒙羞，更重要的是这会让我们受辱，别人知道后一定会对我们评头论足，这是他绝对不想看到的事。他不想看到我们，不想看到凯特受到这样的羞辱。他的爱，他对我们的爱是如此深厚。地铁驶入了隧道，暖风席卷着一股尘土拂上了我的面庞，这时我很确定，安布罗斯爱我们，不仅是因为凯特的缘故爱屋及乌，他确实喜爱我们。

所以到底是谁？

是镇上的某个敲诈犯吗？一天他来到了潮水磨坊，发现了一些可利用的东西？

我真希望这就是答案，因为另外一种可能性几乎无法想象，谋杀。

但是几乎找不到有作案动机的人。

不可能是卢克。他在这件事中是损失最为惨重的人。他失去了自己的家、自己的姐姐和养父。他失去了所有的保护。

也不可能是镇上的那些人，至少我看不出他们的杀人动机。当然敲诈勒索还是有可能的。但杀害自己的同伴，这似乎不太可能。

那到底是谁呢？谁能接触到那些画，接触到安布罗斯的存货，而且在安布罗斯死前还出现在了潮水磨坊？

我按着太阳穴，试图将这些事抛之脑后，试着不去想我们三人分别前的谈话。当时，法蒂玛、西娅和我一起向南肯辛顿地铁站走去。烈日炎炎，我们都戴着墨镜。

"对了，还有一件事……"西娅说着在地铁站的拱门处停了下来。她把手放到了嘴唇上。

"别咬手指了。"法蒂玛并不是指责，她的话里透露着关心，"什么？是什么事？"

"关于凯特和安布罗斯。该死！"她挠了挠头，脸上却僵了片刻，"没什么，没什么事。"

"话不能就说一半啊。"我抓住她的胳膊，"看你这个样子，肯定有事。快说，不管是什么，说出来就好了。俗话怎么说的来着，分享问题……"

"去他大爷的！"西娅唾了一口，"什么鬼话。"她的脸皱成了一团，"好吧，我说。不过，我并不认为，我也不想让你们觉得……"

她支支吾吾地说不下去了，用手指摩挲着墨镜下的鼻梁。法蒂玛和我什么都没说，我们知道现在能做的只有等待，等待着西娅把事情说出来。

最后西娅还是告诉了我们。

安布罗斯准备要把凯特送走，立刻，马上，送到另外一所寄宿学校。

就在前一周的周末，他把这件事告诉了西娅。当时他醉得很厉害，法蒂玛和我在海湾里游泳，只有西娅和他在屋子里。他一边喝着红酒，一边看着拱形的屋顶，想着怎样措辞把这件事说出来，虽然他也不想做这个决定。

"他问了我一些关于学校的事。"西娅说道，"和其他那些我去过的学校比，萨尔腾学院怎么样？这么频繁地换学校对我有没有影响？等等。他当时醉得很厉害，说话前言不搭后语，然后他又说了些亲子关系的话。我突然有种不好的预感。我觉得他说的是凯特。"

西娅深吸了一口气，似乎现在才感到震惊。

"我说：'安布罗斯，别这样，你会伤了凯特的心的。'他并没有立刻回答，过了一会儿，他终于说道：'我知道，但只是……不能再这样继续下去了，这是不对的。'"

什么不能再继续下去了？西娅当时询问过他，或者试图问过他，但当时我们已经游完了泳，马上就要进屋了。安布罗斯摇了摇头，拿起酒瓶上了楼。在我们打闹着进屋之前，他已经回到了自己的画室，关上了门。

　　那天晚上以及接下来的一周，西娅只要看到凯特就会想：凯特知道父亲的打算吗？她知道这件事吗？

　　然后安布罗斯就死了，我们的世界就此分崩离析。

　　不能再这样继续下去了。这是西娅转述的安布罗斯的原话。从地铁里出来后，这句话就一直回响在我的脑海里。毒辣的阳光照在我的后脖颈上，但我几乎没感到热。我已经完全沉浸在自己的思绪中。

　　这是不对的。安布罗斯想表达什么意思？凯特到底做了什么样的事，居然让安布罗斯产生了把她送走的念头呢？我想不到任何事。这些年来，他看着凯特一路走过来，摔了不少跟头，也犯了不少错，烟酒、毒品，还有性爱，都尝试过，他从未说过什么。当然鉴于他自己的过去，他有这样的态度也并不奇怪。他只是用爱意守护着我们，在我们做出危险举动的时候告知我们，不责备，也不评判。我唯一能记起来让他特别生气的一件事，就是凯特在蹦迪的时候嗑药了。

　　"你疯了吗？"他吼道，头上的短发根根立了起来，看上去就像是一只奓了毛的刺猬，"你知道这东西对身体的伤害吗？想发泄，来几根烟还不行吗？"

　　但即使这样，安布罗斯也没有把凯特禁足，甚至连惩罚都没有，他展现出来的只有失望和关心。他关心凯特，关心我们所有人，希望我们健健康康，平安无事。看到我们抽烟，他也只是不赞同地摇摇头。看到西娅身上大大小小奇怪的伤口时，他会很难过。我们有问题去问他的时候，他会劝诫，提供建议，但仅此而已。没有责备，没有愤怒，也从来不会让我们难堪。

他爱我们，更重要的是，他深爱着凯特，有时这种浓浓的爱意甚至会让我心生妒忌。这可能是在凯特的母亲去世后，两人一直相依为命所形成的习惯。但从他看凯特的眼神中，从他为凯特捋头发的动作中，那种爱意不自觉地就散发了出来。有时甚至在他的画作中也能看到些蛛丝马迹，他不想困住凯特，但是他也不愿和她分开，于是他拼命地想在画作中留下凯特的痕迹，这是一种永远也无法被夺走的东西。这份浓烈的爱意，我也曾偶然在我父母的身上看到过，但太过模糊，就像是玻璃杯上的水汽，不一会儿就散了，怎么也抓不住。但在安布罗斯的身上，这份爱意是一团熊熊燃烧的火焰，一直明亮，永不熄灭。

他爱我们，但凯特才是他的全部。所以他怎么会忍心把凯特送走呢？

是什么事情让他别无选择，不得不和他心爱的女儿分离？

"你确定吗？"我问西娅，这番话摧毁了我所有的认知，就像是雪崩一样，一切都坍塌毁灭等待重建，"他真是这样说的？"

西娅只是点点头。我又追问了一句，她才说话："你觉得我会把这种事弄错吗？"

不能再这样继续下去了。

到底发生了什么，安布罗斯？是凯特犯了什么错吗？又或者是别的事情？我的胃里一阵翻江倒海。安布罗斯是想保护凯特吗？还是说他自己做了某些事情……

游戏规则四　坦诚相待

我不知道，我也无法回答。我慢慢挪动着双腿，从地铁站向家里走去，但我的脑子已经乱成了一锅粥。

我的家就在眼前，很快我就要推开门走进去，转换好身份，成为欧文的伴侣和弗雷娅的母亲。

但这些问题像怪兽一样啃噬着我的内心。我害怕了，我退缩了，以为转过脸就能躲避它们的攻击，但我只是在自欺欺人。

凯特到底做了什么？什么样的事情会导致如此严重的后果？为了阻止自己被送走，她可能会做些什么呢？

胁从谋杀。

胁从谋杀。

这句话无数次地浮现在我的脑海里，但我似乎还是不能理解。胁从谋杀，这可是会被判入狱的罪名。百叶窗将夕阳挡在了外面，屋子里陷入黑暗之中。我抱着弗雷娅，这句话像冰冷的潮水一样将我包裹起来，传播着恐慌的气息。胁从谋杀，谋杀！

脑海中突然灵光一现，对了，安布罗斯的遗言，我怎么忘了这么重要的东西呢？

弗雷娅吃着奶，慢慢地睡了过去，但当我想把她放到床上的时候，她却紧紧抓住了我，就像一只猴子一样，用她那有力的小手指牢牢抓住我，开始奋力地吃起奶来。她把脸埋进了我的胸脯里，似乎这样就能受到我的庇护。

这种状态维持了大约一分钟的时间，我意识到没有一番挣扎她是不会放手的。我只好叹了口气，躺回育婴椅上，大脑又开始高速地运转起来。

安布罗斯的遗言，他在自杀前写的遗言。如果他是被谋杀的，怎么可能还会写遗言呢？

我读过那封遗言，但现在我只能零星地记住些短语和句子，还有到了最后就变得凌乱不堪的笔迹。

这是我自己的意愿。做了这个决定，我无怨无悔……亲爱的凯特，请一定记住，我爱你们……这是我最后也是唯一能做的事，保护我自己的孩子……向前看，莫回头，爱与被爱，永远快乐。最重要的是，请不要让这一切白白浪费。

爱，保护，牺牲。这么多年来，我一直没有忘记过这些词，而且从我所相信的事实去理解的话，这些词也说得通。如果安布罗斯活着的话，这桩丑闻就会被揭开。他会被解雇，凯特也会被拖累，名声扫地。

其实，在我们被叫到韦瑟比老师的办公室之前，我就已经产生了一种天崩地裂的感觉。安布罗斯肯定也知道接下来要面对的狂风暴雨，所以他就做了唯一能保护凯特的事情，用自己的生命来保护。

但是现在，现在回想起来的时候，我产生了一些疑惑。

我看着怀里的婴儿，我会从容赴死，将她一个人留在世间吗？不可能。当然，我不是说为人父母就不会自杀，很多父母也都自杀了。当了父母并不意味着就不会抑郁，恰恰相反，父母有时反而会承受更大的压力。

但安布罗斯并没有抑郁，这一点我绝对可以确认。不仅如此，他根本不是那种看重名誉的人，他有钱，有很多朋友，还有很多国外的朋友。最重要的是，他爱自己的孩子们，两个都爱。如果他自己都不敢面对生活，又怎么会留下自己的孩子在这世间受难呢？如果是我认识的那个安布罗斯，他会带上自己的孩子，跑到布拉格、泰国、肯尼亚，他才不会在乎身后的那点破事。因为对他来说，家人和艺术才是他最关心的事情。

弗雷娅终于睡着了，她小嘴微张，软绵绵地靠在我身上。我轻轻地把她放到白色的床单上，蹑手蹑脚地走出房间，向楼下走去。欧文正坐在楼下的屋子里看着一档乱哄哄的节目。

我走进屋子，他抬起头。

"她睡了吗？"

"是的。她累坏了。我出去了一天，她似乎不是很高兴。"

"也不能太惯着她，要学会放手……"欧文用开玩笑的口吻说道。我知道他只是开个玩笑，但我真的很累，今天发生的事情已经让我烦心不已，再加上一直想搞清楚那些画还有西娅今天透露的消息，我忍不住爆发了。

"拜托，欧文，她才六个月！"

"我当然知道。"他抱着一杯啤酒，喝了一小口，看上去也恼了，"我和你一样清楚。她也是我的孩子，或者说我是这么相信的。"

"你是这么相信的？"一股血气冲上了我的脸颊，我说话的声音也提高了，"你是这么相信的？你他妈这是什么意思？"愤怒冲昏了我的头脑。

"喂！"欧文把酒杯重重地放到了桌上，"别对我说脏话。艾莎，你最近是怎么了？"

"我怎么了？"我已经愤怒到快要说不出话来了，"弗雷娅不是你的孩子?你有脸拿这个开玩笑,还问我怎么了?"

"弗雷娅不是……什么玩意儿?"他这时看上去真的很困惑。我能看出,他正努力回想着几分钟之前的对话,然后意识到了什么,"不!你疯了吗?我为什么要开这种玩笑?我只是说你需要放手,仅此而已。对,我是弗雷娅的父亲,但照顾孩子方面,我基本都插不上手,不知道的人还以为我不是她的父亲呢。你怎么联想到她……"

他已经气得说不下去了。我脸红了,我确实会错了意,但我的愤怒并没有消退,反而更盛。说错了话还敢振振有词?

"哦,好吧。"我唾了一口,"所以你是说我是一个控制欲超强的疯子,甚至都不愿让自己的丈夫给孩子换块尿布?没毛病。我当然不生气了。"

"天哪,我可没说啊,别过度解读了,行吗?"欧文哀号了一声。

"谁让你说话不过大脑?还怪别人多想?"我的声音开始颤抖起来,"我已经受够了这些指指点点,不是育儿就是喝酒,还有要和弗雷娅分房睡。真是……"

"不是指指点点,是建议。"欧文打断了我,他的声音里透露出一股哀怨,"好吧,我投降。其实有件事我一直很困惑,她已经六个月了,可以吃辅食了,而且现在她正在长牙,还给她喂奶是不是有些奇怪呢?"

"这有什么关系吗?她还是个婴儿,欧文!喂她辅食,你倒是去喂啊!有谁拦着你吗?"

"你!每天晚上都是老一套。我当然哄不好她,你都不愿意给她断奶,她怎么会听我的呢?"

我气得浑身发抖,一时间,什么话也说不出来。

"晚安，欧文。"我终于说了出来。

"等等。"我开始向屋外走去，他站了起来，"别总是一副高高在上的样子。你以为我想吵架吗？是谁先起头的？"

我没理他，开始上楼。

"艾莎。"他虽然着急，但还是轻声说话，生怕吵醒了弗雷娅，"艾莎！你这是怎么了？"

我没有回答，因为我不能。因为我一旦说话，就会说出一些动摇我们关系的东西。

真相。

早上醒来的时候，弗雷娅就躺在我身边，但大床的另一边却空空如也。有那么一瞬间，我好像失忆了一样，想不起自己为什么这么生气懊恼，然后我才想到昨晚发生的事情。

该死！他是睡在了楼下，还是很晚才进来，然后又起了个大早？

我小心翼翼地下了床，把羽绒被堆在地上以防弗雷娅从床上滚下去。我穿好睡衣，悄悄地下了楼。

楼下的厨房里，欧文正喝着咖啡，看着窗外发呆。我下来的时候他抬起头看了我一眼。"对不起！"我抢在他前面开了口。他的脸上露出了一种介于难过和释然之间的表情。

"我也很抱歉。"他说道，"我真是个混蛋，昨晚我说的……"

"没事儿，你只是说出了自己的真实感受。你没说错，我不是说母乳的事，吃辅食什么的纯粹是胡说。但以后我会尽量让你参与其中。反正这都是水到渠成的事。弗雷娅在慢慢长大，她也不会那么需要我了，而且我也要准备去上班了。"

欧文站起来拥抱了我，他的下巴抵在了我的头上，我把脸埋进他的胸膛，深深地吸了一口气。

"这种感觉真好。"最后我这样说道。他点点头表示赞同。

我们就保持着这个姿势站了很长一段时间，浑然不觉时间的流逝。直到楼上传来一阵动静，是弗雷娅咿咿呀呀的声音，我的身体立刻绷紧了。

"糟糕！我把弗雷娅放在床上了，她可能会滚下来。"

我正准备抽身离开，但是欧文按住了我的肩膀。

"嘿，还记得你的新计划吗？让我来。"

我微笑着点了点头，他三步并作两步就上了楼。我给自己倒了一杯早茶。楼上传来了欧文抱起弗雷娅轻声哄着的声音，欧文还用弗雷娅的小被子和她玩起了躲猫猫，把她逗得咯咯直笑。

我喝着茶，听到楼上传来了欧文的脚步声，然后是翻箱倒柜找尿布和湿巾的声音。给弗雷娅换过尿布后，欧文又拉开抽屉给弗雷娅找了一件新背心穿上。

欧文换尿布的时间比我要长得多，但我还是忍住了上楼的冲动。终于楼梯上传来了脚步声，两人出现在门口。欧文抱着弗雷娅，父女俩都是一副没睡醒的表情，还都冲着我咧嘴笑，看上去很是温馨。他们对彼此都很满意，也都乐意迎接清晨的阳光。弗雷娅伸出手想要我抱，但是我坐着没动，只是冲着她笑了笑。我没忘记欧文的话。

"你好，妈咪！"欧文故作严肃地说道，目光从弗雷娅的身上转到了我的身上，"我和弗雷娅已经商量好了，我们决定要给你放一天假。"

"放假？"我突然感到一阵恐慌，"放什么假？"

"放飞自我的一天。你看上去确实累坏了，所以你需要享受一个不为我们操心的假日。"

弗雷娅才不是我操心的对象。其实，从某种程度上来说，现在只有她能让我保持清醒。但是我不能告诉欧文。

"好了，我拒绝任何抗议。"欧文说道，"我给你预定了一个按摩，而且已经全款支付了。所以除非你想浪费我的钱，不然我建议你在十一点之前赶到市里。我和弗雷娅会照顾好自己的，从……"他扫了一眼厨房上的时钟，"从早上十点到下午四点。这段时间内，我们不想见到你。"

"那她吃什么呢？"

"我给她冲点奶粉。当然……"他轻轻地挠着弗雷娅的下巴，"我们可能也要放飞一下自我，来点西蓝花泥，怎么样？小胖脸，你说呢？"

我不想去。带着这些事情去做上一天的按摩，对我来说可不是什么好主意。我必须要忙起来，才能把那些假设和恐惧遗忘。

我张开嘴，但不知道该说些什么。

"好的。"

撒谎游戏

在和他们告别的时候,我知道再过一会儿我就没有任何事可做了,只会情不自禁地去琢磨发生在萨尔腾的那些事。一想到这儿,我的胃里突然一阵恶心。不管怎样,这都无法解决我现在的问题。坐上地铁后我还是很紧张,咬着牙齿,头痛欲裂。不过到了沙龙后,我就将自己完全交到了按摩师的手里。神奇的是,我那些强迫症一样的想法在接下来的两小时内居然消失得无影无踪,我只感到了肌肉的酸痛和脖子的僵硬,而按摩师则用熟练的手法帮我缓解疼痛。

"你很紧张。"按摩师喃喃地说道,"你的脊柱上方有很多结节。上班压力太大了吗?"

蒙眬之中我摇了摇头,没说话。我张开了嘴,凉凉的口水顺着嘴角流到了毛巾上,但我实在是太累了,也顾不得那么多了。

到最后我还真有些不想走了,但我还是要回去,回到凯特、法蒂玛和西娅的身边,回到欧文和弗雷娅的身边。

按摩完之后的四五个小时,我好像踩在了云端,浑身都轻飘飘的，头发剪成了清爽的短发，肌肉也变得松软舒适。我仿佛又找回了自我，沉醉在能支配自己身体的喜悦之中。没有什么能打倒我。连我的手提包也变轻了，因为我换了包，把平常用的玛尼托特包放到了家里——自从有了弗雷娅之后，我就一直在用那个包，体积大，能装货，尿不湿、湿巾还有替换的上衣统统都能塞进去。我把钥匙和钱包拿出来，放在了现在这个手提包里。这个包很小，和一个大信封差不多大，只能装下我的钱包、手机、钥匙和唇膏，外面有很多华而不实的装饰项链，对于好奇的婴儿来说，是致命的诱惑。背上这个包之后，我似乎又找回了原来的感觉。

从地铁出来后，走在回家的路上，我的心里充满了对欧文和弗雷娅的爱。虽然在外面只待了一天，我却觉得好像过了好几百年。

一切都会好起来的。突然之间我有了信心，一切都会好起来的。当初我们做了不负责任的蠢事，但那并不是谋杀或者和谋杀有关系的事。如果真到了必须坦白的那一天，警察会明白的。

上楼梯的时候我昂起头，想听听弗雷娅的声音，但我什么都没有听到。家里很安静，难道他们出去了？

我轻轻地把钥匙插入锁孔，别吵醒了弗雷娅，万一她在睡觉呢。"欧文，弗雷娅！"我小声呼唤着他们，没有回应。夏日的阳光洒入厨房，厨房里没人。我倒了一杯咖啡，端着咖啡上了楼。

不过我却没能喝上。

我呆呆地站在了客厅的门口，就像被人打了一拳一样，都快要喘不上气了。

欧文坐在沙发上，用手捂着脸。他面前的咖啡桌上有两样东西，摆在那里犹如法庭上的呈堂物证：一样是一包香烟，原本放在我留在家里的包里。另一样则是一个信封，邮戳上盖着萨尔腾的标志。

我站在那里，心里擂起了大鼓，一句话也说不出来。他把一幅画递到了我面前，画中的人物正是我。

"你想解释下这个吗？"

我咽了口口水，突然之间有些口干舌燥，嗓子也被堵住了，不管怎么吞咽，总有一种疼痛的感觉。

"我也正想问你呢。"我艰难地吐出一句话，"你这是在监视我吗？乱翻我的包？"

"胡说八道！"他的声音很轻，怕吵到了弗雷娅，却因为愤怒而颤抖了起来，"一派胡言！你把这个破包扔在了家里。弗雷娅翻了里面的东西，当我发现的时候，"他把香烟扔到我的脚下，"她在啃这么个玩意。你怎么能对我说谎呢？"

"我……"我开了口，却不知道要说什么。我的嗓子痛得要命，因为我一直在忍着，不能说出真相。

"还有这个……"他拿起我的那张画像，两只手都在颤抖，"我甚至不能……艾莎，你是有外遇了吗？"

"什么？不！"辩解的话没经过大脑就直接从我的嘴里蹦了出来，"当然没有。那幅画，它不是，不是我。"

话一出口我就后悔了，这个解释太蠢了。不管怎么看，这幅画画的就是我。安布罗斯是个绘画天才，所以在画的内容上我根本无法抵赖。但那不是现在的我，这才是我想表达的意思，不是我现在的身体，这副又软又松的产后体形。那是曾经的我。

欧文的脸色清清楚楚地告诉我，他不信！

"我是说……"我还想要挣扎一下，"这是我，但这是过去的我，不是……"

"别骗我了。"他愤怒地打断了我，然后转过身，走到了窗户边上，似乎已经无法直视我，"我打电话问了乔，她说昨天根本没见到你。是那个男人，对吧？凯特的弟弟，那个送你玫瑰花的人？"

"卢克？不，你也太能联想了吧！"

"那是谁？画是从萨尔腾寄来的，我看到邮戳了。这就是你去那里的目的？拿凯特作幌子，其实是在和他私会？"

"这些画不是他画的！"我吼了回去。

"那是谁？"欧文也吼了起来。他转过身看着我，脸上既有愤怒也有痛苦。他的嘴张成了近乎方形，看上去就像是一个不想让自己哭出来的孩子，"谁画的？"

我犹豫了。看着我欲言又止的样子，欧文更气了。他发出了一声夹杂着痛苦和厌恶的声音，然后把画一下就撕成了两半。裂缝从我的面孔、身体、胸脯和双腿间穿过。他把两片纸扔到我的脚下，转过身作势要走。

"欧文，别这样！"我努力让自己说出话来，"不是卢克，是……"

但我又停了下来。我不能告诉他事实。事情还未水落石出，我不能说出安布罗斯。那我能告诉他什么呢？只能是……

"是，是凯特！"最后我这样说道，"是凯特画的。很久之前画的。"

欧文走到我的身边，靠近我，捧起了我的脸颊，他直直地看着我的眼睛，似乎想要看到我的心里。我也想厚着脸皮挺下去，勇敢地盯着他的眼睛看，但我做不到。我移开了目光，因为我根本无法面对他的痛苦和愤怒。

欧文松开手的时候，面容也扭曲了。

"骗子！"说完他转身就走。

"欧文，不……"我挡在门前，不让他过去。

"走开！"他粗鲁地推开了我，向楼梯走去。

"你要去哪里？"

"不关你的事。酒吧、米歇尔家，我也不知道。我只是……"他说不下去了，我觉得他快要哭了。他极力压抑着内心的绝望，脸都已经扭曲了。

"欧文！"我在他身后发出了一声撕心裂肺的喊叫。欧文已经走到了前门，听到我的呼喊声，他停下了脚步，手握在门把手上，等着我说话。就在这时，楼上传来了一声哭号。弗雷娅被吵醒了。

"我，我……"弗雷娅高亢的哭声像电锯一样钻进了我的脑袋，我根本无法集中注意力，也忘了自己要说什么，"欧文，别这样，我……"

"去吧！"他的声音近乎温柔，然后他打开门，毅然决然地走了出去。伴随着砰的一声，门关了，欧文走了。我只能蜷缩在沙发上哭泣。楼上的弗雷娅似乎要和我比赛，她那逐渐变大的尖叫声渐渐淹没了我的哭声。

欧文一晚上都没回来。他以前从没有这样干过，在夜里出门后杳无音信，没告诉我去了哪里，也不说什么时候回来。

我一个人孤零零地待在家里，和弗雷娅一起吃了晚饭，把她哄睡。夜色渐沉，我在屋子里来回踱步，想着该怎么办。

整件事最闹心的地方在于，我没法怪他。他知道我在撒谎，不是那个露馅了的外出聚会，而是另外一个更大的谎言。他已经觉察到了，我从凯特那里回来后就一直不对劲。他的直觉很准，我确实在欺骗他，而且我不知道该如何结束这个谎言。

我给他发了一条短信，就一条，我不想让他觉得我在求他：快回家吧，至少发条短信给我报个平安，好吗？

没有回音。怎么办？我也想不出什么好主意了。

大概十二点，米歇尔的女朋友艾拉给我发了一条短信：我也不知道发生了什么，不过欧文在我家。他今晚就待在这儿了。对了，别告诉他我给你发了这条短信。你们的事，我不该插手，但是我不想让你担心。

我终于松了一口气，绷紧的神经放松了下来，就像洗了一个热水澡一样舒坦。

太谢谢你了！我给她回了一条短信，想起她刚才短信里的话，我赶紧又补发了一条：我不会和他说的，谢谢你！

现在是晚上两点三十。过了一会儿，我才上了楼，又哭了很久才进入了梦乡。

早上醒来的时候，我的情绪发生了变化。内心的绝望转变成了愤怒。我气我自己，气我的过去，怎么会如此愚蠢。

不过我也生欧文的气。

我试着转换身份想了下现在的场景。如果是他收到了老朋友送来的一束玫瑰，还有匿名信和画，我一定也会勃然大怒，甚至还会疯狂地指责他，但是我绝不会像他这样丢下自己的伴侣和孩子，连去哪儿都不说一声。至少我会试着去听听他的解释,而不是像这样不闻不问。

今天是周一,估计他得下了班才能回来。他在办公室里放了一套西服以备不时之需,看样子今天能派上用场了。如果他要刮胡子的话,可能会回家。不过现在男性公务员已经不需要像之前那样把脸刮得干干净净才能上班。再说了,如果他真需要刮胡子的话,米歇尔也会借给他刮胡刀的。

我带弗雷娅去了公园,让她荡了一会儿秋千。我就像一只鸵鸟一样,把头埋到沙子里,不看不听也不想,就好像什么都没发生一样。

七点钟到了,欧文没有出现。我一个人吃了晚餐,嗓子又痛了起来,痛得我难以呼吸。

我把弗雷娅哄睡了。

然后我就躺在了沙发上,尽管现在是夏天,我还是盖上了一个小毯子。就在这时,我听到了钥匙插入锁孔的声音。我的心提到了嗓子眼。

我坐了起来,把毯子围在身上,似乎这能帮我抵御接下来要发生的狂风暴雨。我扭过头看着门。

欧文衣衫不整地站在门口,看上去似乎喝了不少酒。

我们俩谁都没说话。我也不知道我们在等什么,也许是一个提示,提示对方先开口道歉。"锅里有意大利烩饭。"最后还是我打破了僵局,为了能让自己说出话来,我的嗓子都酸痛了起来,"如果你饿了,可以吃点。"

"我不饿。"他的话不多,但他还是转过身进了厨房,然后我就听到了锅碗瓢盆的声音。他真的喝醉了。然后传来了盘子重重地摔在桌上的声音——他肯定不是故意的，拿刀叉的声音也不对，先是拿了起来，又掉到了桌上。

该死，我得进去看看。按照现在的情形，他可能会烫伤自己或者烧掉自己的领带。

我走进厨房的时候，他正坐在餐桌前，把头埋在手里。面前是一盘冰冷的意大利烩饭，但他没有吃。他只是坐在那里，呆呆地看着盘子，眼里透出了带着醉意的绝望。

"我来吧。"我拿过盘子，放进微波炉里热了几分钟。

我把盘子拿出来的时候，烩饭冒着热气。他开始吃了，就像个机器人一样，一勺一勺地往嘴里递，似乎完全没意识到嘴里的食物有多烫。

"欧文，昨晚的事……"

他转过身来面对着我，脸上露出痛苦的神色，其间还夹杂着赤裸裸的恳求。我突然意识到，他其实也不想和这些事情扯上关系。他想要相信我，如果我现在能给他一个合理的解释，他一定会接受。他迫不及待地希望这一切立刻结束，希望昨晚他那些愤怒的指责被证明完全是不实之词。

我深吸了一口气。只要我选择好合适的语言……

我正要开口说话的时候，手机却响了起来，把我们俩都吓了一跳。

是凯特打来的电话。我不准备接这个电话，但在内心某些东西的驱使下，我还是拿起了手机。

"喂？"

"艾莎？"她的声音里满是惊恐。我立刻就意识到了不对劲。"艾莎，是我。"

"怎么了？发生了什么？"

"是爸爸。"她极力压抑着哭声，"他的尸体。他们已经问了……他们告诉我……"

她停了下来，电话那头传来了急促的呼吸声。她似乎正努力让自己不要哭出来。

"凯特，凯特，听我说。深呼吸，冷静下来。他们跟你说什么了？"

"他们怀疑他是非自然死亡，叫我过去接受问询。"

我浑身发冷，腿也软了。我摸索着走到餐桌前，坐在了欧文对面。突然之间，我的腿已经没法承受身体的重量了。

"天哪！"

"你能过来一趟吗？我们，我想找个人说说话。"

我知道她的意思。她不想把事情说得很严重，尤其是在欧文面前。但我们必须谈谈，在警方询问她甚至是我们之前，我们亟须串好口供。

"没问题。"我勉强说出了一句话，"我今晚就来。最晚的火车要到九点半。我打个车应该能赶到车站。"

"你确定？"她的嗓音里已经带上了哭腔，"我知道这个要求很过分，但我只能找你。法蒂玛来不了，她正在出诊。我又联系不上西娅，她一直不接电话。"

"说什么傻话呢，我马上就到。"

"谢谢你，艾莎，谢谢。这对我来说真的很重要。我现在就给里克打电话，让他去接你。"

"待会儿见，我爱你。"

挂了电话之后,我看到了欧文的脸,因为疲惫和饮酒,眼睛里布满了血丝。我这才意识到刚才那番话对他的刺激,我的心沉了下去。

"你要回萨尔腾?"他咬牙切齿地说道,"还要去?"

"凯特需要我。"

"去他妈的凯特!"他的怒吼让我的心颤抖了起来。然后他站起来,拿起桌上的意大利烩饭直接扔到了水池里,汤汁四溅,全都洒到了地板的瓷砖上。"那我们怎么办?我怎么办?"他的声音变得柔和了一些,里面还有一丝嘶哑。

"这件事与你无关。"我用颤抖的双手从水池里的残渣中捡起碗,打开了水龙头,"是凯特。她需要我。"

"我也需要你。"

"他们找到了她父亲的尸体。她现在已经崩溃了。你觉得我该怎么做?"

"她父亲怎么了?这他妈的都是些什么?"

我捂住了脸。我做不到,我没有办法给他解释清楚,在谎言和事实之间我找不到一个平衡点。欧文是不会相信的,尤其是在这种状态下。现在,他只想和我大吵一架。

"听我说,这件事很复杂,但是她现在真的需要我。我必须去。"

"胡说!没有你,这十七年她不也过来了吗?艾莎,你到底怎么了?你们这么多年都没见过,突然之间她打了个响指,然后你们就像一群狗一样围了上去。"

这句话和卢克的话简直一模一样,我一时间竟不知道该如何回应,只是站在那里大口大口地喘着粗气,就好像被扇了一巴掌一样。然后我握紧了双手,试图不让自己爆发。我开始转身向外走去。

"再见，欧文。"

"再见？" 他从沾着烩饭的地板上踩了过去，走到我身边，"这他妈是什么意思？"

"你想怎样就怎样。"

"我想怎样？"他的嗓音发颤，"我想你能把我们的感情放在首位！自从弗雷娅出生后，我感觉自己永远都排在你心里最后的位置，我们也不交流了。现在你又变成这样。"我不知道他指的是什么。萨尔腾和卢克？还是法蒂玛、西娅和凯特？甚至是弗雷娅？"我已经受够了！你听到了吗？我受够了被排在最后的待遇！"

这些话点燃了我的怒火。突然之间我不难过也不恐惧了，除了愤怒还是愤怒。

"这才是你的实话，是吗？和卢克、凯特无关，也不是什么狗屁工作。只是你，是吧？你只是受不了这种不被重视的感觉！"

"你居然还能说出这种话？"他似乎已经丧失理智，"撒谎的是你，现在你居然还怪到我的头上？我想和你谈谈，艾莎。你真的一点都不在乎我们了？"

我当然在乎，但是现在已经是我的极限了。我已经忍不下去了，如果欧文再这样苦苦相逼的话，我真的很担心要说出真相了。

于是我从他身边挤过去，上了楼。弗雷娅正在屋里睡觉，我用颤抖的双手开始收拾东西。带什么呢？尿布、一些内裤、婴儿背心、几件上衣。我也不关心自己有没有带够换洗衣服，现在我只想赶紧走。

我抱起弗雷娅，她在我怀里扭动着。我给她套上了一件薄薄的羊绒衫。对婴儿来说，夏季的夜晚还是有些微凉。然后我背起了单肩包。

"艾莎！"欧文在大厅里等着我，他满脸通红，看得出正压抑着内心熊熊的怒火，"艾莎，别这样！"

"欧文，我……"弗雷娅在我的肩膀上不舒服地动来动去。包里的手机又响了。西娅还是法蒂玛？我不知道，我的脑子已经乱成了一团。

"你是去见他的！"手机的响声彻底刺激到了欧文，"凯特的弟弟，对吧？刚才就是他的短信吧？"

这句话成为压垮骆驼的最后一根稻草。

"去你的！"我咆哮着说道，然后一把推开他，走出了屋子，重重地摔上了门。弗雷娅被吓到了，哇哇大哭起来。在走廊里，弗雷娅哭号的声音越来越大，我也不理她，只是颤抖地用双手按住她乱踢的小腿，把她塞进了婴儿车。然后我打开前门，推着婴儿车，怒气冲冲地走了出去。

还没走出前院，我就听到身后有开门的声音。欧文冲了出来，一脸怒容地瞪着我。

"艾莎！"他怒吼道。我继续向前走，"艾莎！你不能就这样一走了之！"

我当然可以，而且我正在这样做。

泪水顺着我的脸庞滑落下来，我的心都快要碎了。

但我没有停下脚步。

撒 谎 游 戏

火车从维多利亚驶出的时候就变天了。等我们终于将伦敦甩在身后,进入郊区的时候,外面已经下起了瓢泼大雨,温度也从暴雨前的闷热变成了秋天该有的凉爽。

我坐在车上,四肢麻木,浑身冰冷。我把弗雷娅抱在身前,就好像抱着一个会呼吸的暖水瓶。刚才都发生了些什么?大脑似乎已经停止了活动。我就这样离开了欧文?

这不是我们第一次发生争执,绝对不是。我们和其他情侣一样,经常会发生口角,但这一次不一样,这是有史以来最严重的一次争吵。不仅如此,这还是在弗雷娅出生后我和欧文的第一次大争吵。弗雷娅出生后,我和欧文的关系就变得微妙起来,就如同乘船渡河,再也经不起大风大浪。我们小心翼翼地划着水,一路上忽略小的分歧,为了她尽量保持船体的平衡。

但是现在,这艘船已经很危险地倾斜了,我也不知道我是否能拯救我们。

游戏规则四　坦诚相待

他的无端指责就像毒液一样烧灼着我的内心。出轨？自从弗雷娅出生后，我几乎连门都没出过。我的身体不再只属于我自己，她就像魔术贴一样紧紧地黏在我身上，她大口吮吸的仿佛不是奶水，而是我的精力和性欲。我实在是太累了，连和欧文做爱都几乎提不起兴趣。欧文也知道，他知道我很累，他也知道我对于自己产后臃肿身材的感觉。他真以为我能带着弗雷娅，去外面偷情？简直太荒谬了，我如果不是被气得够呛，一定会笑出声来的。

不过，尽管我还是很愤怒，但不得不承认，从某种程度上来说，他其实没说错。当然不是出轨这件事。火车一路南行，我的怒火也渐渐平息了，一丝小小的愧疚开始从心底涌了出来。因为他的核心观点是，我欺骗了他。当然不是出轨这种欺骗，而是在别的方面，同样十分重要的一些事上。从我们相遇那天起，我就隐藏了很多秘密。但这一次我做得更过分。在我们的这段感情中，这是我第一次当着他的面撒谎。他也知道，他知道一定是出了什么问题，而我一直在隐瞒。他只是不知道我到底在隐瞒什么。

我多么希望能告诉他，说出实情，这种冲动撕扯着我的内心。但其实我还有另外一个矛盾的想法——很庆幸自己不能说出这个秘密。因为这不是我的秘密，所以我没法做这个决定。但如果只和我一人有关系呢？我不敢想。

虽然我不想对欧文撒谎，但也不想让他知道真相。我不想让他知道我过去的所作所为，不想让他把我看成一个满嘴谎言的女人，一个藏匿了尸体，甚至还有可能帮忙掩盖了一桩谋杀案的女人。

如果他知道了，他还会爱我吗？

我不知道，但想想就很难受。

如果说出事实的代价只是欧文的爱情，我可能还会一试，但还有他的事业。到政府部门工作的时候，你会填写一份详细的个人信息表，如实地交代有无赌博的习惯、财政状况、药物使用史，是的，还有犯罪记录。他们刨根问底，只为能找到那些可能会对你不利的信息，会被别人以此为要挟而套你的话，或者强迫你认罪的信息。

他们还会问到你的伴侣、家人和朋友。你的职位越高，你要填的表就越详细，就需要提供更敏感的信息。

表上的最后一个问题通常是：有没有能对你产生压力的事情或者人？如果有的话，请写下来。

这样的表我们都填过好多次了，我每换一个部门就要填一次。我欺骗了他们，一次又一次地欺骗了他们，这足以成为我被解雇的理由。但如果我把真相告诉欧文，那他也就成了这个谎言的一部分。我把他置于和我一样危险的境地。

对我来说，隐匿尸体已经是一件糟糕透顶的事了，如果再和谋杀扯上关系……

我闭上眼睛，窗外的黑暗和大雨一同从我眼前消失了。我突然产生了一种错觉，就好像自己又回到了盐碱滩上，面对着自己不熟悉的道路，小心翼翼地走着。脚下的土壤并不坚实，又软又湿。每走一步，我就下沉一点，离正确的道路也越来越远，很快我就发现再也找不到回去的路了。

"你刚才是说要到萨尔腾吗，亲爱的？"一个苍老嘶哑的声音突然响了起来。我猛地惊醒了。弗雷娅受到了惊吓，生气地叫了起来。

"什么?"我的嘴角还挂着一缕口水。

我用弗雷娅的擦嘴巾擦去了口水,冲着对面的那个老太太眨了眨眼,"你刚才说什么?"

"我们已经进站了,萨尔腾。我刚才听到你和检票员说你要去的地方,是萨尔腾吗?"

"哦,好的。"

车窗外一片漆黑。我用手做了个望远镜的形状贴在车窗上,眯起眼睛透过雨幕看向外面昏暗的站牌。是到站了吗?

确实是萨尔腾站。我急忙站起来,抓起包和外套,弗雷娅睡眼惺忪地趴在我身上,我一只手抱着她,用另一只手费力地撑开了车厢门。

"我来帮你拉着门吧。"老太太看到我正费力地把弗雷娅塞进婴儿车,主动过来帮忙。

我刚把婴儿车推上潮湿的站台,列车员的哨声就响了起来。雨水拍打着我的外套,弗雷娅的眼睛因为惊恐而睁得大大的。我在站台上奔跑着,衣服都飘了起来。希望凯特已经在车站等着我了。

谢天谢地。她在,和里克一起坐在车里。里克的车还发动着,车窗上浮起了一层水汽。这一次我没忘了婴儿椅。坐上车后,我就把弗雷娅放了进去。里克启动了车,沿着有车辙的道路向镇上驶去。

车上根本就没有谈话的空间,弗雷娅一阵高过一阵的哭声已经将我们淹没。她很气愤,本来睡得好好的,又暖和又干燥,却被弄醒了,来到了这湿漉漉的地方。不过尽管弗雷娅的哭声像猫抓一样挠着我的心,但与此同时,我也很庆幸,这样就可以不用和里克闲聊了。现在我的脑海中全是那些画、安布罗斯的信、玫瑰花,还有我手上可能沾染的鲜血。

回到潮水磨坊,屋子的地板上已经积了不少水,窗框里也有一摊一摊的积水。雨水穿过破旧的窗户,打在了坑洼不平的地板上,逐渐积累在窗户的边缘。

"凯特!"我提高嗓门,试图盖过弗雷娅的哭声还有海浪拍打码头的声音。但是她摇了摇头,指了指时钟,上面显示的时间已经接近午夜。

"先睡吧。"她说道,"我们明早再说也不迟。"

我只能点点头,带着一个哭泣的孩子走上楼,回到了我们之前住的那间房。我的床单还铺在床上,卢克的床上。我躺在上面,听着弗雷娅歇斯底里的哭声,然后大口大口地呼着气……我渐渐坠入了梦乡。

一大早我就醒了,躺在床上,眼睛一时还不适应窗外射进来的阳光。虽然还早,但屋子里已经很亮了,整间屋子里都散布着那种清冷的光。向窗外看去,河口已经升起了一团灰蒙蒙的薄雾,将潮水磨坊和周围的东西都包裹在内。窗户上挂着一张蜘蛛网,上面挂着几颗晶莹的露水,看上去竟也如此迷人。我盯着蜘蛛网看了一会儿,想起了萨尔腾镇上那些诡异的渔网。

胳膊露在外面还有些冷,于是我把毯子拉上来一些,翻身去查看摇篮里的弗雷娅。她居然如此安静,让我一时有些不适应。

突然眼前的景象让我的心跳停了几拍,然后又重新疯狂地跳动起来。

弗雷娅不见了!

我想都没想就爬了起来,浑身颤抖,就好像触电了一样。我掀起床上的被子，疯狂地寻找她。我知道自己的行为有多愚蠢，因为昨晚我亲手把她放进了摇篮，那时她都没怎么动，她怎么可能一大早从摇篮里爬了出来，还爬到了我的床上。

弗雷娅！天哪！

我找遍了床上的每个角落，仍然没有看到她的身影。她居然就这样不见了！我的嗓子哽咽了起来，然后我冲出了房间。

"凯特！"我本来想大吼一声，但是恐慌之下，凯特的名字卡在了嗓子里，我发出的声音像是被人掐住了脖子一样，充满了恐惧。"凯特！"我又叫了一声。

"我在楼下呢。"凯特的声音从楼下传来。我跌跌撞撞地跑下楼梯，把脚后跟都磨破了，但我毫不在意。在最后一个台阶时，我一不小心踩空了，一头撞进了厨房。这么大的动静惊动了站在水池前的凯特，她抬起头来满脸惊愕，但是当她看到我近乎疯狂的样子，空着双手，满眼疯狂，脸上的惊讶瞬间转变成了担忧。

"凯特！"我费力地说道，"弗雷娅，弗雷娅不见了！"

凯特放下手中洗了一半的咖啡壶。在我说话的时候，我看到她脸上的表情似乎变成了……是愧疚吗？

"对不起。"她指了指我身后的毯子，我急忙转过身去，看到了弗雷娅。弗雷娅在这里。她正坐在毯子上，手里抓着一片面包，然后她抬起头看着我，发出了快乐的尖叫声。她把手里的面包扔到了毯子上，然后又伸出小手，想要去拿。

我一把抱起她揽进怀里。我的心还在狂跳个不停，一句话也说不出来。

"真的很抱歉。"凯特带着歉意重复了一遍，"我……我没想到你会这么着急。我肯定是在上厕所的时候把她弄醒了,因为出来的时候我就听到她在那里哭。你还在睡觉,于是我就想着……"她的手指绞在了一起,"你看上去一直都没怎么休息。我就想让你好好睡个懒觉。"

我什么都没说,慢慢平复着自己的心情。弗雷娅粉色的手指伸进了我的头发,我闻着她身上好闻的婴儿气息,感受着她在我手中的重量。感谢上帝,她没事,她还在。

悬着的一颗心放下来之后,我的双腿突然一软,一屁股就坐在了沙发上。

"对不起。"凯特又说了一遍,她揉着眼睛,想赶去睡意,"我早该想到这一点的,你看不到她肯定会着急的。"

"没事儿。"最后我勉强说道。

弗雷娅拍着我的脸颊,想让我看她。她也知道有哪里不对劲,只是不知道是什么。我低下头看着她,挤出一个微笑。这还是我吗?我现在都变成什么样了?找不到孩子的第一反应居然是她被人抢走了!"抱歉。"我对凯特说道,声音里带着一丝颤抖,我深吸了口气,想让自己平静下来,"我也不知道自己怎么就慌成那样,我,我只是,我现在很紧张。"

她的目光带着一种悲悯的认同,和我的目光相遇了。

"我也是。"她转过身,"来杯咖啡?"

"好的。"

凯特把咖啡壶放到了铁架上。我们坐在那里,没人说话。后来,咖啡壶开始发出嗞嗞的声音,打破了屋子里的宁静。凯特突然说道:"谢谢。"

我惊讶地抬起头。

"谢什么？难道不该是我谢你吗？"

"我知道我的要求很过分，但你还是这么快就赶来了。"

"没什么。"说是这样说，但事实并没有我说的这么轻描淡写。选择了凯特可能是压垮欧文和我之间的最后一根稻草，我都不敢去想接下来会发生的事情。"说说警察的事吧。"我转移了话题，尽量不让自己去想昨天发生的事。

凯特没有立刻回答。她站起身，走到正咝咝作响的咖啡壶前，将它从炉子上拿下来，倒了两小杯，把其中一杯递给我。我把弗雷娅放到毯子上，接过咖啡，小心地放到了弗雷娅碰不到的地方。

"该死的马克·雷恩。"凯特最后说道，她坐在了对面的扶椅上，"他来找过我，说着什么'我知道一定很痛苦'之类的话，他明显已经知道了。不知道玛丽和他说了些什么，但是他肯定知道了些什么。"

"所以，尸体……已经被确认了？"我知道这是明知故问。我已经从报纸上看到了报道，但是不知道为什么，我需要从凯特的嘴里听到，我需要看到她说出来时的反应。

但她只是疲惫地点了点头，脸上没有任何表情。

"是的，他们提取了我的DNA样本。他们还说了一些关于牙科记录的事，给我看了他的戒指。"

"他们让你辨认了吗？"

"嗯，我说是爸爸的。不认的话是不是不太好？"

我点点头。凯特没说错。撒谎游戏的精髓之一就在于拿捏好分寸。游戏规则五：悬崖勒马。就像一个烫手山芋一样，要赶紧把它扔掉,西娅曾经这样比喻过。你要找到一个合适的时间点。但我不知道我们这次能否成功,似乎我们不管怎么做,麻烦都会找上门来。

"然后呢?"

"他们让我去录一趟口供,告诉他们失踪那晚发生的事情。这就是问题的关键,我们必须尽快决定。我要说你们也在场吗?"她无意识地搓着脸,眼眶下有一圈棕色的阴影,"我也不知道怎么说才好。我可以说那晚我发现爸爸失踪后,把你们都叫来了。我们要把词串好,就说你们都在,但爸爸一直没出现,然后你们很早就走了。但这样的话,警方也会让你们去录口供。所以现在就看学校是否知道了。"

"知道什么?"我脱口而出,然后才意识到自己问了个多么愚蠢的问题。

"那晚上的事。有人看到你们出来吗?如果我说你们不在我家,但有人发现你们不在学校,这就麻烦了。"

我明白她的意思。我开始回想起那一晚发生的事情。韦瑟比老师进来的时候,我们已经在寝室里了,但是她看到了我们脏兮兮的衣服和沾满了泥点的凉鞋。她在办公室里还说到了我们私自离校,有人看到了我们……

"我们应该是被人看到了。"我不情愿地承认道,"至少韦瑟比老师是这么说的。她没说是谁。当然我们也没承认,我肯定没承认,法蒂玛和西娅我就不知道了。"

"妈的!那我就只能说那晚你们也在,这样你们可能也会被拉去询问的。"凯特的脸上已经没有一丝血色,我知道她在想什么,不仅是担心这会给我们带来麻烦,还有其他更实际更自私的因素在里面。

四个版本的故事能否经受住询问,四个人中的某人是否会成为警方的突破口。

我想到了西娅,她的酗酒,她胳膊上的伤痕给她带来的麻烦。我又想到了法蒂玛和她新建立起来的信仰。真诚忏悔,她曾这样说过。如果她口中的忏悔还包括坦白,说出事实的真相呢?阿拉应该不会原谅那些一直撒谎,隐瞒事实的人吧?

我也想到了那些画,那些该死的画,除了我们,还有人也知道这件事。

"凯特。"我咽了口口水。凯特转过身来看着我,我强迫自己继续说下去,"有件事我必须要告诉你。法蒂玛、西娅和我,我们都,我们都收到了一些图片,一些复印的画。"

凯特的脸色变了。我知道她已经明白我接下来要说的事情了,这样我就能更容易说出口了吗?我也不知道。但是我强迫自己继续说下去,语速飞快。

"你真的把你爸爸给我们画的那些画毁了吗?"

"是的。"她的脸上浮现出痛苦的表情,"我发誓,但不是……"她停了下来。我突然丧失了继续听下去的勇气,但为时已晚。凯特咬着没有一点血色的嘴唇,好像下定了某种决心一样,"但并不是直接毁掉的。"

"什么意思?"

"在他死后,我真的不忍心再毁了他的那些画。我确实想,但是我,唉,我一直没找到合适的时机。直到有一天我去他的画室,发现了有人来过的痕迹。"

"什么?"我的震惊显露无遗,"那是什么时候的事?"

"好几年前。一些画不见了,我知道有人进来翻找过,在那之后我就把所有的画烧了,但后来那些信就出现了。"

一股寒意如同毒药一样蔓延到我的全身。

"信?"

"开始只是一封信。"凯特的声音很低,"我卖掉了爸爸的一幅画。本地的报纸报道了这场拍卖和拍卖所得的价格。几周之后,我就收到了一封信,索要钱。信里并没有任何威胁的话,只是让我把一百英镑装在信封里,放到萨尔腾武器酒吧里一块松掉的墙板下,我没理它。过了几周,我又收到一封信,这次索要了两百英镑,里面还附上了一幅画。"

"一幅画着我们的画?"我干巴巴地说道,内心一阵恶心。凯特点点头。

"我付了钱。后来那些信就时不时地出现,大概六个月一次。我不停地给钱,最后我写了封信,告诉那人说我已经没钱了,潮水磨坊正在下沉,爸爸的画也卖完了。除了钱,你想要什么都行。然后我就再也没收到过信。"

"那是什么时候的事?"

"是两三年前吧。从那以后,我就再没收到过什么奇怪的东西。我以为一切都已经停止了,但是几周前它们又开始了。先是那只羊,然后……"她费力地吞咽了下,"你们离开后,我收到了一封信,上面写着:'为什么不问你的朋友要呢?'但是我真没想到……"

"天哪,凯特!" 我猛地站了起来,紧张得根本坐不住,但又没地方可去,我只好重新坐了下来,神经质地揪着沙发上破损的地方。为什么你不早点告诉我们?我想问。但其实我知道答案。凯特一直想保护我们，这么多年来一直都是。为什么你不报警？我想问。但我也知道答案。那就是一些破画而已，我想这么说，但我知道，我们都知道，事情没那么简单，那些画确实并不重要，那只死羊身上的字条才是事情的核心。

"我一直在想……"凯特压低了声音说道，但她却停了下来。

"继续说。"我鼓励她。她急促不安地绞着手指，然后站起来走到了橱柜旁。她拉开一层抽屉，里面有一沓纸，凯特用一条红绳把它们捆了起来。这捆纸片的最中间还夹着一封信。这封信看上去已经有些年头，上面还留有折过的痕迹。我的心突突地跳了起来。

"那就是……"我费力地吐出半句话。凯特点点头。

"我保存着它。我也不知道还能做些什么。"

她把信封递给我，那一刻我其实很不想接，怕留下能被法医追查到的指纹。但随后我就释然了，十七年前我就接触过那封信，我们所有人都是。于是我小心地用指尖拎着信封接了过来，似乎这样法医就查不到指纹了。我没有打开信封，没必要，信封里那张字条上的内容断断续续地浮现在我的脑海中。抱歉……不要责怪他人，我的宝贝……这是我最后也是唯一能做的事……

"我要把它交给马克·雷恩吗？"凯特哑着嗓子问道，"这样很多问题就都有了答案，这件事就算过去了吧？"

但这又会引起更多的问题。比如，为什么凯特不在十七年前交出这张字条呢？

"那你打算怎么说？"我最后问道，"比如你是在哪里找到这张字条的？你要怎么解释呢？"

"我也不知道。我可以说就在那晚找到的，但是我没有告诉其他人,爸爸已经死了——这一部分基本属实——因为我怕他们会收走我的房子。其余的我就不用说了,不说你们,也不说埋葬了他。或者我也可以说是几个月之后才发现的。"

"天哪,凯特!"我用拳头揉着眼睛,似乎这样就能缓解疲惫赶走困意,进而更好地进行思考。突然之间我似乎想到了什么,瞳孔猛然放大,"这些故事似乎只会引出更多问题,而非答案,而且……"

然后我停了下来。

"而且什么?"凯特问道。她的声音中带着一种我无法分辨的情感。恐惧?戒备?

该死!我真不想把话题引到这个方向,但是我又想不到别的可以说的内容。撒谎游戏的第四条规则:坦诚相待。不是吗?

"而且……如果你把纸条交给他们,他们一定会去核实的。"

"什么意思?"

"凯特,我必须要问清楚。"我紧张地咽了口口水,想着如何能委婉地表达出我的想法,让它听上去不那么……怎么说呢?像我想的那样。"不过你要知道,不管你说了什么,做了什么,发生了什么,我都不做评论。我只是要知道,这是你欠我们的,是吗?"

"艾莎,你到底想说什么?你有点吓到我了。"凯特的声音里不带任何感情色彩,但她的眼神里却有一些我不太喜欢的东西——担忧和逃避。

"那张字条。它,它有点说不通。你心里也清楚。我们一直都以为,安布罗斯是因为那些画才自杀的,对吧?"

凯特点点头,动作很慢,似乎十分警惕我后面要说的内容。

"但时间根本对不上啊。那些画是在他死后才出现在学校的。"

我不由得咽了口口水。我想到了凯特模仿她父亲作品的能力，在安布罗斯死后的这些年里，她还伪造了不少她父亲的画。我想到了这十几年来她一直在默默忍受着敲诈，而不是去报警，也没有告诉我们，其实我们也有权知道。"凯特，我想问的就是，那张字条确实是安布罗斯写的吗？"

"是他写的。"凯特的脸色很难看。

"但真的很奇怪。你看，他是死于海洛因中毒，对吧？我们一直都是这么想的。但为什么那些工具都整整齐齐地摆放在盒子里呢？为什么他注射完不直接扔在椅子旁边，还非要把工具再放回去摆好呢？"

"他写了那张字条。"凯特固执地又重复了一遍，"有谁能比我知道得更清楚？"

"只是……"我不知道该怎么说。凯特挺起胸来，将晨衣裹在身上。

"你到底想说什么？你是想说我杀了自己的父亲吗？"

沉默。

这些话在我脑海中只是不成形的碎片，但这么被凯特大声说出来后就变成了一道清晰可见的伤口，令人震惊。

"我不知道。"我的嗓子已经哑了，"我只是想问，在我们接受警察调查前，是不是还有一些我们应该知道的事。"

"没有什么你们应该知道的事。"凯特冷冰冰地说道。

"是没有我们应该知道的事，还是没有事？"

"没有什么你们应该知道的事。"凯特又重复了一遍。

"所以还是有事的，对吗？只是你没告诉我们。"

"该死的，别问了，艾莎！"凯特的脸上露出极度痛苦的表情。

她慢慢走到窗前，影子似乎感受到了她的痛苦，也跟着她一起走了过去。"我真没有什么可说的。请相信我。"

"西娅说……"我刚开了个头就几乎丧失了继续说下去的勇气，但我必须要问，"凯特，西娅说安布罗斯要把你送走。这是真的吗？为什么他要这么做？"

凯特面色惨白地盯着我，脸上的表情都僵住了。

然后她发出了一种类似于抽泣的声音，转过身抓起外套套在睡衣上，一脚蹬上那双摆放在门口沾满了泥点的高筒靴。她抓起影子的牵引绳，影子不安地跟在她的脚旁，抬起头似乎想要知道主人为什么这么难过。然后她走出门，身后传来重重的摔门声。

这一声关门的声音就像枪响，回荡在房间内，橱柜里的杯子都被震得一跳。弗雷娅在我脚边的毯子上玩得正欢，她也被摔门声吓了一跳，小脸很快就皱了起来，然后哇的一声哭了出来。

我很想追出门去，逼问出答案，但是现在我必须要安抚我的孩子。

我站在那里，一时有些手足无措。弗雷娅还在号啕大哭，凯特的脚步声已经远去。我发出了一声懊恼的叹息，然后抱起弗雷娅，快步走到窗边。

弗雷娅气得满脸通红，还一直乱踢。她真的被刚才那声巨响给吓到了。我一边安慰她，一边看着凯特的身影慢慢消失在海岸线上。

我开始思考，思考着她刚才的用词。

"我真没有什么可说的。"

凯特的话不多，她一直都是这样。所以刚才那句话必有蹊跷。

我看着她和影子慢慢消失在雾中，心里想着那个原因，还有我的选择。来这里是否本身就是个巨大的错误？

凯特出去之后，屋子里安静得有些诡异。海雾弥漫到玻璃上，地板上还留有潮湿的水印。

雾气中，潮水磨坊似乎离大海更近了，看上去就像是一个漂浮在海上的破船而不是陆地上的一个建筑。海雾似乎也渗进了木板中。潮湿的地板透出一股寒气，蔓延在整个屋子里。

喂过弗雷娅后，我把她放下来，拿了书给她玩。我点燃了壁炉被盐水打湿了的木头，火焰的光透过脏兮兮的玻璃闪耀出蓝绿色的光芒。我蜷缩进沙发，想着接下来该怎么办。

我不由自主地想起了卢克。他知道多少？凯特和他之前是那么亲近，但现在两人却势同水火。为什么？

我以手扶额。哦，卢克，他皮肤上的热度，他的四肢触碰我的感觉……我突然有了种溺水的感觉。

过了中午的饭点，凯特才回来。但是她冲着我做的三明治摇了摇头，带着影子直接上了楼，去了自己的卧室。我甚至感到有些庆幸，因为我说的那些话确实太过分了，现在我真不知道该如何面对她。

上楼哄弗雷娅睡觉的时候，我听到凯特在屋子里走来走去的声音。当她经过窗边的时候，我还能从缝隙里看到她的身影，那些从缝隙里露出的银灰色光线被她挡住了。

我费了半天劲才把弗雷娅哄睡着，然后下了楼，坐在窗户边，看着海湾里躁动不安的海水。还没到凌晨四点，海潮几乎涨到了最高点。真是一个大潮，自从我们到这里之后我还没见过这么高的浪头。码头快被淹没了。在海风的助力下，海水从磨坊靠海面的门渗了进来。

海雾已经散去了不少，但天空仍然阴沉多云。我坐在那里，望着铁灰色的海水拍打着码头上的木板，想着几周前的场景，很难想象当时的酷热。那时我们真的下水游泳了吗？还漂浮在水面嬉戏追逐？这还是当初那片温暖而又平和的水域吗？一切都已经面目全非。

我打了个冷战，裹紧了身上的外套。离家前，我随手将一堆东西塞进了包里，根本都没来得及看，到了这里我才发现自己带了好几条牛仔裤、好几件薄上衣，但基本没带对付这种天气的保暖衣服。我不敢问凯特借，至少不是今天，因为现在我真的无法面对她。等明天吧，等事态缓和一些再说。

窗户边的地板上摆着一摞书，封面都被雨水打湿了。我走过去，随便拿起了一本，是比尔·布莱森的《"小不列颠"札记》，封面的颜色极其鲜艳活泼，和潮水磨坊阴郁的颜色、潮湿的木头和泛白的棉布形成了鲜明对比。我走到开关前，想打开灯让屋子里亮堂一些，但是却被电得跳了一下。身后不知何处突然传来了一声巨响，屋里的灯突然闪了一下，明亮得有些不正常，然后就熄灭了。

电冰箱也颤抖着发出一声低吼，然后停止了工作。该死！

"凯特！"我小心翼翼地叫道，生怕吵醒了弗雷娅。凯特没有回应，但我能听到来回走动的脚步声，在我叫的时候还停顿了下，她应该听到了。"凯特，电闸跳了。"

还是没有回应。

楼梯下有一个橱柜，我把头伸进去，但里面实在是太黑了。有一个看上去很像是保险丝盒的东西，这看上去可不像是凯特口中的"现代设备"，就是一个装在木头上的黑色硬塑料盒，一卷沾上了焦油的线从盒子的一头冒了出来，另一头则冒出了一些铅头。我不敢碰。

妈的。

我拿起手机，准备上网查一下如何重置保险盒。突然我看到了手机，我的心狂跳了起来。欧文给我发了一封邮件。

我点开邮件，心都提到了嗓子眼。

拜托拜托，一定要是他的道歉，写什么都行，他搭了梯子我才好顺势而下。冷静下来之后他肯定会意识到自己的指控是多么可笑。一束玫瑰再加上拜访旧友的一次旅程就等同于婚外情？想象力也太丰富了吧？他一定也意识到了这点。

但邮件里并不是欧文的道歉，没有辩解也没有示好，甚至连一句话也没有。有那么一瞬间，我还以为他把发给别人的邮件错发给了我。

邮件里是一堆罪名，列上了时间和地点，但没有名字也没有详细的解释。巴黎：入室偷窃；巴黎郊区一个我都没听说过的地方：偷车；诺曼底一处海水浴场：恐吓。一开始的罪行还只是二十年前的，再往下就是发生在近期的罪行,不过间隔很长,时间跨度有好几年。最近的基本都发生在英国南部地区。黑斯廷斯附近的酒驾,布莱顿的持有违禁物警告,肯特因打架斗殴被拘捕但没有受到起诉和指控即被释放。最近的一桩罪行就发生在几周前,赖伊附近因醉酒和行为不端在监狱待了一晚,但没有受到指控。这都是什么乱七八糟的东西?

然后我突然明白了。这是卢克的犯罪记录。

我突然感到一阵恶心,他居然能在这么短时间内就拿到了这么详细的报告,怎么做到的?我甚至都不想知道。他有人脉,认识军情五处的人,再加上他自己也在内政部身居要职,拥有高级别的机密工作许可。虽然他有权这么做,但这怎么看都是一种滥用职权的行为。

不仅如此,看样子他还是执迷不悟,觉得卢克就是我来这里的原因。他觉得我睡了另外一个男人。

一股血气上涌,我的脖子后面一阵刺痛,手指发麻。

我气得只想大叫,想给他打电话,痛骂他一顿,告诉他他破坏的这份信任永远也无法弥补。

但我还是放弃了这个念头,部分原因是我怕自己一怒之下会说出什么不可挽回的话。

还有我也不得不承认这不全是他的错。

他确实有错。我们在一起已经有十年了,这么多年来我就没有亲过第二个男人。我爱他,忠于我们的爱情,他怎么能就这样轻易怀疑我的感情?

但我确实撒谎了,他也知道。他不傻,他知道我对他撒谎了。

他只是不知道原因。

我紧紧攥住手机,直到手机发出了吱吱的声音,我才意识到自己抓得太紧了。我慢慢放开，活动了下手指。

混蛋！混蛋！

真是莫大的耻辱，他居然认为我会从他的床上滚到卢克的床上。如果他不是弗雷娅的父亲，单就这一条我就能甩了他。之前我也交过嫉妒心爆棚的男友，他们就像是毒药一样慢慢腐蚀着你的感情和自尊。最后你就会变得疑神疑鬼，刚才我是在和那个男的调情吗？我没意识到啊。我是想勾引他的朋友吗？我的领口太低了吗？裙子太短了吗？笑容太灿烂了吗？

你会一直怀疑自己，直到自我怀疑取代了爱情和自信的位置。

我真想给欧文打一个电话告诉他，如果你不相信我，那我们就离婚。我没法容忍自己被泼脏水，还要去否认他脑海中虚构出来的奸情。

但这件事中还包括了弗雷娅，我能这么对她吗？失去了父亲或者母亲，我有过这样近乎绝望的经历，所以我不想让她再遭遇这些。

屋外乌云密布，潮水磨坊里阴森寒冷，壁炉的火在门后有气无力地烧着。突然楼上传来了弗雷娅的动静，她小声呜咽着——这是她即将醒来的征兆。我得出去，去酒吧吃饭，也许我还能和玛丽·雷恩谈谈，打听到些消息？反正凯特一时半会儿是不会出来的，即使她下来了，我也不确定自己能否鼓起勇气面对她。欧文的邮件像毒药一样存放在我的手机里，再加上我和凯特之间诡异的气氛，我也不确定自己能否和她面对面坐下，心平气和地吃饭聊天。

我跑到楼上，费了九牛二虎之力给弗雷娅穿上了外套，然后检查了下婴儿车，确认下面有装好的雨衣，便推着她出了门。风打在我们脸上，我们踩着沙子开始向萨尔腾镇走去。

  在前往萨尔腾镇的路上，我有充分的时间来思考。冷风中，我艰难地移动着脚步。一方面，我恨欧文，另一方面我也很内疚。我确实不是那么完美的伴侣，两种情感在我的内心激烈交锋。我在脑海里列举着欧文的罪证：脾气差，占有欲强，自作主张。

  与此同时，另外一些画面又出现在我的脑海里。他弯下腰将温水倒到女儿头上给她洗澡，他的善良聪明，还有他对我和弗雷娅的爱。

  最后我又想起了自己在整件事中扮演的角色。我撒谎了，我向他隐瞒了一些事情。从我们相遇的第一天起，我就一直守护着这些秘密，但在过去的这几周内，需要保密的事情越来越多，他也感觉到了不对劲。欧文一直就是个占有欲比较强的人，但他之前从来没有嫉妒过别人，至少不会像现在这样，而这都是因为我，我把他变成了现在这副模样。我、西娅、凯特和法蒂玛，我们一起把他变成了现在这副模样。

  我陷入自己的思绪中，几乎忘了计算路程。不知不觉，远处薄雾中的小黑点渐渐变成了清晰可见的房屋和其他建筑。

  我活动了下冰冷的手指，掸掉了车篷上的积水，然后推着婴儿车向着萨尔腾武器酒吧的方向走去。很快，我就听到了音乐声，不是大商场里放的那种音乐，而是各种乐器混合在一起的声音：手风琴的低吟、班卓琴的弹拨和小提琴欢快的旋律。

  我推开门向吧台走去，熟悉的感觉扑面而来。空气中弥漫着木头燃烧产生的烟味和啤酒的香味，人们三三两两地聚在一起，谈笑风生。他们的平均年龄有六十多岁，几乎都是男性。

我进去的时候，人们纷纷扭过头来看我，但音乐仍在继续。玛丽·雷恩趴在吧台上，看着弹奏乐器的人，用脚打着拍子。看到我怯生生地进了门，她冲我点了点头。我也回之以微笑。站在门口听了一会儿，我向里屋走去，仿佛第一次注意到了墙上的那些木板。我想起了凯特收到的那些敲诈字条，心里泛起一阵恶心。想从里面拿钱实在是太简单了，随便拉过一张椅子一挡，或是在上厕所的时候神不知鬼不觉地摸上一把……如果你是这间店的老板，那就更方便了。

我想着玛丽之前无意间提到的那件事。酒厂想把这里卖掉，在这里建公寓卖给外地人。我环顾四周，看着墙上脱落的颜料和四周磨损的地毯和椅子。哦，杰瑞，他该怎么办呢？这是他工作了一辈子的地方，这个酒吧不仅是他唯一的经济来源，也是他的社交场所，还是他养老的希望。没有了酒吧，他还能做些什么呢？不知道是因为别人的注视还是屋子里的嘈杂和闷热，或是意识到那个敲诈凯特的人也许就在我的面前，我的幽闭恐惧症和被害妄想症突然发作了。不论是咧嘴而笑、露出心领神会表情的老男人，还是抱着胳膊一言不发的女服务员，他们似乎都在窥视着我，他们肯定都知道我是谁。

我从人群中挤出一条路来到了厕所，把弗雷娅的婴儿车拽了进去，然后关上了门。我靠在门上，闭上眼睛，感受着突如其来的安静和凉爽。你没问题的，别让他们影响到你。我在心里默默给自己打气。

睁开眼后，我才从脏兮兮的镜子里看到了门上那些褪了色的模糊字迹。

马克·雷恩是强奸犯！！！

出于羞愧，我的脸颊快要烧起来了。尽管这些字迹已经褪色模糊，但还能认得出来。有人还把马克这两个字刮掉了，在上面写上了警官两字。

悔不当初。我早该知道，有时谎言会比事实要根深蒂固。在这个小地方，人们会记住每一件事。这里不像伦敦，过去被一遍又一遍地重写，直到最后什么也不剩。这里没有事情会被遗忘，我的谎言会像鬼魂一样永远缠着马克……和我。

我走到水池前，朝脸上泼了点水，弗雷娅则在一旁好奇地看着我。我直起腰，看着镜子中的自己。是的，这是我的错，但不仅仅是我的错。如果我能勇敢地面对自己，我也可以面对他们。

我打开通往酒吧的门，推着弗雷娅的婴儿车坚定地走了出去。

"艾莎·王尔德！"经过水龙头旁边的时候，一个有点模糊的声音突然喊住了我，"哎呀，我还以为你这一去又是十年呢。"

我转过身看到了正冲我咧着嘴笑的杰瑞。他的大金牙在火光下熠熠生辉。他正在吧台后擦杯子，手里的那块抹布看上去有些年头了。

"嗨，杰瑞！"我和他打了个招呼。弗雷娅在婴儿车里扑腾着，酒吧里实在是太热了。她一把推开婴儿车上的防雨布，然后发出了一声胜利的叫声。我抱起弗雷娅安抚着她："你不介意我把孩子带进酒吧吧？"

"只要不让她喝酒就成。"杰瑞咧开嘴笑了，露出一嘴参差不齐的牙齿，"想要点什么？"

"现在有吃的吗？"

"一般到六点才有，不过……"他看了眼吧台上的时钟，"不过现在差不多，给你菜单。"

他从吧台上推给我一张折了角的皱巴巴的纸，我仔细看了起来。

三明治，鱼肉馅饼，调味蟹肉，汉堡和薯条……

"给我来一份鱼肉馅饼。"我最后说道，"还有……一杯白酒。"

都快六点了，来一杯又何妨？

"要账单吗？"

"是的。刷卡行吗？"我在手提包里摸索着，但是他笑着摇了摇头。

"我知道哪里能找到你。"

不知怎么回事，他居然能把这种客套话说出了一种威胁的意味。但我还是保持着笑容，冲着里屋点点头，那里更安静，还有几张空桌子。

"我就坐那儿。行吗？"

"没问题。我会亲自给你送过去的，带着这个小东西也不好动，是吧？"

我点点头，然后向里屋走去。靠窗的那张桌子上摆了一排脏兮兮的酒杯，有人在桌子上清理他们的烟斗，把烟灰弄得满桌子都是。角落里的那张桌子看上去也没好到哪里去。一个杯子被反扣在桌上，里面还有一只在啤酒沫里挣扎的黄蜂，椅子上的皮革都翘了起来，上面全是狗毛，不过那里有放婴儿车的地方，于是我就把脏杯子移到了其他桌上，用啤酒杯垫大致擦了下桌子，把婴儿车推了过来。

好不容易坐了下来，弗雷娅又开始不安分了，她觉得已经到了吃饭时间，所以随时都有可能会发作。我并不矫情，在伦敦的时候我也在酒吧里喂过奶，不过通常都是在欧文在场的情况下，而且说实话，在伦敦，你就算在公共场合下给猫喂奶都没人管你。

但是现在不一样，只有我自己，而且我也不知道杰瑞和其他客人会怎么想，但为了阻止弗雷娅的发作，我只能这样做。我解开上衣扣子，理了一下里面的衣服，尽量少露点，然后迅速把她搭了上来。我扯开外套盖住了弗雷娅。

弗雷娅吃奶的时候有人看向了这里，其中一个白胡子老头直勾勾地看着这里，毫不掩饰眼里的好奇。我感到一阵恶心，想起了凯特说过的那些在酒吧里八卦的色老头。这时，杰瑞端着一个盘子走了过来，盘子上摆着一杯白酒和包在餐巾里的刀叉。

"应该收你开瓶费的。"他嬉皮笑脸地说了一句，冲着我的胸点了点头。我的脸红了，勉强做出一副被逗乐的样子。

"抱歉，她饿了。你不介意吧？"

"我当然没意见。我想其他人也不会介意多看两眼的。"他咯咯地笑了起来，引得吧台后他的那帮密友们也哄笑了起来。我的脸都快要烧起来了，更多的脑袋转向了这边。一个满头白发的老头子醉眼蒙眬地冲着我眨了眨眼，然后大笑起来。他挠着自己的裤裆，冲着朋友小声说着什么，一边说一边冲着我这里点了点头。

我认真地考虑要不要退了鱼肉馅饼，然后离开这里，就在这时，杰瑞把酒杯从桌子上推了过来，然后冲着吧台那边点点头："对了，这杯酒是你朋友请的。"

我的朋友？我抬起头，然后我们的眼神就相遇了。卢克·罗什福尔。

他坐在吧台边，冲我举了举杯子，脸上似乎有一种悔恨的表情，我不是很确定。

我想起了欧文，想到他发给我的那封邮件。此时此刻，如果他恰好走进来，又会做何感想呢？我的胃里一阵翻江倒海，但在我还没想好要说些什么的时候，杰瑞已经走了，而卢克却站起来，向我走了过来。

无路可退。左边是婴儿车，右边是别人的椅子，我的外套下还有正在吃奶的弗雷娅，根本不可能在他过来之前跑掉。再加上弗雷娅在我的怀里一点也不老实，我甚至连站起来和卢克打声招呼都做不到。

我想到了那只血肉模糊的死羊。

我想到了在他怀中哭号的弗雷娅。

我想到了那些画和欧文的怀疑。我的脸又烧了起来，是因为生气，还是……

"嘿！"他走了过来，手里还拿着自己的酒杯。我率先开了口，想先从气势上压倒他，但事实上我不自觉地就在凳子上向后缩了缩。

"卢克……"

"对不起。"他却突然打断了我，"那些事情，还有你的孩子。"他的表情很固执，在昏暗的灯光下，他的眼神显得很深沉，"我真的是想帮忙的，但我确实不该那么做。我现在才意识到自己当时有多蠢。"

这和我预想中的不一样。我一下就泄了气，本来准备呵斥他，让他离我远点的那些话也就没法说出口了。一时之间我真不知道该说些什么。

"我知道，这杯酒，其实也没什么意义，但就当是我们和解的象征。我真的很抱歉，我绝不会再打扰你的。"

他转过身准备离去，突然之间，我的内心一阵躁动，一句让我自己都感到震惊的话脱口而出："等等！"

他转过身来，脸上露出了戒备的表情。他躲避着我的目光，但在他的眼神中，我似乎看到了一丝希望。

"你，你确实不该带走弗雷娅，但是我接受你的道歉。"

他站在那里，一句话也没说，只是尴尬地低下头示意自己知道了。我们的目光相遇了。也许是他怯生生的表情，也许是他缩着肩膀站在那里的样子，看上去就像是一个过度发育的大男孩，又或者是他的眼睛里面流露出痛苦而又脆弱的神色，有那么一瞬间，他似乎又变成了当年那个令我脸红心跳的大男孩。

我咽下嗓子中的苦涩。这种感觉最近一直伴我左右——紧张和抑郁引起的老毛病。

我想到了欧文和他的指责，他居然认为我……想到这儿，我突然想任性一把。

"卢克，你想坐下吗？"

他没作声。有那么一瞬间，我以为他假装没听见准备扭头就走。

只见他的喉结动了一下。

"你确定？"

我点点头。他拖过一把椅子坐下了，然后低下头盯着自己手中玻璃杯里琥珀色的液体。

我们谁都没有说话。吧台的那些男人纷纷转过身去，卢克就像是一面盾牌，将他们的好奇心统统挡在了外面。我感受到了弗雷娅有力的吮吸和抓挠。卢克坐在那里，他转过目光，不看我们。

"你有没有……有没有看到新闻？"过了好久，卢克终于打破了沉默。

"关于……"我停了下来，我本来想说那些骸骨的，但不知为何,话到了嘴边却说不出口。他点了点头。

"他们已经确认了,是安布罗斯。"

"我听说了。"我咽了口口水,"卢克,很抱歉……"

"谢谢。"他的法语口音更重了。他摇了摇头,似乎想甩掉那些不好的想法。"我没想到自己还是这么难过。"

我的胸口发堵,再一次意识到了我们的所作所为不仅给自己判处了"无期徒刑",还有卢克。

"你有没有……有没有和你妈妈说?"我勉强说道。

"没有。她才不会关心。再说,她也配不上那个人。"卢克平静地说道。

我喝了一大口酒,试图缓和自己的情绪,冲淡嘴角的苦涩。

"她,她是个瘾君子?"

"是的,先是海洛因,然后是美沙酮。"

他说的是法语中的美沙酮,一开始我还没听清,然后才明白过来。我咬紧了嘴唇,后悔自己为什么要提到这个话题。卢克静静地坐在那里,盯着自己的杯子。我也不知道该说些什么来挽回现在的局面,他好心过来道歉,我却提起了他的伤心事。

正当我不知如何是好的时候,一个年轻女孩端着一盘鱼肉馅饼走了过来,打破了眼前的尴尬。她把盘子放到我面前,直截了当地说:"要酱吗?"

"不用了。"我吃力地说道,"不用了,谢谢你。"

我切了一勺馅饼递进嘴里,油腻腻的感觉。尽管上层的奶酪看上去很美味,但食之无味。我还吃到了没融化的盐粒,勉强咽了下去,但嗓子里一阵恶心。

卢克什么都没说，他坐在那里，一双大手放在桌上，手指随意地弯曲着。我还记得在邮局的那天早上，他压抑的怒火，指关节上的伤口，还有我的恐惧。我又想到了那只死羊，还有他手上的血迹……

我知道卢克很生气，换了是我，也一样会愤怒。

时间不早了，弗雷娅趴在我的身上睡着了。聊了几小时之后，我和卢克终于停了下来。现在我们并排坐着，看着弗雷娅平静地呼吸，有着各自的心思。

酒吧打烊的铃声把我吓了一跳，我拿出手机，发现居然已经十点五十了。

"谢谢你。"我对他这样说道。卢克站起身伸了个懒腰，他看起来很吃惊。

"为什么要谢我？"

"为了今晚你所做的一切。我，我确实需要出来透透气。"说这话的时候，我突然意识到在过去的几小时内，我居然一点也没想起过欧文，也没有想过凯特。我搓着脸，放松着身体，窝在这个狭小的空间里，我的身体有些发麻。

"这不算什么。"他弯下腰，小心翼翼地从我怀里抱起了弗雷娅，好让我从桌子后面挤出来。他抱弗雷娅的动作还不太熟练，弗雷娅小声地叹了口气，然后钻进了他温暖的怀抱里。

"你还挺在行，想要个孩子吗？"

"我不会要孩子的。"他的语气听上去不像是开玩笑。我吃惊地抬起了头。

"真的吗？为什么不要？你不喜欢小孩吗？"

"不是的。我的童年一团糟,这都是会遗传的。"

"瞎说!"我伸手从卢克那里接过弗雷娅,小心地把她放进婴儿车里。我把手轻轻地放到她的胸上,她先是睁开了眼睛,但还是敌不过睡意,又合上了眼皮。"如果真是这样的话,所有人都不能生孩子了。每个人都有自己的包袱,但也要看到好的一面,要把这好的一面传下去啊!"

"我的童年里没有任何值得传下去的东西。"一开始我还以为他在开玩笑,然后我才意识到他是认真的,他的脸上除了认真还有一丝悲哀,"我不能冒这个险,让另一个孩子遭受我所遇到过的不幸。"

"卢克……别,别这么说,你肯定不会像你妈妈那样的。"

"你怎么知道?"

"没有人能知道他们会成为怎样的父母。烂人也会生孩子,但关键在于他们是否关心。卢克,我能看出来你的关心。"

他耸了耸肩,穿上了自己的夹克衫,然后也帮我穿上了外套。

"无所谓了。反正我是不会要孩子的,我不想这样把一个孩子带到人世。"

我们走到了停车场外。卢克把手插进口袋,耸起了肩膀。

"我能送你回家吗?"

"那你太绕路了吧。"

说完我才意识到,其实我也不知道卢克住在哪里。但应该不会有地方和潮水磨坊是顺路的吧。

"其实也没有绕路。我就住在学校附近的滨海路,最快的一条路就是从沼泽地里穿过去。"

这也就解释了很多事情,比如说,为什么我们去参加校友会的那天晚上他会出现在沼泽地里。我的内心突然涌起一阵愧疚,为什么当时不相信他呢?

我有些犹豫。

我能信任卢克吗?内心的直觉告诉我,不能。但想起今天早上和凯特的对话,连她都回避了我的问题,在这个地方我还能信任谁呢?

我没带手电筒,今晚的云层又格外地厚,所以我们走得很慢,边走边小声交谈着。我推着婴儿车,卢克在前面带路。一辆卡车从黑暗中驶了出来,车前的灯投射在我们身上,把我们的影子拉得长长的。卢克冲着卡车里的人挥了挥手以示问候。

"……晚安,卢克。"卡车在经过我们的时候,车窗里传来模糊不清的声音,然后就再次驶入了黑暗之中。我突然意识到,卢克做到了凯特未能做到的一件事。他融入了这里的生活,和当地人打成一片。凯特尽管一直生活在这里,却一如玛丽所言,是个局外人。

走到海湾大桥的时候,我的鞋里进了石头,硌得难受,于是我停下来脱掉鞋子取出了石头。正当我一条腿站着,试图把鞋子穿回脚上的时候,卢克趴在桥栏杆上,看着入海口里涌动的潮水。雾气已然散去,但是在这种多云的天气下,海湾被笼罩在黑暗之中,能见度很低,甚至连潮水磨坊的亮光也被黑暗吞噬了。他脸上的表情令人难以捉摸,我不知道他在想些什么,但此刻我只想到了黑暗中那顶白色的帐篷。

我穿好鞋子,站到他身边,也趴到了栏杆上。我们虽然没有接触,但我们的前臂靠得很近,他的体温透过外套传到了我这里。

"卢克。"我刚说出他的名字,他却在毫无预兆的情况下突然转过了头,温暖的嘴唇贴上了我的嘴唇,我的内心突然被强烈的渴望所占据，下腹里涌起一股热流。

我抱着他的腰，一动不动地站在那里。他的嘴里吐出热气，我的心怦怦地跳了起来。然后我突然意识到自己在做什么，就像被当头浇了一桶冷水一样瞬间清醒了过来。

"卢克，别这样！"

"对不起，对不起！"卢克露出懊恼的神色，"我真不知道刚才是……"

他停了下来。我们面对面站着，似乎能听到彼此剧烈的心跳声。他的脸上既有困惑也有痛苦，这也正是我现在的真实写照。

"哎！"他突然一拳砸在了栏杆上，"为什么我总能把事情搞砸？"

"卢克，你没有，别这样……"

我的嗓子里又泛起一片苦涩。

"我已经结婚了。"尽管事实并非如此，但欧文毕竟是我孩子的父亲，我和他现在虽然有争执，但我们确实在一起了，而且我并不打算脚踏两只船。

"我知道。"他的声音很低沉。然后他不再看我，而是转过身向潮水磨坊走去。

他在我前面突然轻声说了一句话，声音很小，我不太确定自己有没有听清。

"我犯了个大错……我应该选你的。"

我应该选你的。

什么意思？我很想问清楚，但当我们沿着海湾旁边的田埂走着的时候，他的沉默却将我拒之门外。

他到底想说什么？他和凯特之间发生了什么？

我问不出口，我也很害怕。我害怕听到他给出的回复，我自己也隐藏了这么多秘密，又有什么资格要求别人说出事实呢？

我只好把注意力集中在脚下，推着弗雷娅的婴儿车小心翼翼地绕过水坑和泥洼。我们待在酒吧的那段时间，外面下过一阵大雨，脚下又不是柏油马路，所以很是泥泞。

我意识到，卢克就在我身边，他控制着自己的速度以免把我丢下。还是分开比较好吧，我痛苦地想道。虽然不是很情愿，但我还是对他说道："你不用一直陪着我。如果你想从这里岔开，早点回去……"

但是他摇了摇头，"你会需要帮助的。"

到了潮水磨坊的时候我才明白了他的意思。

海水涨潮了，这是我第一次见到这么大的浪头。木桥几乎不见了踪影，而且在木桥的那头，潮水磨坊也和黑暗融为了一体。虽然水只没过了一点，但我根本分不清哪里是上岸的地方，更别说注意到木桥上的那些缺口。

如果只是我一人还好说，但还带着弗雷娅。婴儿车很沉，如果我不小心把车推出木桥，它很可能会掉进水里，我根本没有力气阻止。

我沮丧地看向卢克，"该死，我该怎么办？"

卢克抬头扫了一眼黑漆漆的窗口，"看来凯特也出去了，她至少应该留盏灯。"卢克的声音听上去很刺耳。

"刚才屋里跳闸了。"我说道。卢克耸了耸肩，虽无意和我争辩，但不赞同之意溢于言表。我本想替凯特说两句的，但内心深处似乎也燃起了一簇小小的火苗。凯特怎么能就这样一走了之呢？她就没想过我吗？如果没有卢克在，我怎么回去？

"把孩子抱起来。"卢克冲着婴儿车做了个手势。我把弗雷娅抱了起来，她还在睡觉，沉甸甸地趴在我的肩头。

"你打算……"

话未说完，我就看到卢克脱掉鞋子，推着婴儿车走进了水中。海水没到了他的小腿部位。

"卢克，小心！你不知道……"

但他知道，他当然知道桥在哪里。只见他精准地跳过了木桥和岸上的空隙，走上了木桥。他在水里跋涉着，我的心都悬到了嗓子眼，生怕他失足掉进水中。但是他轻车熟路，很快就上了岸，另一边也被海水淹没了，现在只露出一点地面，几乎连婴儿车都放不下。他试着推了下门。

门没锁,敞开后露出一片黑暗。卢克把婴儿车推了进去。

"凯特?"他的喊声回荡在屋内,我听到了他按开关的声音,咔嗒咔嗒。没有反应,"凯特?"

他重新出现在岸边,卷起裤腿,踩着水向岸边走来。

"这就像那个数学题一样。"我试着挤出一个笑容以缓解内心的不安,"大家都要过河,现在有一艘船、一只鸭子、一只狐狸……"

他笑了起来,眼睛下棕色的皮肤和嘴角都皱了起来。我震惊地发现,他现在的表情对我来说有多陌生。从我回来后,就没怎么见过他笑。

"我们现在怎么办?"他问道,"我带弗雷娅过去,你相信我吗?"

看到我犹豫的样子,他脸上的笑容消失了。

"我,我相信你。"我急忙说道,虽然这并不是我的真心话,"只是,弗雷娅不认识你,如果她醒了挣扎起来的话就麻烦了。她如果不想被人抱着,力气会非常大。"

"好吧。那,现在怎么办?我可以背你,但桥不一定能撑得起我们两人的重量。"

我被他逗乐了。

"卢克,不管有没有桥,我都不是要让你背我。"

他耸了耸肩,"反正我也背过。"

我突然震惊地意识到,他没说错。我把那件事完全抛在了脑后,但现在经他这么一说,那些画面立刻闪现了出来。烈日下的沙滩上,涨潮了，潮水冲走了我的鞋子。我们只能踩着长满了藤壶的岩石往回走，几分钟后，我的脚就磨出了血。凯特、西娅和法蒂玛看到我的惨状，纷纷要把鞋子让给我，我没答应，卢克二话没说就把我背了起来。他背着我走完了剩下的路，回到了潮水磨坊。

记忆是如此清晰，每一个细节，每一种感觉。他的手托着我的大腿，背上的肌肉抵在我的胸前，还有他脖子上肥皂的味道。

我的脸红了。

"当时我才十五岁。我现在长胖了一点。"

"把鞋子脱掉。"

我用一只脚站着，一手抱着弗雷娅，用另一只手去脱鞋子。这时卢克突然跪了下来，我还没来得及抗议，他已经开始替我解起了鞋带。我脱掉已经松开的一只鞋，脸快红成了一个苹果。幸好天黑，卢克也看不清。他帮我解开了另一只鞋子的带子，然后站了起来。

"抓住我的手。"他走进水中，"跟紧我，越近越好。"

我用一只手抱着弗雷娅，另一只手抓住卢克的手，也踏进水中。

我倒吸了口冷气，海水真的很凉。但我的脚趾突然传来一阵暖意，我碰到了他的脚。

站稳之后，卢克说道："我要跨一大步，跟上我。这里有块烂板子，我们得跨过去。"

我点点头。桥上确实有几块坏板子，推着婴儿车的时候我曾经小心翼翼地绕过了烂得最厉害的那几处。幸好有卢克在，否则我真分不清哪块板子是好的，哪块不能踩。我看着他迈了一大步，然后也跟着跨出了一大步。但他的腿比我要长，所以比我多跨了点距离，再加上水里的木板很滑，我一不小心就踩到了一片水草上，眼看就要失去平衡,摔到海里。

我下意识地尖叫起来,尖锐的声音回荡在水面上。还好有卢克,他紧紧地抓住我,我的手臂都被他抓疼了。

"没事了。"他的语气很急促,"没事了。"

我点点头,大口大口喘着粗气。我一边在不弄疼弗雷娅的情况下找回身体的平衡,一边试着稳定自己的情绪。我的尖叫声也引发了远处一连串的狗叫声。那只狗叫了几声后就安静了下来,会是影子吗?

"对不起。"我颤抖着说道,"木板,木板实在是太滑了。"

"没事儿。"他手上松了点劲,但还是抓着我的手。

我点点头,然后跟着他一起走过最后几块木板。他一直紧紧地抓着我,但很小心地不把我弄疼。

终于安全上岸,我喘着粗气,心脏怦怦直跳。令人不可思议的是弗雷娅居然没醒,在我的怀里睡得正香。

"谢……谢谢你。"我勉强说出了话,虽然我已经安全着陆,但我的声音还是不受控制地抖个不停,"谢谢你,卢克。如果没有你,我真不知道该怎么办。"

如果没有卢克,我会怎么做?我想象着自己推着婴儿车,踩在一英尺深的海水里,颤颤巍巍地走在木桥上的样子,又或者我坐在冷风中等着凯特的归来。愤怒的小火苗又烧了起来,她怎么能这样对我,短信也不发一条就这么消失了?

"你知道蜡烛在哪儿吗?"卢克问道。我摇摇头。他啧啧了两声,不知是因为厌恶还是不悦或者是别的什么。他越过我走进了黑漆漆的屋内。我跟在他后面,走到了屋子中间。我的裙子湿答答地贴在腿上,地板上肯定都是我留下的水渍,而且我的鞋子,一丝懊恼之情涌上心头，被留在了岸上。算了，反正已经涨潮了，潮水磨坊也不会漂走，等明天退潮的时候再去拿吧。

冷风从敞开的大门吹了进来，吹在我的湿裙子上，冻得我瑟瑟发抖。卢克正翻箱倒柜找着照明工具，然后我听到了火柴摩擦的声音，随之而来的是一股石蜡燃烧的味道。黑暗中，水池边亮起了一团火焰。卢克站在那里，手里拿着一盏油灯。他正调整着灯芯的位置，好让它在小玻璃罩里充分燃烧起来。火光稳定后，他转动起那层磨砂玻璃，将火焰罩在里面，小小的火苗突然间就亮了起来。

他关上门，我们在火光中看着彼此。火光形成了一个明亮的小圈，将我们包裹其中，营造出比黑暗中还要亲密的氛围。突然之间，我们好像都有些心醉神迷。在具有穿透力的光照下，我看到卢克喉咙处的血管正快速起伏着，几乎和我心跳的节奏同拍。我的内心颤抖了一下，对我来说，卢克一直是个难懂的存在，但现在我明白了，这只是他的表象，现在的他和我一样心里也是波澜起伏。突然之间，我再也不敢看他的眼睛。我放低视线，生怕被他看出些端倪。

卢克清了清嗓子。在如此安静的环境下，他的嗓音显得有些突兀。然后我们俩同时开口了。

"嗯，我要……"

"要不……"

我们同时停了下来，紧张地笑了起来。

"你先说。"我说道。

他摇了摇头。

"不。你刚才想说什么？"

"哦，没什么。我只是……"我冲着弗雷娅点点头，"这个小家伙,我得把她放到床上睡觉了。"

"她睡在哪?"

"在……"我咽了口口水,"在你原来的屋里。"

他抬起头看向自己的房间,脸上露出一种难以辨认的表情,震惊?失望?还是别的什么?看到凯特把他儿时的房间给别人用了,心里一定很不是滋味吧。这一刻,连我也为他感到不平。

"好吧,我知道了。"油灯发出的光抖动了一下,就好像拿着油灯的那只手在微微颤抖,当然也可能只是气流的缘故,"我替你拿着灯,你还抱着个孩子,也腾不出手来拿。"他冲着破烂的楼梯点了点头,楼梯螺旋上升一直延伸到了角落里的房间,"如果你把蜡烛掉在地上,几分钟之内,这里都会着火。"

"谢了。"我说道。卢克不再说话,转过身开始爬楼梯。我跟在他身后,油灯产生的光圈逐渐消失在了屋顶的横梁上。

他停在自己昔日的卧房前,发出了一声沉重的叹息,但当我走到他身边时,他只是面无表情地看着里面,看着他曾经睡过的床,现在上面扔满了我的衣服;看着床脚的摇篮,里面放着弗雷娅的被子和大象玩具。我的脸红了,他的房间里几乎被我的东西填满了,我的包散落在地板上,各种瓶瓶罐罐摆在他的桌子上。

"卢克,抱歉。"我突然感到一阵绝望。

"为什么要道歉?"他的语调几乎和他的表情一样平淡,但是我看到了他脖子上的青筋。他摇摇头,把灯放到旁边的桌子上,一言不发地消失在了黑暗中。

我把弗雷娅安顿好后就端起油灯,小心地下了楼。一路上踩着有光的地方走，油灯产生的阴影比照亮的地方还要多。

我其实有点希望卢克已经走了，但当我走下楼时，看到沙发上升起一团影子。我举起油灯，是他。

我把油灯放到沙发旁边的小桌子上。我们两人谁也没有说话，但仿佛达成了某种默契一样，他捧起我的脸吻了我。这一次我没有说话，没有拒绝，也没有推开他，只是回吻了他，一边吻着，一边把手伸进了他的衬衫下，感受着他光滑的皮肤，从肋骨到肌肉再到伤疤……他嘴里的温度似乎能将我烫伤。

在桥上卢克亲我的时候，虽然我没有回应，但还是觉得背叛了欧文，但在这里我没有感到丝毫的内疚。此时此刻，我似乎变回了那个一直渴望被卢克亲吻抚摸的少女，那个时候我还没有遇到欧文，也没有生下弗雷娅，也没有那些图画，安布罗斯也还在，在这一切发生之前。

我可以一条一条列出欧文的罪状：莫须有的指责、不信任我，还有对我莫大的羞辱——把卢克的犯罪记录发给了我。他以为这样就能阻止我去和我一直想要的男人上床吗？是的，现在我承认，这个人是我从十五岁时起就一直想要的男人，也许现在还想。我并不感到羞耻。

但是我没有，我不想用欧文的错误来为自己开脱。我只是在摆脱现实，不顾一切地远离现在的一切，沉醉过去，如坠深渊，不可自拔。深渊里的水渐渐没过了我的头顶，我也并不在意。

我们倒在了沙发上，四肢纠缠在一起，我帮卢克脱去了上衣，迫不及待地想和他肌肤相亲，这种渴望甚至超过了我对自己身材的羞愧。曾经紧致的古铜色皮肤现在已经布满了松松垮垮的妊娠纹，但此刻我也顾不得许多了，只想感受到他的温度。

我知道自己应该停下来，但没有一点愧疚之心。卢克开始解开我的裙子，一颗扣子接着一颗扣子，这一刻，什么都不再重要。

我把手放到了卢克的皮带上，但他却突然停了下来，离开了我。我的心脏似乎都停止了跳动。我坐了起来，因为羞愧整张脸都僵硬了起来。我已经准备穿好裙子，然后说出一番尴尬的辩解：没事，我能理解，你是对的。我的脑子刚才一定是进水了。诸如此类的话。

但他却走到前门那里，插上了插销。我这才意识到，我们真的要这么做了，一股热流涌入脑海，我瞬间有些头晕目眩。

卢克转过身冲我微微一笑，褪去了严肃的表情，这时的他仿佛又变成了那个十五岁的少年，我的心提了起来，呼吸也随之变得困难起来。但心里的那份痛，自从我在毯子上发现了那些画之后的痛，自从欧文愤怒指责我之后的痛苦，自从这一切开始之后的痛，却消失得无影无踪。

卢克爬上沙发，柔软松垮的沙发发出了一声叹息。我躺在那里，被他拥入怀中。他压在我身上，我吻着他的脖子，感受着他柔软的皮肤，品尝着他汗水里的咸味……突然，我的身体僵住了。

因为在楼梯顶部的阴影中，有个东西正在移动，黑暗中有个人影！

感受到我的僵硬，卢克停了下来，将自己撑了起来。

"艾莎，你还好吗？"

我一句话也说不出来，只是死死地盯着楼梯上的那团黑影。有东西，不对，是有人在那里。

我的脑海中迅速闪过一些画面。那只血肉横飞的死羊、沾满了血迹的字条、装满了画的信封……

卢克扭过头顺着我的视线看了过去。

他的动作带起了一阵气流,油灯里的火苗闪烁了一下。在那短短的一瞬间,火光照亮了黑暗中那个人的面庞。

凯特。

我叫了一声,算不上尖叫,但也差不多。凯特转身消失在了黑暗中。

卢克手忙脚乱地穿上T恤,扣好牛仔裤上的扣子,匆忙中忘了系上皮带。他三步并作两步上了楼,但凯特比他更快。我听到阁楼的门被重重摔上,然后是落锁的声音。卢克对着门一顿猛敲。

"凯特,凯特,让我进去!"

没有回应。

我用颤抖的双手扣上裙子上的扣子,挣扎着站了起来。

楼梯上传来了卢克沉重的脚步声。他走了下来,在油灯的光圈中,他的脸色看上去很糟糕。

"该死!"

"她就站在那儿?"我轻声说道,"一直都在?为什么我们喊她的时候她不出来?"

"鬼知道!"他把脸埋进了手掌里,似乎这样就能将刚才凯特站在那里的情景抹去。他的脸上几乎没有任何表情。

"她站在那里多久了?"

"我也不知道。"

我的脸烧了起来。

我们坐在沙发上,谁都没有说话。卢克还是面无表情,我不知道自己现在是什么样的表情，但我的心情却是各种感情的混合体，疑惑、怀疑、绝望……她在那里做什么？就这样偷窥我们？

我记得火光下她的面孔，几乎没有任何血色，看上去就像是戴上了一副白色面具。她的眼睛睁得大大的，抿着嘴似乎想让自己不要哭出声来。这还是我认识的那个凯特吗？这完全就是一张陌生人的脸啊！

"我该走了。"不知坐了多久，卢克终于开了口。他站起来，却没有向门口走去，只是站在那里看着我。他皱起了眉毛，颧骨下的阴影让他看起来如同鬼魅一般。

这时楼上传来了一声啼哭，是弗雷娅。我站起来，正犹豫着要不要上楼，就在这时卢克说道："别待在这里了，艾莎。这里不安全。"

"什么？"我的震惊之情显露无遗，"什么意思？"

"这个地方……"他冲着潮水磨坊挥了挥手，从外面的海水、坏掉的开关再到破旧的楼梯全都在他示意的范围内，"不仅仅是这些东西，还有……我……"

他停了下来，用另外一只手揉了揉眼睛，然后深深地吸了口气。

"我不想让你一个人留在这儿，和她待在一起。我不放心。"

"卢克，她可是你的姐姐。"

"她不是我的姐姐。我知道，你觉得她是你的朋友，但是艾莎，你，你不能相信她。"

他压低了嗓门，声音近乎耳语。我知道，他是不想被凯特听到，不过凯特在离我们三层楼高的地方，还隔着一扇上了锁的门，即使不小声说话，她应该也听不到。

我摇摇头，不相信卢克的话。不管凯特做了什么，不管她今晚发什么神经，她都是我的朋友，十多年的老友。所以我不能，也不会听卢克的。

"我没指望你能相信我。"他的声音变得急促起来。楼上弗雷娅的哭声渐渐变大,我扫了一眼楼梯,准备上去,但卢克还抓着我的手腕,虽然很温柔但却让我无法挣脱。"但是,请一定一定要小心,就像我刚才说的,你一定要离开这里。"

"我明天就走。"想起欧文,还有回到伦敦后的那堆烦心事,我的心情变得十分沉重。卢克摇了摇头。

"现在,今晚就走。"

"卢克,不行。火车要明天才有。"

"那就去我那里。在我那儿过一夜。我可以睡沙发。"他立刻又补上一句,"随你。但是我不想让你一个人待在这里。"

我不孤独,我还有凯特。我在心里默念着,但我知道这不是卢克想表达的意思。

"卢克,我今晚不会走的。我也不会在大半夜带着弗雷娅,拖着大包小包,在沼泽里……"

"那就打车。"他打断了我。

但我没有理会,继续说道:"明天一大早我就走,赶八点的火车。你不用担心,我和凯特在一起不会有危险的。我们已经认识十七年了,卢克,我相信她。"

"我认识她的时间比你长。"卢克的声音很小,几乎被淹没在了弗雷娅的哭声中,"我不相信她。"

弗雷娅的哭声已经到了不能忽略的地步,我轻轻地把手从他的紧握中抽了出来。

"晚安,卢克。"

"晚安，艾莎。"他注视着我走上楼梯。我拿着油灯，把他留在了黑暗之中。回到房间，我抱起了弗雷娅，感受着她热乎乎的小身体，弗雷娅这才停止了愤怒的哭泣。然后只听得门闩咔嗒一声，然后是卢克踩在沙子上的脚步声。他消失在了夜色中。

一夜无眠。我躺在那里，脑海中充斥着各种话语和画面。凯特说过已经毁掉的那些画，她说过的谎言，我离家时欧文的面孔，还有在柔和的火光下走向我的卢克。

我想把这一切都拼接起来，所有的矛盾和心碎，但这没有任何意义。整件事就像是一支五朔节花柱舞[1]。这些舞者就是过去的我们，排着队迂回前进，脸上忽明忽暗，手里用谎言编织着真相，用记忆编织着怀疑。

天快亮的时候，一句话突然清晰地闯入了我的脑海里，就好像有人在我的耳边轻语一样。

那是卢克的话：我应该选你的。

我又一次陷入了沉思，他说的是什么意思？

---

[1] 西欧的一种传统民间舞蹈，五朔节花柱是饰有飘带的柱子，五朔节时人们持飘带围此柱舞蹈。

游戏规则四 坦诚相待

　　六点半的时候，弗雷娅醒了。我们俩躺在床上，她吃着奶，我则想着下一步的计划。理智告诉我，应该回伦敦，和欧文和好。离开的时间越长，事情可挽回的余地就越小。

　　但我不愿这么去想。我躺在那里看着弗雷娅吃完奶后满足的小脸，清晨的阳光照在她的脸上，她闭起了眼睛。为什么我不愿意回去？不是因为卢克，更准确地说不仅仅是因为卢克，甚至也不是因为我还在生欧文的气，因为我已经不生气了，昨晚发生的事情似乎熄灭了我的怒火。这些年来，我确实没有从肉体上背叛过他，但精神上呢？我必须要正视这个问题。

　　现在回去的话我会说更多的谎，我不能告诉他真相，至少不是现在，不仅仅因为这会影响到他的事业或者是对凯特她们的背叛。说出真相就意味着我要向他承认我在内心已经默默认可的一个事实：我们的关系是建立在谎言之上的。

　　我需要时间，需要时间来想清楚该怎么做，需要时间来思考我对他的感觉和我对自己的感觉。

但是在这段时间我又能去哪儿呢?我有不少朋友,但都不是那种我能带着弗雷娅在他们家无限期居住的朋友。

法蒂玛肯定毫不犹豫地就能答应,但是我不能这么做。她的家又吵又挤,一个星期,这是上限了。

西娅的一居室就算了吧。

其他朋友们也都结了婚有了孩子,他们家里的空房,如果有的话,也都给爷爷奶奶或者保姆住了。

我弟弟威尔?但是他住在曼彻斯特的一间两居室里,结了婚还有一对双胞胎男孩。

也不行。不过还有一个我能去的地方。

我的手机就在旁边的枕头上,我拿起手机,翻着通讯录,我的手指停到了他的名字上,爸爸。

他那里有房间,而且有很多房间。现在他一个人住在阿维莫尔附近的一栋小楼里,里面有六间房。我还记得上次威尔从他那儿回来后说道:"艾莎,他很孤独。要是你和欧文能去那儿住几天就好了。"

但一直都没有合适的时间。周末的话时间不够,去他那儿坐火车就要花上九个小时。在弗雷娅出生之前,我们也总是在忙,工作、度假、装修,然后又是准备生孩子,等弗雷娅出生之后,我们又考虑到带婴儿出门的不便。

当然弗雷娅出生的时候他也过来看她了。当时的拜访却让我的心中一痛,我有多久没见过他了?六年?真有这么久吗?连我自己都不敢相信,但事实就是如此。后来有一次是因为我去因弗尼斯参加朋友的婚礼,因弗尼斯离阿维莫尔太近了,不去拜访似乎有点说不过去。

不是他的原因，我也希望他不要这样想。我爱他，一直如此，但是在妈妈去世后，他的心似乎空了一个大洞，然后又被悲伤填满，这和我极其相似！看到他年复一年的哀悼只会加剧我的痛苦。妈妈曾经是这个家的纽带，没有了她，家里只剩下一群陷入痛苦中的人，各自舔着自己的伤口，无法聚在一起互相温暖。

但他一定会答应的，而且会很高兴地答应。我去他那里住，他应该是所有人中最高兴的一个吧。

等我穿好衣服，抱着弗雷娅下楼的时候，已经七点多了。从潮水磨坊的落地窗望去，我能看到海水已经退了，退到了它该去的地方。在宽阔的英吉利海峡中，海湾就像是一条小水沟。海水退去后，露出了海岸。在变干的过程中，海岸上的沙子塌陷了下去，发出细微的声响。那些小生物，蛤蚌、牡蛎和海蚯蚓完全暴露在人们的视线下，直到下次涨潮时才会回归大海。

凯特还在睡觉，至少她还没有下来，这让我舒了口气。厨房里现在只有我和弗雷娅，我摸了摸咖啡壶，想看看它热不热，以此判断凯特有没有下来过，但我的眼神却情不自禁地飘到了楼上，昨晚我看到她的那个地方。她站在那里静静看着我们，这一幕深深地印在了我的脑海里。那张如同幽魂一般惨白的脸上到底是什么表情？愤怒、恐惧，还是别的一些什么？

我理了理头发，想着她的动机。凯特既不喜欢卢克，也不信任他，而且很明显卢克对她也是一样。那凯特为什么还要站在那里看着呢？为什么她不叫出声来，阻止她觉得我可能会犯的错误？

为什么她要站在暗处，显出一副心虚的样子？是不是她有什么事瞒着我们?

  我的脑子乱成了一团麻线,现在只有一件事情是清楚的,我肯定不能再待在这里了,尤其是在昨晚那件事情发生之后。不仅仅是因为卢克发出的警告,还因为我和凯特之间的信任已经荡然无存。也许是我昨晚的所作所为,也许因为凯特的谎言,但现在这都不重要了。

  现在最重要的是我的三观正在崩塌,我已经不知道该相信谁了。如果警方询问我的话,我该怎么说?那些我以为的事实已经出现了裂痕,留下的只有怀疑。

  今天是周三,我会搭乘早班车赶回伦敦。趁欧文上班的时候回家打包,然后前往苏格兰。我可以从那里给西娅和法蒂玛打电话。泪水顺着我的脸颊滚了下来,滴到了弗雷娅的头上,这时我才意识到自己正在哭泣。

  我给里克打了电话,但没人接。我把包放到了弗雷娅的婴儿车上,推着她走了出去,迎接我们的是微凉的晨光。我光着脚,将婴儿车推过木桥,穿上鞋子。鞋子还在原地,就像是沉船后被冲到岸边的遗骸。鞋子的旁边是两个深深的脚印,从海滩上一直延伸到了沼泽,最后消失在泥泞的小道上。

  我走出潮水磨坊的大门,慢慢向火车站走去。我一直在和弗雷娅说话,这是唯一能转移我注意力的方法。昨晚的事情,还有回到伦敦后的那堆烂摊子,我一点都不愿意去想。

  刚走到主路上,身后就传来了刹车的声音,以及一声短促的鸣笛。我吓了一跳,转身一看,我的心突突地跳了起来。一辆古老的黑色雷诺汽车停在了离我很近的地方,几乎就要撞上我。

  车窗缓慢下摇,露出了一个人头,银灰色头发下是一张不苟言笑的脸。

"玛丽!"

"我不是故意要吓你的。"她强壮的手臂搭在车窗上,在苍白色面孔的映衬下,她头发的颜色显得更深了,她的指甲——一直都脏兮兮的,从来没干净过——敲打着车窗,"要去火车站?"

我点了点头。"我送你一程。"她用一种命令的语气说道,根本没有打算问我的意见。

"谢了。"我勉强说道,"但是……"我本来想用婴儿座椅为借口拒绝她,但我看了一眼婴儿车里的弗雷娅,她正舒服地躺在座椅调适器上,这样看这个借口好像并不成立。玛丽皱起了眉头。

"但是?"

"但,但是,我不想麻烦你。"我心虚地说道。

"别傻了。"她打开后座门,"上车。"

好像确实没有借口了,我把弗雷娅放在后座上,系上安全带,然后走到副驾驶座的门前,安静地坐了进去。咔嗒一声,玛丽把控制杆推到了挡位上,汽车启动了。

一路上谁都没有说话,就这样安静地开了大约四百米之后,车一转弯遇到了一条铁道,信号灯已经开始闪烁,路障也逐渐下落,火车即将通过。

"该死!"玛丽咒骂了一句,踩下刹车让车滑行到路障前停了下来。她关闭了发动机。

"不!这是那趟车吗?我赶不上了吗?"

"这就是那趟开往伦敦的火车。把我们都拦下就是为了让它通过,从这儿它很快就能到站,不过你要是走运,这趟车到早了的话,会在车站停留一段时间的。"

我咬紧了嘴唇。我也不需要回去拿什么东西，但是一想到会和玛丽在车站等上半小时，我就不寒而栗。

车里更安静了，只有后座上的弗雷娅偶尔会吸几下鼻子。这时玛丽打破了沉寂。

"关于尸体，你听到了吗？可怕的消息。"

我调整了下坐姿，把安全带从脖子前移开。不知为何，我的嗓子突然一阵发紧。

"什么，什么意思？你是说尸体鉴定吗？"

"是的。不过我想，应该也没多少人会吃惊。所有人都知道，安布罗斯是那种一心扑在孩子身上的人，一个小小的丑闻又能怎样？我觉得他可能都不会在意，更别说羞愧到自杀，丢下自己心爱的孩子不管。"她拍了拍方向盘上烂掉的橡胶，不耐烦地拂去一簇从马尾辫上掉下的灰发，"不过我指的不仅是尸检。"

"你想说什么？"

"你还没听说吗？"她飞快地瞟了我一眼，然后耸了耸肩，"哦，现在可能还没见报。我的消息要灵通些，毕竟我的马克也参加了调查嘛。不过我好像不应该告诉你。"

她停了下来，似乎非常享受此刻的权威。我咬紧了牙关。我知道，她在等着我求她，求她告诉我内幕消息。我不想就这样屈服，但我不得不，我一定要知道。

"好了，别卖关子了。"我克制住自己，尽量用一副轻松随意的语调说道，"如果这是机密消息的话，我就不问了。但如果马克说可以透露的话……"

"也是。他告诉我的一般都是马上就能见报的消息……"她故意拉长了语调,咬着自己的指甲,吐出一个碎片,然后她似乎下定了决心,又或者是懒得和我兜圈子,"法医们在他外套里发现了海洛因的痕迹。海洛因口服过量,这是他们得出的结论。"

"口服过量?"我皱起了眉头,"但这说不通啊。"

"没错。"玛丽·雷恩说道。玛丽打开了窗户,车窗外传来了火车的轰鸣声,先是在很远的地方,然后越来越近。"像他这样吸过毒的人,不太可能这么做吧?如果他真想自杀,直接注射就好了。他肯定会这样做的。但是,就像我之前说的,我从来就不觉得安布罗斯会抛下他的孩子们,他不可能就这么一走了之,更不可能自杀。但我从来都不喜欢八卦……"脸皮还真厚,"所以我从来都没和别人说过。但我的看法一直没变,除了那个,不会再有别的解释。"

"除了……什么?"我的声音突然变哑了,想说的话似乎也黏在了嗓子眼里。

玛丽笑着看向我,露出了一口黄牙,那污迹斑斑的牙齿看上去就像是一块一块的墓碑。然后她凑过来,嘴里的热气喷到我脸上,带着一股浓浓的烟味。她的声音近乎耳语。

"我一直认为这就是谋杀。"

她坐回原位,看着我惊慌失措的样子,似乎特别享受。正当我搜肠刮肚想要说出些什么的时候,一个念头突然闪过心头。难道玛丽一直都知道事情的真相吗?

"我,我……"

她缓缓地咧开嘴,露出一个恶毒的笑容,然后又转过头看着铁轨。火车的轰鸣声已经很近了,路口的信号灯一闪一闪地发出令人恼火的亮光。

我尽量保持着平静，脸也因此变得僵硬起来，但我还是费力地吐出一句话。

"我觉得，我真的不敢相信，为什么有人会谋杀安布罗斯呢？"

她耸了耸肩，巨大的肩膀一耸一耸的，看上去很蠢笨。

"你说呢？我还是那句话，他为了孩子上刀山下火海都在所不辞，尤其是为了那个凯特。她不配，那个小贱人。"

我惊讶得张大了嘴。

"你刚才说什么？"

"我说，他为了孩子上刀山下火海都在所不辞。"她毫不掩饰对我的嘲笑，"不然你以为呢？"

我的怒火腾地一下就起来了。突然之间，我对凯特的那些猜疑似乎也成为那些恶意的八卦。我真的要被这些流言蜚语挑拨，和我最好的朋友之一反目成仇吗？

"你从来就没喜欢过她，对吧？"我抱着胳膊，语气冷淡地说道，"如果她因此受到询问，你是不是很开心？"

"说实话，是的。"玛丽居然很痛快地就承认了。

"为什么？"我几乎是喊了出来，这时的我好像又变成了当年的那个少女，为自己的朋友蒙冤而感到悲愤不已，"为什么你会这么恨她？"

"我并不恨她，只是看不惯她的放荡罢了。这个小荡妇。当然你们几个也都不是什么守规矩的人。"

小荡妇？我还以为是自己没听清，但从她的脸色我确定了，就是这个词。我气得浑身发抖，连带着声音都颤抖起来。

"你刚才叫她什么?"

"你听到了。"

"你不会也信了那些关于安布罗斯的谣言吧?那么恶心的话你也能信?安布罗斯可是你的朋友!"

"安布罗斯?"她扬起一条眉毛,嘴角上扬,"没说他。他只是试图阻止,所以才要把两人分开。"

我突然像坠入了冰窟。是的,西娅没说错。安布罗斯确实要把凯特送走。

"你,你说什么?阻止什么?"

"你还不知道?"她发出了一声短促低沉的笑声,听上去更像是一声狗吠,"哈,你宝贵的朋友和自己的弟弟上床了。安布罗斯知道了,所以才要把他俩分开。那天晚上我去潮水磨坊,听到他正在说这件事。站在门外就能听到凯特的声音。疯狂地尖叫,乱扔东西,辱骂她的父亲,简直不堪入耳,天知道一个姑娘家怎么能说出那么脏的话。然后又是苦苦哀求,'别这样做,求你了'。哀求也没用的情况下,她就扔下了一句威胁,'你会后悔的',她这样威胁他的父亲。然后我就赶紧走了,他们还在屋里大吵特吵。该听的都听到了,第二天晚上,安布罗斯就消失了。在听完那些话之后,我能怎么想?你告诉我,正人君子小姐!我的好朋友失踪了,但他的女儿却一连几周都没有报案,你说我会怎么想?现在他的尸体又被发现在一个浅坑里,你说说!"

但我没法告诉她任何事,只是坐在那里喘着气,一句话也说不出来。突然我的手指不知哪来的力气,扯掉了安全带,拧开门,从后座上一把抓过弗雷娅。火车从我面前呼啸而过。

我用颤抖的双手一把关上了门，这时玛丽从车窗探出头来，她那刺耳的声音很轻易地就盖过了火车的轰鸣。

"那个女孩的手上沾满了鲜血，不只是羊血。"

"你怎么会……"我的嗓子堵住了。玛丽没有给我说完话的机会。信号灯已经停止了闪烁，路障也慢慢抬了起来。我还站在车的旁边，玛丽已经发动了引擎，驶向了铁轨。

不能再这样继续下去了，这是不对的。

玛丽的车已经驶远了，但我还是一动不动地站在那里，试图消化她刚刚说的那番话。这时信号灯又闪了起来，一趟驶向南方的列车即将驶来。

我还有时间过去。我可以在火车站追上玛丽，质问她。

但其实已经没这个必要了。我想我已经明白了。

这是不对的。

我也可以赶下一趟火车，两小时后，我就能带着弗雷娅安全抵达伦敦，忘掉刚才发生的一切。

但我没有这样做。我推着婴儿车转过身，向着潮水磨坊走去。

等我赶回潮水磨坊的时候,凯特已经不在了。这一次,我很确定,因为门边影子的牵引绳不见了。但我还是把屋子里都检查了个遍,以防万一。凯特的房间、安布罗斯的房间,当然还有阁楼。

安布罗斯房间的门没锁,我推开门,心突突地跳了起来,屋子里连画的位置都没怎么变,就好像他一直没有离开过。他的气息,松节油、颜料和香烟混合在一起的味道充斥着这间屋子。连那个破沙发椅上的布罩也和我记忆中的一模一样,白蓝色的底纹上印着褪了色的中国花卉图样,只不过现在它的边缘磨损得更厉害了,颜色也更加暗淡。

我正准备转身离开时,却看到了桌子上那行手写的字迹:

从来没有什么彻底戒除一说,只不过是歇了一段时间罢了。

哦,安布罗斯。

我的嗓子哽咽了,同时一股愤怒涌上心头。我暗暗下了决心,一定要查明真相,不仅是为了保护自己,更是要为我爱过的这个男人复仇。正是这个男人给了我庇护和慰藉，而这恰恰是那时的我最需要的东西。

我不能说安布罗斯是我未曾拥有过的父亲，因为我不是卢克，我有自己的父亲，只不过我的父亲一直都在孤独地战斗，远离我们，暗自流泪。所以那时我确实需要像安布罗斯这样的父亲，陪伴在我身边，给予我关爱和理解。

我会永远记住他给我的温暖，永远爱他。一想到他可能死于谋杀，以及我在整件事中扮演的角色，我的内心就会涌起一阵前所未有的愤怒，愤怒到我完全忽略了脑海中那个催促我返回伦敦的声音，忽略了我把弗雷娅带到了可能不太安全的地方。

但现在我已经顾不了那么多了，我的心里只剩下愤怒。

和卢克一样愤怒。

检查完房间后，我下楼走到碗柜前。希望凯特没有意识到我的异样，没有趁我不在的时候把它藏了起来。

幸好她没有。

那沓用红绳捆绑起来的纸还躺在昨天的那个柜子里。

我飞快地翻阅着，手抖个不停，然后我找到了那个棕色的信封，上面写着凯特的名字。

我抽出信封拿出里面的字条。十七年来，我第一次读到了安布罗斯的遗言。

我亲爱的凯特：

我很抱歉，非常非常抱歉，就这样离开了你。我很想看着你长大，看着你成为那个终将成为的自己：坚强友爱、无私尽责。我想把你的孩子放在膝上，逗他玩耍，就像我之前抱你那样。所以我真的很抱歉，这些事情我已经无法完成。我之前实在是太愚蠢了，没想到我的行为会导致的后果，所以现在我必须要这样做，这是我唯一的选择。这样就不会再有人受到伤害。

不要责怪他人，我的宝贝。这是我自己的意愿。做了这个决定，我无怨无悔。还有，亲爱的凯特，请一定记住，我爱你们，身为人父，护犊情深，所以这是我最后也是唯一能做的事，保护我自己的孩子。我不希望有人生活在愧疚之中，向前看，莫回头，爱与被爱，永远快乐。最重要的是，请不要让这一切白白浪费。

爱你的
爸爸

读完后我的嗓子哽咽了，心痛得无法呼吸，眼泪也不受控制地夺眶而出，几乎打湿了字条。

终于，整整十七年后，我明白了。

我明白了安布罗斯想告诉凯特的话，明白了他所做出的牺牲。不要责怪自己。这是我唯一能做的来保护你的事。我爱你们。不要让这一切白白浪费。

哦，天哪！哦，安布罗斯。这一切都没有任何意义，艾莎，看看你自己，都做了些什么？

我拿出手机，用颤抖的手给法蒂玛和西娅发了短信。

我需要你。汉普顿李，六点见？

然后我把信装进包里，推上弗雷娅迅速地离开了这里。这一次，我没有回头。

晚上六点三十八分，汉普顿李站台旁的小咖啡店已经准备打烊。服务员拉上窗帘，在门口挂上了停止营业的牌子。还好我在婴儿车下面的篮子里塞了点绒布，现在派上了用场，再加上婴儿车上面的遮挡，弗雷娅没有受冻，而我就没么好运了。我还穿着夏天的裙子，冻得瑟瑟发抖。我抚摸着胳膊上的鸡皮疙瘩，来回走动，想让身体热起来。

她们来了吗？从四点开始她们就没有再发过短信了，但之后我的手机就没电了，因为我在韦斯特里奇那家海滨咖啡馆的时候，一直都在紧张地刷手机，查看短信，刷新邮件，等着她们的回复。

我在发短信的时候坚信她们一定都会来，但现在我却不那么确定了，但我又不敢走。没有手机，我没法给她们再发新地址了。如果她们来了，我却走了呢？

我走到了站台的尽头，转过身又走了回去。我现在冷得浑身发抖，弗雷娅还在一旁嗯嗯呀呀地抱怨个不停，还是不要管她好了。六点四十四，售票窗口上的时钟上显示的时间。我到底要等到什么时候？

站台上空无一人。这时远处传来了鸣笛声，我抬起头，仔细听着。是一趟火车！一趟开往南方的火车。

"本次列车由伦敦维多利亚站驶来，晚点三十二分钟，停靠二号站台。"站台上传来了报站的广播，"仅有前七节车厢将继续开往西湾金沙，中途停靠韦斯特里奇、萨尔腾、莱丁，终点西湾金沙。前往韦斯特里奇、萨尔腾、莱丁和西湾金沙的乘客请待在前七节车厢，不要随意走动。"

我下定了决心。如果她们不在这趟车上，那我就上车，坐到萨尔腾之后,再从那里给他们打电话。

我握紧了口袋里的信封。

哦,凯特,你怎么能对我们说那样的谎言?

火车越来越近,发出了一声嘶鸣,停了下来。门打开了,乘客们纷纷走了出来。我疯狂地扫视着人群,想找到一高一矮的组合:西娅和法蒂玛。她们在哪儿?

哔哔哔,伴随着提示音,列车的门开始缓慢关闭。我的心沉到了谷底,如果我要去萨尔腾的话,现在就该上车了。下一趟车还要再等上一个小时。她们到底在哪儿?

我稍微犹豫了一下,然后走上前,按下了门上的开门按钮,但列车员已经吹响了哨子。

"靠后!"列车员大声喊道,火车的轰鸣声越来越大。

该死!我已经在这个站台上等了两小时,她们还没来,现在好了,我还要在这里接着冻上一小时。

火车的轰鸣声达到了顶端,震得人耳朵嗡嗡作响,然后火车就缓缓地驶出了站台。"混蛋!"我冲着列车员吼了一嗓子,但在这么大的噪声中,他肯定听不到。

温热的泪水顺着我的脸颊流了下来,在列车驶过带来的气旋中渐渐变冷。就在这时我听到身后传来了一个熟悉的声音:"说谁混蛋呢,臭女人?"

我猛地转身,然后张大了嘴巴,爆发出一阵歇斯底里的大笑,笑中带泪,我终于松了一口气。西娅!

我一时说不出话来,只是拥抱她,紧紧地搂着她的脖子。她的身上有一股烟味,还有……我有一种不好的预感,是杜松子酒。我能感觉到她的外衣口袋里有一个罐子，不用问，一定是从玛莎百货买到的那种罐装预混合鸡尾酒。

"法蒂玛呢？"我问道。

"你没收到她的短信吗？"

我摇了摇头："我的手机没电了。"

"她的手术要到五点半之后才能结束，她会坐下趟车赶过来。我们找个能说话的地方吧，把地址发给她。"

"好的。"我搓着胳膊，"就这么办吧。对了，西娅，你能过来，我很高兴。那我们去哪儿呢？"

"酒吧，走起！"

我看着西娅，她的舌头似乎有些打结，说清楚刚才那番话似乎费了她好大的功夫。

"能不去酒吧吗？"我最后说道，"我，还是别让法蒂玛为难吧！"

一阵愧疚涌上心头，我居然把法蒂玛推出来当了挡箭牌，虽然这是事实，她肯定也不乐意去酒吧里聊天的。

"哦，去他妈的。"西娅翻了个白眼，"好吧，我们就去吃点鱼和薯片吧。希望胖炸还在。"

那家店还在，而且一点都没有变。柠檬绿的树脂柜台、不锈钢展览柜，还有柜子里摆成一排的金色炸鳕鱼和熏香肠，都和以前一模一样。

"快来品尝美味的大汉堡！"门上那块褪色标牌上写的还是十七年前的那句话。现在还有那种大汉堡吗？我深表怀疑。

推开门,一股带着醋味的暖意迎面扑来,我深吸一口气,瞬间感觉暖和多了。在来薯条店的路上,弗雷娅就已经睡着了。我把婴儿车推到一个塑料桌子的旁边,然后走过去和西娅一起看菜单。

"一份薯条,谢谢。"她冲着柜台后一个满头大汗的红脸男人说道。

"打包还是在这儿吃?"

"在这儿吃。"

"盐和醋都要?"

她点点头。男人一挥手,袖子上的盐粒像雪花一样纷纷落在了柜台上,飘在了西娅刚递过去的两块钱上。

"西娅,你不能只吃薯条。"我知道自己听上去像一个操心的妈妈,但还是忍不住说了出来,"这哪能当晚餐呢?"

"这里面有两大能量来源呢。"西娅抗议道。她把薯条放到桌子上,从口袋中拿出一罐没开口的罐装预混合鸡尾酒。

"这里不能喝酒。"柜台后的男人指着墙上的标语生气地说道。墙上确实写着"本店谢绝自带酒水和食物"。西娅叹了口气,将罐子塞回口袋里。

"好吧。那我就来杯水吧。艾莎,帮我买杯水,我待会儿把钱给你。"

"我觉得我还是能请得起一杯水的。"我回了西娅一句,然后转过身点菜,"您好,我要一份熏鲟鱼、小份薯条、半份豌豆糊,给我的朋友拿瓶矿泉水。哦,对了,还有一杯可乐。"

"呃。"我坐到西娅对面,打开豌豆糊的时候,西娅发出了一声干呕,"真恶心,就跟一碗鼻涕似的。"

薯条看上去很好吃,上面撒了一层盐,还冒着热气,因为沾上了醋而变得有些松软。我拿出一根薯条蘸到豌豆糊里,然后送进嘴里。嗯,这软中带脆的感觉,真好。

"这可真好吃。别误会啊,我当然也喜欢大众口味的猪油炸薯条,但偶尔换个口味,来点海滨风味的薯条也不错啊……"

西娅点点头,但其实并没怎么动嘴。她拿起薯条按在吸油包装纸上,在上面留下了一摊油渍。

"西娅,你难道想把里面的油给挤出来?这可是薯条啊,油炸的薯条,你想什么呢?"

"不不。"西娅并没有看我,"我只是没那么饿。"

我沉默了。有那么一瞬间我好像又回到了学校,那时我也像现在一样,无助地看着每周体重检查时被护士斥责的西娅,每次护士都会大发雷霆,说如果西娅的体重再减轻的话,就要打电话给她爸爸。

这时要是法蒂玛也在就好了,她肯定知道该怎么说。

"西娅。"我说道,"西娅,你得吃点饭。"

"我不饿。"她又说了一遍,这次,她把整盘薯条都推到了一边,在桌子那边阴郁地看着我,"我失业了,行吧?"

"什么?"我不知道自己有没有说出这句话,还是只在脑海中想了一下,但西娅表现得就好像听到了一样。

"我失业了,他们把我开除了。"

"因为……这些事?"

她只是耸耸肩,嘴角流露出一丝苦涩。

"可能是我工作时太不走心了吧。去他大爷的!"

我绞尽脑汁想着该说的话,能说的话,就在这时弗雷娅喘了一大口气，踢了几下醒了，她伸出胳膊想让我抱。于是我解开她身上的带子，把她抱到了我的大腿上。弗雷娅坐在那里，冲着我和西娅露出了甜甜的笑容，一边笑着一边扭着头，看看我，再看看西娅。她的眼睛在我和西娅之间来回穿梭，我似乎能看到她的小脑瓜里不断变换的声音，妈妈，不是妈妈，妈妈，不是妈妈……

周围的一切东西都是那么新奇。明亮的合金柜台，西娅在日光灯下闪闪发光的大圈耳环，都让弗雷娅着迷。西娅犹犹豫豫地伸出手，想去摸弗雷娅的脸庞，就在这时，门口响起了开门的铃声，我们转过身，看到法蒂玛走了进来。尽管她的脸上带着微笑，但也掩盖不住她的担忧和疲惫。

"法蒂玛！"我站起来，松了一口气，一时间竟有些头晕眼花。我给了她一个大大的拥抱，她也抱住了我，然后弯下腰又拥抱了西娅。法蒂玛坐到了西娅旁边的位置上。

"吃点薯条。"西娅把自己的薯条推给法蒂玛，但法蒂玛摇了摇头，脸上露出了一丝遗憾的表情。

"戒斋月，我没发错音吧？上周开始的。"

"所以你就坐在这里看着我们吃？"西娅对此表示怀疑。法蒂玛点点头。西娅翻了个白眼。我忍住了调侃刚才西娅舌头打结的冲动。

"也有休息的时候。"法蒂玛实事求是地说道，"不过我还得赶下趟车回去参加祈祷和开斋。"她一边说一边看了下手表，"也就是说留给我的时间不多了。那我们就直奔主题吧？"

"对对，快说吧，艾莎。"西娅喝了一口水，从瓶子的那端望着我，"希望把我们拽过来的这件事够特别。"

我紧张地咽了下口水。

"我不确定这件事是不是特别,但它真的很重要。"

我需要你。这是我们只在重大事情上才会使用的四个字。我又想起了那句话:她打了个响指,你们就像一群狗一样围了上来。

"看看吧。"

我把弗雷娅换到另一只胳膊上,把信封从口袋里拽出来,从桌子上推给了她们。

法蒂玛拿起信封,看上去很困惑。

"这上面写的是给凯特的啊。等等,"她的手指从信封口伸了进去,摸索着里面的东西。等她看向我时,已经面色苍白。"这不会是……"

"不会是什么?"西娅从法蒂玛手里拿走了信封。当她认出了上面的笔迹时,她的脸色也变了。面前坐着的是完全不同的两人,小鸟依人的法蒂玛有着警觉的眼神和甜美的微笑,西娅则瘦骨嶙峋,阴沉泼辣。但此时此刻,两人却露出了一模一样的表情,惊恐万分,有种大难临头的感觉。

两人的表情实在太像了,如果不是因为这件事本身根本没有可笑的地方,我说不定会笑出声来。

"读吧。"我压低嗓门说道。她们将薄薄的纸片从信封里抽出来,仔细地读了起来。与此同时,我小声地把玛丽·雷恩告诉我的事情讲给了她们听。我甚至还给她们讲了那晚我和卢克的事情,我的脸红了,虽然很羞耻,但我还是告诉她们凯特在黑暗中目睹了这一切,当时的她看上去就像一具幽灵。

我还说了安布罗斯觉得恶心想要阻止的那件事,凯特和卢克发生了关系。

最后我说到了那瓶酒，马克告诉玛丽的调查结果：他们在酒瓶里找到了海洛因。

"口服过量？"法蒂玛的声音近乎耳语，不过我觉得她其实没有必要，我们的谈话完全被淹没在了油炸的声音里，"但这说不通啊。用这种方法自杀也太蠢了吧。不仅很难掌握用量，过程可能会很长。而且用纳洛酮就能解毒。为什么他不直接注射呢？他的耐受性已经大不如从前，最小量就能致死，毫无生还的可能性。"

"仔细读读那张字条。"我也轻声说道，"想象一下这是一个刚知道自己被孩子下了毒的父亲，现在你们能明白我的意思了吗？"

明知道不可能，但我还是抱着一丝希望，希望她们能告诉我，说我疯了，异想天开。我希望她们会说，凯特绝不会伤害安布罗斯，我希望她们会说，和自己心爱的男孩分开以及被送走，这也能成为谋杀动机，也太可笑了吧？

但她们没有。她们只是一脸惊恐地看着我，脸上面无血色。最后还是法蒂玛勉强开了口。

"是的。"她费力地说道，"是的，我明白了。天哪，我们到底做了什么？"

"想点些什么？"

突如其来的声音把我们吓了一跳。我们齐刷刷地抬起头，只见桌子那头站着一个男人。他戴着一条油腻的围裙，把手背到了身后。

"你说什么？"西娅用她最高贵的口音问道。

"我说……"男人摆出一副过度夸张的口吻，仿佛在和一群听力有障碍的人说话，"几位小姐还准备再点一些吃的吗？你们占了一张桌子,在这里聊了一个多小时,而她……"他用大拇指指了指法蒂玛,"甚至连一杯茶都没点。"

"一个多小时?"法蒂玛跳了起来。一脸惊恐地看向自己的手表,然后像泄了气的皮球一样坐了下来。"天哪,我真的不敢相信,已经八点四十五了。火车已经走了。抱歉!"她一把推开戴着油腻围裙的男人,"对不起,我得给阿里打个电话。"

她在窗户外面来回走着。不断有顾客开门出入,她的声音也断断续续传了进来……非常抱歉,我听到了这样一句,突发状况,我真没想到会花这么长时间……

西娅和我则开始收拾东西。我把弗雷娅放进婴儿车里,扣好带子。西娅抓起法蒂玛和她自己的手提包。弗雷娅刚刚还在玩着几根薯条,趁她没把薯条扔掉之前,我赶紧捡起它们,一口咽了下去。

法蒂玛还在外面打电话。

"我知道。抱歉,亲爱的。帮我和安米道声歉,替我亲亲孩子们,爱你!"

她挂掉电话,纠结的表情中透露出失望之情。

"唉,我真是个大傻瓜。"

"反正你也回不去。"西娅说道。法蒂玛叹了口气。

"是的。所以我们真的要这么做吗?"

"做什么?"我问道,但是在她回答之前,我其实已经知道她要说的是什么了。

"我们必须要去问凯特。如果是我们弄错了……"

"真他妈希望就是我们的瞎想。"西娅冷冷地插了一句。

"如果是我们弄错了。"法蒂玛又说了一遍,"她一定有合理的解释，毕竟那封信可以有很多解读的角度。"

我点点头，但内心其实并不太相信。玛丽的话还在耳边盘旋，怎么看这封信都是一个想要让自己的孩子免除牢狱之灾的遗言，他知道自己的生命即将结束，所以做了唯一能护她周全的事。

这封信我已经读了很多遍，比法蒂玛读得要多得多，多到我已经数不清次数。我看着安布罗斯逐渐凌乱的笔记，到最后几乎无法辨认。我在离开萨尔腾的火车上读过，在汉普顿李漫长的等待中读过，在抱着自己的女儿时读过。她懒洋洋地趴在我的身上，张着粉红色的小嘴，对着我打了个如同蛛丝般轻柔的哈欠。而在这封信中我只看到了一种可能性。

那就是一个想要保护女儿的父亲，一个告诉女儿自己的牺牲要值得的父亲。

撒谎游戏

等我们赶到潮水磨坊的时候已经是晚上十点左右了,一路上状况不断,拖延、等车……我看着法蒂玛在站台上破了斋戒,那一刻我知道,法蒂玛其实想待在家里和自己的家人在一起。

到了萨尔腾,我们给里克打了电话,又是漫长的等待。他得干完另一趟差事才能过来接我们。不过最终我们还是坐上了他的车,弗雷娅在她的儿童座椅中吮吸着她胖乎乎的大拇指。西娅坐在我身边,我能感受到她的局促不安,她一直都在咬着指甲和倒刺,都咬出了血。法蒂玛坐在副驾驶座上,心不在焉地看着前方。

我知道她们的内心也在进行着剧烈的思想斗争,和我今天一整天的感受一样。如果这是真的,我们当时到底做了什么?这对我们所有人又意味着什么?

失业……已经很糟糕了,但是再和谋杀挂上钩?我们可能会被判入狱,法蒂玛和我会失去我们的孩子。如果这是真的,会有人相信我们当时是不知情的吗?

游戏规则四 坦诚相待

我想象着自己在监狱来访室里的样子,欧文面带苦涩地把弗雷娅递给了她几乎都不认识的母亲。

但是我想象不出这会是什么样的场景,我对监狱唯一的认知来源于电视剧《女子监狱》。我无法接受这个场景,对我,对我们都不公平。

里克已经把车开到了能到的最远距离,再往下车轮就开始打滑了。他把我们放下,然后小心地退回到大道上。我们沿着漫长的田埂,慢慢地向潮水磨坊走去。

我的心狂跳了起来。远处的潮水磨坊似乎还处在断电的状态,但凯特的屋子里却亮着光。当然不是电灯,而是煤油灯产生的不太稳定的火光,在风的吹拂下,微微闪烁。

随着我们越走越近,我也屏住了呼吸,部分原因是害怕再走一遍那条被淹掉的木桥,不过离涨潮还有几小时的时间,现在木桥离不断上涨的水面还有一段距离。我们小心翼翼地走上木桥,向潮水磨坊走去。从西娅和法蒂玛的脸上我看出了她们有同样的担心:如果海水继续上涨,我们可能一晚上都会被困在这里。

最后我们终于站到了潮水磨坊的门前。门口的这块沙地正不断被海水侵蚀。

"准备好了吗?"西娅低声说道。

我耸了耸肩,"我也不知道。"

"走吧!"法蒂玛抬起了手。在我的记忆中,这是我们第一次敲响潮水磨坊的门,等着凯特出来,让我们进去。

"你们!你们在这儿干吗?"

看到站在门前的我们,凯特露出了惊讶的表情,但她还是退后一步让我们进来了。我们一个接一个,走进了黑暗的客厅中。

月光反射在水面的光透过窗户照进屋内,再加上凯特手里的煤油灯,这些就是屋子里仅有的光源。从凯特身边经过时,我又想起了那晚的情形,她站在阴影中看着沙发上的我和卢克,那张惨白的面孔让我情不自禁地打了个冷战。

"电闸爆了,还没修好。"凯特的声音听起来带着一种怪异的疏离感,"我去找几根蜡烛。"

我看着她手忙脚乱地翻着碗柜,握着婴儿车把手的那只手抖个不停。我们真要这么做吗?去指责一个老朋友,说她杀了她的父亲?

"你想把弗雷娅放到屋里去吗?"凯特一边翻着柜子一边说道。我张开嘴本来想说不用了,但最后只是点了点头。我们今晚应该不会待在这里,在说完我们想说的那番话之后,我不认为我们还能相安无事,但接下来肯定要有一些不愉快的场面,我不希望把弗雷娅也卷进来。

我打开安全座椅上的扣带,小声和法蒂玛说道:"我去去就来,等我。"

我带着弗雷娅小心翼翼地爬上楼梯,来到卢克的房间。弗雷娅睡得很沉,当我把她放到床上时,她也没有醒。我虚掩上门,然后走了出去。

沿着楼梯向下走的时候,我的心又怦怦地跳了起来。

楼下,凯特将点亮的蜡烛放在小碟子上,在房间周围摆了一圈。法蒂玛和西娅坐在沙发上,双手都握成了拳头,垂在膝盖旁边。我走过去,坐在她们俩身边。凯特挺直了腰。

"你们这般抱团过来,是为了什么啊?"她温和地问道。

我张了张嘴,却没发出任何声音。该说点什么呢?我口干舌燥,面红耳赤。我感到很羞愧,却不清楚自己为何羞愧,也许是因为我的懦弱？

"他妈的，我得来一杯。"西娅小声咒骂了一句，然后抓起茶几上的一瓶酒，倒进了酒杯。酒杯里的液体闪烁着光芒，看上去就像是蜡烛里的烛油。西娅拿起杯子，一饮而尽，然后擦了擦嘴问道："艾莎，凯特，要来一点吗？"

"好的，谢谢。"我的声音有些颤抖。也许酒精能缓解我的紧张，能让我把这件可怕却又必要的事情进行下去。

西娅给我倒了一杯，我一仰脖，全喝了下去。我的嗓子烧了起来，疼痛让我意识到现在这揪心的状况。如果我们错了，这就意味着我们被疑心误导，背叛了我们十七年来的友谊。但如果我们对了，我真的不敢再想下去了。哪种情况更糟糕呢？我也不知道。

最后还是法蒂玛站了起来，她抓住了凯特的手。我再次意识到，尽管有着悲天悯人的情怀，但法蒂玛才是我们当中意志最坚定的那个。

"凯特。"她的声音很低，"亲爱的，我们今晚赶来就是想问你件事。也许你已经猜到了我们想问的东西。"

"我不知道。"凯特突然变得很警觉。她抽出自己的手，拉了一把椅子过来，坐到了沙发对面。我突然觉得眼前的场景似乎变成了庭审，她是被告，我们是法官，质询她，审判她。"洗耳恭听。"

"凯特。"我强迫自己开了口，既然是我最先提出的怀疑，那至少我也要有勇气当着她们的面说出来，"凯特，之前我在去火车站的路上碰到了玛丽·雷恩，她，她跟我说了警方的一些发现……一些我不知道的事情。"

我紧张地咽了下口水，喉咙里似乎有什么东西堵住了。"她……

她说……"我又做了个吞咽的动作，强迫自己一口气说下去，就像是撕掉伤口上的创可贴一样，长痛不如短痛，"她说警方在安布罗斯喝过的酒瓶里检测出了海洛因。她说安布罗斯的死因是口服海洛因过量。她说警方怀疑安布罗斯不是死于自杀，而是，而是……"

我真的说不下去了。

最后还是西娅说了出来。她抬起头，从刘海的边缘下看着凯特，烛光闪烁中，她的脸在地上投下了一团阴影，看上去就像是一颗骷髅头一般阴森可怕。我情不自禁地打了个哆嗦。

"凯特。"她直入主题，"是你杀了你的父亲吗？"

"你们怎么会这么想？"凯特的声音听起来出奇的平静。在油灯产生的光圈中，她的脸上居然没有任何表情，与法蒂玛和西娅痛苦的神情相比，看上去很不自然。"他死于海洛因中毒。"

"口服海洛因中毒？"我忍不住叫了出来，"凯特，这也太荒谬了吧。这种自杀的方法也太蠢了吧。注射工具就在旁边，为什么要舍近求远？还有……"说到这里我的心沉了下去，一种更大的愧疚感油然而生，但我还是强迫自己继续说下去，"还有，还有这个。"

我从口袋里掏出那封信扔到了桌上。

"我们已经读过了。凯特，我们十七年前就读过，但直到今天，我才读懂。这不是安布罗斯自杀时的遗言，对吧？这是他发现被自己的孩子下毒后，想出的保护她的方法。他让你继续生活，不要回头，不要让他对你最后的保护白白浪费。凯特，你怎么能这样做？你真的和卢克睡了吗？这就是你的动机吗？因为安布罗斯要把你们分开？"

凯特叹了口气。她闭上眼睛，用她纤细的手掌捂住了脸。然后她抬起头看着我们，脸上露出了悲伤的神情。

"是的。"她最后说道,"是的,确实是这样。你们说得没错。"

"什么?"西娅爆发了。她站起来,把手里的杯子重重地砸在了地上,杯子碎了,棕红色的液体一滴一滴地渗入了地板。"你再说一遍!你是说十七年前你把我们都拖进了一桩谋杀案里?我不信!"

"为什么不信呢?"凯特看着西娅,蓝色的眼睛里没有丝毫波澜。

"我他妈的一点都不信!你睡了卢克?安布罗斯要把你送走?然后你就因为这个杀了他?"

"是的。"凯特看向窗外,她咽了下口水,喉咙处的肌肉痉挛似的抽动着,"卢克和我……我知道爸爸认为我们是姐弟,但等卢克从法国回来后,我都快认不出他了,当时那种感觉,就像是,就像是恋爱的感觉,特别美好。这是爸爸所不能理解的,他……"她又咽了下口水,"他真的把我们当成了姐弟。当他看着我,告诉我……"凯特看着窗外的大海,在海岬之外就是那个被警戒线围起来的帐篷,"我从来没觉得有什么,但当他和我说的时候,我确实感觉到了恶心。"

"凯特,你到底做了什么?"法蒂玛的声音开始颤抖起来,似乎她也不相信自己听到的这些东西,"你说,我想从你的嘴里听到,每一步。"

凯特抬起头看着法蒂玛。她的下巴微微抬起,似乎很不情愿,但终于下定了决心,迎接这不可避免的结局。

"周五那天我逃了学,早早地回到家里。家里没人,爸爸在学校,卢克也在学校。我把他的存货都倒进了那瓶酒里。我知道卢克不会喝到那瓶酒,那天晚上他就待在汉普顿李。你们还记得爸爸的习惯吗?每周五晚上,爸爸回家后的第一件事通常就是拿出那瓶酒,给自己倒上一杯,然后再放回去。"她神经质地笑了一下,"然后我就回到了学校,等着。"

"你把我们都拖下了水!"西娅用嘶哑的声音说道,"你让我们帮你隐瞒了一件谋杀案,居然还毫无愧意?"

"我当然很抱歉!"凯特大叫道。自始至终,她的脸上似乎都像是戴着一副诡异的面具,看不出她的任何情绪。现在这副面具终于有了裂痕,我似乎也看出了面具下她的痛苦,和我们一样的痛苦。"你以为我很自豪吗,让你们去做这样的事?这十七年来,我哪天不是在痛苦中度过的?"

"你怎么能这样做,凯特。"我的嗓子被堵得生疼,似乎随时会爆发出抽泣声,"你怎么能这样?不是对我们,而是他,安布罗斯!你怎么能这样对他?就因为他要把你送走?我不信!"

"那就别信!"凯特的声音颤抖了起来。

"我们有权知道。"法蒂玛几乎咆哮了起来,"我们有权知道真相,凯特!"

"我没有什么可说的了。"凯特的声音里透露出一丝绝望。她的胸膛剧烈起伏着,影子也在旁边哼哼着,似乎不能理解为什么主人如此悲伤。影子用头拱着凯特。"我不能……"凯特似乎被呛到了一般,喃喃地说着,"我,我,不,不能……"

然后她跳了起来,走到靠近海湾的那扇落地窗前,带着身后的影子走了出去,然后砰的一声关上了窗户。

西娅也跳了起来,似乎要去追她,但法蒂玛抓住了她的手臂。

"让她去吧。她现在已经快崩溃了,如果你追上去,说不定她会做出什么不明智的举动。"

"什么？"西娅啐了一口，"难不成她还能把我也扔到海里去？该死！我们怎么就这么蠢！怪不得卢克恨她。他一直都知道，知道却不说。"

"他爱过凯特。"我想起那天晚上他在看到楼梯角落里的凯特时的表情，既有一种胜利的快感，也有深深的痛苦。他们一起看向了我，好像忘了我就在那儿，在沙发的角落里缩成一团。"我觉得他现在还爱她，尽管发生了这么多事。但他既然知道了真相，这么些年来……"

我说不下去了，把头埋到了手里。

"她杀了他。"我说道，似乎在试图说服自己，"她杀了自己的亲生父亲，她就这样承认了，连一句辩解都没有。"

我们就在那里坐着。不知过了多久，窗户那里传来了一阵响动，凯特走了进来。她的脚都湿了，头发上还有雨水的痕迹。涨潮了，起风了，海水已经淹没了码头。一场暴风雨即将来临。

她似乎又戴回了刚才那个面具，面无表情地将身后的窗户锁好，拖过一个沙包放在窗前抵着窗框。

"你们最好留下来。"她的话很平静，就像什么事都没发生过一样，"木桥已经被淹了，马上就要下暴雨了。"

"不就是两英尺深的水吗？我还怕了不成？"西娅气冲冲地说道。她还想继续说下去，但法蒂玛警告性地拍了拍她的胳膊。

"我们今晚就不走了。"法蒂玛说道，"但是，凯特，我们得……"

我不知道她接下来要说什么，我们得谈谈？不管她想说的是什么，都被凯特打断了。

"别担心。"凯特似乎已经累了，"我已经想好了，明早我就给马克·雷恩打电话，把所有的事情都告诉他。"

"所有的事？"我费力地吐出一句。凯特露出了一个疲惫而扭曲的笑容。

"当然不是所有事。我会说，都是我做的，不会连累到你们的。"

"他绝对不会相信。"法蒂玛顾虑重重，"你怎么解释自己是如何把安布罗斯拖到那么远的地方的？"

"我会让他相信的。"凯特斩钉截铁地说道。我想起了那些画，想起了凯特是如何和学校打交道的，尽管有那么充分的证据，她还是成功地让学校相信了她所说的话。"那里也不是很远。用一块防水布裹着，一个人就能把……"她哽咽了，那个词她怎么也说不出口。尸体。

我觉得自己随时会哭出声来。

"凯特，你没必要这么做。"

"不，我必须这么做。"凯特走过来，用手捧着我的脸，看着我的眼睛，有那么一瞬间，她的嘴角泛起一丝苦笑，"你们一定要知道，我爱你们，很爱很爱你们，爱你们所有人。我真的很抱歉，把你们也卷了进来。但现在我必须要结束这一切，为了我们所有人，我必须要去做对的事情。"

"凯特……"

西娅看上去备受震动，她的脸上已经没有了血色。法蒂玛站起来，用手搓着脸，似乎不敢相信这就是结局，我们的友情，我们四人的友情就这样走向了终点。

"就这样了吗?"法蒂玛似乎还不太确定。凯特点点头。

"是的,就是这样了。这就是结局。你们再也不用担惊受怕了。对不起。"凯特又重复了一遍,她的目光依次扫过法蒂玛、我和西娅,"我希望你们知道,我真的很抱歉。"

我想起了安布罗斯的那封信。我很抱歉,非常非常抱歉,就这样离开了你。

然后凯特拿起油灯走上楼,消失在了黑暗之中。影子就像幽灵一般跟在她的身后。我的眼泪开始一滴一滴地掉了下来,就像是屋外拍打在窗户上的雨点一样,来势汹汹。我知道,凯特没说错,这就是我们的结局。一个我无法承受的结局。

我拖着沉重的身躯回到了卢克的房间。我以为自己会失眠。弗雷娅在我的身边睡得正香,而我的脑海中却有一堆疑问。我本来想好好梳理一番,但我实在是太累了,比我想象中的还要累。连衣服都没脱我就爬上了床,头一沾到枕头,立刻就沉入了不安稳的睡眠之中。

不知过了多久,楼上的房间里突然传来了说话声,我猛地睁开眼。楼上的人在吵架,不知为何,他们的声音让我心里一紧。

我在床上躺了一会儿,想让自己从刚才的噩梦中清醒过来。我梦到了凯特、安布罗斯和卢克。过了一会儿,我的眼睛终于适应了屋子里的光线。楼上房间里的光线从我屋子里天花板上的缝隙中漏了进来,闪烁不定,似乎有人在走来走去。楼上的声音此起彼伏,然后突然传来砰的一声,震得我杯子里的水都起了涟漪,似乎有人重重地捶到墙上。

我伸出手去按床头的开关,按了几下没反应,我这才想起停电这回事。该死！法蒂玛把煤油灯拿到了她的房间，不过就算有灯，现在我也没有火柴，没法点蜡烛。

我静静地躺在那里，仔细倾听着，想分辨出是谁在说话。是凯特在自言自语，还是法蒂玛或者西娅上楼去和她对峙？

"我就不明白了，这不就是你一直以来想要的结果吗？"我听清楚了，这是凯特的声音，嘶哑中带着哭腔。

我屏住呼吸坐了起来，想听得更清楚些。她是在打电话吗？

"你想要我受到惩罚，不是吗？"凯特的声音变得很激动。

她到底在和谁说话？

我很快就知道了答案。虽然没说话，但我知道他是谁。

黑暗中传来一声低吼，他哭了。熟悉的声音让我的心提到嗓子眼。

"不应该是这样的。"

是卢克的声音，听起来无比悲痛。

我的大脑停止了思考。我滑下床，跑到法蒂玛的房间，拧了下门把手。锁上了，于是我对着钥匙孔小声呼唤道："法蒂玛，醒醒，醒醒！"

她很快就出来了，我指了指吱呀作响的天花板，示意她听。黑暗中，她黑色的眼睛睁得大大的，聚精会神地听着。我们都屏住了呼吸。

"那你到底想要什么？"我有些不能理解，凯特正在哭泣，她的话里还带着哭腔，"如果不是这个结果，你到底想怎样？"

法蒂玛紧紧抓着我的胳膊。我甚至能听到她急促的呼吸声。

"卢克在上面？"她悄声说道。我点点头，努力想在卢克的抽泣声中听到他的话。

"我从来没有恨过你……"我听到他这样说道,"你怎么能这样说呢?我爱你……我爱的一直都是你。"

"到底发生了什么?"法蒂玛惊慌失措地说道。

我摇摇头,试图在脑海中复现昨晚的场景。天哪!凯特,你不会是……

卢克又说了些什么。凯特突然提高了嗓音,声音中满是怒火。然后就是哗啦一声,其中夹杂着凯特痛苦的喊声。卢克的声音太哽咽了,我没听清。不过听上去他似乎已经处在崩溃的边缘。

"我们得去帮她。"我小声对法蒂玛说道。她点点头。

"叫上西娅,我们一起去。人数上占优势,卢克听上去喝多了。"

我跟在法蒂玛身后向楼下走去,一边走一边继续留意着楼上的声音。也许法蒂玛是对的,卢克已经疯了。

"从来就只有你。"顺着楼梯向下走的时候,我听到了卢克痛苦的声音,"如果可能的话,我真希望自己没有爱上你,但我真的爱你。为了能和你在一起,我愿意做任何事。"

"我会去找你的。"凯特抽泣道,"我会等你,让他改变主意。为什么你就不能信任他呢?为什么你就不能信任我呢?"

"我不能……"卢克的声音卡住了。我顺着楼梯继续向下走,他的声音模糊地传到了我的耳朵里。"我不能让他这么做。我不能让他把我送回去。"

我们冲进了西娅的房间,她从床上坐了起来,满脸恐惧。当看到是我和法蒂玛的时候,她脸上的表情从恐惧转为了震惊。

"怎么了?"她喘着气说道。

"卢克。"我费力地向她解释道,"他在这里。我们觉得,哦,天哪,我也不知道。但我觉得我们可能把整件事都搞错了,西娅。"

"什么?"她立马从床上跳了下来,套上T恤,"该死的!凯特还好吧?"

"我不知道。他现在就在楼上,听起来他们好像在吵架,然后有人扔了什么东西。"

但西娅已经冲出了房间,向楼梯跑去。

她还没跑到楼梯底部,我就听到楼上又传来了一声巨响,比刚才那声要大上许多,似乎有人推倒了某件家具。一瞬间,我们都愣住了。然后就是一声尖叫,开门声和慌乱的脚步声。

我闻到了某种味道,一种让我的心瞬间一紧的味道:煤油!同时我听到了一种奇怪的噪音,虽然不知道那是什么,但却让我莫名地恐慌起来。

当凯特惊慌失措地跑下来的时候,我才明白自己听到的是什么。着火的声音。

"凯特?"法蒂玛焦急地问道,"怎么了?"

"快出去!"凯特从她的身边挤了过去,一把推开了前门。看到我们都没动,她又吼了起来。"你们没听到吗?快走,快!煤油灯碎了,现在这里到处都是煤油!"

该死!弗雷娅。

我向着楼梯冲了过去,但凯特抓住我的手臂,把我往回猛地一拉。

"你没听到吗?快走,立刻,马上!艾莎,别上去,楼上的地板上滴得到处都是油。"

"放开我！"我咆哮了起来，挣扎着想把手拽出来，影子不知在哪里狂吠了起来，声音高亢，充满了恐惧和不安，"弗雷娅还在上面！"我怒吼道。

凯特的脸瞬间失去了血色，她放开了我。

我刚爬到一半就已经被烟呛得咳嗽了起来。燃烧着的煤油从上面楼梯的缝隙中滴了下来。我用胳膊挡住头，眼睛和嗓子里一阵刺痛。和心里的痛比起来，身上这点小伤根本不算什么。烟雾越来越多，四周弥漫着刺鼻的味道，但我已经顾不了这些了，脑海中只有一个念头：找到弗雷娅。

快到楼上的时候，一个身影突然出现，挡在了我的面前。

卢克。他的手被烧伤了，还流着血，上衣也破了。刚才他一定是把上衣扯下来扑灭了身上的火苗。

看到我的时候，他脸色瞬间大变，全是恐慌。

"你在这儿干吗？"他用嘶哑的声音吼了起来，烟雾呛得他咳嗽不停。

楼上传来了玻璃碎裂的声音，随之而来的是一股浓重的松节油味。我感到一阵反胃，想起了阁楼里那一排排的瓶子，大罐的亚麻籽油和白酒。现在它们全都顺着木板的缝隙滴到了楼下的卧室里。

"闪开！"我喘着粗气说道，"我要去找弗雷娅。"

听到弗雷娅的名字时他的脸色又是一变。

"她在楼上？"

"她就在你屋里。闪开，别挡道。"

他身后的通道已经变成了一道火墙，横在了我和弗雷娅之间。我一边哭着一边想从他身边挤过去。但他并没有要让路的意思。

"卢克,求你了!让我过去。"

然后他推了我一把,力气不大也不小,让我跌跌撞撞地后退了好几个台阶,我的膝盖和胳膊肘都擦伤了。

"走!"他大叫道,"到外面去,到那间屋子的窗户下面去!"

然后他转过身,把血迹斑斑的T恤裹在头上,向弗雷娅睡的房间跑去。

我又爬了上去,想追上他,这时阁楼上一块燃烧着的木板砸了下来,挡住了我的去路。我四下环顾,疯狂地寻找着能裹住手的东西,好把眼前这团火球移开。就在这时我听到楼上传来了一阵响动,弗雷娅!是她的哭声!

"艾莎,窗户,快!"在火焰的咆哮声中,我听到了卢克的吼声。我意识到他已经没办法带着弗雷娅原路返回了,只能把她从窗户里扔出去。

我跑了起来,希望我的判断是对的,希望我能够及时赶到。

屋外,法蒂玛、西娅和影子已经撤离到了岸上,但是我并没有跟上她们,而是踩着水向海里走去。屋子里的火焰烤着我的脸颊,但脚下的海水却冰冷无比,冻得我直喘气。

"卢克!"我尖叫道。我蹚着水一直走到了齐腰深的地方,正对着他房间的窗户。潮水拖拽着我的衣服。"卢克,我在这儿!"

火焰照亮了卢克的脸,他出现在了玻璃的后面。卢克试图从窗户中挤出身来。最近阴雨连天,这扇小小的窗户受潮后变形卡住了。看着卢克在用肩膀抵御火焰,我的心悬到了嗓子眼。

"拆了它！"凯特大叫道。她在水里艰难地跋涉着，向我走来。她话音刚落，就听得砰的一声，窗户打开了！卢克扭头又回到了浓烟滚滚的房间里。

有那么一瞬间我还以为他变卦了，然后我就听到了一声啼哭，看到了卢克的身影，他正抱着个东西。弗雷娅！弗雷娅大声哭喊着想从卢克的手里挣脱出来，她的哭声中还夹杂着断断续续的咳嗽声。

"快！"我大吼着，"就是现在，卢克，快把她扔下来！"窗户很窄，他没法将整个身体都探出来，但他还是奋力将一只胳膊挤了出来，然后是头、另外一只胳膊。他努力向外延伸着身体，伸长了抱着弗雷娅的手臂。弗雷娅奋力挣扎着，似乎随时都有可能从他手中脱落。

"扔！"我大吼道。

卢克松开了手。

在下落的一瞬间，弗雷娅没有发出一点声音，好像她的下坠把自己震惊得都忘了哭泣。

她的衣服在空中呼呼作响，一个受惊的小圆脸从我的眼前一闪而过，然后就是一声巨大的水花声。她撞到了我的胳膊上，我们俩一起摔到了水里。

在水流的波动下，我的脚一直在打滑，但我也顾不得许多了，手忙脚乱地在水里摸找着弗雷娅，我摸到了她的脸、头发，还有她想紧紧抓住我的胳膊……

然后凯特把我拽了起来。我抱着弗雷娅，我们俩都咳个不停。弗雷娅愤怒的尖叫声刺破了夜空，冰冷的盐水刺痛了她的眼睛和肺部，她的尖叫声中还夹杂着阵阵咳嗽声。此时此刻,她的愤怒和疼痛反而显得无比珍贵,她还活着,还活着,这就够了。

我跌跌撞撞地走回岸边,脚陷到了松软的泥巴里。法蒂玛和西娅过来迎我。法蒂玛抱走了弗雷娅,西娅则把我拽了起来。我的衣服还在湿答答地滴着泥水。我已经分不清自己是在笑还是哭了。

"弗雷娅。她还好吗?法蒂玛,她还好吗?"我问道。

在弗雷娅断断续续的尖叫声中,法蒂玛尽自己最大努力给她做了检查。

"她没事。"我听到法蒂玛这样说道,"我觉得应该没什么大碍。西娅,拿我的手机报警,快!"

她把我那近乎疯狂的孩子还给我,转过身来想接凯特上岸。

但凯特并没有过来。她还站在海水里,对着卢克的窗户举起了双手。

"快跳!"

卢克看了看她,又看了看海水。那一刻我以为他就要跳,但是他随即摇了摇头,脸上的表情平静安详。

"我很抱歉,"他说道,"为所有发生的一切。"

然后他退后一步,走进了浓烟滚滚的屋子深处。

"卢克!"凯特发出了一声惨叫。她踩着水,从一个窗户看向另一个窗户,绝望地寻找着卢克在走廊中的身影。但卢克并没有出现在熊熊燃烧的走廊里,实际上他根本就没动。

我想象着他闭上眼睛,蜷缩在床上的样子,终于回家了……

"卢克!"凯特绝望的叫声回荡在海湾上空。

然后在我还没有反应过来之前,凯特已经踩着水跌跌撞撞地跑向潮水磨坊的前门。我们根本来不及阻止她。

"是的。那个老潮水磨坊。"西娅在电话里说道,"请快点过来,救火车和急救车。"

"凯特?"法蒂玛大叫道,"凯特,你要……"

但凯特已经跑到了门口,她将湿漉漉的袖子裹在手上,拧开滚烫的门把手,走进屋内,关上了门。

法蒂玛冲了出去,我还以为她要冲进去救人,赶紧用空闲的那只手抓住了她的手腕,但是她停在了码头边缘。我们三人站在那里,影子在西娅的脚下小声哼哼着,被潮水磨坊飘来的浓烟呛得几乎无法呼吸。

我看到一个身影从落地窗前一闪而过,凯特在上楼梯,弯着腰躲避着火苗,然后就什么也看不到了,直到西娅指着卢克屋子里的一扇窗户说道:"快看!"

她的声音里满是恐惧。我们看到,窗户前突然蹿起了一团火焰,火光中的两个人影仿佛置身于地狱的烈火之中。

"凯特!"我的嗓子被烟雾熏哑了,但我还是吼了出来。虽然我知道这根本没用,她不可能听到我的。"凯特,快出来!"

然后潮水磨坊发出了一种类似雪崩的轰鸣声,声音大到我们不得不捂住耳朵。冲天的火焰点亮了天空,刺得我们睁不开眼。破碎的玻璃,燃烧的木头从每扇窗户中迸发出来。

屋顶上的主梁再也坚持不住了,整个屋子在自身的重力下开始坍塌瓦解。火势冲天,玻璃碎片和火星喷射到了岸边,我们纷纷弯下腰躲避这可怕的爆炸。我把弗雷娅护在怀中,滚烫的火星溅到了我的背上。

当轰鸣声终于消退时，我们才站了起来。此刻的潮水磨坊只剩下一个空壳，还在燃烧的横梁像一排排肋骨一样矗立在那里。房顶、地板、楼梯全都消失了，只剩下从窗口喷出的火舌，将一切吞噬殆尽。

潮水磨坊毁于一旦，彻彻底底地从这个世界上消失了。

它带走的还有凯特和卢克。

我猛然惊醒。这是哪儿？屋子里光线昏暗，各种机器哔哔作响，其间还夹杂着小声的交谈声。我的鼻腔里弥漫着消毒水、肥皂和烟雾的味道。

过了好久我才想起来。

这里是医院的儿科病房。弗雷娅正在我前面的小床上昏睡，她小小的手指紧紧地抓着我的手指。

我用空闲的那只手揉了揉眼睛，一阵刺痛——烟熏和流泪的后遗症。在我试图回忆发生了什么事情时，一些片段出现在我的脑海中：西娅试图穿过狭窄的水道，回到潮水磨坊，法蒂玛抱着她不让她过去；一群警察和消防员赶到了现场，想着该怎么处理这冲天的大火。对了，我还记得他们的脸，当我们告诉他们里面还有人时，他们脸上的表情。

还有弗雷娅，她胖乎乎的小脸上满是烟灰，眼睛睁得大大的，瞳孔里反射出闪烁的火苗。她看着熊熊大火，沉醉在美丽的火光之中。

当然，最重要的还有凯特和卢克被大火吞没的身影。

为了卢克，凯特奋不顾身地投入到火海之中。

"为什么？"我们在等救护车的时候，西娅哑着嗓子一直在问。她紧紧搂着瑟瑟发抖的影子。"为什么？"影子也露出疑惑的表情。

我摇了摇头。说实话，我已经懂了。我终于明白了安布罗斯那封信的意思了，这一次是彻底明白了。

奇怪的是，在过去的几天，我居然慢慢发现，我可能一点都不了解安布罗斯。我对他的印象还停留在十五岁那年，来自一个孩子不带任何批判的眼光。但我现在已经成年了，也快要到了安布罗斯和我初次见面时的那个年龄。这是我第一次从成人的角度，平等地去看待他。这时他看上去似乎变了，有缺点，有各种人性中的缺陷，还在和心魔做斗争。虽然他的抗争就明明白白地写在墙上，但我却从来都没有注意过。

他的毒瘾和酒瘾，他的梦想和恐惧，我现在才知道。我很羞愧，居然从来没有意识到这些，我们几个都没有，可能凯特除外。我们都太沉浸于自己的世界，从自己的世界看安布罗斯。我从来没意识到他为凯特和卢克所做出的牺牲，为了他们，为了她，他放弃了自己的事业，放弃了成为艺术大师的梦想，来到萨尔腾当了一名老师。我从来没想过他要为戒除毒瘾付出多大努力。很简单，我只是不感兴趣。

即使他的问题暴露在了我们的眼皮下——西娅在咖啡馆里告诉了我们那场痛苦的时候——我们也只是从自己的角度出发去看待他的问题。我们希望待在一起，希望能一直待在潮水磨坊玩耍，所以我们就只看到了他对我们快乐生活的威胁。

事实上，我从未真正认识过安布罗斯。我们的生活在一个暑假发生了碰撞，仅此而已。我喜欢他给我的一切，关爱、自由，还有从我噩梦一般的家里逃离片刻的感觉。但我从未真正认识过这个人，现在我知道了，这一刻我才真正了解了他，了解了他的所作所为。

我是对的，从某个方面来说这封信确实出自一个垂死的男人之手，他被自己的孩子下了毒，只能用这种方法来护他周全。但这个孩子并非凯特，而是卢克。

我们把所有的事情都弄反了，这是我最后才意识到的事情。不只是那封信，还有其他所有的一切。安布罗斯要送走的不是凯特，而是卢克。为什么你不能信任他？凯特曾经这样说过。但卢克的信任已经被无数次地辜负。他当时认为，据我猜测，自己最害怕的事情终于来了。安布罗斯后悔了，后悔自己不该这么仁慈，将这个孩子带回家，爱他，照顾他。卢克曾经无数次测试过安布罗斯对自己的爱，他冲安布罗斯发火、扔东西，他绝望地想要确定这个人不会背叛他，抛弃他，这个人对他的爱永远不会动摇。

那天晚上，玛丽无意间听到了凯特和安布罗斯的争执。除了她，还有一个人也听到了，卢克。他一定明白了我和西娅所不了解的事情，被送走的不是凯特，而是他。安布罗斯并没有告诉西娅要把他送到哪，但很有可能就是寄宿学校。但是曾经被无数次背叛过的卢克一定立刻想到了他一直担心的事情，他认为安布罗斯要把他送回他的母亲那里。

所以他就做了一件极其愚蠢的事，愚蠢至极。他曾竭尽全力逃脱了那个如同地狱一般的地方，他绝对不想再回到那里。绝望之中，这个陷入爱河的男孩做出了一个大胆的决定。

他真的打算杀死安布罗斯吗？我坐在那里，呆呆地看着弗雷娅熟睡中天真无邪的面孔，想着各种可能性。也许他一时被愤怒冲昏了头脑，确实想置安布罗斯于死地，等回过神来的时候却悔之莫及。也许他只是想小小地惩罚下安布罗斯，让他丢脸，又或者他根本就没怎么想，只是在愤怒和绝望的驱使下做了这件事。

我愿意相信卢克只是犯了一个大错。他从未想过要杀害安布罗斯，这一切只是个小小的恶作剧。他以为安布罗斯会打急救电话，被人发现在呕吐物中有海洛因的痕迹，然后被解雇。他想以此来报复安布罗斯，让安布罗斯也尝尝他即将遭遇的苦头。他的妈妈既然是个瘾君子，那他对海洛因也一定不会陌生。他肯定知道口服海洛因的不稳定性，不会立刻致死，还能被抢救过来。

但这一切都只是我的想象，我不能确定。

不过从某种程度上来说，这些都已经不重要了。重要的是他的行为。

凯特之前替他承担了罪名，她用一种奇怪而又冷淡的语气告诉了我们自己作案的步骤。卢克其实就是这么做的。周五他从学校翘课回到了潮水磨坊，在确认了凯特和安布罗斯都在萨尔腾学院之后，他把安布罗斯的存货倒进了那瓶有螺旋盖的酒瓶中，然后把酒瓶放到了桌上，这样安布罗斯下班回家后就会顺理成章地拿起下了药的酒瓶，喝下毒酒。然后卢克又找了几张看上去最有伤风化的画，将它们送给了学校。

哦，安布罗斯。我试着想象他在发现卢克的所作所为之后的心理。是酒里奇怪的味道提醒了他吗？还是那种渐渐袭来的困意？安布罗斯一定花了很长时间才弄清楚发生了什么，而此时海洛因已经从他的胃黏膜渗透到了他的血液里。

我坐在那里，握着弗雷娅的小手，那天的情形像电影胶片一样一幕幕地呈现在我的眼前。安布罗斯检查了酒瓶，站起身来，跌跌撞撞地走向碗柜，找到被藏起来的锡罐。然后他意识到了卢克所做的一切，和他所服用的剂量。

他用颤抖的双手写下那些歪歪扭扭的字迹，请求凯特保护自己的弟弟，不要因为他的所作所为而受到惩罚，这时他在想些什么呢？他有什么样的情感呢？

我不知道。我没法去想象很多事情，例如安布罗斯发现真相时的痛苦和卢克在冲动之下选择的报复。但当我低下头看着弗雷娅，感受着她紧紧的抓握时，有一件事是可以确定的，那就是我第一次明白了安布罗斯的行为，完完全全地了解了。终于一切都真相大白。

他的第一个想法不是自救，而是保护自己的孩子。那个他抚养长大的男孩，他深爱着这个男孩，却没能保护他。

他曾经让卢克回到了那个地狱。在卢克还是个婴儿的时候，他曾经将他从海湾里救起，他为他换过尿布，看着他长成了一个可爱的小男孩。在男孩的母亲陷入毒品的深渊不可自拔之前，他也曾爱过她。

对于卢克，他曾经放手过一次。现在他从卢克的角度理解了卢克的恐慌：他即将再次放手，再一次地背叛。我之前实在是太愚蠢了，没想到我的行为会导致的后果，所以现在我必须要这样做，这是我唯一的选择。这样就不会再有人受到伤害。

他写下了那封信以确保在这件事中只会牺牲一人：他自己。这封信并没有写给卢克，而是写给了凯特，因为他知道在这个世界上，没有人会比凯特更了解自己。凯特会理解他所说的话：保护卢克。

不要责怪他人,我的宝贝。这是我自己的意愿。做了这个决定,我无怨无悔……请不要让这一切白白浪费。

还有凯特,凯特尽自己最大的努力完成了父亲的遗愿。她保护了卢克,为他撒了谎,年复一年。但有一件事是她没能做到的,她责怪卢克,痛苦地恨着他,恨他的所作所为,并且从来都没有原谅过他。

卢克也没有说错。凯特本可以等到他们俩都满十六岁的时候再去报案,但是她没有这么做。所以卢克就被带走了,回到了他试图逃离的那个家。

卢克爱上了他的姐姐,为了这份爱,他杀死了唯一爱他的父亲,然后他看着自己的姐姐变得冷漠疏离。当他被送回法国的时候,他知道这是凯特干的事情,凯特在惩罚他,为他所犯下的罪孽而惩罚他。只有凯特知道他是凶手。

我想起了那天晚上卢克的哭喊声:"为了能和你在一起,我愿意做任何事。""从来就只有你。"

这一刻我觉得我的心都要碎了。

游戏规则五

悬崖勒马

游戏规则五　悬崖勒马

来医院接弗雷娅和我的不是欧文,我并没有给他打电话。昨天,按照NHS(英国国民健康保险制度)的规定,弗雷娅和我突然被要求在今天上午九点出院,因为医院需要床铺。

我的手机和其他东西一起被烧毁在了那场大火中。医院允许我使用护士房里的电话,我的手指一遍遍地拂过欧文的号码,但最终还是没有拨打,我无法面对他。我将自己的这种不情愿归咎于对现实情况的考虑——面对早高峰的伦敦和拥堵的高速公路,他得花上好几个小时才能赶到。但这并不是真实的原因——或者不仅仅是。事实上在昨晚,当弗雷娅的生命在我的眼前闪现时,我内心的一些想法发生了转变。我只是弄不清为什么会这样,也不知道这意味着什么。

最后这通电话我打给了法蒂玛。当我站在儿科病房外时,弗雷娅在借来的毯子里缩成一团。我看到一辆出租车停了下来,车窗里法蒂玛和西娅都面色惨白。

我爬进车,把弗雷娅放在了法蒂玛安排的座位上,这时我看见影子无精打采地躺在西娅脚边,西娅的手放在影子的项圈上。

"我们早晨被粗暴地赶了出来,"坐在前排的法蒂玛扭过头来说,她的眼眶周围全是黑眼圈,"我预订了海岸路边的一家含早餐的旅馆。我觉得马克·雷恩应该希望我们待在附近,至少等到警察来和我们谈话。"

我点了点头。我的手攥着口袋中的字条。那是安布罗斯的字条。

"我到现在都不敢相信。"西娅脸上没有一点血色,她的手紧张地抚摸着影子的毛,"他……你们觉得会是他吗?那只羊?"

我明白她的意思。会是卢克吗?是他干的,还有其他那些事?我知道她们昨晚一定和我一样,不断地思考,猜疑,试图从谎言中找出真相。

我看着法蒂玛。

"我也不知道,"我最终说道,"但我不认为是这样。"

我不再继续说了。我不想把真实想法说出来,倒不是因为出租车司机在。他不是里克——我并不认识他。但他一定是本地人。事实上,不管所有的事情是不是卢克做的,我觉得我们都被误导了才会去怀疑他。

我曾以为是他写的那张字条,因为他讨厌凯特,并怀疑是凯特掩盖了安布罗斯的死亡。我以为他想吓得我们招供,使真相浮出水面。

但是后来,当凯特告诉我勒索和钱的事,我开始产生疑惑。不知怎的,这看上去不像是卢克会干出来的事。他不会这么冷血地算计凯特,敲诈凯特。他恨凯特造成了他的苦难,但一切与钱无关,他只是想让凯特为此付出代价……是的,这看上去才可能是卢克会做的事。

但眼下，在昨晚之后，我再也不信这些了。敲诈这回事根本说不通。除了凯特，卢克是我们所有人中唯一知道真相的，他比我们所有人撒的谎都要多。他和我们一样都是撒谎游戏的一部分，如果真相大白，他失去的将会最多。除此之外，在医院的那个漫长夜晚，我有时间去思考，去回忆欧文给我发过来的犯罪记录，上面的一个日期在我的脑海中挥之不去。

不。我认为写那张字条的另有其人。

我记得在邮局中看到她强壮的手指，还有指甲下面的血迹。

我可以肯定，她可以完成这件事。卢克不行。

到了旅馆后，我和弗雷娅爬上了床，很快我们就进入梦乡，似乎沉入到了无底的深渊之中。几小时之后，我浮出水面，一种奇怪的疏离感弥漫在我心中，我似乎已经和这个世界没有了联系。

这座旅馆位于沿海路上，离学校只有几英里。我从床上坐起来，整理了蓬乱的头发和汗渍斑斑的衣服，把弗雷娅汗湿的头发从脸庞上拨开。房间外的景色和我多年前从二号塔楼向外看到的一模一样。

在那一刻，尽管女儿还睡在我身边，但我仿佛又变成了十五岁，并且回到了我的寝室——海鸥的叫声萦绕在耳旁，奇怪而清晰的亮光泻在木头窗台上，我最好的朋友就躺在我身边。

我闭上眼，聆听着过去的声音，想象着自己回到了曾经的少女时代。当年的那个女孩，朋友都在她的身边，她完全不知道自己即将会犯下的错误。

那个女孩很快乐。我很快乐。

然后弗雷娅就咿咿呀呀地闹了起来，将我拉回现实。是的，我已经三十二岁了，是一个律师，也是一个母亲。昨晚盘旋在脑海中的那些事情又回来了，压得我一时有些喘不过气。

凯特和卢克都死了。

我抱起弗雷娅，打着哈欠下了楼。法蒂玛和西娅正坐在阳台上眺望着大海。

现在是七月，但是天气很凉，灰蒙蒙的天空中布满了云朵，看上去像要下雨一样，那些灰暗的条纹和影子背上的灰色毛发一模一样。影子蜷缩在西娅脚边，把黑色的鼻子搭在西娅手上。但是当我进来后，它抬起头看了看，眼中闪现了片刻光芒，然后又继续趴回去了。我知道它在找谁。该如何向一只狗解释凯特最后的结局和这些年来她所受到的不公正待遇呢？我自己也不清楚。

"我们接到了警局的电话，"法蒂玛说道。她蜷缩在椅子上，抱住自己的膝盖。"他们想让我们今天下午四点去警局。我们得想好怎么说。"

"我知道。"我边叹气边揉着眼睛，然后把弗雷娅放在地上，让她去玩一些丢在那儿供客人阅读的旧杂志。她一边小声叫着一边撕着一本杂志的封面，我知道自己应该阻止她，但是我实在太累了，而且我也不在乎了。

我们看着弗雷娅，安静地坐了很长时间，不用问我也知道其他人昨晚一定和我一样：难以理解，也难以相信发生的一切。我感觉昨天的自己还是一个正常健康的人，但今天的我变成了一个残疾人，缺失了点什么。

"她违反了规则，"西娅说，她的声音很小，"她向我们撒谎了。她向我们撒谎了。要是她告诉我们该有多好。难道她不信任我们？"

"这不是她的秘密。"此刻我想到的不仅是凯特,还有欧文。我想到了这些年对他的隐瞒,其实不也是违背了我们自己不成文的规定吗?因为没有正确的答案,不是吗?一切都是交易——一个背叛一个。凯特可以选择守护卢克的秘密,或者向朋友们撒谎。她选择了撒谎,选择了打破规则,选择了……想到这里我哽咽了。她选择去保护卢克,但是她也选择了保护我们。

"我只是不明白,"法蒂玛大声喊道,她放在扶手椅的印花棉布坐垫上的手紧紧地握成了一个拳头,"我不明白安布罗斯为什么要这样做!口服过量致死是需要时间,就算他没有立即意识到正在发生的事情,他也清楚将会发生的事情,否则他就不会写那张字条。他本可以拨打电话自救的!为什么他要在临死前告诉凯特去救卢克,而不是救自己呢?"

"可能他并没有选择。"西娅说。她在椅子上转了个身,把羊毛衫的袖口拉下来,盖住了她粗糙的手指。"磨坊那里没有电话,还记得吗?我甚至都不知道安布罗斯当年是否有手机。凯特有,但我从没见安布罗斯用过手机。"

"或者可能……"我停了下来,看着正在地毯上玩耍的弗雷娅。

"什么?"西娅追问道。

"可能对他来说,救自己不是最重要的事情。"

她们都不说话了。法蒂玛咬着嘴唇,而西娅则看向了窗外波涛汹涌的大海。我在想她是不是也想起了自己的父亲,同时也在问自己的父亲是否也会做出同样的决定。不知为何,我表示怀疑。

我想起了玛丽·雷恩在铁轨前说的那番话。为了孩子他上刀山下火海也在所不辞……

然后我又想起了她说的其他一些话，我的胃蜷缩了起来。

"有些事我要告诉你们。"我说道。西娅抬起头来。

"你在车上问过，关于那只羊，我当时不能告诉你，但是……"我停了下来，试图整理自己的思绪。自从车站那次搭车经历后，这个想法就一直萦绕在我的脑海里。"我们认为是卢克干的，因为这和我们所知道的很吻合，但现在看来，我们全都想错了。如果真相浮出水面，卢克会和我们一样失去很多，可能更多。而且不管怎样，我非常肯定那晚他在赖伊被拘留了。"她们没有让我解释，我也不想解释。"还有其他一些事——那天我去潮水磨坊的时候，凯特告诉我的，当时你们都不在。"

"快说。"西娅吼道。

"她被勒索了。"我的话直截了当，"而且已经持续很多年了。这就是那只羊和那些画背后的含义：建议凯特让我们放血。"

"不！"法蒂玛喊道，在暗色头巾的衬托下，她的脸色越发惨白，"不！她怎么会不告诉我们？"

"她不想让我们担心，"我无助地说道，这些现在已经不重要了。我多么希望她能告诉我们，"但是这看上去并不像是卢克做的——而且，这件事好几年前就开始了，那时卢克还在法国。"

"那会是谁？"西娅追问道。

"玛丽·雷恩。"

大家都沉默了。她们静静地坐在那里，然后法蒂玛慢慢地点了点头。

"她一直都很讨厌凯特。"

"但你是从哪里得知的？"西娅问道。她的手不安地抚摸着影子的毛发和耳朵，影子那些被烟熏过的毛发散落在她粗糙的皮肤上。

"在去车站的路上，"我说。我的手按着自己的额头，试图回想着玛丽当时说过的话。我的头很疼，弗雷娅一边撕着杂志一边发出了欢快的尖叫，加剧了我的头疼。"玛丽送了我一程，还说了一些话……我当时并没有注意，因为她说的那些关于凯特和卢克的话太让我震惊了……但是后来她提到了凯特和那只羊。她说'那个女孩的手上沾满了鲜血，不只是羊血'，但她是怎么知道那只羊的呢？"

"马克？"法蒂玛猜道，但是西娅摇了摇头。

"凯特没有报警，还记得吗？不过那个农夫有可能报警了。"

"他可能会报警。"我说，"但是凯特已经给了钱。两百英镑，难道还不足以让他闭嘴吗？不仅是玛丽说的话，她说话的方式也很奇怪。就像……"我停了下来，想找一个恰当的词来形容，"就像……她亲眼看到一样，还很沾沾自喜。就像她高兴地看着凯特得到了报应。那张字条充满着恶意，我是说，它散发着仇恨，我从玛丽说的那些话中也感受到了一模一样的仇恨。是她写的那张字条，我确定。而且，我认为那些画也是她寄的。她是唯一能得到我们所有人地址的人。"

"那么我们该怎么办？"法蒂玛问道。

西娅耸了耸肩。

"做什么？我们能做什么？什么也做不了。我们什么也说不了。我们不能告诉马克，不是吗？"

"所以就这样算了？我们就让她这样威胁我们，然后逍遥法外？"

"我们的谎言还要继续。"西娅冷冷地说道，"只是这次，我们要将这个谎言圆好。我们选出一个版本的故事，相信它，然后把这个故事告诉所有人，包括警察，我们的家人——所有人。我们必须让他们相信安布罗斯是自杀的，毕竟这是他的愿望，也是凯特的愿望。现在最好能找到一些证据来支持这个故事。"

"这样的话……"我把手伸进口袋里，掏出一个信封，上面写着凯特的名字，信封又旧又皱，现在还沾上了盐渍和水渍。

尽管如此，信封上的字还是能勉强看清。圆珠笔写出来的笔迹已经模糊了，但是没有变花，仍能清晰地分辨出安布罗斯给女儿写的话：向前看，莫回头，爱与被爱，永远快乐。最重要的是，请不要让这一切白白浪费。

只有现在才能感觉到他在对我们说话。

出租车把我们放在了萨尔腾的海滨大道。法蒂玛在给司机付钱，我走下车，舒展了下腿脚，我没有去看警局，它就在防波堤边上，一排矮矮的房子，而是看向了远处的海港和大海。

眼前的大海还是以前我在萨尔腾学院的房间窗外的那片海，那里有我童年的记忆，令人难以忘记，也无法释怀，想到这里我的心里感到一阵慰藉。那些年发生的所有事情，都消逝在滚滚浪花中。大海卷走了潮水磨坊的灰烬，也带走了凯特和卢克。我们所做的一切，犯的所有错误，说的所有谎言，都在被渐渐洗刷。

西娅走到我身边，看了看手表。

"快四点了，"她说，"你准备好了吗？"

我点点头，但是身体却没动。

"我还在思考。"我说，此时法蒂玛从出租车下来。出租车开走了。

"思考什么?"法蒂玛问道。

"思考……"我没想到会说出这个词,自己也有种吃惊感,"愧疚。"

"愧疚?"法蒂玛的额头皱了起来。

"昨晚我明白了,十七年来我一直认为安布罗斯的遭遇在某种程度上是我们的错。他因我们而死——因为那些画,因为我们总来玩。"

"但我们并没有让他画我们,"法蒂玛小声地说,"我们也不想这样。"

西娅点了点头。

"我明白你的意思。"她说,"不管怎样,我也有同样的负罪感。"

"但是我明白了……"我停了下来,想找到最合适的词来形容我脑海中那不成熟的想法,"昨晚,我明白了……他的死和那些画并没有关系,和我们也没有关系。那并不是我们的错。"

西娅慢慢地点了点头,然后法蒂玛挽上我们俩的胳膊。

"我们没什么好愧疚的。"她说,"我们从未做过什么坏事。"

我们正准备转身走向警局,这时一个人影从那些石头小屋间的狭窄小道中走了出来。一个巨大的身影,裹着一层又一层的衣服,铁灰色的马尾辫在海风中飘动。

玛丽·雷恩。

她看到我们时停了下来,然后笑了笑,笑容并不和蔼,而是一种高高在上的不怀好意的笑。她穿过码头向我们走来。

但是我们三人手挽着手,开始走自己的路。玛丽改变了自己的走向，准备把我们拦下来。此时我感到法蒂玛的胳膊正紧紧地缠着我的胳膊，同时听见西娅的高跟鞋踩在鹅卵石上的脚步声也加快了。

当我们彼此靠近时，玛丽咧开嘴笑了，露出一嘴大黄牙，像一个怪兽准备开始作战一样，我的心脏跳到了嗓子眼。

但我还是直面了她的凝视，这是自从我回到萨尔腾后第一次没有负罪感。我无所畏惧，因为我知道真相。

这时玛丽放慢了脚步，与此同时我们三人手挽着手从她身边挤了过去。我感受到法蒂玛的胳膊有力地挽着我的胳膊，也看到了西娅的微笑。太阳突破云层，照亮了灰色的大海。

在我们身后，玛丽·雷恩口齿不清地喊着什么话。

但我们三人只管走自己的路。

我们不会回头。

当弗雷娅长大了，我会告诉她一个故事。这个故事中有一场大火，一个由电线错接和煤油灯被碰倒所引发的不幸。

在这个故事中，一个男人冒着生命危险救了她。而我最好的一个朋友深爱着这个男人，为了这个男人，她义无反顾地回到了火海之中，即使她知道这只是徒劳。

这是一个有关勇敢、无私和牺牲的故事——讲述了一位父亲的自杀和孩子的悲伤。

这也是一个有关希望的故事——告诉我们如何在遭受无法承受的苦难之后继续前行。

为了那些牺牲了自己生命的人，我们要倍加珍惜自己的生活。

这是西娅、法蒂玛和我在去警局后告诉雷恩警官的故事，他相信我们，因为故事是真实的。

这也是一个谎言。

十多年来，我们一直在说谎。但是现在，我们终于知道了原因，知道了真相。

两周以后，我和弗雷娅又坐上了火车，这次我们要去阿维莫尔，在未跨越北海之前，这是离萨尔腾最远的地方了。

当列车一路疾驰向北行驶的时候，我想起了自己曾经说过的谎言，弗雷娅睡在我的胳膊里。我想着那些谎言，它们曾毁了我的生活，破坏了我和一个善良有爱的人的关系。我想着凯特为这些谎言付出的代价，以及它们是如何让弗雷娅陷入危险之中。我的手抱紧了弗雷娅，她在睡梦中不舒服地扭动了一下。

也许是时候停止撒谎了，也许……也许我们所有人都应该说出真相。

但当我低头看着弗雷娅时，有一件事是可以确定的——我绝不会让我的经历在她身上重演。我绝不会让她去琢磨自己曾经撒过的谎，从谎言中寻找漏洞，拼命回想自己最后一次说过的话，猜测朋友们可能说过的话。

我绝不会让她时刻小心提防来保护他人。

我想起了安布罗斯为凯特和卢克所做出的牺牲，我知道——我永远也不会告诉弗雷娅真相。因为那样的话就会把我的负担传递给她。

我可以守护秘密。法蒂玛和西娅也可以这么做。我知道她们会这样做的。她们会认定我们在旅馆的房间中悄悄编造的故事——模糊的时间和彼此的不在场证明。毕竟，这是我们能为凯特所做的最后一件事。

当列车到达约克郡时，我的手机响了，弗雷娅在我的怀里翻动了一下，然后又睡着了。是欧文。

"怎么样，赶上车了吗？"

我一路上都在想着欧文。我在想今天早晨当我和弗雷娅动身前往国王十字车站，我向他挥手告别时，他脸上的表情。

早些时候，他从停车场中跑了出来，把弗雷娅紧紧地抱在怀里，就好像他们已经分别了好久，就好像他跨越了千山万水，来拯救弗雷娅一样。他不停地亲着弗雷娅的小脑袋，当他抬起头来的时候，眼中已经噙满了泪水。

在更早些时候，回到弗雷娅出生的那个晚上，当他第一次抱起弗雷娅时，似乎被一束光点亮了，整个人都散发出奇异的光彩。他低头看着弗雷娅的脸庞，然后用一种不可思议的眼神抬头看着我，那时我就知道了，他会为了弗雷娅上刀山下火海，在所不辞。现在依然如此。

我深吸一口气，屏住呼吸。看着弗雷娅熟睡的脸庞，我给欧文回了信息。

我很好。爸爸会在阿维莫尔接我们。我爱你。

这是一个谎言，我知道。但是为了弗雷娅，我会让这个谎言继续下去。直到有一天我能将这个谎言变成现实。